本书出版受到国家社科基金项目资助（项目号：14BWW053）

梁晓冬 等○著

当代英国诗歌的底层叙事研究

A Study on the Subaltern Narratives of
Contemporary British Poetry

中国社会科学出版社

图书在版编目(CIP)数据

当代英国诗歌的底层叙事研究／梁晓冬等著．—北京：中国社会科学出版社，2024.1
　ISBN 978 – 7 – 5227 – 2991 – 6

Ⅰ.①当… Ⅱ.①梁… Ⅲ.①诗歌研究—英国 Ⅳ.①I561.072

中国国家版本馆CIP数据核字(2024)第034001号

出 版 人	赵剑英
责任编辑	夏　侠
责任校对	赵雪姣
责任印制	王　超

出　　版	中国社会科学出版社
社　　址	北京鼓楼西大街甲158号
邮　　编	100720
网　　址	http://www.csspw.cn
发 行 部	010 – 84083685
门 市 部	010 – 84029450
经　　销	新华书店及其他书店

印　　刷	北京君升印刷有限公司
装　　订	廊坊市广阳区广增装订厂
版　　次	2024年1月第1版
印　　次	2024年1月第1次印刷

开　　本	710×1000　1/16
印　　张	20.75
字　　数	330千字
定　　价	108.00元

凡购买中国社会科学出版社图书，如有质量问题请与本社营销中心联系调换
电话：010 – 84083683
版权所有　侵权必究

目　　录

自　序 ……………………………………………………………… (1)

绪　论 ……………………………………………………………… (1)
 一　研究缘起和问题提出 ……………………………………… (1)
 二　新时期中国底层文学叙事研究现状述评 ………………… (1)
 三　底层叙事研究对当代英国诗歌研究的启示 ……………… (9)
 小　结 …………………………………………………………… (14)

第一部分　英国诗歌底层叙事传统溯源

第一章　英国民谣：底层叙事之肇始 ………………………… (19)
 概　述 …………………………………………………………… (19)
 第一节　底层劳动者叙事 ……………………………………… (19)
 第二节　底层英雄叙事 ………………………………………… (27)
 第三节　底层女性叙事 ………………………………………… (44)
 小　结 …………………………………………………………… (61)

第二章　乔叟：底层叙事之先驱 ……………………………… (63)
 概　述 …………………………………………………………… (63)
 第一节　"磨坊主的故事"的底层叙事 ……………………… (63)
 第二节　"巴斯妇的故事"的底层叙事 ……………………… (73)
 小　结 …………………………………………………………… (84)

第三章　布莱克：底层叙事之呐喊者 （86）
概　述 （86）
第一节　"天真"世界中的"天使" （87）
第二节　"经验"世界中的"苦儿" （108）
小　结 （118）

第四章　华兹华斯：底层叙事之接力者 （120）
概　述 （120）
第一节　底层女性书写 （120）
第二节　底层苦难书写 （136）
小　结 （148）

第二部分　当代英国诗歌的底层叙事研究

第五章　哈里森：工人阶级底层叙事 （151）
概　述 （151）
第一节　捆住舌头的战争 （153）
第二节　为不能言说者代言 （160）
第三节　为工人运动代言 （168）
第四节　自我蜕变言说 （175）
小　结 （184）

第六章　达菲：底层女性身体叙事和移民暴力叙事 （186）
概　述 （186）
第一节　"裸女"的身体叙事：被男性话语宰制的身体 （187）
第二节　"女神"的身体叙事：身体与自我的主体重构 （197）
第三节　"移民"的暴力叙事：身份焦虑的暴力诉求 （216）
小　结 （226）

第七章　希尼：底层乡村叙事 （228）
概　述 （228）

第一节　亲人书写 ………………………………………（229）
　　第二节　底层农夫书写 …………………………………（246）
　　第三节　底层手艺人书写 ………………………………（257）
　　第四节　底层女性与儿童书写 …………………………（269）
　　小　结 ……………………………………………………（278）

第八章　阿米蒂奇：底层城市叙事 ………………………（280）
　　概　述 ……………………………………………………（280）
　　第一节　饥馑者与非法移民街头对话：被赋码、
　　　　　　被控制的身体 ……………………………………（281）
　　第二节　盗贼的叙述：偷盗的反讽逻辑、挫败的
　　　　　　道德教化 …………………………………………（284）
　　第三节　城市底层暴力叙述：压抑、焦虑与暗恐 ………（288）
　　第四节　城市穷人与贫穷之对话：伤害、无奈与希望 …（294）
　　小　结 ……………………………………………………（299）

参考文献 …………………………………………………………（300）

后　记 ……………………………………………………………（321）

自　　序

　　本研究借鉴国内改革开放以来底层文学叙事研究视角，在底层文学叙事研究的框架之下，系统追溯了英国诗歌的底层叙事传统，以当代英国底层叙事的代表性诗人哈里森、达菲、希尼、阿米蒂奇的代表作品为研究文本，采用福柯话语理论、马克思主义文化观、女性主义、后殖民主义、文化空间理论等批评方法，从阶级、性别、种族、文化、空间等维度，对其底层叙事对象、内容、主题、主体和叙事策略展开了深入系统的研究，揭示了作品所蕴含的现实主义思想和人文主义精神内涵，展现了当代英国诗人以文学的话语力量介入社会问题的勇气和担当。

　　本研究的创新之处主要体现在视角创新：采用新时期中国底层文学叙事研究的本土视角，来烛照英国诗歌底层叙事传统，辅以多重批评方法，系统开展当代英国诗歌的底层叙事研究，在该研究领域实属一种新尝试，为文学研究中学西用、中西视角融通，探索出一条新路径。

　　本研究的突出特点：中学西用，从新时期中国底层文学叙事研究视角出发，探寻学理文脉，建立研究框架，奠定理论基础；追根溯源，研究英国诗歌底层叙事传统，为当代英国底层叙事研究寻求学理和精神本质来源；坐标纵横，以新时期中国底层文学叙事研究为横向参照，以英国诗歌底层叙事传统为纵向依据，立足文本，采用多种批评方法；中西融通，对当代英国诗歌底层叙事的代表作品从叙事对象、叙事内容、叙事主题、叙事主体、叙事策略等方面展开系统深入的研究探讨。

　　本研究的主要建树在于：（1）探明了新时期中国底层叙事研究的学理。当代英国诗歌底层叙事研究，缘起"新时期中国底层文学叙事研究"。以此为借鉴，我们首先对其发轫初始到现在（2003—2023）的研究状况做了梳理。从中探明了：新时期底层文学叙事学理为现实主义文学学理，思想基石是人文主义思想；精神向度是具有社会良知和责任感的知识分子，站在底层人的立场，直面底层现实生存境遇，对底层精神、文化、伦理、价值等方面做出观照与判断。对相关文献的分析与梳理为课题开展打好了理论基础。（2）探究了英国诗歌底层叙事的传统渊源。以新时期中国底层文学叙事研究学理为烛照，我们发现，英国诗歌底层叙事传统源远流长：《英格兰和苏格兰民谣》的底层劳动者、底层英雄和底层女性叙事，奠定了英国诗歌底层叙事的主题基调；《坎特伯雷故事集》中的市井书写和世俗人物刻画体现了现实主义诗学原理和人文主义思想；《天真之歌》《经验之歌》的底层儿童视角，揭露了教会的伪善和统治阶级对儿童的剥削压榨，呈现了布莱克批判现实主义的态度和对底层儿童的人文关怀；华兹华斯"卑微的乡村田园叙事"书写了乡村女子的悲情与隐忍、乡村农夫的苦难挣扎与无奈守望以及他们穿过苦难阴霾的沉静与卑微中品格的伟大与高尚，反映了诗人为底层乡民鼓与呼的精神向度。通过对底层诗学传统的细察与深探，我们才能真正把握当代英国诗歌底层叙事的学理文脉、精神本质和思想来源。（3）完成了当代英国诗歌的底层叙事研究。基于以上探索，本课题以英国诗歌底层叙事传统为纵坐标，以中国新时期底层文学叙事研究为横坐标，采用多种批评方法，从主题意义、人物形塑和叙事策略等方面，讨论哈里森的工人阶级底层叙事、达菲的底层女性身体和底层移民的暴力叙事、希尼的底层乡村书写和阿米蒂奇的底层城市空间叙事。研究表明，当代英国诗歌的底层叙事渗透了现实主义思想和人文主义精神，是当代英国文学具有文学史意义的重要收获。在英国诗歌当下各种思潮混响的语境中，诗歌与外在的现实生活渐行渐远，尤其在商品经济大潮裹挟下，诗歌创作还出现了消费主义倾向，诗歌语言非但不"及物"，甚至在精神层面走向了萎靡、矮化和媚俗化。而这些诗人勇敢选择为底层表达诉求，艺术地呈现底层的生存境遇与精神状况。他们的作品根植于底层生活，诗风质朴而硬朗，诗品正直而高尚，既展现了诗人的人文情怀和艺术品格，又具有深入、广泛的社会影响。

　　本研究的学术价值主要在于研究视角创新。选择新世纪中国底层文学叙事研究视角，批评者既可用本土批评视角来观照英国诗歌的主题和叙事方式，也可通过细察英国诗歌的底层叙事传统和当代诗人的叙事作品，逆向为研究中国底层写作的精神资源和思维方式提供参照。因此，本课题是文学研究中学西用，中西融通，互为借鉴的一次有益尝试，定会在相关领域产生良好的学术反响。其社会影响在于，本课题研究发现，当代英国重要诗人与中国当代作家一样，力求以富有人民性的诗歌来救赎文学、道德和社会，这也为解决当下的一些社会问题提供了一定的文化参考。

绪　　论

一　研究缘起和问题提出

当代英国诗歌底层叙事研究，是受国内"新时期底层文学叙事研究"的启发而意起。所谓"新时期底层文学叙事"是指国内改革开放以来，以底层弱势群体为叙事对象，以底层生存境遇为叙事内容，以知识分子为代言的底层写作。它延续了现实主义传统和人文主义精神，"颠覆了当下媚俗的文学幻想和叙事谱系"（荀羽琨，2013），表现了当代中国作家的社会良知与担当，是新时期以来"最具文学史可能"（赵学勇、梁波，2011）的文学现象，因此，在学界引起了广泛关注，底层文学叙事研究蔚然成风；同时也引起外国文学研究者的关注，启发了大家对采用本土理论视角来研究外国文学的思考。如果采用新时期的中国底层文学叙事学理来观照当代英国诗歌，人们首先应该思考以下这些问题：（1）新时期中国底层文学叙事研究现状如何？（2）底层文学叙事的学理、思想基石和精神向度是什么？（3）底层叙事是否也存在于当代英国诗歌之中？（4）当代英国诗歌的底层叙事有怎样的传统积淀？其渊源是什么？（5）我们能否用底层文学叙事研究的本土视角来烛照当代英国诗歌？（6）它会为当代英国诗歌研究带来哪些借鉴和启示？本文拟对这些问题逐一进行探讨，寻找答案。

二　新时期中国底层文学叙事研究现状述评

2003年起，学界就开始密切关注新时期中国底层文学叙事。评论者就其表现对象、表现主体、主题以及文学性、社会性展开了学理争鸣，厘清了其思想渊源、知识脉络和基本问题，为后续研究提供了理论资源和批评视角。之后，更多的学者针对底层文学代表作品进行了文本分析，从操作层面提供了批评范本。据CNKI不完全统计，2003—2023年，各级学术期刊发表相关论文1296篇（其中2008—2023年多达1094篇），硕博论文930篇。中国当代文学研究会第14届（2006）、第15届（2008）年会、新时期文学国际研讨会（2012）等学术会议均将其列为重要议题。由此可见，新时期底层文学叙事研究是当代中国文学研究的重要课题。

综观20年来的研究状况，人们发现，新时期底层文学叙事研究主要呈现以下三个走向：学理争鸣、理论深层探讨和文本分析。

一是学理争鸣。新时期底层文学的热潮，引发了评论界的热议。针对"底层"在新时期背景下的定义、底层能否被表述、知识分子能否真正为底层代言、底层文学的文学性与审美性等问题，评论界进行了学理大讨论。讨论的发起者是南方学派的南帆、郑国庆、刘小新等学者。2004年，他们组织圆桌对话会议，讨论了底层经验的文学表述、底层叙事的对象、主体、内容和方式。讨论内容在《上海文学》2005年第11期上发表；2006年9月，南帆、练暑生、刘小新等学者就底层叙事与大众文化的关系再次展开笔谈，讨论了底层叙事的现代性悖论、底层文学在消费社会的另类性表达、底层与大众文化、底层的自我表述与公共化等问题。讨论不仅肯定了底层表述的多种可能性，而且肯定了知识分子的社会作用，论文集中刊发在《东南学术》2006年第5期。2008年，北方学者张颐武、孟繁华、洪治纲、李云雷、贺绍俊、郑福民等也举行了圆桌会议，探讨底层文学命名的知识问题、认知焦虑、底层写作的道德化立场、底层文学与现代性、底层文学理论与实践等问题。《探索与争鸣》2008年第3期、《文艺理论与批评》2008年第3期、《文艺争鸣》2008年第6期分别刊发了讨论内容。这些讨论澄清了底层叙事的基本理论问题，为之后的文本分析奠定了理论基础。

此外，《文艺报》《天涯》《当代作家评论》等期刊也是争鸣的主要阵地。2003年2月25日的《文艺报》刊发了张韧题为"从新写实走向底层文学"的评论文章。文章从底层文学与社会阶层的关系、特定的时代意义与价值等方面，对底层文学做了充分肯定。2005—2006年，《文艺报》陆续刊发了 8 篇文章，对底层文学的特性、内涵以及叙事策略展开学理讨论。其中，颜敏的"底层文学叙事的理论透视"进一步从底层文学创作和批评的关系层面，对底层文学的学理展开思辨。2004 年，《天涯》与《当代作家评论》分别刊发了"底层问题与知识分子的使命""主奴结构与底层发声""底层能否摆脱被表述的命运"等系列文章，讨论底层叙述主客体之间的关系。这些期刊为开展底层叙事学理争鸣与思想传播发挥了重要的阵地作用。

二是理论深化研究。经过学理争鸣之后，学者对底层叙事的关键问题达成共识，但对理论的进一步探讨从未停息，从内部探究到多维关联，逐步走向深入。在"新时期文学中'底层文学'论纲"一文中，针对学界对底层文学叙事的社会性掩盖了文学性的诟病，李云雷（2008）辩驳说，"底层叙述的道德向度，反映了当代作家严肃认真的创作态度和社会担当。因此，底层叙事的文学性在作品中非但没有被湮没，反而更真切地反映了底层作家的文学创造力"（29—30）。关于底层文学的文学性问题，惠雁冰（2010）也认为，"文学性的丰饶程度取决于文本营构过程中叙述策略的独特选择与文学经验的审美置换。如何遴选有价值的文本，如何汲取具有现实生长性的文学经验，又如何在具体的历史场景将既定的文学经验激活、置换，从而熔铸出真正具有独异性的文学品格，才是文学性的问题所在，也是当下底层文学创作研究的关键之所在"（41—45）。两位评论者都从文学性的内涵入手，辩证地考察了作家文学创作态度和社会现实的内在关系，指出底层文学的文学性在于基于社会现实和道德的普遍升华，充分肯定了新时期底层文学叙事的艺术性和表现力。

程波、廖慧（2008）针对底层叙事能否成为当代文学思潮的主流质疑，从意识形态与审美这两个层面来反证，得出了令人信服的结论。他们认为，"意识形态因素的自发自愿与审美的自发自愿，构成了底层叙事坐标的纵横两轴。意识形态因素的自觉不一定会损害审美自觉，而意识形态与审美的结合，也不一定会使底层叙事成为概念先行、道德优越、审美低下的产物。正确的方法是，依据这两种因素的坐标区域和位置进行判断，对其文学叙事在坐标系中产生的变化进行勾画描述"（46—47）。持相同观点的还有姜春（2013）。他充分肯定了底层文学的社会作用、文学性以及审美特质,认为"底层文学作为一种重要的文学思潮和研究范畴,是中国现代文学传统的复苏与回归,具有历史的必然性和现实的紧迫性。底层文学具有人民意识和社会批判性,反映了当代作家的社会使命感和责任感,具有当下的特质精神和诉求表达之渴望。底层文学所表现的底层生存逻辑、伦理欲念和审美倾向都将与知识分子的文学观念和文化理念发生紧密的联系。大众化、民族化是底层文学人民品格的重要追求和表现"(115—119)。

针对底层叙事的思想匮乏的诟病,李运抟(2010)在《新时期文学:经验呈现与观念隐退》一文中提出了自己的观点:"现在的底层叙事恰恰不缺思想,反而非常重视思想价值和观念传达,以致出现观念先行和观念图解的现象。底层文学应该让观念隐退,让生活经验说话"(30)。在此,作者既肯定底层文学叙事的思想性,同时又提醒人们注意过分观念化与观念图解倾向,厘清了底层叙述作为文学想象与思想政论之相互联系和区别。

李龙(2008)在《文学的救赎与救赎的文学》一文中指出,在市场经济和社会转型的语境下,当代中国文学出现了商品化、娱乐化和媚俗化倾向,负载现实主义传统的底层文学兴起,无疑是一场道德救赎、社会救赎和文学自救(41—45)。该文具有强烈的批判意识,鞭辟入里地廓清了底层文学在当下语境的特质,充分肯定了底层文学对文学现代性观念的反思以及蕴含的社会意义。

彭学明(2010)在《小说评论》上撰文《底层文学的高处与低处》,对底层文学的主题进行了较为系统的梳理。文章认为"悲悯是底层文学的主唱,因为底层文学直面底层生活的难度、社会的硬度和人性的暗度;同时,赞美亦是底层文学的变奏,因为底层文学同样也表达底层人的爱、尊严和精神"(34)。作者总结说,由于底层文学对底层人物的悲悯情怀和精神敬望及敬畏,底层文学的艺术情怀和艺术品位达到了前所未有的高度。作家们的良知、责任和灵魂,也在底层文学中闪闪发光。这是底层文学的收获,也是底层文学的高度(30—35)。该文章厘清了底层文学的主题与流变,甄别了底层文学之良莠高下,为底层文学研究提供了全面均衡的参照。

刘忠(2012)发表的《"底层文学"与"十七年文学"的对接与歧

异》再次论述了新时期底层叙事的可能性。他认为,底层作家以一种亲历性叙事方式书写底层生活和精神状态,真实地再现了底层民众物质上的贫困和精神上的失语。他们不是居高临下的同情或呼吁,不是通过对他们生活的表现而阐明某些知识分子立场,而是把文学性的表现真正落实在底层民众的人物形象上,在美学的意义上重建他们的生活(96)。这篇文章不再将知识分子代言与不能自言的底层看作是二元悖反关系,而是看作构建底层社会形象的有机统一体。

论及底层文学的文化伦理时,洪治纲(2017)认为,伦理的核心问题在本质上就是"关系"问题。每个人在面对各种关系时,都会潜移默化地接受各种伦理的潜在制约。在大量优秀的短篇小说中,作家们在书写日常生活的各种生存细节时,特别是在揭示人物内在的人性景观时,总是让其置身于各种文化伦理的统摄之下(41—42)。伦理内涵的阐发使得论者更进一步认识到伦理在底层叙事中的细节渗透,认识到底层文学是表现伦理关系的有效载体。

2018年,张光芒发表了《是底层的人还是人在底层——底层文学的问题反思与价值重构》一文,深刻解析了近年来底层叙事陷入的创作瓶颈:思想资源不足、物质优位视角导致底层叙事模式化、细节虚浮化;同质性刻画导致"底层的人"成为一种"想象的共同体"和底层现实主义发生异化等问题,认为只有祛除"底层人"的概念化写作,从"底层的人"转向"人在底层",才能实现文学本质的回归和人性价值的呵护,而以"人在底层"进行价值重构的新的叙事美学必将崛起(43—57)。作者提出把"底层的人",改为"人在底层",看似只是文字顺序的变动,实则为突破底层文学概念化、脸谱化的创作瓶颈,提供了更多文学与美学意义上的思考。2020年,孙伟华在《天津外国语大学学报》第5期上发表了题为《新世纪之初的底层叙事:维度、视角与意义》的评论文章,对国内底层叙事惯常的四个叙事——模式精神救赎性叙事、苦难奇观式叙事、批判启蒙式和社会问题型叙事——进行了多维度、多视角的分析。文章纵览二十余年底层文学的叙事模式,既肯定了知识分子为底层代言的社会意义和人文关怀,又对其由于阶层、文化、审美等方面的差异,是否真正满足底层的文化需求进行了质疑和反思,促发人们对底层叙事策略研究做进一步的审美检视和文化观照。王云杉(2021)则首先肯定了知识分子为底层"代言"的可能性和实践方法，认为以知识分子代言的底层叙事，承袭了五四以来启发民众的传统，对新时期城乡矛盾和城镇化进程给底层造成的生存困境进行了深刻剖析，对底层生命价值进行了重新挖掘和观照，底层叙事既具有文学意义也具有社会意义，但底层叙事的美学价值有待深入认识。从上述具有代表性学理观照的文章来看，评论者对底层叙事的代言问题和审美价值的探讨仍在继续。

三是文本分析。2003—2023年间，发表在国内期刊的底层文学叙事文本研究论文已千余篇，表明新时期中国底层叙事文本研究持续成为文学研究热点，长久不衰。评论者以贾平凹、陈应松、曹征路、阎连科、叶兆言、王学忠等作家的底层叙事作品为研究对象，从叙事内容、叙事伦理、叙事策略等方面展开评论。《文学评论》《小说评论》《文学遗产》等重要学术期刊连篇登载相关研究文章，体现了底层叙事文本研究的重要性和当下性。具有代表性的研究有，江腊生发表在《文学评论》2011年第3期的《底层焦虑与抒情伦理——以王学忠的诗歌创作为例》一文。通过细致深入的诗歌文本分析，作者认为，王学忠的诗歌以强烈的抗击精神来面对生活中的种种磨难，来对抗主流话语的霸权势力，表现了底层焦虑和革命性抒情伦理，构成了当下诗人的底层叙事模式。

李蓉、朱宇峰在《文艺争鸣》2011年第3期发表了评论文章《"苦难"中的现实精神——新世纪底层文学的乡村叙事》。作者探究了九十年代以降，乡村文学所反映的生态问题，认为恶劣的自然和人文生态均为农民带来了物质贫困与精神困顿。秦法跃（2015）也在《文艺理论与批评》中发表文章，从生态伦理的视角对底层乡村叙事进行了评论思考。文章认为，底层叙事作家对农村生态的关怀不仅仅在自然生态和精神生态两个单向维度上展开，更看到自然生态的变异对精神生态的影响以及精神生态的失调对自然生态的负面作用（130—133）。这两篇文章均指出了乡村在中国特殊的精神地位和文化指向，认为城镇化进程恶化了生态环境，加剧了贫富差距，冲击了人的精神世界：身份歧视、价值沦丧、文化断裂、人性变异等问题愈加凸显。同时，他们也更加明确地肯定了底层文学对社会问题的介入作用。

陈一军发表在《宁夏社会科学》2012年第3期的《农民工小说的时空体》，以《高兴》《米粒儿的城市》《米谷》《明惠的圣诞》等为例，分析了小说中的异乡时空给农民工造成的漂泊感和窘迫感，展示了他们在城市灰暗的生存底色以及悲剧的宿命思想。该文紧扣时空概念，小题大做，分析具体细致，入木三分，是底层文学文本分析的范本。

洪治纲、曹浩2015年在《当代作家评论》上刊发了评论文章《历史背后的日常化审美追求——论叶兆言的小说创作》，文章认为叶兆言试图通过一些微不足道的生命个体及其命运变化，审视某些历史深处的幽暗与吊诡，建构更为丰实和真切的历史镜像。这种看似隐秘的共振关系，往大处说，是历史与个人的关系，是历史的变幻与个体的存在之间的动态性纠葛；往小处说，则体现了生逢乱世的人们，在寻求自我生存方式时的各种抗争状态（79—104）。评论者将叶兆言散落在生活角落的个体叙事与历史背景紧密联系起来，揭示了其小说新历史主义创作手法所产生的审美和社会功效。

丁琪（2017）发表了《新世纪市井小说：城市新价值观的崛起与文学反应》，对市井小说所表现的城市新价值观做了深度挖掘。文章认为，新时期市井小说对以经济理性为核心价值观的书写态度十分复杂：一方面把它看作是市井民间对抗传统束缚的活力因素，因为它源于市井生活、符合人的自然天性，是底层社会自发的健康生存哲学的体现，洋溢着勃勃生机和自然强劲之美；但另一方面又对这种新价值观所蕴含的资本意识形态充满忧虑和无奈。中国市场经济启动时的投机性以及与权力结合的特点，造成经济理性中杂糅了非理性成分和向权力靠拢的特征，一次次触碰着社会的公正、秩序、文明的底线，搅扰了传统礼俗社会的和谐状态（23—29）。文章分析了市井文学精神向度的双面性，同时也肯定了市井文学的审美价值。

潘文峰（2014）《底层叙事的困惑与民族作家底层叙事的启示——以广西作家周末的小说为例》一文，将底层文学的研究触角伸展到少数民族的底层叙事。文章认为，现代化城镇化的进程冲开了边民的欲望，出现了伦理的悖谬、人性的挣扎、良知的叩问和现代意识的觉醒，这些都在周末的小说中表现得淋漓尽致。这些小说不仅立体地展现了底层复杂的思想性格和文化心理，而且相当成功地把边地风俗人情与人生、当代性结合起来，产生了较高的审美价值（156—170）。

善写底层人生活的作家荆永鸣（2015）也撰文《一个外来人的城市

书写》，表明了自己的创作思想。她说，文学的最终目的是写人，写人的内心与精神世界。但不可忽略的是，人不可能脱离具体的环境而生存。城市作为一种特定的空间形态，其人文景观、传统文化和生活状态，往往是构成人的精神文化与价值观念的巨大外力。因此，我所理解的城市文学，不仅仅是书写人和人的故事，还应该渗透着一座城市里的精神背景与文化品质（128—132）。这是一个底层文学作家对底层书写初衷的直接告白，表达了具有社会良知的作家对底层精神、文化与价值观念应有的关注与判断。

国内军旅文学一向以宏大叙事为创作主流，但林喦关注到，随着时代的发展，军旅小说逐渐由专注英雄主义的形象塑造转向关注个体精神的书写，由崇尚宏大的阳刚之气转为注重个体的内在挖掘，特别是对军旅生活中普通军人的日常生活状况与人生旅迹的描摹，成为新时期一些军旅作家创作的主要方向和选择。2020年2月，他对军旅小说作家曾剑进行了采访。作家坦言，他的小说是以东北边防地域作为文学的地理疆域，将军旅生活作为小说情节建构的背景，同时穿插了自己对乡村童年生活的记忆，在繁复的日常生活中展示着普通士兵的存在状态，揭示了他们内在的复杂情感。曾剑小说在底层叙事的建构下，形成了独具诗意化、柔和之美的创作之风，同时又具有探究心灵的理性哲学之思，给人以向上的力量。

底层文学叙事的热潮还引起研究西方文学学者的兴趣，他们也希望通过这一视角，对西方文学进行本土视角观照。其中，田俊武（2012）发表了《约翰·斯坦贝克笔下的底层叙事》，认为"底层叙事"的源头是20世纪30年代的现实主义，斯坦贝克无疑是这种"底层叙事"的代表人物。由于受"非目的论"和普世情感哲学观的影响，斯坦贝克不愿意将自己的创作用于表现"劳资冲突"的政治宣传，而是对底层人物的命运进行关注，从而他被誉为一个伟大的具有普世情感的作家。文章既使用了本土视角又兼顾斯坦贝克小说的哲学意蕴和特质性，是一次东学西用的有益尝试。李琼（2016）的《底层空间、自我和语言——解读〈末世之城〉的绝地生存》分析了小说底层空间的隔离性、暴力性、易变性和贫困化等异质特征，这些特征不仅影响了人们的生存经验、主体构建和语言再现，也在群体和空间之间建立起了符号化的互为表征关系，为权力放逐、压迫提供合理的借口。不过，底层空间也蕴含着隐蔽的革命性维度，彰显了艺术和人性的救赎力量（106—113）。2022 年，国家社科基金重大项目首席专家庞好农在《天津外国语大学学报》第 2 期上发表了题为"底层叙事的历史重构——评盖恩斯《简·皮特曼小姐自传》"的底层叙事文学评论文章。文章认为，非裔美国作家欧内斯特·J. 盖恩斯的这篇小说采用以种族政治为主线的文化诗学，从政治权力、意识形态、文化霸权等角度对黑人生存状况和种族关系进行了历史性重新书写。虽然小说建构的历史多由叙述者个人的叙述构成，断层较多，但从新历史主义来看，这种写作手法可以视为对传统历史主义和形式主义的双重反拨。这篇文章也是从底层个体叙事视角来观照被历史宏大叙述肆意颠倒的非裔美国人的历史及生存境遇。这些文章无疑在外国文学研究领域尝试走出了一条本土研究视角的新路径。

综上所述，底层文学叙事研究的三个走向均产生了重要学术影响：第一阶段的学理争鸣在争论中厘清了底层文学的叙事者、叙事内容、叙事方式以及底层文学的文学性、意识形态和社会作用等方面的基本学理，奠定了底层文学叙事的学理基础和思想基石；而理论深化阶段则对上述问题进行了更加深入的学理探讨，进一步纠正了学界对底层叙事的代言问题、文学性、审美性以及人物刻画的脸谱化、主题观念先行等偏见，从学理层面充分肯定了底层文学叙事的社会作用和文学价值。从中我们进一步明确了：新时期底层文学叙事学理为现实主义文学学理，思想基石是人文主义思想；精神向度是具有社会良知和责任感的知识分子，站在底层人的立场，直面底层现实生存境遇，对底层精神、文化、伦理、价值的观照与判断。文本分析方面的大量优秀成果则对底层文学的优秀作品做了细致、深入的文本解读，从操作层面为后学提供了研究样本，也为研究西方底层文学叙事提供了参照和启发。

三　底层叙事研究对当代英国诗歌研究的启示

作为一种重要文学现象，"底层叙事"是否也存在于当代英国诗歌之中？通览当代英国诗歌作品，我们发现，一些面向大众、书写百姓人生的优秀叙事作品与之异曲同工。它以托尼·哈里森（Tony Harrison）、卡罗尔·安·达菲（Carol Ann Duffy）、谢默思·希尼（Seamus Heaney）、西蒙·阿米蒂奇（Simon Armitage）诗人为代表，在当代英国诗坛占据主流地位。用底层叙事学理来烛照，不难看出，这些作品的叙事对象也是底层群体：工人阶级出身的哈里森自然关注书写工人；英国文学史上第一位女性"桂冠诗人"达菲致力于书写底层女性和移民；乡村出身的诺贝尔文学奖得主希尼善写底层农民。新晋桂冠诗人阿米蒂奇以善写城市底层"游荡者"而著称。这些作品的叙事对象是底层人，叙事内容也均为底层经验。诗人们"直面底层生活的难度、社会的硬度和人性的暗度；同样也表达底层人的爱、尊严和精神"（彭学明，34）。诗歌作品的叙事方式也是诗人代言，而且诗人在不同场合均表明了他们的代言立场，表现出现实主义文风和深切的人文主义关怀。这些作品引起了包括著名文论家伊格尔顿（Terry Eagleton）在内的众多学者的高度关注，成为当代英国诗歌研究的热点之一。[①] 或许有人疑问，在当下全球性的"媚俗的文学幻想和叙事谱系"中，以现实主义文学思想和人文主义情怀为主调的当代英国诗歌底层叙事何以成为主流？英国文学评论家戴维·洛奇（David Lodge）所总结的20世纪英国文学发展规律，可以部分地回答这

---

① "读秀"外国学术期刊数据库统计显示，2003—2023年，国外各级学术刊物发表的论文，关于哈里森的研究900余篇、达菲的研究600余篇、希尼的研究2400余篇、阿米塔奇的研究430余篇；国内外图书馆查阅到相关著作92部。研究者从阶级、种族、性别和身份诸方面对这些诗歌进行透视，呈现出多重视角、多元价值判断的研究势态（Eagleton, 2003; Broom, 2006; Corcoran, 2007; Kinnahan, 2008; Badiane, 2010; Bala, 2012; Clines, 2013; Jefferson, 2013; Joseph, 2017; Regan, 2017, 2018 等），为后学的文本理解提供了重要参考资料和研究导图，但国外学者并未将当代英国诗歌放置在底层文学叙事的框架下开展研究。较之国外研究状况，国内相关研究有失均衡。据CNKI不完全统计，2003—2023年，各级学术刊物刊登关于哈里森研究的文章4篇、达菲研究的22篇、希尼研究的89篇、阿米塔奇研究的3篇；出版学术著作10余部。其中张剑、章燕、何宁等学者的著述勾勒出当代英国诗歌的多元化和大众化发展走向与脉络；但研究集中指向希尼，热点在于希尼作品的爱尔兰民族性和政治性（何宁，2006；戴从容，2010，2014，2020；李成坚，2005；杜心源，2007，2008，2013；刘炅，2016；朱玉，2014，2018 等）和对达菲诗歌女性形象和移民身份研究（张剑，2015；吴晓梅，2016；周洁，2018；曾巍，2018；梁晓冬，2018，2022 等）虽出现上升趋势，但成果产出总体量小。对哈里森、阿米塔奇的诗歌研究主要指向哈里森的工人阶级立场和精英文化的矛盾与冲突；对新晋桂冠诗人阿米塔奇的研究主要针对城市日常生活和生态危机书写，而且评论文章寥若晨星（梁晓冬，2009；章燕，2005；张珊珊，2020，2023）。总体而言，国内当代英国诗歌研究虽同样为本课题开展提供了重要文献参考，但也未系统开展底层叙事研究。因此，从底层叙事视角出发来研究当代英国诗歌，不失为一条中学西用的新路径。

个问题。洛奇认为，"20世纪英国文学所走过的历程是一种摆锤状的运动，即小说以及其他文学形式在现代主义和现实主义两者交替统治，分别在不同阶段成为英国文学的主要倾向。这种情况构成了20世纪英国文学史上流派演变的一种独特现象"（转引自侯维瑞，6）。其中，洛奇提到的小说以外的"其他文学形式"自然包括诗歌，当代英国诗歌也自然会在"摆锤状的运动"中，偏向现实主义而成为"交替统治"的主流派。但这种"20世纪英国文学史上流派演变的独特现象"并非偶然。纵观英国诗歌史，以现实主义为思想基础、人文主义为情怀的英国底层诗歌叙事源远流长，远可追溯到口头民间文学的英国民谣、英国"诗歌之父"乔叟的现实主义和人文主义发轫之作《坎特伯雷故事集》；近可回望19世纪布莱克的城市底层书写《天真之歌》和《经验之歌》以及华兹华斯的"卑微的田园叙事"。当代英国诗歌的底层叙事从形式到内容、从学理到叙事策略与方式，无不受到该传统的影响。

因此，以新时期中国底层叙事研究视角为借鉴，以英国底层诗歌诗学传统为参照，不失为一条中西诗学结合的新路径，它从研究内容、基本观点、研究思路和方法等方面，都可为研究当代英国诗歌带来有益启示。

一 底层叙事视角下，当代英国诗歌研究的主要内容

借鉴国内底层叙事研究视角，在英国诗歌底层叙事传统参照下，我们可以选择当代英国具有代表性的大众诗歌为研究文本，从阶级、性别、种族、空间等多重维度，对其底层叙事主题和叙事策略展开研究。具体内容包括两大部分，分八章书写而成。第一部分为"英国诗歌底层叙事传统溯源"；第二部分为"当代英国诗歌的底层叙事研究"。第一章首先以《英格兰和苏格兰民谣》为蓝本，分析其底层劳动者叙事、底层英雄叙事、底层女性叙事，追溯英国诗歌底层叙事之肇始的主题基调；第二章聚焦乔叟《坎特伯雷故事集》中的"磨坊主的故事"和"巴斯妇的故事"，从这些世俗的市井书写和人物刻画中，寻求其现实主义诗学原理和人文主义的精神基石；第三章以布莱克的《天真之歌》《经验之歌》为主要分析文本，考察诗人怎样从底层儿童视角，深刻揭露教会的伪善和统治阶级对儿童的剥削压榨，以及诗人苦难书写中的变奏：书写儿童

与上帝、自然的亲近和童真的美好，以探析布莱克诗歌的批判现实主义态度和对底层儿童的深切人文关怀；第四章主要探究华兹华斯"卑微的乡村田园叙事"：乡村女子的悲情与隐忍、乡村农夫的苦难挣扎与无奈守望以及他们穿过苦难阴霾的沉静与卑微中品格的伟大与高尚，反映了诗人为底层鼓与呼的精神向度。通过对底层诗学传统的细察与深探，人们才能真正了解当代英国诗歌底层叙事的精神和本质来源。

第二部分以英国诗歌底层叙事传统为纵坐标，以中国新时期底层文学叙事研究为横坐标，专注于当代英国诗歌的底层叙事研究。第五章首先研究"哈里森：工人阶级底层叙事"。通过史料研读，我们了解到：在新的历史条件下，话语权力的争夺是阶级斗争的主要表现形式，被誉为"工人阶级的无冕桂冠诗人"的哈里森投身到了这场斗争中，立志要为这个阶级代言。我们选择诗人的《口才学校》《V》等诗集为研究文本，从"捆住舌头的战争""为不能发声者代言""为工人运动代言""自我蜕变言说"等方面，挖掘诗歌所蕴含的工人阶级与统治阶级之间话语权力的二元对立关系、工人阶级的话语焦虑和身份焦虑，以及诗人自身两种文化冲突带来的困扰。第六章"达菲：底层女性身体叙事和移民暴力叙事"，以《站着的裸女》《世界之妻》《在异国》为研究文本，对其女性身体叙事和暴力叙事主题展开研究。诗人把以"裸女"为代表的底层女性作为主要言说对象，再现了父权话语下被宰制的女性身体，呈现了女性身体的性别政治意蕴；同时，通过改写传统神话或童话中被男性话语污损的"女神"形象，获得女性话语权力以及身体与自我的主体重构；同时，达菲还关注来自底层的移民，那个在异国他乡遭主流文化排挤、遭遇身份认同焦虑、具有反社会倾向的被边缘化群体。诗人通过他们的暴力自述来揭示这些底层移民精神、肉体上的撕裂和道德上的沦陷，并以暴力叙事来反映社会的公义危机。第七章是"希尼：底层乡村叙事"。研究者以《自然主义者之死》《人之链》《区线与环线》等诗集为研究文本，研究其底层乡村的亲人、农夫、手艺人、女性和儿童书写，展现当代爱尔兰底层乡民亲情的淳朴、细碎生活中的纯真与质朴、生存境遇的艰辛与坚守。第八章为"阿米蒂奇：底层城市叙事"。本章以诗人的代表作品之一《看星星》（Seeing Stars）为主要研究文本，研究这位承袭了布莱克城市底层书写现实主义传统的诗人，怎样诗性地再现深夜游荡在城市的饥民和移民的生存境遇、盗贼偷盗行为与道德教化的背反逻辑、单亲孩童的反社会倾向、失业者的暴力行径和暗恐焦虑、贫困者对话"贫困"时的无奈与感伤以及在贫困中的坚韧和希望。

在各章节中，还穿插了对底层叙事策略的研究。通览当代英国诗歌，我们发现第一人称叙事是惯常采用的模式，也是底层人的自我叙事方式。达菲诗歌的"戏剧化独白"和阿米蒂奇的自白叙事是这种叙事策略的典型代表，诗人采用底层人的"嗓音"表达他们的诉求，建构他们的主体身份。底层诗歌同时也经常采用第三人称叙事，这是知识分子代言的启蒙叙事和视角下移叙事，哈里森、希尼诗歌主要采用此类叙事策略。这种方式通常表达了知识分子为底层代言的诉求，更加直接地表现了诗人的社会责任与担当。此外，诗人们还常沿用英国现实主义文学的框架叙事，在故事中插入多重叙事声音，形成一个言说群体，构建发声的平台，让底层的声音被世人听见。

二 在底层叙事视角下，当代英国诗歌研究的基本观点

以中英底层文学的精神资源为向导，我们发现当代英国诗歌不仅传承了英国诗歌的现实主义和人文主义思想，其叙事对象、主体、方法与新时期底层文学叙事有着高度的相似性和类比性，主要表现如下：（1）现实主义是当代英国诗歌底层叙事的精神资源。当代英国诗歌从根本上继承了英国诗歌的现实主义传统，希望通过对底层生存状态和精神困境的呈现，引起社会对底层的关注，从而促进现实的改变。因此，回归现实主义传统是当代英国大众诗人的共同选择。（2）人文主义是当代英国诗歌底层叙事的思想基石。该诗歌构架于人文主义思想基础之上，但具有当下性和特质性。与传统的人文主义不同，当前的人文主义表现的恰恰是社会底层主体的缺失和困境，反映的是底层群体的身份焦虑以及表达、重构主体身份的渴望，是传统人文主义思想的延伸。（3）底层群体是当代英国诗歌的叙事对象。底层包括工人、农民、女性、儿童、暴民和移民。这个阶层既无政治地位，也无充足的经济资源，其话语不能参与到社会公共话语体系中，他们所经历的阶级压迫、性别歧视、种族歧视需要代言表达。因此，该诗歌具有阶级、性别、种族、空间等多重维度。（4）底层经验是当代英国诗歌的底层叙事内容。它以底层经验

为表现内容，表现在底层社会、历史、文化精神空间内，身份焦虑、生活凋敝、精神困苦、反社会倾向、社会公平失衡以及由此引发的各种危机。社会批判性与反思性是该诗歌的本质特征。同时，诗人们也在挖掘底层的质朴与卑微中的高尚品格、面对苦难的坚韧与守望。(5) 知识分子是当代英国诗歌的底层叙事主体。底层叙事的主体，根本上还是知识分子诗人，由其代言，召唤世界倾听来自底层的声音，关注他们的生存境遇和现实问题，以帮助他们走出困境。

三 底层叙事视角下，当代英国诗歌研究的基本思路

当代英国诗歌的底层叙事研究，首先要追溯底层叙事的精神资源、思想源泉，结合当下语境和诗人自身经历，辨析其叙事学理，从宏观上把握当代英国诗歌底层叙事的特征与走向。其次，在底层叙事的学理烛照下，运用各种切合文本实际的西方批评方法，在广泛阅读国内外相关文献资料的基础上，对其代表作品从叙事对象、内容到叙事策略全面深入地进行微观探析。

四 底层叙事视角下，当代英国诗歌研究的主要方法

本书主要采用文献整理法。首先，笔者大量收集国内底层叙事理论资料，进一步廓清其内涵外延，对其有明确的界定和把握；搜集国内外当代诗歌的研究资料，掌握诗人创作的动向，在充分了解其底层叙事创作全景的前提下，勾勒出整体的研究框架。其次，采用底层叙事烛照下的文本解读法。最后，在底层叙事的学理框架下，采用相应的批评方法，在细读文本的基础上，对底层叙事作品进行文本分析。

小 结

以新时期底层文学叙事研究为烛照，我们首先发现，底层文学叙事同样也是当代英国诗歌的重要收获，是当代英国文学研究的重要课题。当代英国诗歌的底层叙事不仅源远流长，而且在叙事内容、叙事主体、叙事对象、叙事策略上，都与新时期中国底层文学叙事具有高度的相似性和契合度。国内底层叙事研究的学理争鸣、理论深化研究和文本分析，

无不为研究当代英国诗歌的底层叙事提供了学理参照、研究思路和方法。选择这样的视角，批评者既可以用本土批评话语来研究其诗歌的主题和叙事方式，也可为研究中国底层写作的精神资源和思维方式提供一定的反向参照。最后，通过本研究，我们试图揭示当代英国重要诗人与中国当代作家一样，力求以富有人民性的诗歌来救赎文学、道德和社会。因此，底层叙事视角下的当代英国诗歌研究，既是一次文学研究中学西用、中西融通、互为借鉴的有益尝试，也能为缓解当前社会矛盾和危机提供一定的文化参考。

英国诗歌底层叙事传统溯源

　　英国诗歌的底层叙事传统，如草蛇灰线，伏脉千里：12、13世纪的英格兰和苏格兰民谣反映了劳动民众的辛劳生活；英国诗歌之父乔叟的《坎特伯雷故事集》所表现的大多是三教九流、各行各业的底层人生；早期浪漫主义诗人布莱克的《天真之歌》和《经验之歌》倾注了对底层儿童的深切关怀；被誉为"自然诗人"的华兹华斯并非只醉情于山水之间，而是把关注的目光投向身边的山居村民，采用北方乡村俚语入诗，描述周边乡邻的日常生活。由此可见，英国诗歌的底层叙事源远流长，蕴含了现实主义思想和人文主义情怀。因此，要研究当代英国诗歌的底层叙事，必须追根求源，回溯英国民谣底层叙事之肇始，寻访乔叟诗歌底层叙事之踪迹，倾听布莱克底层叙事之呐喊，分析华兹华斯底层形象之塑造，为当代英国诗歌底层叙事寻求学理文脉、思想基石和精神向度。

第一章　英国民谣：底层叙事之肇始[*]

概　述

  作为英国最古老的文学形式之一，民谣在整个英国文学史上影响颇深。大多数民谣都起源于中世纪时期的英格兰和苏格兰民间地区，具有特定的主题风格以及韵调格律，是当时边境地区最流行的文学体裁。民谣不仅在当时广受人民热爱，对后世的文学创作也产生了重要影响，是英国文学史上一颗璀璨的星。后世文学家对现存的300余首英国民谣进行了汇编，其中"最全面、最具参考价值的当属乔尔德教授（Francis James Child）于1882—1898年出版的《英格兰和苏格兰民谣》（*English and Scottish Popular Ballads*）"（张雨溪，3）。

  "民间歌谣是广大人民集体创作的、有曲调相配、为群众吟唱的口头文学"（袁可嘉，32）。从其起源、主题和创作者不难看出，英国民谣中有对底层劳动者的悲悯同情，也有对深受政治压迫的底层民众的失语沉默与揭竿而起的描写，还有对饱受社会和男性迫害的女性与儿童的沉痛书写……这些正是英国民谣延续至今的重要原因之一。鉴于底层叙事在英国民谣中的重要性，本章将具体探讨这些底层书写，探究其中蕴含的现实主义因素和人文主义关怀。

第一节　底层劳动者叙事

  "人民是艺术的主体"（罗锋，73），民谣作为最初的诗歌文学形式，

---

[*] 该章译文参考了《穆旦译文集》之后，以诗的形式自译，《穆旦译文集》是以散文体讲故事形式所译。

自然少不了对底层民众浓墨重彩的描述：它以底层劳动人民为叙述对象，反映了十二三世纪英国底层民众水深火热的生活状态。

本章首先要探讨的是一个泥瓦匠的悲剧命运。《英格兰和苏格兰民谣》第93首歌谣《拉姆金》（Lamkin）开篇交代了人物的故事背景：拉姆金是一个技艺高超的泥瓦匠，他为维尔老爷做工，但却没有得到丁点儿报酬；他多次向老爷讨薪，却一次次被老爷以各种理由拒绝——老爷要出海，没有时间支付；老爷需要变卖田地，没有余钱支付。在多次被拒之后，他对老爷发出了警告：

'O gin ye winna pay me,
I here sall mak a vow,
Before that ye come hame again,
yesall hae cause to rue.'

（13—16）

"如果你不支付我工钱，
我今天就给你立下誓言，
在你出海再回家之时，
你一定会后悔的。"

在决定行凶之前，拉姆金已经对富家老爷提出了警告，其原因有二：一是他多次苦苦讨债，却被主人一次次地找借口推托。身处底层的他无能为力，只能口头上对主人提出警告恐吓，以另一种方式催促主人支付工酬；二是感觉自己无望拿回报酬，无奈之下欲采用暴力手段来报复主人家，但又心生畏惧，所以才预先警告，期待主人家的态度会有所转变。但是老爷毫不在乎，仍旧风风火火地出海了。

随着情节的发展，作案的另一罪犯——育婴女仆出现了。歌谣中对育婴女仆的介绍并没有任何良言善语：她是一个没有道德底线的人，伙同泥瓦匠加害了主人一家。

But the nourice was a fause limmero
as eer hung on a tree;
She laid a plot wi Lamkin,
Whan her lord was oer the sea.

(21—24)

但是这个育婴女仆是一个贱人
她曾经把人吊在了树上；
她和拉姆金一同图谋不轨，
当她的主人出海时。

其实，女仆和拉姆金既是报复主人的加害者，也是阶级社会的牺牲品。他们之所以一起计谋加害主人，最直接的原因就是他们同处于被压迫的阶层，彼此理解各自的艰难处境，出此下策实属无奈之举。

众所周知，只要有阶级就会有贫富贵贱之分。"在阶级社会中，底层是统治者的他者，没有话语能力，只有被言说的份儿"（袁霞，73）。英国的社会阶层壁垒森严，自然少不了阶级身份的严格区分。身处社会底层的拉姆金，没有言说的权力，不能利用正当手段维护自己的利益，即使采取暴力手段来争取，也只能落下一个鱼死网破的结局。拉姆金看似可恶可恨，但是他的所作所为却又是他那个阶层的必然结果，是当时阶级社会的悲哀。

发现拉姆金杀害了襁褓中的孩子后，女主人并没有立刻痛惜自己死去的孩子，而是恳求他发慈悲心饶过自己，可见上层阶级亲情的淡薄。面对曾经的女主人，拉姆金犹豫了：

'O sall I kill her, nourice,
or sall I lat her be?'
'O kill her, kill her, Lamkin,
for she neer was good to me.'

(77—80)

> "女仆，我是应该杀了她，
> 还是放了她？"
> "杀了她，杀了她，拉姆金，
> 因为她从来没好好对待我。"

女仆毫不犹豫地回答要杀了女主人，因为女主人从来没有善待她，或许经常打骂、虐待她，显然她对女主人的愤怒是情绪长期压抑的结果。由此不难看出当时整个社会的阶层关系：为了生活，底层民众只能给上层阶级做工，以换取微薄收入来维持自己以及家庭的生存。然而他们辛勤地劳动付出不仅得不到报酬，甚至还要承受主人的打骂侮辱。这一主仆关系折射出了当时严峻的阶级矛盾和社会失衡，也反映了底层民众对歧视压迫的勇敢反抗。

下定决心后，拉姆金让女仆准备一个干净的盆来装女主人"高贵的鲜血"，这表现了他内心根深蒂固的阶级尊卑意识，他认为主人家的一切天生就是高贵的，就连他们的鲜血都比自己的珍贵。和拉姆金相比，女仆具有较强的自我意识，较为客观地看待了阶级之间的关系：

> 'There need nae bason, Lamkin,
> lat it run through the floor;
> What better is the heart's blood
> o the rich than o the poor?'

(85—88)

> "这根本不需要容器，拉姆金，
> 就让它在地板上流淌吧；
> 和穷人的鲜血相比
> 富人的鲜血有什么好的么？"

她对传统的尊卑观念提出了质疑：富人的鲜血真的比穷人的鲜血要好么？好在哪里呢？她建议让女主人的鲜血随地流淌，根本无须任何干净的盆盂，因为富人和穷人都是一样的平等的人。"作家在创作过程中总是自觉不自觉地站在本阶级的立场去分析评价生活"，所以"题材的选择"和

"人物的描写",在一定程度上"都反映了作家的阶级意识和阶级倾向性"(袁霞,70)。民谣的创作者大多是文化程度低下的底层民众,在这一诗节中,他们就借用同为底层的女仆之口表达了自己内心的真实所想:上层阶级并不比底层人优秀,他们也同样作为人而存在。这种表达既有对上层阶级的反抗与讨伐,也包含了底层人的懦弱与妥协,展现了当时英国社会中底层人敢怒不敢言的无奈与辛酸。

但即便理由正当,拉姆金和女仆杀害女主人及其孩子的做法已经触犯了法律,理应受到制裁与惩罚。但诗中描述的行刑的现场,却是另一幅景象:

> O sweetly sang the black-bird
> that sat upon the tree;
> But sairer grat Lamkin,
> when he was condemnd to die.
>
> And bonny sang the mavis,
> out o the thorny brake;
> But sairer grat the nourice,
> when she was tied to the stake.
>
> (101—108)

> 黑鸟在愉悦地歌唱
> 它们站在树的枝干上;
> 但是拉姆金却变得更加悲痛,
> 当他被判死刑时。
>
> 可爱的画眉鸟也在歌唱,
> 声音从带刺的灌木丛中飞来;
> 但是女仆却变得更加悲伤,
> 当她被绑在火刑柱时。

从摘录中可以看到,拉姆金和女仆被判处死刑时,旁边的鸟儿却在欢快歌唱,仿佛在为他们的死亡喝彩。这些欢快歌唱的鸟儿是麻木不仁

| 第一部分 | 英国诗歌底层叙事传统溯源

看客的象征，可见当时英国的世态炎凉、人心冷漠。这起恶性案件的起因是老爷不肯支付酬劳，多次讨债无果后，拉姆金才心生杀人的念想。可最终本是受害者拉姆金被判处死刑，作为罪魁祸首的男主人却逍遥法外。如此不公的状态下，却没有人站出来为他们伸冤屈：法官没有深入探讨他们行凶背后的根本原因，就连底层的其他民众也看不到自己阶层同胞的无奈与苦难，反而作为看客，把他们的经历当作笑谈。毕竟，历史所能铭记的"永远是伟人们的生平功绩，而充盈整个时代的，底层人民的沉吟呐喊、挣扎求存总是被时光掩埋"（郭淼，156）。没有人关注底层小人物的生死，即使他们曾经英勇做出反抗，在大多数人看来，那也只是他们的愚蠢行径，只会被人拿来谈笑。底层民众没有凝聚意识，就注定了他们不会快速形成一股力量并崛起，所以在整个社会进程中，他们存在着，却又像影子般时有时无，这是底层民众的悲哀，更是整个社会的伤疤。

"拉姆金"这首歌谣为我们展示了一幅残酷而讽刺的真实画面：看似残暴无情的讨债者，其实是拿不到工钱的可怜人；看似狠毒的女仆，其实是不堪负辱的反抗者。民谣的创作取材于日常生活，这一悲剧正是现实生活中底层劳动人民生活状况的真实写照。

这首歌谣不仅在主题意义上反映了对社会现实的反思，在形式结构上也进一步深化了其主题。

> Then Lamkin's tane a sharp knife,
> that hang down by his gaire,
> And he has gien the bonny babe
> a deep wound and a sair.

(45—48)

拉姆金有一把磨得锋利的刀；
在他的腿上悬挂着，
他用刀伤害了漂亮的婴儿
留下深深的伤口和疼痛。

本节诗行采用了基本的"民谣体"——四行诗句为一个诗节，一三行为四音步,二四行为三音步、尾部押韵,如"gaire"和"sair"。英国民谣格律通常采用"抑扬格(iambic)",与英语的发音规律高度吻合,更加接近人们的口头表达。"民谣体"的使用使诗歌富有音乐性和节奏感,在讲述故事时给人一种连贯性,便于民谣的快速传播与发展;在表达情感时,给人以连绵不断的感觉,有利于抒发情感、刻画人物性格、凸显主题。对尚在襁褓之中的婴儿痛下杀手非常残忍,但拉姆金拿出锋利的刀,在孩子身上留下了深深的伤口和疼痛。这既表现了他的无人道,也凸显了他的愤怒。

除了"民谣体"之外,这首歌谣中还采用了叠句和重复的艺术手法。叠句是英国民谣中使用频率最高的一种艺术手段,不但可以抒发情感、深化主题,还可以降低民谣的语法难度、增强民谣的音乐性。

She laid a plot wi Lamkin,
Whan her lord was oer the sea.

She laid a plot wi Lamkin,
When the servants were awa,

(23—26)

她和拉姆金密谋了一件事,
当她的主人出海时。

她和拉姆金密谋了一件事,
当其他仆人都不在时,

此处大致内容相同,个别词语、短语的改变使得整个句子的意思发生了变化。引用的四句诗行都说明了女仆和拉姆金有阴谋,变化的则是不同的背景——在主人出海时和其他仆人们不在身边时。这一叠句的使用不仅交代清楚了女仆行动的背景,也给了听众时间和机会去消化吸收歌谣的内容;此外诗行的重复也让歌谣更加富有音乐性,适于吟唱。同样,下面这些叠句的作用也不可忽视:

| 第一部分 | 英国诗歌底层叙事传统溯源

'O whare's a' the men o this house,
that ca me Lamkin?'
[...]
'And whare's the women o this house,
that ca me Lamkin?'
[...]
'And whare's the bairns o this house,
that ca me Lamkin?'
[...]
'O whare's the lady o this house,
that ca's me Lamkin?'
　　　　　(29—30, 33—34, 37—38, 41—42)

"这家中的男主人呢,
唤我为拉姆金的那个?"
[……]
"这家中的女主人呢,
唤我为拉姆金的那个?"
[……]
"这家中的孩子们呢,
唤我为拉姆金的那个?"
[……]
"这家中的女人呢,
唤我为拉姆金的那个?"

连续四个叠句的使用将整个故事推至高潮：泥瓦匠下定决心要杀害这家人，故而询问了家里的每一个人：男主人、女主人、孩子，一步步地逼问暗示着他坚定的决心。层层加深地重复强化了民谣的节奏感和可吟唱性，有助于民谣的口头流传，也有利于听众对民谣情节主题的理解记忆。"通过反复吟唱，产生余音绕梁的音乐效果，"，一次次地重复"就像铁锤一下又一下地打在同一枚钉子上，铁钉越打越深，歌谣的焦点越来越突出，听众的感受也越来越深刻。与令人厌烦的冗长的重复相反，民谣中的有所变化的重复往往能带来某个精练的艺术效果"（袁可嘉，32—33）。这四个叠句的使用在强化了节奏感的同时也加强了主题的循序渐进性，给听众制造出一种悬念，引起了听众的关注，加深了听众对故事的理解。

这首歌谣中所使用的重复手法也值得注意：听到孩子的哭声后，女主人连续三次对女仆说"让他（bairn）安静下来"（57，61，65），自己却始终没有丝毫行动，这难道不是她对亲情的冷漠么？真正关爱孩子的母亲怎么可能对抚养孩子不闻不问，只是一味地指使女仆安抚自己襁褓中的孩子呢？同时，这句话其实是引诱女主人下楼的计谋，连续三次重复充分说明了它的重要性。之后，在拉姆金犹豫是否要杀害女主人时，女仆的反应也引人深思："O kill her, kill her, Lamkin"（79）。对于女主人，女仆没有表现出丝毫的仁慈，两次"kill her"的使用将她的怒火展露无遗，凸显了她的自我觉醒意识，也暗指了女主人必死的悲惨结局。紧凑地重复加强了音乐节奏感，强化了主题，渲染了气氛，引起了受众的关注，在内容和形式方面都起到了重要作用。

第二节　底层英雄叙事

《英国民谣》如中国的《诗经》一样别具特色、历史久远。《诗经》分为风、雅、颂三大类，英国民谣同样也可以根据主题和内容分为历史传奇类、爱情类和战争题材等多个类别，其中不乏对底层民众的叙事：有被压迫底层的无声忍受，也有底层民众的英勇反抗。

细读乔尔德版《英格兰和苏格兰民谣》，不难发现其中最值得关注的是历史传奇中浓厚的一笔——罗宾汉传奇系列。"罗宾汉反抗强权，劫富济贫，行侠仗义，是英国人心目中的绿林英雄。在史书中，关于罗宾汉的记载仅有只言片语，但在民谣、小说、电影中，罗宾汉的形象要丰满得多"（李海洋，38）。

罗宾汉个性不羁，富有骑士精神，因劫富济贫、惩恶锄奸、打击权贵、帮扶底层，被约翰王等人视为"眼中钉，肉中刺"，欲将其及团伙赶尽杀绝。起初，因遭到奸诈的修道院僧侣的陷害，罗宾汉被迫逃进诺丁汉郡的舍伍德森林，后来其他人效仿也居于此地，"森林因其环境隐

| 第一部分 | 英国诗歌底层叙事传统溯源

秘和资源丰富而成了法外人得以自由生活的乐园，罗宾汉就是这样一群法外人的领袖。此时的森林兼具汉语'绿林'的某些含义，因此罗宾汉常被汉语译者称为'绿林英雄'"（张宁，165）。从他的居住地来看，罗宾汉是一位"绿林英雄"，他的所作所为则说明他是一位真正的"底层英雄"。俄国小说巨匠高尔基（Maxim Gorky）曾称罗宾汉为"诺曼统治者不知疲倦的敌人，人民的宠儿，贫苦人的保卫者"（萨克利夫，208）。他全心全意为底层受苦民众谋福利与公平，不知疲倦地同暴戾的国王和奸诈的郡主做斗争，深受底层民众的爱戴。每当提及罗宾汉，人们就会想起他的"劫富济贫"，这是罗宾汉作为底层英雄的使命，也是罗宾汉系列民谣经久不衰的重要原因。本节拟从"劫富"和"济贫"两方面来详细剖析罗宾汉的人物性格，以便了解当时约翰王的残暴，进而洞悉当时底层民众的生活百态，以激发人们对处于水深火热之中的底层人民的同情，激发世界读者的人文情怀。

首先，罗宾汉的"劫富"行为展现了他见义勇为、打抱不平的侠义精神。当时的各级官吏处处压榨排挤中下阶层，不惜损害他们的利益为自己谋利。罗宾汉认为这些人根本不配拥有他们的财富和权力。被迫进入绿林之前，他就宣称：我们"要和那些榨尽我们血汗的人作对，他们只要我们拼命干活，好把他们在安适中养得肥肥的"（维维安，1998：13）。被迫逃入舍伍德森林后，他就做起了"抢劫"的行当，专门抢劫为官为富却不仁者。他和手下人约定："要他们削减那些剥削穷哥们的主教、院长和郡长警官的'不义之财'"（维维安，1998：14—15）。对于为官为富不仁之人，罗宾汉和他的豪杰兄弟们采取了以牙还牙的方式来打击报复；对于穷苦人民，他们则施以保护与援助，他甚至还给手下人下了禁令：不允许他们伤害自由的穷苦农民、被雇用的农民和那些对穷人厚道的骑士或乡绅。罗宾汉"总是乐意帮助有困难的男女"（维维安，1998：174），他不愧为"底层英雄"、底层民众的"保护神"。从《英格兰和苏格兰民谣》第119首"罗宾汉和修道士"（Robin Hood and the Monk）中，可一窥他的"劫富"行为，也可见修道士的为富不仁：

| 第一章 | 英国民谣：底层叙事之肇始

'So did he me,' seid þe munke,
'Of a hundred pound and more;
I layde furst hande hym apon,
Ye may thonke me perfore.'

(173—176)

"他也抢劫了我，"修道士说，
"一百英镑还要多；
我打赌定把他捉住，
你们会因此而感谢我。"

民谣集第 122 首"罗宾汉和屠夫"（Robin Hood and the Butcher）的版本 B 中也有对罗宾汉侠盗团"劫富"行为的描述：故事伊始，罗宾汉得知郡长出高价悬赏自己的头颅，便出去打探情况，正好碰见一个卖肉小贩。出于自卫，罗宾汉打死了小贩的狗，小贩不满，于是两人开始比武。最后罗宾汉技不如人败下阵来，但特别敬佩小贩的武力和勇气，因此对他热情招待。在罗宾汉提出的慷慨条件下，小贩将自己的肉车和马送给了罗宾汉，而自己则在绿林中享受片刻的潇洒自由。得到了马车和肉，乔装打扮一番后，罗宾汉驾车前往诺丁汉打探消息：

When other butchers they opened their meat,
Bold Robin he then begun;
But how for to sell he knew not well,
For a butcher he was but young.

When other butchers no meat could sell,
Robin got both gold and fee;
For he sold more meat for one peny
Than others could do for three.

(33—36, 37—40)

> 当其他屠夫开始他们的生意时，
> 大胆的罗宾也开始了（卖肉）；
> 但是他对如何做买卖一窍不通，
> 因为他是一个没有经验的屠夫。
>
> 当其他商贩分文未进时，
> 罗宾既有金子也有小费；
> 因为同样的肉他就卖一便士
> 在其他商贩那里三便士也买不到。

他以非常低的价格将鲜肉大量卖出，而其他的卖肉者则分文未进，这里两者之间的强烈对比一方面凸显了罗宾汉意不在此，另一方面也展现了罗宾汉慷慨解囊、造福平民百姓的"底层英雄"本性。他这一慷慨的举动引来了更多的家庭主妇，其中也包括郡长夫人。郡长夫人的出现使得罗宾汉的计划更进一步，他夸赞郡长夫人是他见过的最美丽、贤淑的妇人，郡长夫人十分高兴，便将肉全数买下，并邀请他去家中做客。来到郡长家后，郡长得知此事，认为罗宾汉定是个肆意挥霍财富的富家子弟，便想占他更多的便宜：

> 'Hast thou any horn-beasts,' the sheriff repli'd,
> 'Good fellow, to sell unto me?'
> 'Yes, that I have, good Master Sheriff,
> I have hundreds two or three.'
>
> (77—80)

> "你还有带角的牲畜么，"郡长问道，
> "好伙计，卖给我吧？"
> "是的，我有，我的好郡长大人，
> 我还有二三百头呢。"

殊不知，这表面的假象只是罗宾汉计划中的一环。在罗宾汉的引诱之下，郡长一行人和他来到了绿林深处，心生恐惧的郡长大人提出取消交易，但为时已晚：

> Then Robin he set his horn to his mouth,
> And blew but blasts three;
> Then quickly anon there came Little John,
> And all his company.
>
> (91—94)
>
> 然后罗宾把号角放到了嘴边，
> 并且吹了三声；
> 之后很快小约翰便出现了，
> 还有他所有的同伴们。

罗宾汉吹起了自己的小号，他的朋友们和弟兄们陆续从草丛里跳了出来，百余名弓箭手也从四周冒了出来。此时此刻，郡长才意识到自己被罗宾汉给愚弄了，后悔莫及，恼羞成怒，却又只能任罗宾汉和他的兄弟们宰割。

> Then Robin took his mantle from his back,
> And laid it upon the ground,
> And out of the sheriffe ['s] portmantle
> He told three hundred pound.
>
> (113—116)
>
> 之后罗宾将身上的斗篷脱下，
> 把它铺在地上，
> 并且从郡长的箱子里
> 找到了三百英镑。

以上诗行将罗宾汉及其兄弟们对郡长的抢劫行为展露无遗，他们之所以把他身上所带的金币和银币抢去，正是出于罗宾汉对富人的憎恶和痛恨。罗宾汉系列民谣故事被改编成小说、电影、电视剧之后，电影制片人布莱恩·格雷泽（Brian Grazer）忍不住感慨地说："罗宾汉一直尝试着在一个充满许多不公平的世界里创造平等。他为人民而战,收回那些通过非法手段掠夺的财富"(基督山伯爵,42)。这正是对罗宾汉"劫富"行为的真实回应和最佳阐释:他用高价租赁卖肉的马和车,转而又以低价将新鲜的肉卖给平民百姓,将真正的利益带给平民,他是底层民众、受压迫民众的守护神;但是他的善心并不会泛滥,对待为富不仁作威作福欺压百姓的郡长,他将其洗劫一空并羞辱一番,创造了相对意义上的平等,为贫苦人民打了一场胜仗。

另一首民谣"罗宾汉和艾伦·戴乐"(Robin Hood and Allen A Dale)中也体现了罗宾汉侠盗团"打劫富人"的正义之举。在这首民谣中,他们拯救了一对苦命鸳鸯,又一次沉重地打击了不仁的为富为官之人,保护了底层民众。艾伦·戴乐与爱人将要走进婚姻的殿堂,一个老流氓骑士却强行将他的爱人夺去,逼迫她与其成婚;艾伦无可奈何独自忧伤之时,被罗宾汉撞见,作为被压迫民众的英雄、守护神,他又怎会对此事坐视不管呢?当即他就决定帮助艾伦。对于罗宾汉的帮助,艾伦无法给予物质上的报答,只能发誓永远做他忠实的奴仆:

> 'I have no money,' then quoth the young man,
> 'No ready gold nor fee,
> But I will swear upon a book
> Thy true servant for to be.'
>
> (49—52)

> "我没有什么钱,"年轻的男人答道,
> "也没有现成的金子和金钱,
> 但我对着圣经发誓
> 我一定会是你忠诚的仆人。"

如果说罗宾汉是个十恶不赦的盗贼,他完全可以因没有物质报答而拒绝援助,他的身边也从来不缺仆人,或者说他的概念里根本没有仆人,没有阶级等级的存在,他之所以选择了帮助艾伦,正是因为他是底层英雄,"他总是乐意帮助有困难的男女"(维维安,1998:174)。

随后,罗宾汉带领着艾伦和自己的众多兄弟们一同去了教堂:

'This is no fit match,' quoth bold Robin Hood,
'That you do seem to make here;
For since we are come unto the church,
The bride she shall chuse her own dear.'

(73—76)

"这对恋人不适合，"罗宾大胆说道，
"只是你在这里决定罢了；
既然我们都来到了教堂，
那新娘就应该选择自己的恋人。"

将近1000年前，罗宾汉就有了平等的意识——认为女性有权选择自己的爱人，只有她们自己才有权利决定自己的终身幸福。这也是罗宾汉"劫富济贫"思想中的一个重要部分，可见罗宾汉不仅有实实在在的正义行为，还具有先进的思想。

'This is thy true-love,' Robin he said,
'Young Allin, as I hear say;
And you shall be married at this same time,
Before we depart away.'

(85—88)

"这才是你真正的爱人，"罗宾说道，
"据我听说，是年轻的艾伦；
你们应该就在这时结婚，
在我们分别之前。"

罗宾汉将艾伦的心上人从老流氓骑士手中抢了出来，并在他和小约翰的见证下帮他们完婚，既打击了富人——老骑士，也帮助了这一对苦命鸳鸯。

> And thus having ended this merry wedding,
> The bride lookt as fresh as a queen,
> And so they returnd to the merry green wood,
> Amongst the leaves so green.
>
> （105—108）

> 幸福的婚礼终于有了好的结局，
> 幸福而美丽的新娘就像一位女王，
> 之后他们回到了快乐的绿林，
> 绿林里的树叶翠绿欲滴。

  这对情侣回到了"快乐的绿林"，而不是作为"非法之地"的绿林，这一结局进一步强化了绿林作为自由之地的象征意义，也再次强调了罗宾汉作为底层民众保护神的正义之举。

  《英格兰和苏格兰民谣》的第143首"罗宾汉和大主教"（Robin Hood and the Bishop）中，罗宾汉的正义善良和大主教的奸诈阴险也形成了鲜明的对比，进一步加深了我们对罗宾汉"劫富"行为的了解。罗宾汉在舍伍德森林里漫游时发现了大主教一行人，自知落到他的手中一定会被处死，于是求助于邻近的一位农妇；这位农妇曾经受过罗宾汉的帮助，所以她很乐意回报他，一番商量之后，农妇乔装成了罗宾汉；假罗宾汉被抓住，大主教心中满是欢喜；然而此时罗宾汉、小约翰和他们的兄弟们早已暗中布下陷阱，最后成功地将大主教抓获、抢夺了他的财物，还将他羞辱了一番。歌谣伊始，就交代了故事的主要人物和结果：罗宾汉抢劫了大主教。将故事整体概论，开门见山，也是民谣的基本特点之一。

> I'le tell you how Robin Hood served the Bishop,
> When he robbed him of his gold.
>
> （3—4）

> 我来告诉你罗宾汉是如何招待大主教的，
> 当他抢了他的金子时。

  作为"底层英雄"的罗宾汉一直都是约翰王、大主教等人的眼中钉，他们从心底痛恨罗宾汉，一心想置他于死地，罗宾汉对此也心知肚明，知道自己如果落到大主教手中，必定没有好下场：

> 'O what shall I do?' said Robin Hood then,
> 'If the Bishop he doth take me,
> No mercy he'l show unto me, I know,
> But hanged I shall be.'
>
> （13—16）

> "噢，我该做什么？"罗宾汉心想，
> "如果大主教他真的抓住了我，
> 他不会对我仁慈的，我很明白这点，
> 他只会把我吊死。"

这一诗节虽说是罗宾汉的内心独白，却也是赤裸裸的现实。罗宾汉一心一意为受压迫的人民服务，拯救人民于水火之中，却被统治阶级视为眼中钉；本该心系教民的大主教不仅对人们不问不顾，反而对人民的英雄罗宾汉恨之入骨。他一心要置罗宾汉于死地，在向老妇人盘问罗宾汉的下落时，就使用了"愤怒的语气"（he called with furious mood）（54）；而老妇人冒着被逮捕、被惩罚的风险也要帮助罗宾汉脱离危险。从底层人和大主教对罗宾汉的不同态度中，不难看出当时英国上层人物的黑暗与堕落，罗宾汉在底层人民心中的形象和地位也显而易见。

> Then Robin took hold of the Bishops horse,
> And ty'd him fast to a tree;
> [...]
> Robin Hood took his mantle from's back,
> And spread it upon the ground,
> And out of the Bishops portmantle he
> Soon told five hundred pound.
>
> （77—78，81—84）

> 罗宾牵着大主教的马，
> 把它拴在了树上；
> [......]
> 罗宾汉把斗篷从身上脱下，
> 把它铺开在地上，
> 他从大主教的行李里
> 很快翻出了五百金币。

顺利脱身的罗宾汉和兄弟们布下陷阱，制伏了大主教，夺去了他的非法之财。罗宾汉对待穷人何其慷慨，他对待恶人就何其残忍。看到那些贵族和官吏对底层民众的剥削和迫害，罗宾汉忍无可忍，要尽全力将恶人打击到底，消减他们的不义之财。在刚成为舍伍德林王时，他就给兄弟们立下条约："不要伤害自由农民，不要伤害那些庄稼汉，或者那些对穷人厚道的骑士或乡绅。至于那些剥削穷哥们的主教和院长，还有那些郡长警官，他们不但捆人打人，还割人耳朵和施用酷刑，所有这些人，你们都要削减他们的不义之财。"（维维安，2005：212）

如若罗宾汉一伙只是对歹毒的富贵之人进行抢劫和打击，那他们和恶毒的强盗又有何异？罗宾汉被世人称颂为"英雄""底层人民的保护神"，罗宾汉的故事流传至今，最主要的原因就在于"罗宾汉尽管是法外人——不法之徒，但他锄强扶弱、劫富济贫，以匡扶正义为己任，为争取权利和自由而斗争"（张宁，167）。他一直在"劫富"，但是却将获得的钱财和物资都转送给了深受统治阶级压迫剥削的底层和中层民众。《英格兰和苏格兰民谣》的第152首"罗宾汉和金箭"（Robin Hood and the Golden Arrow）中记录了罗宾汉的济贫行为。罗宾汉赢得射箭比赛，获得了金箭和许多金币，当即就把金币撒向了人群，这一行为将罗宾汉的善心暴露无遗，但也让约翰王看出了他的身份，因为只有罗宾汉才能做出这种善举，才能对金钱表现得如此不屑。他劫富济贫的行为和正义的精神正是其传奇故事流传至今仍保持生命力的重要原因。

能够彰显出罗宾汉"济贫"行为的还有《英格兰和苏格兰民谣》中的第126首"罗宾汉和制革工人"（Robin Hood and the Tanner）。在这首歌谣中，罗宾汉在舍伍德森林中巡视时发现了来察看约翰王的红鹿的制革工人亚瑟；罗宾汉假装成守林官，亚瑟不信，于是两人开始比武，罗宾汉败下阵来；不打不相识，罗宾汉报了名号，并邀请他来舍伍德森林加入他们；亚瑟对罗宾汉早所耳闻，出于对罗宾汉的崇拜和对统治者的不满，当即就决定加入罗宾汉的队伍。讲和休战之后，两人开始自我介绍：

'I am a tanner,' bold Arthur reply'd,
'In Nottingham long have I wrought;
And if thou 'lt come there, I vow and do swear
I will tan thy hide for naught.'

(93—96)

"我是制革工，"勇敢的亚瑟答道，
"我在诺丁汉工作了很长时间；
如果你来这里，我发誓
我将会免费给你制革。"

亚瑟主动提出如果罗宾汉来诺丁汉，将义务帮他染皮革；面对亚瑟主动提出的善意款待，罗宾汉激动不已，称赞他是"好伙计"（good fellow）（97），并邀请他来舍伍德森林加入他们，承诺会用金子和财富来报答他。

'But if thou 'lt forsake thy tanners trade,
And live in green wood with me,
My name's Robin Hood, I swear by the rood
I will give thee both gold and fee.'

(101—104)

"但如果你愿意放弃你的制革买卖，
并且和我一同住在这绿林里，
我的名字是罗宾汉，我以天发誓
我将会用金子和财富好好招待你。"

罗宾汉郑重其事地告诉亚瑟只要他愿意放弃自己的事业并同意住进

舍伍德森林并加入他们，就会给他相应的报酬。由此可见罗宾汉虽然在招兵买马，但他并没有强迫任何人，任何人的加入都是自愿的，虽然他请求亚瑟放弃工作，但是在绿林里，罗宾汉不仅会给他自由、供他吃喝还会给他相应的酬金，这也从侧面体现了罗宾汉故事中超前的自由、平等和民主意识。亨利·吉伯尔特（Henry Gilbert）的《侠盗罗宾汉》（*Robin Hood*）一书中也提到了这一思想：在罗宾汉对奸贼进行审判时，并没有直接交于当权者，而是自己代替他们做出了审判，并对当权者发声"你看，我们这些亡命徒也能给人正义和公平的裁决，而你们这些所谓的官员，只会滥用权力，滥杀无辜"（217）！当然罗宾汉的民主思想还有很大缺陷，没有任何法律条文自行审判，本身就是对权力的滥用，但从当时的社会背景来看，罗宾汉一行人的做法已经具有了民主平等的雏形，至少审判时，他们会多方权衡，而约翰王等人只会考虑金币和权力。

在得知对方是罗宾汉后，亚瑟就认定他是好人、善人，并直接将自己托付于他，没有提出任何条件和异议。

'If thou be Robin Hood,' bold Arthur reply'd,
'As I think well thou art,
Then here's my hand, my name's Arthur a Bland,
We two will never depart.'

（105—108）

"若你真是罗宾汉，"勇敢亚瑟答道，
"我认为你是个好人，
给你我的手，我是亚瑟·布兰德，
我们两个将永不分离。"

此处不难看出罗宾汉在人们心中的地位：如若罗宾汉真如当政者所言是十恶不赦、草菅人命的大恶人，亚瑟又怎会毫无条件地同意来到舍伍德森林加入他呢？如若当政者真的关爱平民百姓，大家为什么纷纷愿意抛弃自己的事业从自由人成为法外人呢？这也侧面展现了当政者的腐败以及政治的黑暗。

Then Robin Hood took them both by the hand,
And danc'd round about the oke tree;
'For three merry men, and three merry men,
And three merry men we be.'

(141—144)

罗宾汉同时牵着他们二人的手,
三人一同围着橡树舞蹈;
"这三个快乐的人呀,三个快乐的人呀,
我们就是三个快乐的人儿。"

巧合的是,亚瑟居然是罗宾汉的好兄弟小约翰的表兄。两人相认之后,罗宾汉与他们一起庆祝这美好的时刻。对于亚瑟,罗宾汉看似并没有做出太多补助义举,但是身处社会的底层,亚瑟的生活必然也是处于水深火热之中,正是由于和罗宾汉有着同样的思想,对当局统治者抱有同样的态度,他们最终才能走到一起,这正是对统治阶级暴力行径的彻底揭露;同样,罗宾汉也正是发现了他们之间的相通之处,才招亚瑟入"绿林"(张宁,165)。亚瑟进入"绿林"也即进入了自由之地,从残暴的约翰王和黑暗的统治中解脱了出来。正是出于对底层民众的同情,罗宾汉才有此举,这种做法是对底层民众的另一种拯救,是另一种意义上的"济贫"。

《英格兰和苏格兰民谣》的第140首版本B"罗宾汉救了三位乡绅"(Robin Hood Rescuing Three Squires)讲述了罗宾汉带领自己的兄弟们拯救了三位乡绅的故事,这个故事是树立罗宾汉"底层英雄"形象的最佳标杆。凉爽的五月里,罗宾汉愉快地走向诺丁汉郡,途中遇到了伤心哭泣的老妪,便上前询问缘由:

'What news? what news, thou silly old woman?
What news hast thou for me?'
Said she, There's three squires in Nottingham town
To-day is condemned to die.

(9—12)

| 第一部分 | 英国诗歌底层叙事传统溯源

> "什么事？什么事，老太婆？
> 你有什么新鲜事告诉我？"
> 她说，诺丁汉有三个年轻人
> 今天将会被绞死。

老妇人之所以将悲伤之事告诉罗宾汉，正因为他是罗宾汉，是底层民众的"英雄"和"保护神"。故事伊始，罗宾汉出于对哭泣老妪的同情而上前询问，也正是对弱者的正义之举。

> ' O what have they done?' said bold Robin Hood,
> 'I pray thee tell to me'
> 'It's for slaying of the king's fallow deer,
> Bearing their long bows with thee. '
>
> (21—24)

> "他们犯了什么错？"勇敢的罗宾汉说，
> "我乞求你告诉我原因"
> "因为他们猎杀了国王的小鹿，
> 他们和你一起用弓箭捕猎。"

荒谬的是，老妪的三个儿子要被处以极刑的原因不是杀人放火等滔天大罪，也不是奸淫掳掠等无耻之事，而仅仅是猎杀了约翰王的鹿。中世纪时，森林是英国皇室的领地，设有专门的林务官进行看守，森林里的鹿只能皇室享用，其他所有捕捉、猎杀鹿者均要被处以极刑，可见当时统治者之腐败、政治之黑暗。告别老妪，罗宾汉继续前行，途中又遇到一位年迈的乞丐，证实了确有三位年轻人因捕杀鹿将被处以极刑，他当即就做出了决断，要救人于危难。罗宾汉从不迟疑，更不会去考虑自身的周全，所以就有了下文不公平的"交易"：

> ' Come change thy apparel with me, old man,
> Come change thy apparel for mine;
> Here is forty shillings in good silver,
> Go drink it in beer or wine. '
>
> (37—40)

> "来和我交换你的衣服，老头，
> 用你的衣服来换我的衣服；
> 这里还有 40 先令，
> 去喝点啤酒或者葡萄酒去吧。"

罗宾汉请求老乞丐和他交换衣服，并主动提出给老者 40 先令用于吃酒。实际上老者的衣服破旧不堪，用罗宾汉的衣服去交换，老者已得实惠，但是罗宾汉仍坚持又给他 40 先令，一方面是劝老者同意这一交易，另一方面则是罗宾汉对于老者的照顾。难道罗宾汉愚蠢到不懂得公平地以物交换么？并不是，只因为罗宾汉是"穷人的朋友，随时准备为他人伸出援助之手"（刘炳善，20）。故事结尾，乔装打扮后的罗宾汉吹响自己的号角，招来了自己的兄弟们：

> They took the gallows from the slack,
> They set it in the glen,
> They hangd the proud sheriff on that,
> Releasd their own three men.
>
> （113—116）

> 他们将绞刑架取下，
> 将它安置在了无人烟之地，
> 他们把傲慢的郡长绑在了上面，
> 并释放了另外三个年轻人。

这个故事不仅体现了罗宾汉对穷苦人民的慷慨相助和同情，也反映了他对恶势力的痛恨：三位年轻人和罗宾汉没有任何关系，罗宾汉本可以不必冒着风险去救他们，当然也不必再次得罪郡长，但正因为他是"底层英雄"，是穷苦人的朋友，这些正义之举就成了他的日常；而对于约翰王等人，罗宾汉等则见不得他们做任何有愧于村民之事。之前也有学者评价这些"舍伍德英雄"：他们"对这些人［约翰王一派人］进行了狠狠的打击，但他们却把自由农民、厚道骑士、厚道乡绅等平常善良的人视作朋友，对他们予以保护"（张叉，53），其中所体现的不正是罗宾汉的侠义精神么？他们对三位年轻人的救助不正是对受压迫人士的保护么？总体而言，罗宾汉的"济贫"在救助三位素未相识的年轻人的故事中得到了充分体现，他作为"底层英雄"、底层人民的"保护神"的形象也展现无遗。

罗宾汉的"济贫"事迹并非偶然和个例，再如前文提到的"罗宾汉和大主教"（Robin Hood and the Bishop）。罗宾汉在舍伍德森林中突然发现了大主教一行人，害怕被捉了去，求助于一位老妇人，老妇人与他交换了服饰，帮助他成功逃脱。这个故事看似并没有过多描述罗宾汉对于穷人的援助，但是根据老妇人自己的描述，罗宾汉的善举早已跃然纸上：罗宾汉给生活贫困的她送去了鞋子和衣物，帮她解决了生活之急，所以这次她欣然帮助了罗宾汉。罗宾汉和老妇人并无亲密关系，但是同样作为被压迫者，他们互帮互助、互相搀扶。罗宾汉对穷苦人民的关心和保护使他深受底层民众的爱戴与保护，底层民众的爱戴与保护又给了他关爱的动力。作为"诺曼统治者不知疲倦的敌人，人民的宠儿，贫苦人的保卫者"（萨克利夫，208），罗宾汉在保护贫苦人民的利益方面做出了巨大贡献，也和约翰王等昏庸的当权者做了顽强的抗争。

《英格兰和苏格兰民谣》的第148首"高尚的渔夫或罗宾汉的偏爱"（The Noble Fisherman or Robin Hood's Preferment）也是关于罗宾汉"济贫"的故事，既展现了罗宾汉的英勇之举，也凸显了他对受压迫民众的大爱。在这首歌谣中，罗宾汉化名西蒙，受雇在船上工作。由于他海上技艺不精，还被其他有经验的水手嘲笑；航行中，他们遇到了一艘法国海盗船，正当大家惧怕被逮捕、杀害之时，罗宾汉用自己高超的箭术射杀了所有海盗，并且劫持了对方的船只，获得了大量的金银财宝。

> 'The one halfe of the ship,' said Simon then,
> 'I'le give to my dame and children small;
> The other halfe of the ship I'le bestow
> On you that are my fellowes all.'

(101—104)

> "这船上一半的财富,"西蒙说,
> "我将会给我的妻子和孩子;
> 这另一半的财富我将会送给
> 你们,我的好伙伴。"

一看到这些金币,罗宾汉就提议将一半分给船上的兄弟,即使这些人曾经嘲笑过他,可见罗宾汉作为"底层英雄"的气度及心胸。而水手们一致认为罗宾汉(西蒙)以个人之力拯救了大家,这些财物理应是他个人拥有,便拒绝了他的提议。最终罗宾汉提议用金币为被压迫者建造一个避难所,好让他们有个容身之处,得以平静地生活:

> 'It shall be so, as I have said;
> And, with this gold, for the opprest
> An habitation I will build,
> Where they shall live in peace and rest.'
>
> (109—112)
>
> "就应该大家分,如我之前所说;
> 并且,用这些金子,为那些被压迫者
> 建设一个栖身之处,
> 在那里他们可以安心生活,"

这首民谣中所体现的罗宾汉的"济贫"理念已经跳出了舍伍德森林这个有限的空间,他开始关心整个社会中所有被约翰王压迫的人们,他狭隘的小爱已经慢慢演化成大爱,正因如此他的"济贫"才显得更有世界性意义。

罗宾汉的"劫富济贫"不仅揭露了当时社会政治的黑暗和底层民众水深火热的生活,也反映了底层民众对"救世主"的渴望和期盼。这种"救世主"的当下意义,在于对底层这个庞大的社会群体的物质帮助和精神关怀。尤其当他们的诉求不能有效地表达或被遮蔽时,需要像罗宾汉这样的"救世主",站在他们的立场上,替他们代言发声。

第三节　底层女性叙事

　　文学即"人学"，关注的是人的"生命经验"和"精神价值"（邵子华，84）。自古以来，中西方文学作品中都是对人类的现实生活和精神生活的描述，或崇高或低俗，或宏大或渺小，这些文学作品都展示了人类社会中的百态、展示了社会中个体的存在状态。纵观中西方不计其数的文学作品，其中存在不少对底层民众的悲情叙述和苦难书写，即"底层文学"（周旭方、吕颖，86），正如洪治纲所阐述："'底层写作'从其命名开始，在很大程度上就是为了彰显某种关怀弱者的道德立场"（33）。一旦提及弱者，就不得不考虑女性这一特殊群体。且先不论"底层女性"（路璐，1），仅仅女性一词就会让人想起顺从、劣势、苦难以及被压迫等男权社会和男性强加给女性的标签。追溯汉字"女"的来源便不难得知中国女性的社会地位："'女'字是个象形字，交叠着双臂，跪坐着，一副服侍他人的姿态"；这个字被创造出来的意义就是"服侍男人的妇人，而'男'字则是呈立形"（邓鸣英，93）；可见从世俗的角度认为女性生来便应服侍男性，是为男权社会和男性而生的。女性在西方世界也有着同样的遭遇：著名女权主义者西蒙娜·德·波伏娃（Simone de Beauvoir）在她的经典作品《第二性》（*The Second Sex*）中说：男权社会中，男人一直都是"定义主体"，女人是"被定义的"（Beauvoir 109），即："她是附属的人，是同主要者对立的次要者。他是'主体'，是绝对，而她则是'他者'"（波伏娃，7）。相比于男性，女性已然是弱势、是底层，那女性中的底层呢？那些在女性群体中也未有一席之地的女性呢？她们"意味着性别与阶层的双重扭结"（路璐，1），她们不仅遭受着男权社会和男性给她们带来的系列创伤，还要默默忍受上层女性给她们带来的双重压迫。作为社会中的底层，她们无力反抗，即使反抗也是徒劳的，她们的呼声并不能给她们带来所谓的正义，也不能救她们于水深火热。

　　与罗宾汉系列民谣相比，《英格兰和苏格兰民谣》中描写底层女性的歌谣数量较少，这也从另一个侧面说明了女性地位的低下，她们不仅没有自我言说的权力，连被别人言说的可能性也大打折扣，正如管晨蓉所言："对任何一个时代而言，描述底层女性都是一件不易的事情"；在数量上她们不算少数，但她们只拥有社会上"很少一部分的资源，因而缺少话语权"（60）。民谣集中为数不多的有关底层女性这一特殊人群的苦难叙事，大致可分为两类：一类是底层女性在父权制社会中所遭遇的社会剥削，尤其是男性对她们的凌辱和强占；另一类是底层女性遭受到的爱情抛弃和由于当时医疗卫生条件落后而承受的分娩之苦。

作为双重底层："'被'底层的底层"和"性别劳动分工下，更为底层的底层"（巩淑云，63），底层女性无疑是社会中最悲哀、最痛苦的存在。男性对底层女性的压迫形式众多，凌辱女性、强硬地夺取她们的贞洁只是其中之一，但对于女性来说无疑是极端耻辱的经历。《英格兰和苏格兰民谣》的第 110 首歌谣 "骑士和牧羊人的女儿"（The Knight and Shepherd's Daughter）的版本 A 中就讲述了底层女性的这种惨痛经历：一个牧羊人的女儿在路上愉快地走着，此时一位看似"礼貌的"骑士出现了：

>THERE was a shepherd's daughter
>Came triping on the way,
>And there she met a courteous knight,
>Which caused her to stay.
>
>　　　　　　　　　　　　　（1—4）

>有一个牧羊人的女儿
>欢快地沿着道路走来，
>途中她遇到了一位礼貌的骑士，
>因此她停了下来。

歌谣的创作者，或者说底层民众通常认为骑士是有礼貌、有教养的，遇到高贵的骑士，本应是底层女性的荣耀。

>'Good morow to you, beautious maid,'
>These words pronounced he;
>'O I shall dye this day,' he said,
>'If I have not my will of thee.'
>
>　　　　　　　　　　　　　（5—8）

| 第一部分 | 英国诗歌底层叙事传统溯源

>"早上好呀,漂亮的女孩,"
>这话从他的嘴里溜出来;
>"今天我会死在这里,"他说,
>"如果我得不到你的心意。"

这位骑士对牧羊女深情告白,并以自己的性命赌上了对女孩真切的爱,将他"高贵的气质与情操"展现无遗。然而在故事的尾声,他们来到了皇宫里,牧羊女却向国王提出了控诉,她为什么会控诉一个向自己示爱的高贵骑士呢?

>'He hath not robbed me, my liege,
>Of purple nor of pall;
>But he hath got my maidenhead,
>Which grieves me worst of all.'
>
>(49—52)

>"他没有抢劫我的衣物,
>我的国王;
>但他夺走了我的贞洁,
>这令我无比伤心。"

这就是这个"高贵骑士"的所作所为,他没有锄强扶弱、劫富济贫,因为他不是"底层英雄";但他也没有行使骑士的本职——保护老人和女性,他所做的不过是满足自身的私欲——追逐漂亮的女孩,而且是以一种兽性的方式。故事最后,虽然骑士多次强调他不愿意和牧羊女结婚,牧羊女还是和骑士结成了连理,但这也正是底层女性最为悲哀之处。因为她是女性,更因为她是底层女性,所以被糟蹋后她也没有任何反抗之道,连嫁给凌辱自己的人都被视为最理想的结局。实际上,就连这种"理想的"结局也并非所有底层女性都能得到,牧羊女之所以能嫁给骑士,究其深层原因,是因为她原是一位公爵的女儿,而骑士只是一个乡绅的儿子。骑士可以嫌弃牧羊女的身份,面对公爵之女却是高攀,他们的地位仍不平等,并非"门当户对",是公爵之女的高贵地位保证了他们的"幸福"结局：

>Their hearts being then so linked fast,
>And joyning hand in hand,
>He had both purse and person too,
>And all at his command.
>
>（105—108）
>
>他们的关系迅速升温，
>夫妻同心协力，
>他拥有了钱也拥有了人，
>所有都在他的控制之中。

  牧羊人的女儿勇敢地为自己抗争，最后为自己争取到了和骑士的婚姻。看似有了完美的结局，但在整个男权社会中，是"男人吐丝结网，[在] 编织女性的命运。他们以爱情为诱饵，将女人诱入圈套中"（柴旭健、李向东、花萌，66）。正如以上诗节中最后一句所描绘的，虽然牧羊女贵为公爵之女，但拥有并掌控一切的其实仍是骑士，这一现实进一步凸显了女性的悲哀命运。波伏娃曾说："婚姻是 [女性] 结合于社会的唯一手段，如果没有人想娶她们，从社会角度来看，她们简直就成了废品"（波伏娃，20）。牧羊女之所以一直热衷于和骑士的婚姻，即使后来得知骑士并非上层人士，也并非真心爱她，仍毅然决然地和他走进婚姻，是因为只有婚姻才能实现女性的社会价值，才能让她们融入社会之中，也只有这样，女性才能真正活出生命的价值，否则她们就是"废品"。这一讽刺的称呼将女性的社会地位展露无遗：她们只是男权社会中的玩物，是任男性把玩的物品，因为"我们的文化是父权制文化：这是一种有利于男性利益的文化"（Madsen，86），男性是作为统治阶层的存在，女性只是生活中的调味品，是可有可无的存在。歌谣中，牧羊女的贵族身份促成并保证了他们婚姻的缔结和基本稳定，如果她只是一个牧羊女，被男性玩弄、玷污、抛弃之后，她除了接受悲哀的命运根本无计可施。底层女性既无言说的权利也无反抗的能力，这是底层女性的悲哀，也是当时社会给底层女性的无形枷锁。

| 第一部分 | 英国诗歌底层叙事传统溯源

  虽然这首民谣描述了男性对于底层女性的抢占和凌辱，但看似幸福美满的结局可能使读者意识不到男性对于底层女性欺压的严重性，也感觉不到当时约翰王统治下的英国风气的败坏，自然会认为以上事例纯属偶然和意外。实际上底层女性所遭遇的心理和身体双重伤害远不止于此，民谣中也不乏男性对她们的爱情抛弃和她们自身遭受的分娩之苦的叙述，使读者从字里行间深切感受到底层女性的悲与痛。《英格兰和苏格兰民谣》的第62首"漂亮的安妮"（Fair Annie）的版本B，就讲述了女性被男性凌辱、奴役后又被无情抛弃的经历。故事始于一段看似美好而甜蜜的上层阶级的恋爱关系：

>THERE livd a lord on yon sea-side,
>And he thought on a wile,
>How he would go over the saut sea
>A lady to beguile.
>
>（1—4）
>
>一位公爵住在海边，
>他思考了许久，
>他要怎么去海的那边
>去向一位小姐求爱。

然而接下来笔锋一转，带出了另一位底层女性的艰辛和苦难：

>'O learn to mak your bed, Helen,
>And learn to ly your lane,
>For I'm gaun over the saut seas
>A bright bride to bring hame.'
>
>（5—8）
>
>"学着整理你的床铺，海伦，
>学着待在你应在的地方，
>因为我要驶过这片海洋
>把一位美丽的新娘带回家。"

第一章 | 英国民谣：底层叙事之肇始

仅从此段对话来看，就像是公爵在给家中的女仆安排差事，然而下一诗节直接将公爵高大的形象扳倒，将这位"女仆"的不幸展现得淋漓尽致：

'How can I mak my bed,' she says,
'Unless I mak it wide,
Whan I have seven o your sons
To lie down by my side?'

(9—12)

"我怎么整理床铺，"她答，
"除非我把它变宽，
当我们的七个儿子
都躺在我的身边？"

简单的回答却揭露了残酷的真相，原来这位"仆人"已经给公爵生育了七个儿子，但因为她来历不明、身无分文，公爵非但不打算娶她，还在她面前声称要去迎娶海那边的另一位小姐，只因对方能够给他带来财富和权力。幸而新娘在发现安妮（身份不明时被称为海伦）是自己的姐妹后，将自己的嫁妆给了她：

O seven ships conveyd me here,
And seven came oer the main;
And four o them shall stay wi you,
And three convey mehame.

(97—100)

共有七艘船护送我来到这里，
七艘船全部到了；
其中四艘留给你，
三艘护送我回去。

安妮有了嫁妆和身份，因此公爵给了她体面的婚礼，但是这看似美好结局的背后隐藏的却是女性的无限悲哀。在安妮身份未明时，不能给公爵带来任何经济回报，所以即使已经为他生育了七个孩子，这位公爵也从未考虑过给予其应得的名分，作为底层女性，她先被男性凌辱，又被男性无情抛弃。这不是个例，而是底层女性共同的命运悲剧，是一个古今都存在的问题："底层女性面临着物质匮乏、文化素质低下、经济不独立的现实，这是造成她们生存悲剧的根本性原因"（丁红丹，9）。底层女性"处于整个社会的最底层，被社会中上阶层俯视"（Ibid）。安妮身份不明，不能给公爵带来任何财富和权利，所以只能充当公爵的生育机器，得不到一丝一毫的真切关怀，只是公爵呼之即来的奴仆；公爵之所以将安妮留在家中，最大原因就是她是一位女性，她有生育的功能。更为悲哀的是，文化水平不高的安妮也有着同样的想法，正如杜李所言："女性实现自我的主要途径，除了性爱，就是生育"（100）；无依无靠的安妮除了靠性爱和生育使自己继续留在这个家中外别无选择，所以她才一而再再而三地忍受公爵的凌辱和折磨，才可以为公爵生育了那么多的孩子却不求任何名分，因为作为社会的最底层，她没有能力、没有资格，也没有勇气。但即便如此她也得不到公爵的青睐和同情，依旧面临着惨遭抛弃的境遇。

类似的情景还发生在《英格兰和苏格兰民谣》的第 73 首"托马斯公爵和美丽的安妮特"（Lord Thomas and Fair Annet）的版本 A 中，歌谣伊始也呈现了貌似美好的爱情故事：

LORD THOMAS and Fair Annet
Sate a' day on a hill;
Whan night was cum, and sun was sett,
They had not talkt their fill.

(1—4)

托马斯公爵和美丽的安妮特
在一个小山丘上坐了一天；
当夜晚降临，夕阳西下，
他们还没有说尽兴。

| 第一章 | 英国民谣：底层叙事之肇始

这对沐浴在爱河中的男女有着说不完的情话，是一对无比甜蜜幸福的恋人，但是公爵为什么会爱上一个穷人家的女孩呢？歌谣的题目其实已经揭示了原因："托马斯"是"公爵"，而"安妮特"是"美丽的"，托马斯对安妮特的爱很大程度上建立在她的美貌上，"女性的形体外貌之美正是引起男性关注的第一步"（张国际，79），不然高高在上的公爵怎会独独青睐没有任何身份、地位和财富的底层女性呢？也正是因为托马斯对安妮特的爱一开始就不纯粹，才导致了后来托马斯对爱情的背叛。

  Lord Thomas said a word in jest,
  Fair Annet took it ill:
  'A, I will nevir wed a wife
  Against my ain friends' will.'

(5—8)

  托马斯公爵开玩笑似的说了一句话，
  美丽的安妮特却当真了：
  "哎，我永远不会娶一个妻子
  如果我的朋友都不喜欢。"

这里托马斯的话已经暗示了他们的爱情悲剧，他是在开玩笑，而安妮特却当真了，因为她看到了他们的未来，感到了自己的爱情危机。安妮特的这一做法正好印证了波伏娃的观点："爱情是女人的最高使命，当她把爱情指向男人时，她是在通过他寻找上帝"（波伏娃，611）。女人天生就是为情而生，她来人间这一遭，总要为某些人付出感情，或父母，或丈夫和孩子，爱情更是很多女性一生的追求，但对于男性而言爱情只是生活中的调味品。安妮特感到不安的其实并非托马斯的玩笑，而且玩笑背后那并不坚贞的爱情。

  在考虑结婚对象时，托马斯并没有直接选择自己喜爱的安妮特，而是去询问身边人的建议。首先，"乖巧"的托马斯询问了他的母亲：

| 第一部分 | 英国诗歌底层叙事传统溯源

'O rede, O rede, mither,' he says,
'A gude rede gie to mee;
O sall I tak the nut-browne bride,
And let Faire Annet bee?'

(13—16)

"给我建议，给我建议，母亲，"他说，
"给我一个好的建议；
噢，我应该迎娶棕色皮肤的女孩，
从而抛弃漂亮的安妮特么？"

随后他又去询问了自己兄弟的意见，问他们谁更适合做自己的新娘：

And he has till his brother gane:
'Now, brother, rede ye mee;
A, sall I marrie the nut-browne bride,
And let Fair Annet bee?'

(21—24)

他又去咨询他兄弟的意见：
"哥哥，现在给我点建议吧；
哎，我是应该娶棕色皮肤的女孩，
而抛弃漂亮的安妮特么？"

接着他还询问了自己的妹妹：

And he has till his sister gane:
'Now, sister, rede ye mee;
O sall I marrie the nut-browne bride,
And set Fair Annet free?'

(33—36)

| 第一章 | 英国民谣：底层叙事之肇始

他又去询问自己的妹妹：
"妹妹，现在请给我建议；
我应该迎娶棕色皮肤的女孩，
而抛弃美丽的安妮特么？"

最后他得到了不同的回复：

'The nut-browne bride haes gowd and gear,
Fair Annetshe has gat nane;
And the little beauty Fair Annet haes
O it wull soon be gane.'
[...]
'The nut-browne bride has oxen, brother,
The nut-browne bride has kye;
I wad hae ye marrie the nut-browne bride,
And cast Fair Annet bye.'
[...]
'I'se rede ye tak FairAnnet, Thomas,
And let the browne bride alane;
Lest ye sould sigh, and say, Alace,
What is this we brought hame!'

(17—20, 25—28, 37—40)

"棕色皮肤的女孩有金子和衣服，
漂亮的安妮特什么都没有；
安妮特所拥有的美丽容颜
也将很快消失。"
[……]
"棕色皮肤的女孩有良种牛，弟弟，
棕色皮肤的女孩有良牛；
我建议你迎娶棕色皮肤的女孩，

53

并且将漂亮的安妮特抛弃。"

[……]

"我将建议你选择安妮特,托马斯,
不要去管棕色皮肤的女孩了;
免得日后你叹气抱怨,爱丽丝,
我们娶回家的这是什么人呀!"

他的母亲建议他迎娶棕色皮肤的女孩,因为她虽然没有姣好的容颜,却家境富裕,有金子和衣服,而美丽的安妮特除了容貌什么都没有,她的漂亮容颜也终会老去;他的哥哥也告诉他应该抛弃安妮特,选择棕色皮肤的女孩,因为她非常富有,有许多良种牛;只有他的妹妹认为他应该选择安妮特,免得日后懊恼后悔。他的母亲和哥哥在给他建议时从未考虑过托马斯的情感,未曾询问他爱的是谁,只是单纯依据两位女性的经济能力和社会地位做决定;只有他的妹妹从他的情感出发,建议他选择爱情。但女性从来都没有话语权(不包含女性家长),最后他还是选择了富有的棕色皮肤女孩,无情地将贫穷的安妮特抛弃。爱情对于女性有多重要,它对于男性就有多么不重要,与其说是托马斯的母亲和哥哥毁了托马斯的爱情,不如说是他自己将爱情葬送。女性认为爱情是她们生命中至高无上的存在,是一生的追求;"男性则认为爱情是生活的附加品,是生活的点缀"(王葵,60),对他们来说,有了爱情生活会变得更加多姿多彩,没有爱情的生活无非是少了些许感性的存在,丝毫不会影响他们的日常。单从男女对待爱情的不同态度,便可以得知爱情中女性必然处于弱势,爱情是她们生活的全部,一旦失去爱情,她们的生活便随之暗淡。歌谣中的爱情悲剧归根结底是由男女双方对待爱情的不同态度导致的:男性玩笑般地说如果自己的亲朋好友不喜欢自己的未婚妻,他就不会迎娶那个女性,一开始他就没有把自己的爱情放在最重要的位置上,他又怎么可能拥有幸福美满的爱情?

男性大多更为理性,在女性和底层女性之间他选择女性;男性又多为视觉动物,如果同为底层女性,他的选择一定是更漂亮的那个。《英格兰和苏格兰民谣》的第 218 首歌谣"不忠情人的回心转意"(The False Lover Won Back)讲述的就是一名男子为了更漂亮的情人欲抛弃现在爱人的故事。故事开始的对话就表明了男女间关系的不平等：

'Where gang ye, young John,' she says,
'Sae early in the day?
It gars me think, by your fast trip,
Your journey's far away.'

(5—8)

"你要去哪里，年轻的约翰，"她说，
"在天还这么早的时候？
据你快速的步伐，我感觉，
你的旅程一定很远。"

约翰要去追求另一位情人，却未打算和爱人说明情况，相遇时，还是女性首先发问，可见女性在其爱情关系中占据主动地位，而男性稍显被动，男女对待爱情的不同态度正说明了爱情在他们心目中的重要性；其次也是因为女性对男性的生活细节比较关注，才可以做出推断，虽然只是一件小事，但却体现了爱情中女性对于男性的大量付出和小心呵护。

He turnd about wi surly look,
And said, What'a that to thee?
I'm gaen to see a lovely maid,
Mair fairer far than ye.

(9—12)

他转过身，面带凶相，
说到，那和你有什么关系？
我准备去见一个可爱的女孩，
比你漂亮多了。

男子毫不避讳地说出了自己的意图，并对女子的发问感到些许厌恶，因为她耽误了自己的行程，他一心想着远方可爱的女子却忘记了眼前曾经的挚爱，因为在男人看来"他是'主体'，是绝对，而她则是'他

| 第一部分 | 英国诗歌底层叙事传统溯源

者'"（波伏娃，7）；他以统治者自居，女性都是他的"臣民"，他对于女性并没有爱情，有的只是玩弄，就像小孩子玩弄玩具一般，玩够了直接丢弃就行了，还用和玩具解释道歉么？他们也曾有过甜蜜的时刻，然而当他厌倦了，就决然将爱人抛弃，另寻新欢。

'Now hae ye playd me this, fause love,
In simmer, mid the flowers?'

（13—14）

"你之前都是玩弄我么，爱情叛徒，
在夏日的花丛里？"

以上诗行就是女性对于男性朝秦暮楚的真实控诉，但也只能无力地控诉。故事的结尾，虽然男子回心转意了，放弃了对更漂亮女孩的追求，故事看似有了圆满的结局，但是男子的确心生抛弃女子的想法，而女子的一路追随正是女性"次等"的体现：男权社会中，"男权势力占绝对优势，女性的地位非常卑微。她们无能为力，于是把爱情、婚姻都当作帮助其逃脱牢笼的手段"（龚蕴华，125）。歌谣中的男子之所以会有抛弃爱人的想法，是因为他还有爱情中的备选项，这位女子一直不肯放手的原因则是因为离开了这位男子，她在社会中将无以立足，在整个社会的打压之下，女性只能依靠男性来实现所谓的自由、实现自己的人生价值。故事最后浪子虽回了头，但这是女性用尽全力才将其挽回的。试想一下，如果是女性欲背叛男性，结局会怎样呢？英国民谣中确有女性背叛男性的记录：《英格兰和苏格兰民谣》第 86 首歌谣 "年轻的班杰"（Young Benjie）中，一对本来十分亲密的恋人发生了争吵，女子气急之下扬言要去寻找其他男子做爱人，这位男子并没有挽留和不舍，而是将女子投入湍急的河流中溺死。同样作为爱情中的受伤者：无助的女子只能苦苦挽留对方，而男子直接选择毁灭对方。这正映照了张国际的观点："女性与男性的冲突，在以男性为尊的社会，女性终究避免不了悲剧的结局"（79）。同样的爱情悲剧在男女身上的结局一定不同，不管女性是背叛者还是被背叛者，她的结局都一定是悲剧。歌谣 "不忠情人的回心转意" 中并没有直接点明女子的身份，但是从她对男子的苦苦挽留以及

第一章 英国民谣：底层叙事之肇始

男子的无情抛弃可知，她多半为底层女性，如果她贵为上层阶级，男子为了她的身份地位和财富也不会将其抛弃。女性为爱牺牲的程度与其富有激情的程度成正比，所以相比男性，女性更愿意为爱付出甚至不惜牺牲性命。丹麦心理学家索伦·克尔凯郭尔（Soren Aabye Kierkegaard）敏锐地觉察到了爱情中的这种不平等和剥削，在他的经典著作"《诱惑者的日记》（Forførerens Dagbog）［中］通过［讲述］男人对少女诱惑与抛弃的过程，揭示了爱情理想与现实人生的不可调和"（柴旭健、李向东、花萌，64）。这种不可调和正是男权社会中男性的高傲和专横与女性的软弱和无能共同作用的结果，在男人看来，"女人的次等是她们的天性"（Madsen 94）；久而久之女性就认同了这种观点，把自己的次等和弱势当作理所当然，随之就会以男权社会的思想和观念约束自己、改变自我，将自己成长为男性理想中的女性，将男性对自己的凌辱和抛弃当作日常。正如波伏娃所言："女人不是天生的，而是后天形成的"（Beauvoir 309），她们是在男权社会大框架下一步一步打磨而成的，最终她们成了男性理想中的样子，为男性的荣耀而生，完全失去了自我。

纵然失去了自我，完全为男性而生，女性，尤其是底层女性，依然无法得到应有的尊重与重视，还要被迫承受男性的始乱终弃。更有甚者，她们还遭受着生理上的折磨。女性孕育的过程"既是一种丰富又是一种伤害"（波伏娃，562）。孩子的出生让女性体会到了极大的身心满足，成为一名母亲意味着女性在这个冰冷的世界上有了自己的至亲，也正是生育给底层女性带来了最基本的生存权；然而孕育可以成就女性，也同样可以毁灭女性，孩子的出生让女性体会到极大的身心满足，但妊娠以及分娩的过程又极有可能给女性带来失去生命的极大危险。《英格兰和苏格兰民谣》的第91首民谣"沃灵顿美丽的玛丽"（Fair Mary of Wallington）的版本A就描述了当时英国民间地区的女性所遭受的分娩之苦。

> WHEN we were silly sisters seven,
> sisters were so fair,
> Five of us were brave knights' wives,
> and died in childbed lair.
>
> (1—4)

| 第一部分 | 英国诗歌底层叙事传统溯源

> 当我们七个是单纯的女孩时，
> 姐妹们是如此漂亮，
> 我们中五个都是勇敢骑士的妻子，
> 五个都死在了产床上。

故事开头就直击重点，讲述五位女性无一例外死于分娩之苦，虽然这个家庭的女孩们是受了诅咒才无一幸免，但为什么诅咒针对的不是男性而是女性？为什么不是其他的疾病而偏偏是分娩之苦？依然值得我们深思。为了避免同样的命运，第六个女儿玛丽发誓不嫁人：

> Up then spake Fair Mary,
> marrywoud she nane;
> If ever she came in man's bed,
> the same gate wad she gang.
>
> （5—8）
>
> 于是美丽的玛丽发誓说，
> 她不会嫁给任何人；
> 如果她同男人结合，
> 她也会历经同样的命运。

然而她的母亲虽已见证了五个女儿的相继离世，此时此刻却仍没有半点觉悟，还一心为女儿置办婚事，丝毫不去关注女儿的真实想法和生命。

> 'Make no vows, Fair Mary,
> for fear they broken be;
> Here's been the Knight of Wallington,
> asking good will of thee.'
>
> （9—12）

| 第一章 | 英国民谣：底层叙事之肇始

"不要发这样的誓言，可爱的玛丽，
以防你会打破你的誓言；
沃林顿来了一位骑士，
欲向你表达心意呢。"

母亲的执迷不悟最终导致了玛丽同样的悲剧命运。

She had not been in Wellington
three quarters and a day,
Till upon the ground she could not walk,
she was a weary prey.

She had not been in Wellington
three quarters and a night,
Till on the ground she coud not walk,
she was a weary wight.

(25—32)

她在沃林顿还没待到，
三个季度零一天，
她已经不能够下地行走了，
她成了一个虚弱的人。

她在沃林顿还没待到，
三个季度零一夜，
她已经不能够下地行走了，
她成了一个羸弱的人。

诅咒在第六个女儿身上也应验了，她的生命也已到了尽头。这位母亲已经失去了五个女儿，为什么还执意让六女儿同意骑士的求爱呢？她真的毫不关心自己的女儿吗？事实上，她之所以执着于女儿们的婚事，正是出于对女儿深切的关爱。男权社会下的女性，几乎没有任何社会价值，她们想要生存、融入社会就只能通过男性、性爱和婚姻。这位母亲

| 第一部分 | 英国诗歌底层叙事传统溯源

虽然担心女儿们的生命,但更担心的是她们在这样的社会中无法立足、无法生存。男权社会是一种有利于男性的社会,社会中的各种政策和规定都是为男性而服务的,而社会中的女性也是为男性服务而存在的;凯特·米莱特(Kate Millett)在《性政治》(*Sexual Politics*)中将男权解释为一种控制机制,这种制度"赋予了父亲对妻子(们)和孩子的几乎全部所有权,包括身体虐待的权力,甚至包括谋杀和买卖的权力"(Millett 34)。在这种社会中,男孩子最终会成为掌权的父亲,而女孩子只能一直在父亲、丈夫和儿子的权力阴霾下苟活,"在经济上女性因没有工作而不得不依靠男人;在社会上女性没有社会地位;在家庭中女性结婚之前要对父亲唯命是从而结婚之后要唯丈夫马首是瞻"(籍婷婷,107)。

玛丽六姐妹的遭遇,反映了婚姻与生育之于女性的悖论:婚姻和生育可以成就女性,同时也可以毁灭女性;"因为生育的重要性,也因为生育有关的各种女性精神疾病"和"生理经痛、歇斯底里、厌食肥胖、精神衰弱等一般女人'多少都有'的病痛,使得女人自然不适于负政治责任、投票或候选,也自然不适于智慧思考、高等教育或事业发展"(李台芳,46);女性的身体构造和机能注定了女性不仅不能过多参与到社会活动中去,还要遭受妊娠和分娩这两大苦难,这是成就她们的必经之路,但同样也可以毁灭她们。

综上可见,底层女性的苦难书写源于两个方面:社会地位的低下和婚姻爱情中的卑微。孟悦、戴锦华认为:"所谓'女人'仅仅是有史以来那个被奴役、被统治者[的群体]——弱者群体"(21),这一定义点明了女性与生俱来的群体弱势。"女性的生存本身就比男性困难,选择范围小。身处底层的女性更是困难,现实生活的重压让她们生存举步维艰"(管晨蓉,10)。因为是底层的底层,她们没有生活可言,生存也愈发艰难,她们要扛住上层社会对她们的重压,同时还要忍受同为底层的男性对她们的欺压,这对于处于弱势的她们而言,无疑是雪上加霜;底层女性是没有身份地位的存在,是被隐形被忽视的人。此外,源于其社会地位的低下,底层女性在爱情婚姻关系中也是底层的存在。男权社会下,女人是"次等的"(Madsen 94),只能依附于男性而生。男女社会地位的不平等一定程度上也反映了社会的文明程度,马克思就曾提出:"男女之间的关系是人和人之间最自然的关系"(马克思、恩格斯,

119），而这种关系也印证了整个人类的文明程度，男女关系中的不平等正是凸显了社会文明发展的不完全。

众所周知，"爱情是人类美好的、神圣的情感，是人类社会的永恒主题"；古往今来的文学作品大多在称赞爱情的美好，"然而，这种美好的感情遇到现实社会的阻挠时，就成了悲剧。爱情悲剧中，古往今来受伤害最深的往往是女性"（马郁文，12）。之所以会出现这种结果大多是因为男女地位的不平等和男女对待爱情的不同态度：女性生来为男性服务，围绕着男性而活，失去了男性，她们也面临着消亡；男性则是独立的，女性只是他们生活中的一面，没有了女性和爱情，他们一样可以继续生活，这也是他们随意对待爱情的重要原因之一。也有女性会有觉醒意识，她们想要独立于男性之外、男权社会之外，但是社会现实压得她们不能喘气："生活在底层社会中的女性，虽也有独立思考其个体命运的愿望和能力，但由于其自身性格的不足和在社会存在中价值体现的能力有限，以及传统观念上对男人世界的依附性，注定了其悲剧的人生结局"（李军辉，111）。德国著名哲学家叔本华（Arthur Schopenhauer）曾指出："使一种存在高于另一种存在，使一类人高于另一类人的东西，是知识"（36）。纵观古今中外，女性，尤其是底层女性，无一例外都是"去知识化"的存在，因为愚昧无知才能更好地被统治，这一特征决定了底层女性的社会地位和身份，也限制了她们在社会中的活动范围和生存空间。不管是社会地位还是婚姻地位都注定了底层女性的悲惨结局，几千年的传统仅凭她们微弱的力量是不能产生丝毫波动的，她们的反抗也只是弱势的反抗，给整个男权社会却带不来丝毫波澜，最终她们还是只能低头于庞大的男权社会，她们的苦难也终将继续。

小　结

中世纪早期的英国民谣反映了底层劳动者、底层英雄和底层女性的生存境遇、阶级矛盾和性别政治，表达了底层人的心声。其诗歌中所蕴含的现实主义思想和人文主义关怀元素，也对后世许多作家的诗歌创作产生了深刻的影响。湖畔诗人威廉·华兹华斯（William Wordsworth）和萨缪尔·柯勒律治（Samuel Coleridge）在诗歌理论创新与实践写作上更使得英国民谣得以全面地兴盛。特别是以华兹华斯为代表的浪漫主义诗歌派，他们的诗歌中展露了对自然生灵及底层人民的关怀，同时也沿袭了民谣风格写实、语言朴素和格律工整的传统，"这一方面是对十八世纪新古典主义诗歌规整精巧而充满宫廷气息的英雄双韵体的反动，另一方面也是平民精神觉醒的反映"（王佐良，700）。这种平民精神和质朴文风，甚至影响了当代英国大众诗人。由此可见，英国民谣无论从叙事主体、叙事对象、叙事主题到叙事策略和艺术风格，都堪称英国诗歌底层叙事肇始之作。

第二章 乔叟：底层叙事之先驱

概 述

杰弗雷·乔叟（Geoffrey Chaucer，1340—1400）是英国最伟大的诗人之一，被称为"英国诗歌之父"。他是英国文学史上第一位用英语进行诗歌创作的诗人，其作品深深地扎根于英国本土文化之中，建构起英国文学和诗歌传统的民族性和英国性。他的代表作品《坎特伯雷故事集》(The Canterbury Tales) 除了揭露中世纪教会的腐败、贪婪和堕落外，还重点关注底层民众的世俗生活。"磨坊主的故事"（The Miller's Tale）和"巴斯妇的故事"（The Wife of Bath's Tale）均颠覆了中世纪文学作品以王公贵族为主角的传统，聚焦于底层人物：通过磨坊主粗俗的市井故事对神圣宗教进行反抗与嘲讽，揭示人性的堕落以及道德的沦丧；通过巴斯妇这一形象反对社会对女性的歧视，主张男女平等，宣扬人文主义，呼吁人性解放。他的作品具有现实主义和人文主义思想，奠定了英国现实主义文学的基石。作为英国诗歌底层叙事的先驱，乔叟对英国底层文学叙事产生了深远影响。为探寻英国诗歌的底层叙事之根源，本章将集中探讨《坎特伯雷故事集》中的底层叙事和底层人物塑造。

第一节 "磨坊主的故事"的底层叙事

乔叟是"英国语言发展史上的功臣"（王佐良，17），其代表作品《坎特伯雷故事集》（以下简称《故事集》）对后期英国文学的发展与繁荣做出了巨大贡献。乔叟巧妙地运用框架叙事结构，通过总引（General

Prologue)、香客们所讲的故事、故事之间的引言、讲述者之间的对话与互动和诗人的忏悔五部分，将各种体裁灵活地结合在一起，以其独特的语言特色和丰富的内容对英语文学产生了重大影响。《故事集》的创作大约始于 1387 年，以中世纪人们热衷的朝圣旅途为主线，展现了广阔的社会画面，描写了中世纪后期英国几乎所有的社会阶层，全方位地展现了 14 世纪的英国社会生活。当时的英国，中产阶级的经济实力日渐增强，逐步成为政治和社会生活中的重要力量，开始挑战封建等级制度。与此同时，英法百年战争、反复暴发并使人口大幅度减少的黑死病、英国国内的政治斗争、频频发生的社会骚乱和农民起义等，都加剧了英国社会的变革，严重打击了当时的封建社会秩序。《故事集》在很大程度上是当时社会各阶层和各种新旧思想之间的对话。

《故事集》讲述的是作者和 29 名朝圣客去坎特伯雷朝圣的旅途故事。这些故事打破了 14 世纪英国文坛上宗教文学和骑士传奇的统治，主人公不再是王孙贵族、英雄美人，而是来自三教九流。诗人也不再为帝王将相歌功颂德，而常为平民百姓代言，所使用的语言是民间歌谣常用的英语。彼时，英语被视为下层阶级粗俗的语言，而供上层阶级玩赏的寺院文学与宫廷诗歌都以拉丁文或法文为主。但乔叟不论翻译还是创作，都始终以英语为唯一的表现工具，其诗歌创作因此得以更深地扎根于英国本土民间，"这有助于英国民族意识的形成和民族文化繁荣"（王佐良，17）。《故事集》也首次描写了现实生活中不同阶层人物的思想和生活，开创了英国文学的现实主义传统，真实再现了当时各个社会阶层的面貌。正如肖明翰所说："《故事集》并不只有宗教意义、现实主义、人文主义，世俗化倾向和对生活的歌颂都是其不可分割的组成部分"（279）。

"磨坊主的故事"是《故事集》中的第二个故事，排在"骑士的故事"（The Knight's Tale）之后，标志着乔叟诗歌不再迎合上层社会的喜好，走向底层人的市井生活。中世纪的英国，骑士和教会是上层阶级的代表。因此，《故事集》里的骑士讲完故事后，客栈老板自然建议修道僧接着讲故事。然而代表下层社会的磨坊主却打断了客店老板的建议，要抢着讲他的故事："我要拿它作为对骑士的回报"（19）。乔叟精心安排了来自底层的磨坊主出场，借他之口讲了一个与骑士针锋相对的故事，表明了他对传统社会等级的反对和不满。作为乔叟底层叙事的标志，"磨坊主的故事"由开场语（Prologue）和故事两部分组成，借磨坊主之口，讲述底层的市井故事。开场语是客店老板和磨坊主的对话，生动、写实、鲜明地呈现了人物的性格。故事则采用市井故事（fabliau）的形式讲述了牛津穷学生和木匠妻子偷情的故事，极尽诙谐和讽刺之意。

一 市井故事的底层书写

市井故事指的是诗体形式的短篇喜剧故事，在中世纪的民间广泛流传。当时，散文体叙事作品一般都用拉丁文写成，而诗体的市井故事则用英语方言写成，以博人一笑的喜剧效果为目的，其内容倾向于描述社会中层和底层人物的世俗生活。它不仅真实生动地再现了当时的社会现实，也表现出市民阶级对现实的不满。《故事集》中的"磨坊主的故事"、"管家的故事"（The Reeve's Tale）、"商人的故事"（The Merchant's Tale）、"法庭差役的故事"（The Summoner's Tale）等都属于此种文体。

现实性是市井故事的重要特征。叙事者通过粗俗的语言讲述故事的背景、人物，营造出一种充满肉欲之情的氛围。市井故事多以城镇生活和家庭生活为主要背景，故事中的人物渴望在性接触、食物和金钱中找到刺激和快感，并深深地陶醉其中。在修辞方面，市井故事主要使用反讽，其中典型的具有反讽风格的情节是"玩骗术"，骗人者想要愚弄他人，但最终却往往自食其果。此外，市井故事往往着重塑造受到愚弄和嘲笑的人物，但并非为了换取读者的同情，而是认为他们咎由自取。

受中世纪"厌女主义思想"（misogyny）的影响，市井故事中的一些女性常被描写为精明狡诈或欺骗有术，如"磨坊主的故事"里的阿丽森（Alison）。与她有关的三个男人在一片嘲笑声中，都分别受到了不同程度的愚弄：无知善妒的木匠约翰（John）下场最为悲惨，不仅被戴了绿帽子，还断了一只手臂；亵渎神职的阿伯沙龙（Absolon）想得到阿丽森的吻，最后却吻了她的屁股；而穷书生尼古拉（Nicholas）则被用阿伯沙龙用烧红的铁犁狠狠地烫伤了屁股。其实这一切都源于阿丽森的狡猾和心机。"她的靴筒很高，鞋带直系到小腿"（82），说明她非常了解如何打扮才能吸引男人们的目光。此外，她还深知如何让男人发起追求而自己却全身而退：当尼古拉抱住她，欲与她偷情时，她却"像小马那样向后一跳"（97），并说道"我不吻你"（99）。而且，也是她教唆尼古拉去设计愚弄她的丈夫的。故事中三位男性悲惨的下场皆因她而起，而她和书生偷情、背叛丈夫却没有受到任何惩罚。这种对风流女性不做道德价值判断的故事书写正是乔叟的"市井故事"的特征之一。

二 市井人物形象的精心刻画

《坎特伯雷故事集》中的香客来自各个阶层和行业，是英国现实社会的缩影。这些人物不仅外形上各具特色、栩栩如生，人物性格也鲜明独特、惟妙惟肖，与他们所讲述的故事具有内在的统一性。正如约翰·德莱顿（John Dryden）所说："所有的香客各具特色，互不雷同，他们的故事的内容与体裁，以及他们讲故事的方式，完全适合他们各自不同的教育、气质和职业，"（转引自 Spurgeon 278）。此外，乔叟还通过他们的谈话和故事展现了当时英国社会生活中各种各样的现实问题。在全书24个故事里，有21个都涉及婚姻家庭问题。"磨坊主的故事"和"管家的故事"描写的都是普通民众拈花惹草的行径，与骑士所讲的高雅的骑士爱情故事形成鲜明的对比，虽然粗俗，但充满烟火气息，生动地再现了市井人生。

乔叟在讲故事前，总是先描述每个故事讲述者的情况：他们是何种人物，属于哪一个社会阶层，穿着如何，等等，展示了一个个惟妙惟肖的香客形象。"磨坊主的故事"也通过对磨坊主、书生尼古拉、教区管事阿伯沙龙、木匠妻子阿丽森的精心描写，反映了底层人物的真实思想和生活。

（一）磨坊主

磨坊主不仅是故事的讲述者，更是乔叟精心安排的底层阶级的代表人物，他充分考虑了磨坊主的阶级地位，为其量身定制了这个故事，生动鲜明地刻画了一个外表粗犷、言语粗俗、道德观念淡薄的磨坊主形象：

> The MILLER was a burly fellow-brawn
> And muscle, big of bones as well as strong,
> As was well seen-he always won the ram
> At wrestling-matches up and down the land.
> He was barrel-chested, rugged and thickest,

And would heave off its hinges any door
Or break it, running at it with his head.

(General Prologue, 554—560)

磨坊主是一个健壮的人
肌肉和骨骼都很粗大,
也善于卖弄他的臂力
在任何地方参加角力比赛他总得冠军。
他是一个短肩、厚实、矮胖的人,
没有一扇门他不能举起
或脱下枢轴,甚至急奔过去用头撞开。

(方 重 译)

磨坊主的体格、体型以及性格等无一不在彰显他的身份:磨坊主个头不高,但是很强健有力,总能在摔跤比赛中脱颖而出;他的行为较为粗俗,甚至会用头去撞门。这些都表明磨坊主不像骑士和学者那般绅士优雅,反而性格暴躁、有勇无谋、行为莽撞,这些都是社会底层人物的典型特征。而对其外貌的描写则使磨坊主的形象更加真实立体:

His beard was red as any fox or sow,
And wide at that, as though it were a spade.
And on his nose, right on its tip, he had
A wart, upon which stood a tuft of hairs
Red as the bristles are in a sow's ears.
Black were his nostrils; black and squat and wide.
His big mouth was as big as furnace.
A loudmouth and a teller of blue stories
(Most of themvicious or scurrilous).

(General Prologue, 561—570)

| 第一部分 | 英国诗歌底层叙事传统溯源

> 他的胡须如同狐狸或牝豚一样红，
> 像铁耙那么宽。
> 他鼻尖有个疣
> 疣上长着一丛红毛
> 像牝豚耳上的鬃毛一样。
> 两只鼻孔又黑又大。
> 他的嘴倒有炉子那样大。
> 他是个饶舌不休、满口淫猥
> (脱不开粗俚罪孽的家伙)。

（方重 译）

乔叟传神地刻画了这位莽汉的身材、外表特征以及语言特点。众所周知，浓密的毛发是男子气魄和力量的象征。因此，力气巨大的磨坊主好像长着一嘴胡须还不够似的，他鼻尖的疣上竟然还长着一丛红毛。此外，这些描述也表明磨坊主长相丑陋、外形粗犷，异于常人，不像骑士的外表那样温和、高贵，以此暗示磨坊主出身低下。再者，磨坊主喋喋不休地一直说话，却又满嘴污言秽语、粗俗下流，显而易见他来自较低的社会阶层，未曾接受过良好的教育。

> Well versed in stealing corn and trebling dues,
> He had a golden thumb-by God he had!
>
> （General Prologue, 571—572）
>
> 他懂得怎样偷麦，搜刮到三倍于他应得的数量，
> 他有的是一只"金拇指"！

（方重 译）

磨坊主的"金手指"则揭露了他的道德品质，他熟知如何克扣顾客送来的麦子，可见为了谋取个人利益，他善于使用伎俩欺骗他人，毫无道德可言。除了对磨坊主的直接描写外，诗人还通过对尼古拉、阿伯沙龙和阿丽森的精心刻画，间接反映了磨坊主鲜明的底层人物形象。

(二) 尼古拉

尼古拉是个书生，与木匠夫妇住在一起并与木匠的妻子调情。磨坊主来自较低的社会阶层，他不但不会因为熟知偷情之事感到不齿，相反，他很可能为此沾沾自喜。因此，他不仅没有批判尼古拉的偷情行为还怂恿他追求木匠妻子。故事一开始，磨坊主便称赞尼古拉"很懂男女私情，/也极调皮伶俐"（14—15），深知如何追求如阿丽森那样的人。这种称赞表明：假如磨坊主也像尼古拉一样与阿丽森住在一起，那么他也极可能做出偷情之类的事情。

> He held her by the haunches hard and tight,
> 'Now let's make love at once,' cried he, 'Sweetheart!
> Or it's the end of me, so help me God!'
>
> （The Miller's Tale，94—96）
>
> 他紧抱着她的腰，
> "亲爱的，现在就爱我吧！
> 否则我就死了，上帝救我！"
>
> （方重 译）

由此可知，在追求阿丽森的过程中，尼古拉采取的是直接进攻的方式。他直接向阿丽森求爱，而不像阿伯沙龙通过唱歌、奏乐间接地表达爱慕之情。毋庸置疑，在乡村成长和生活的磨坊主更偏爱尼古拉的求爱方式。然而，磨坊主和书生毕竟不属于同一个社会阶层，在磨坊主看来，书生太"文质彬彬，像个姑娘"（17），所以在故事结尾，书生尼古拉受到了被铁犁烫伤屁股的惩罚。

(三) 阿伯沙龙

教区管事阿伯沙龙一心想得到阿丽森，结果却受到戏弄，在黑暗中吻了对方的屁股（kiss her naked arse）（549）。通过对教会人士荒淫无耻和腐败堕落的描述，乔叟无情地抨击了当时的社会制度。同样，乔叟精心描写阿伯沙龙，也是为了进一步衬托磨坊主的形象。诗人在"总引"里描写磨坊主的外貌时，用了牝豚、狐狸等动物来作比较，以突出其强壮和粗野。而作为与磨坊主完全不同的上层阶级的代表，阿伯沙龙的外表则与磨坊主完全相反。

> His face was red, his eyes grey as a goose
> [...]
> He wore a light blue jacket, flitting tightly,
> A mass of fine tagged laces laced it neatly,
> With over it a surplice white and gay
> As blossom blooming on a branch of may
> [...]
> In twenty different styles he'd jig and dance,
> But in the Oxford mode, as was the fashion.
> 　　　　　(The Miller's tale, 131, 134—137, 141—142)
>
> 脸上是玫瑰色，眼睛像鹅毛管那样的灰色
> [……]
> 穿得精巧清爽，红袜、淡蓝的外衣，
> 上面嵌着美观的厚饰带，
> 套上一件漂亮的法衣
> 像枝头的花朵一样雪白
> [……]
> 他会舞蹈，
> 那个时代牛津的十二种舞法他都学来了。
> 　　　　　　　　　　　　　　　(方重 译)

阿伯沙龙拥有迷人的外貌，衣着讲究，懂艺术，有品位。与尼古拉相比，阿伯沙龙看似是一个富有浪漫和理想色彩的完美情人形象。但这只是表象，和"骑士的故事"中被囚禁在塔楼里的两个贵族骑士派拉蒙（Palamon）和阿赛脱（Arcita）相比，他显得格外滑稽可笑。当他得知木匠不在家的消息后，感到非常振奋，情不自禁地想入非非："今天我的嘴整天作痒，/这就是至少可以有一吻的兆头"（498—499）。他的爱情宣言赤裸又粗俗，毫无浪漫可言，与两个贵族骑士在塔楼监牢里对心上人爱茉莉（Emily）无穷的思念形成了鲜明的对比。虽然身陷塔楼，但派拉蒙依

然相信"爱茉莉就是爱神维纳斯"(240),可以助他逃出囹圄或施恩于他的族裔;阿赛脱即使在将死之际,还对爱茉莉说:"我崇敬你高于世间任何一人"(285);此外,他还称赞派拉蒙具有"忠诚的心、高贵的品格、骑士的风度等美德"(305),并奉劝她"你若愿结婚,/不要忘了这个高尚的派拉蒙"(312—313)。然而,当阿伯沙龙向阿丽森求爱,而阿丽森威胁用石头赶走他时,他却抱怨道:"我一心爱你,竟遭到这种对待"(530)。由此可见,他徒有优雅的外表,内心却低俗龌龊。在磨坊主看来,他的行为方式愚蠢可笑,在尼古拉这个"机灵鬼"的衬托下,成了"讨厌的"情人,不论他多么努力,只要有尼古拉在,他的求爱最终都将无济于事。

(四) 阿丽森

乔叟不遗余力地用了整整 37 行诗句(49—85)来描写阿丽森惊人的美貌和优雅,对其形象的塑造同样也带有鲜明的乡土特征。叙事者磨坊主是乡下人,其审美充满了乡间特色,因此在描述阿丽森时他使用了自己熟知喜爱的乡间事物:

> Her body slim and supple as a weasel.
> [...]
> An apron also, white as morning milk
> [...]
> Plucked to a slender line were her eyebrows,
> And they were arched, and black as any sloes.
> [...]
> Than is a pear-tree in its early bloom;
> And soften than the wool upon a wether
> [...]
> But when she sang, it was brisk and clear
> As any swallow perching on a barn.
> And she would skip and frolic, and make play
> Like any kid or calf behind its dam.
>
> (The Miller's tale, 50, 52, 60—61, 63—64, 72—75)

| 第一部分 | 英国诗歌底层叙事传统溯源

阿丽森身段灵巧像一只鼬鼠。

［……］

拦腰一条围裙，和清晨的牛奶一样白

［……］

弯弯的眉毛，
像黑刺李一般黑。

［……］

她比梨树要甜蜜可爱；
比羊毛要轻软

［……］

她唱起歌来
像谷仓上的燕子。
她又轻佻爱耍，
像小牛犊一般欢闹。

（方重 译）

  阿丽森拥有美丽的容颜、灵巧的身材以及欢快的心态，这些都足以深受男人们的喜爱。磨坊主用他所熟知喜爱的乡间事物来描述阿丽森，可见其对阿丽森这个女人的爱慕。在当时的社会中，老夫少妻是一种常见的婚姻模式，而磨坊主认为人都有追求爱与美的权利。阿丽森在他眼中是如此的美丽、完美，她的丈夫却又老又无知，配不上阿丽森；再者，磨坊主本身道德观念淡薄，并不认为调情是不道德的事情，因此，阿丽森背叛丈夫情有可原、理所应当，也不必受到任何惩罚。此外，阿丽森的身段灵巧像"鼬鼠"、歌声婉转似"燕子"、性格欢快如"小牛犊"，这些描述体现了乔叟对自然欲望的肯定。动物是不能够控制它们的欲望的，人类不能也不应该控制自己的欲望。中世纪的天主教会崇尚神权、压抑人性，对妇女的束缚尤为严重。乔叟通过这个故事塑造了阿丽森这个敢于满足自身需求和大胆追求幸福的女性，打破了当时的宗教法规对人类的禁锢。

  "磨坊主的故事"毫不留情地对传统的道德和爱情进行了嘲讽和批判。痴情汉木匠约翰（John）对妻子阿丽森"爱的如命"（37），但他这种一往情深却让他最终断了一只手臂,还受到邻居的嘲笑。阿伯沙龙在见阿丽森前,会小心翼翼地梳理他的金色卷发,原本深情的行为却使他看起来既愚蠢又娘气,他的追求也被阿丽森所鄙视,最后只吻了她的屁股。"磨坊主的故事"对传统道德爱情的嘲讽与当时的时代背景密切相关。那时,数以万计的民众在黑死病中死去,本应救助人民的教会却依旧行事铺张、生活奢靡,因此讽刺教会、反抗传统观念的一系列故事便应运而生。

第二节 "巴斯妇的故事"的底层叙事

在《坎特伯雷故事集》中,从"巴斯妇的故事"到"自由农的故事"(The Franklin's Tale),7个故事都以婚姻为主题,聚焦于夫妻关系、女性地位。"巴斯妇的故事"包括开场语和故事两部分。开场语有828余行,比故事本身长出两倍以上,是所有作品中开场语最长的,揭露了宗教父权制的实质,塑造了一个追求自由平等的女性形象;故事部分则展现了女人用智慧挽救男人性命、用教导救赎男人灵魂的女性主题。

西方学者对乔叟的妇女观一直颇感兴趣。20世纪60年代,史学家们从女性主义视角出发分析了《坎特伯雷故事集》中的巴斯妇形象,认为她是女性文学形象群体中独特的一例,是未被男性话语缄默的女性代表。80年代,雪拉·迪兰妮(Sheila Delany)主张巴斯妇"是内化了早期资本主义的价值观念,并通过婚姻手段抵抗社会对妇女的压抑的新生女性"(72—87)。80年代末90年代初,卡洛丽·丁萧(Caroly Dinshaw)的文章"乔叟的性别诗学"(Chaucer's Gender Poetics)考察了乔叟父权话语的双重性:传统的厌女症情结和同情女性的倾向。90年代后期到21世纪初,吉尔·曼(Jill Mann)的《女权(性)化中的乔叟》(*Chaucer in Feminization*),剖析了文学作品在社会性别构成中所扮演的角色。一些学者认为乔叟对女性抱有同情,另一些学者则坚称,诗人塑造的女性人物受到了男权主义的"厌女"传统的影响。笔者认为,只有将乔叟塑造的女性形象放到当时的社会背景中,才能更准确地探究他创作的真正意图。

"巴斯妇的故事"通过巴斯妇的婚姻经历和经验描写了中世纪的新

女性形象。她是一个技艺精湛的织布能手,是新兴市民阶层的代表,但就其社会地位而言,仍属于社会底层。乔叟笔下的巴斯妇独立、叛逆、不畏权威、敢于挑战,在家庭中享有与男性平等甚至高于男性的地位。她的出现体现了诗人关注女性内心需求和思想状态,呼吁解放妇女的人文主义思想。

一 对传统妇女形象的颠覆

在《坎特伯雷故事集》中,巴斯妇和男人一起走在朝圣途中,谈笑风生、能言善辩,完全颠覆了中世纪传统中缄默不语、循规蹈矩的妇女形象。在"总引"中,诗人用 32 行诗句(455—486)对她的外貌、服饰、技艺、婚姻等方面进行了惟妙惟肖的描写,刻画了她敢说敢做、要强逞威的性格,塑造了一个追求平等、敢于向父权制社会挑战的女性形象。她一出场就深深吸引了读者的注意:

>So skilled a clothmaker, that she outdistanced
>Even the weavers of Ypres and Ghent.
>[...]
>Her Headkerchiefs were of the finest weave,
>Ten pounds and more they weighed, I do believe,
>Those that she wore on Sundays on her head.
>
>(General Prologue, 457—458, 463—465)

>她善织布
>简直超过了伊普勒和根特的技能。
>[……]
>她的巾帕是细料的,
>我发誓,
>她礼拜天所戴的头帕称起来倒有十磅重。
>
>(方重 译)

乔叟形容巴斯妇的织布技能超过比利时著名的两个纺织中心伊普勒和根特的织工,虽有夸张之意,但也充分说明她技艺精湛。纺织业的迅速发展，必定给她带来丰厚的利润，事实上巴斯妇也的确经济富裕、穿着讲究。诗中提到的"巾帕"是中古时期妇女的一种庞大而华丽的头饰，是财富的象征，若非身价不菲，她也戴不起细料的、十磅重的头帕。巴斯妇栩栩如生地展现了英国当时新兴的手工艺人形象，充分体现了新兴资产阶级的富裕。同时，正因为她拥有自己的财产，自给自足，有不依赖于男性的经济基础，她才敢于挑战男性权威。

此外，作为自由独立的新女性，巴斯妇性格争强好胜、不甘为人后，捐献时也不愿落在人后，"任何人都不让走在她前面去捐献，/否则她就不顾情面，/大发脾气"（459—461）。诗人以接近戏谑的笔法描写了她的大胆泼辣和敢说敢做：

> Her stockings were of the finest weave,
> [...]
> Bold was her face, and handsome; florid too.
> [...] And five times married, that's to say in church,
> Not counting other loves she'd had in youth.
> 　　　　　　　　（General Prologue, 466, 468, 470—471）
> 她脚上的袜子是鲜红色的，
> [……]
> 她一脸傲态，皮肤洁净红润。
> [……] 在教堂门口嫁过五个丈夫，
> 年轻时与她交往的人不计在内。
> 　　　　　　　　　　　　　　　（方重 译）

红色，在东方文化中代表着热烈奔放，在《圣经》中则是肉欲与罪恶的象征。巴斯妇穿着红色的袜子，一是表明她深知如何打扮自己，二是寓意她活着就是要充分享受身体和金钱的乐趣，她追求的是世俗的欢乐和肉体的满足。中世纪的封建教规规定了种种妇道，其中以守贞最为重要，这一道德标准深入人心、根深蒂固。因此，巴斯妇与多名男性交往，结婚5次，在当时都是大逆不道的。然而，她否认传统道德给女性设定的道德准则，也不愿意老实本分地扮演传统的女性角色，她认为女

75

| 第一部分 | 英国诗歌底层叙事传统溯源

人应享有与男人同样的婚姻自主权,丈夫死后她有再嫁的权利和自由。她的"一脸傲态"充分说明她追求自由自主的婚姻爱情,坚决反对中世纪宗教观念和世俗传统对生活、婚姻和思想的束缚。她孤身一人加入朝圣的队伍,尽管她已40岁,却精心打扮,把性当作谋取财富和实现独立的有力武器;虽然已经结过5次婚,但她还期待第6次婚姻的到来。她风趣地讲述了自己的婚姻,并对其做了精彩辩护,提出了男婚女嫁不应受人干涉和妻权高于夫权的主张。

与当时其他女性相比,巴斯妇游览各地,见多识广:

> And she had thrice been to Jerusalem;
> Had wandered over many a foreign stream;
> And she had been at Rome, and at Boulogne,
> St James of Compostella, and Cologne.
> She knew all about wandering-and straying.
>
> (General Prologue, 473—477)

> 耶路撒冷她去过三次;
> 渡过的大川巨流也不在少数;
> 朝拜过罗马和部罗涅的教堂,
> 还到了康波斯特拉的圣詹姆斯和科隆。
> 她足迹遍各地,扩大了见闻。
>
> (方重 译)

巴斯妇丰富的阅历使她与众不同、胆大过人。当时,新兴的资产阶级充满生机和活力,活跃在社会的各个层面。作为新兴资产阶级的代表,巴斯妇热衷于参加各种各样的政治或宗教性社会活动,她的足迹遍及欧亚,见识不凡、眼界开阔。这些经历使她对妇女的处境和地位有着更为深刻的了解,对中世纪封建主义的专制和男女的不平等感到强烈的愤慨。中世纪的男人主宰一切,而女人则处于被男人们选择的状态;男人们心目中理想的配偶要么貌美,要么忠贞、温驯和富有献身精神。巴斯妇自然不甘于此,她的出现正是对世俗的有力批判:

For she was gap-toothed, if you take my meaning.
Comfortably on an ambling horse she sat,
Well-wimpled, wearing on her head a hat,
That might have been a shield in size and shape;
[...]
In company, how she could laugh and joke!
No doubt she knew of all the curses for love,

(General Prologue, 478—481, 484—485)

缺牙漏齿的。
她骑着马,
走得很稳,头上缠好围巾,戴着一顶帽儿,
倒有盾牌那样大。
[……]
在人群中她很能谈笑!
相思病应如何治理,想必她很懂,

(方重 译)

巴斯妇骑着高头大马,戴着沉重的阔边大帽,与男人们一同吃住,谈天说地地同行于朝圣的路上。传统观念中宣扬的是忠贞、顺从和沉默寡言的女性形象,而巴斯妇则向这一正统意识提出了挑战,她是情场老手,婚姻经验丰富,喋喋不休,极力用语言炫耀她在婚姻及性生活中的主导地位。乔叟精心刻画的完全是一个与男人们平起平坐的自然人。

二 对世俗婚姻观念的挑战

(一) 对自身婚姻的精彩辩护

巴斯妇在"开场语"部分描述了她与几任丈夫的婚姻状况,为自己的五次婚姻和控制丈夫的行为进行辩护,描写了"中世纪妇女的现实生活气"(鲍屡平,182),表现了她的反叛精神。在当时的主流文化中,书写是男人的特权,女性没有发言权,也没有言说的能力,但让那些根本没有女性经验的男性来书写女性只能是主观和谬误的。巴斯妇从自己的婚姻中获得的经验与父权权威对女性的描述大相径庭,因此,她质疑中世纪传统教会对婚姻的定律和注解，大胆挑战父权思想，反对禁欲主张，重视个人意志与追求，"经验，/在世上虽算不得什么权威，/但作为我讨论婚姻烦恼的根据尽足够了"（1—3）。为了证明自身观点的正确和权威，她不断引经据典、罗列事例，宗教不仅不能束缚她追求幸福，反而成为支持她的依据。如《圣经·创世纪》第 2 章第 24 节中说："男人会离开他的父母，与妻子结合，成为一体"，因此她主张："我的丈夫应该离开父母而来与我在一起"（31）。所罗门国王、亚伯拉罕、约伯等人都娶过不止一位妻子，因此她说："再婚两次，或八次，/人们又何必诟骂这件事呢？"（33—34）。她利用《圣经》为自己的多次再嫁进行辩护，津津乐道于自己的婚姻经历并引以为豪："祝福上帝，我也结了五次婚！/我欢迎第六个来，不论何时"（44—45）。她认为自己嫁多少次都合情合理，女性应该与男性一样有婚姻自由的权利。巴斯妇的言行是对中世纪厌女思想和婚姻束缚的反抗和挑战。

巴斯妇是一个不屈服于权威和宗教伦理的女子，不仅能言善辩，并且聪明机敏，敢于坦率地表达自己对婚姻及性爱的看法，她大胆喊出了"不愿完全守贞"（46）的口号，公然挑战贞洁观和节欲。当时的英国深受教会思想的影响，宣扬禁欲主义，巴斯妇则认为性爱的目的有二："清除液汁"和"行乐赏趣"（130）。丈夫想讨债时，无论早晚都可放肆，她要求自己也应该有同样的权利，她要丈夫做她的债户与奴仆，只要愿意，她的丈夫任何时候都应该偿还，并且她还要求"在我做他的妻子的时期中，/他的肉体上将受到相当的苦难"（160—161）。她以其独特的女性思维模式去行使自己的婚姻权利，尽管她对于婚姻和性爱的观点表达得比较低俗，但却打破了中世纪教规中传统的婚姻道德规范，大胆地批判了当时社会对女性的种种偏见和歧视。

不仅如此，她还毫不掩饰地宣布："配偶死了，我就可以改嫁"（87）。对于教会有关贞洁、婚姻、再婚及肉欲的严格规定和告诫，巴斯妇认为"劝诫不是律令"（68）。"律令"是每个人都要遵守的法律条令；而"劝诫"则是劝说，劝告人们改正缺点错误、警惕未来。人们可以合法、自主地选择不同的道德路径，而不必听从教会的全部"劝诫"。妇人与童贞就像物美价廉的木质盘子与珍贵罕有的金质器皿，各有各的功用和价值；如果说童贞是精炼了的麦子做成的精致面包，那妇人就是大麦面包，看似粗鄙却养活了很多人。因为"上帝的呼唤各有不同"（104），妇人也会天赋参差，各有所长，充当不同的角色。有关童贞的"劝诫"只适合那些追求完美的教徒，而不应被视为约束所有女性的"律令"。巴斯妇通过对教义的诠释，揭穿了教会的虚伪，打破了其对真理的垄断。

在巴斯妇看来，她的前三次婚姻只是获取财富的方式而已，一旦她的丈夫们交出土地和财宝，她就不会再花精力去博取他们的爱或奉承他们了，男性心目中幻想的婚姻和性被她降格为一场金钱交易。她拥有强烈的财产意识和独立意识，不愿做丈夫的附属，积极争取夫妻共同财产的所有权和支配权："为什么你把箱子钥匙藏起来不给我知道？／你的那些东西，同时也是我的！／我是家里的女主人，／为什么你要欺骗一家主妇呢？"（312—315）。随着五个丈夫的相继逝世，财产最终都落到了她的手里。对于夫妻间的忠诚，她则说道："不让别人在你灯笼里点蜡烛；／你这人就是太小气"（338—339）。在这里，灯笼指的是女人的性器官，男人的性器官则被比作蜡烛，丈夫不该因其他男人也在同一个灯笼里点蜡烛而怨声载道。她用这种看似荒诞离奇的逻辑思维粉碎了男性幻想中的婚姻忠贞。

此外，她大耍撒谎、诉苦、欺骗、恶人先告状等手段，不断地控告丈夫的种种错误，成功地实现了妻子驾驭丈夫、妻权高于夫权的目标。在她的前三次婚姻中，丈夫都已年老，根本不可能满足她的生理欲望，但却还要求她为他们守贞。而她对这一要求却置之不理。她诬陷自己年老的丈夫们和淫妇来往，并一口咬定是他们自己在酒醉时吐露了实情，她发誓说每夜出去都是在窥视丈夫和淫妇求欢，并诉苦道："为什么你老在探察我，窥视我？"（320）其实这些都是她捏造出来的，因为"她的丈夫病得站都站不稳"（399）。在丈夫相信她确实受了冤屈，对她俯首帖耳后，她就收起凶悍，对丈夫撒娇："走近些，我的郎君，让我亲你的脸"（436），最后还恩威并施地说道："你应能耐烦到底"（440）。通过这些手段，她满足了自己物质与生理的双重欲望，表达了她对传统的夫权高于妻权思想的不满与反抗。她反对丈夫对她的管束："我们决不会爱刻意留心我们行踪的男人，／我们愿意自由"（326—327），还得意地说道："即使你请了阿格斯，百眼看着我，／可是非我心所愿，／他决

| 第一部分 | 英国诗歌底层叙事传统溯源

难于看守得住"（363—365）。此外，她还反复使用"你说""你又说""你还说"等字眼，将中世纪的父权思想、男性对女性的约束和压制表述得淋漓尽致。

从引诱亚当偷吃了禁果而被赶出乐园的夏娃（Eva），到出卖力士参孙（Samson）使其失去双眼的情妇大利拉（Delilah），再到毒害丈夫赫拉克勒斯（Hercules）使其投火自尽的得伊阿涅拉（Dejaneira），女人一向都被视为祸水，必须顺从丈夫并为丈夫守贞。而巴斯妇则对这种男性书写和男权思想提出了质疑和批判，甚至撕了丈夫的书。

> Make no mistake, it is impossible
> That any scholar should speak good of women:
> [...]
> Who drew the picture of the lion? Who?
> （The Wife of Bath's Prologue, 689—690, 693）
> 要书生来称扬妇女
> 是不可能的：
> [……]
> 告诉我，是谁画狮子的？
>
> （方重 译）

"是谁画狮子的"出自"伊索寓言：人和狮子"（Aesop's Fable: Man and Lion），正如狮子所言，画中的狮子，只是画家根据自己的主观想象而进行的创作，而并非狮子的真实形象。同样地，男人书写的也只能是他们主观意念中歪曲的妇女形象，并不是女人的真实面貌和状态。然而，当时的女性因为社会地位低下，没有接受教育的权利，根本不可能有机会创造文学作品来书写她们对于男性的认识以及真实的女性形象。巴斯妇的质疑不仅有力地反击了男性书写对于女性的污蔑和偏见，同时也抨击了女性不能接受教育的不平等待遇。此外，从她的话语中，我们也可以看出她强调女性的声音和需求，主张女性在婚姻中应具有主导权，她的婚姻观是对传统权威的颠覆。特别值得一提的是：她在家庭中的支配地位是她努力抗争的结果，而不是丈夫们拱手相送的。她的第四任丈夫默德利斯（Metellius）是个恶棍，他用棍子打死了自己的前妻，就因为她喝了一点酒，可这却吓不到巴斯妇，"我还是要喝我的酒，／即使我做了他的妻"（465—466）。婚后他在外面有情妇，这在当时的社会中是很正常的：男子可妻妾成群，而女性必须忠诚。但巴斯妇并没有逆来顺受，除了用木棍抽打他的背外，还以牙还牙，在外面找了个情夫，甚至在他死之后，"连坟墓都建得不太好"（501）。默德利斯对前妻欠下的债由高举"妇唱夫随"旗帜的巴斯妇讨了回来。乔叟也借此告诫所有女性：不要逆来顺受，只有奋起反抗，才能获得主导权、解放自己。

巴斯妇的反抗与抗争在她的第五次婚姻中也有体现。她的这任丈夫是牛津的学员名叫荆金（Jankin），才二十岁，而她已四十岁。两人年龄悬殊，他们的婚姻也并非建立在对等的感情基础之上，巴斯妇深爱荆金，说自己"［……］嫁给他却是为了爱，不是为了钱"（530），而荆金只是想要得到她的财产。尽管如此，刚一当上新郎，荆金便扮演起主宰一切的丈夫角色，时常引经据典约束妻子，按照父权模式"改造他的女人"。为了体现和强化他的权威，他时常在巴斯妇面前朗读那本名为《伐勒利司与希奥夫拉斯塔》（*Valerius and Theophrastus*）的书，给她讲各种恶妇的故事。此外，他还经常使用大量形容女人恶毒的谚语，如："屋里有个泼妇，不如与狮蛇同住"（776）。面对这样的丈夫，巴斯妇并没有委曲求全，她撕了这本象征男人权威的书，还一拳打在他的脸上。在当时的英国，妻子打丈夫是离经叛道的，但正是她的主动反抗，才使其获得了婚姻中的支配地位。于是，荆金不仅交出了掌管家务及土地和财物的大权，还把他的口和手的支配权也给了她。然而，巴斯妇深受父权思想的影响，她的反抗也有局限之处。当她把婚姻中的主导权掌握在手时，反而成了他的爱妻，对他忠笃，从驾驭丈夫的悍妇转变为事事顺从丈夫的贤妻，正如她自己所言："由丹麦到印度，找不出第二个来"（823）。因为，为了获得丈夫的爱，她不得不迎合男权社会中男性的需求，做一个他们所期望的女性。这一点从她讲述的老妇人变成美丽少女的故事情节中也得到了证明。

（二）对传统父权书写的质疑

英国的衰败，使人们对骑士制度产生了如帕特森（Patterson）所说的"骑士身份的危机"（Patterson 165）。"巴斯妇的故事"讲述了亚瑟

| 第一部分 | 英国诗歌底层叙事传统溯源

王仙国里一名骑士强迫玷辱了一位仙女的故事。这位骑士的不道德行为表明骑士已不再是完美的典范,骑士精神已经衰落。

故事中,犯了错的骑士被带到王宫,按照律法应被判处死刑,但王后及宫中其他贵妇为他求情,国王便将处置这位骑士的权利交给了王后。王后要骑士在一年零一天内告诉她"女人最大的欲望究竟是什么",那么就可免他一死。在外出寻找答案的征程中,骑士遇到了一位无比丑陋的老妇人,她声称自己知道骑士一直寻找的答案,并可将答案告诉他,但条件是骑士要尽其所能满足老妇人的愿望。骑士同意了,回到宫廷后,他毫不犹豫地慷慨陈词:

> Women desire to have domination
> Over their husbands, and their lovers too;
> They want to have mastery over them.
> That's what you most desire.
>
> (The Wife of Bath's Tale, 183—186)
>
> 这世上所有的女子最愿能控制得住
> 她们的丈夫或情侣;
> 做他们的主宰。
> 这就是你们最大的欲望。
>
> (方重 译)

老妇人给的答案是正确的,宫廷里所有已嫁或是未嫁的妇人或寡妇无一反对。由此可知,中世纪女性心里最真实的愿望就是控制男性。同时,骑士的回答也证明他已完全接受了老妇人的驯化和教育。

这个故事中值得注意的是:骑士犯的是死罪,按律当斩,是王后和其他贵妇保住了他的性命,女性的"权利"似乎超越了严肃的"律法";骑士被要求寻找问题的答案也颇具女性意识;历尽艰辛后,也是靠一个老妇人的帮助,他才找到了正确答案,而幸免一死,演绎了女性智慧拯救男人生命的经典篇章。其实,皇后的做法和"巴斯妇的故事"中的道德寓意是一致的,女人不需要用暴力征服男性,而应该用道理教化他们。有关"女人最大的欲望是什么"这一问题的答案,应来自女人心底的真实愿望。而且，罪孽深重的骑士想获得自由，也必须抛弃对女人的偏见，遵从女人的意志。

　　骑士保住了性命，随后，老妇人就要求骑士遵守诺言，娶她为妻。虽然娶这个又老又丑、出身卑微的妇人为妻让骑士感到特别恐惧和痛苦不堪，但他不能推托，便"在一天早晨暗中和她结了婚"（225）。新婚之夜，他像"猫头鹰似的躲着"（226），苦不堪言，夜不能寐，和"一直在笑"的老妇人对新婚的热情形成了鲜明对比。当她知道骑士是因她又丑又老和出身微贱而不安时，她说："我尽可在三天以内补救过来，／只消你待我好就是"（252—253）。她还耐心地劝导他，高贵的品质与美德和高尚的行为有关，而不是因为富有或是出身贵族，而且年长者应该得到尊敬，"丑貌与老年，／都是守贞的护身符"（362—363）。因此，老妇人集智慧和美德于一身，应该成为被追捧的妻子，骑士应该抛弃封建父权文化对女人的歧视和偏见。最终，当老妇人让骑士自己选择：是愿意让她又老又丑却忠实顺从他，还是愿意她年轻貌美却随时可能背叛他时，骑士回答道："我把我自己交托给你，听你的调遣；／请你决定，只看哪一种于你最为合适"（378—379）。老妇人就此获得了对他的支配权，并答应他将两者同时做到，也就是说，要变得"既美丽，又温顺"（388），结果待他揭开帘帐时，老妇人竟奇迹般地变成了一个美丽的妙龄女郎。由此可见：只要男人抛弃父权书写对女人的偏见，就会发现真实的女人原来非常美丽。同开场语巴斯妇讲述自己的婚姻故事一样，这个故事也活灵活现地塑造了一个想控制丈夫、不受时代婚姻观念束缚的妇人形象；此外，故事结尾老妇人的蜕变和前面巴斯妇被丈夫打倒在地，一耳失聪，最后变得贤惠有异曲同工之妙。这些都表明，不论女性使用何种手段进行抗争，都无法摆脱根深蒂固的父权思想的影响。但不论怎样，这些都是中世纪女性发自内心的呼喊，她们开始质疑基督教的传统婚姻观，并对其内在矛盾进行了深刻反思和抨击。

　　巴斯妇的经验代表着民间智慧，有强大的生命力和感染力。男香客们不仅不排斥她，还很乐意听她讲故事，并在不知不觉中认可了她的观点。"巴斯妇的故事"在开场语和故事之间穿插了"法庭差役和游乞僧的争吵"（The Dispute between the Summoner and the Friar），他们决定讲故事来讽刺对方，而客店老板则叫道："让那妇人讲下去"（22），这表明男人们其实无意识中已在默默接受她的道德劝说,并积极想要听取她的道德教训,以此暗示男性是可以被教化的。当巴斯妇说道:"我可以控制他的身子,他却不能控制我"(161)时,赦罪僧(Pardoner)立即跳起来插嘴道:"在这个问题上你确是个了不起的传道士!/我正想娶个老婆;/可是我何必让我的肉体遭受这么大的苦难呢?/我还是不娶妻吧"(168—171),可见他已承认了妻权平等的思想,虽然还未完全接受,但也只是决定不再娶妻,而非坚持夫权高于妻权、丈夫主宰一切。骑士从一个强暴者到一个好丈夫的转变也拓宽了故事的内涵,帮助他完美蜕变的正是女人的教化和帮助。由此可见,女人只有书写自己才能消除父权书写的谬误,女人只有主动抗争才能改变男性、才能争取权力与地位的平等。

故事结束后,巴斯妇向基督祈祷说:"我乞求愿耶稣基督给我们和顺、年轻活泼的丈夫们,/并赐恩于我们,/使我们能比他们活得更久。/凡是不肯听从妻名的人,/愿耶稣不让他们长寿;/而那些愤怒、吝啬的老鬼们,/愿上帝让他们都赶快暴死"(405—411)。这番祈祷让我们对巴斯妇泼辣蛮横的性格认识得更加深刻,同时也再次表明了她对婚姻中主导权的追求。

"巴斯妇的故事"认同女性经验的价值,颠覆了父权制的秩序结构,并有力地批判了当时男权社会中普遍存在的厌女意识。这些都表明乔叟积极地关注当时女性的地位和命运问题,并开始认真思考婚姻中的权利问题,这和当时人民的思想和愿望是一致的。但同时,我们也应该认识到:诗人关于女性解放的思想还仅仅限于提高女性在婚姻和家庭中的地位,还有一定的局限之处。

小　结

在《坎特伯雷故事集》中,乔叟借众朝圣客之口描绘了 14 世纪英国的社会现实,具有鲜明的现实主义倾向。"磨坊主的故事"采用市井故事的叙事方式,通过对"骑士的故事"的讽刺性戏仿,讲述了普通市民低俗的情爱故事,完全颠覆了当时传统的社会秩序和等级体制,是对神圣宗教和骑士制度的极度嘲讽。当时,基督教思想仍占据社会主流,对社会各个阶层产生深刻影响。对此,乔叟塑造了巴斯妇这一鲜明形象来打破当时社会对女性的歧视和束缚。巴斯妇质疑神学经文和父权书写的权威,坚称妻权高于夫权,主张用女性书写去抗击封建教会权威对女性的歪曲描述,这些思想都表现出中世纪女性主宰自己命运、要求独立话语权的强烈意识。在这些世俗生活的故事中,乔叟以幽默和讽刺为基调,刻画了不同阶层的人物,揭露讽刺了封建社会的丑恶和腐朽,体现了诗人的人文主义思想。同时,他也希望通过坎特伯雷这一朝圣旅程,使人们的灵魂得以升华,精神得到指引。乔叟诗歌的底层叙事充满现实主义文学的元素,为后世英国诗歌的底层叙事发展奠定了基础。

第三章　布莱克：底层叙事之呐喊者

概　述

追溯英国底层叙事之源，人们不难发现威廉·布莱克（William Blake，1757—1827）这位激进的社会批评家，是一位为底层人发声的呐喊者。布莱克生活在英国历史上一个瞬息万变的时代，英国国内外都经历着具有重大历史意义的社会变革，英国工业革命（18世纪60年代——19世纪40年代）、美国独立战争（1775—1783）和法国大革命（1789—1794）。英国工业革命标志着从手工作坊生产向大机械生产的转变，社会生产力得到了前所未有发展的同时，英国的社会结构和大众生活方式也在经历着革命性的变化。在步入工业化的年代，大量手工业者面临失业，失去了原有的地位，他们只能选择罢工或毁坏机器，与工厂主和政府斗争。工业革命对廉价女工和童工的剥削同时也达到了令人发指的程度。在乡村地区，由于圈地运动的压迫性推进，许多农民失去了土地，生存陷入绝望，只能奋起反抗。因此，布莱克关怀个体生命、社会群体及全人类的生存状况，真诚地探索人类摆脱苦难的救赎之路。他以犀利的笔力穿透社会的重重迷雾和障碍来描述底层悲情的真实图景，呈现社会现实和个体的内心现实，揭示社会最深沉的结构，展示底层真实的生存状态。在他的笔下，有底层扫烟囱孩子的哭喊、有妓女的诅咒、有残疾士兵无奈的叹息、有黑人男孩愤怒的诘问……

这些来自底层的声音，遭遇了遮蔽、驯化、分裂和消解。它们需要表达也需要被表达。在此过程中，博取人道主义的精神抚慰和道德关怀显然不是其发声的目的。相比生存境遇上的苦难，表达上的失语症无疑是底层群体面临的更严重的困境，也是社会和个体无法绕过的真实而严酷的现实存在。这类根源性问题能否被述说，如何述说，借谁述说，意达何种诉求才是底层观照的聚焦点。在这一方面，布莱克堪称英国底层文学叙事的使者。他虽是浪漫主义流派的先驱，但其诗作中不乏浓厚的现实主义色彩和人文关怀，他所关怀的主要对象就是生活在社会最底层的儿童。

从《天真之歌》到《经验之歌》，底层儿童的命运在布莱克笔下呈现两个迥异的状态。《天真之歌》中，诗人虽对底层儿童的现实苦难施以笔墨，但更多的是颂扬上帝圣爱和人性光辉。儿童的纯真天性自由奔放，他们热爱生活，坚信光明的未来终会到来，即便深陷残酷现实的深渊，仍选择赞美和歌唱。而《经验之歌》则呈现了"一幅穷者与精神错乱者的画像"（转引自白凤欣，13）。阶级对立、宗教迫害、法律桎梏加之英法战争的阴霾将底层大众推向物质贫困与精神贫瘠的双重困境。而儿童则成为这一切隐形暴力的集中受害者。他们切身承受着血泪交织的所谓"经验性的后果"，"现实"、成人、宗教各方要素并置在内的压迫机制构成密不透风的话语迷障，孩童自我叙说的声音降弱到模糊不清，对现实的抱怨和控诉也遭遇话语规则和意义秩序上的过滤，被曲解或消音。他们最具诉求的渴望和改变的期望，却又最容易被冷落和忽略。

第一节　"天真"世界中的"天使"

《天真之歌》也即"理想之歌"，诗人塑造了一个清新、欢快、和谐，犹如天堂般的世界。这里的孩子没有受到成人经验的影响，他们纯真快乐、惹人怜爱，即便遭遇苦难和不公，仍能乐观面对，相信上帝依然存在。诗的语言简洁明快，基调温馨活泼，呈现了"天真、仁慈、和平、博爱"的主题，具有明朗的浪漫主义风格。诗人主要采用两种叙事语调，一种是欢快、乐观的上扬语调，如"牧童"（The Shepherd）、"羔羊"（The Lamb）、"婴儿的欢呼"（Infant Joy）、"欢笑的歌"（Laughing Song）等，展现的是一个充满欢笑、天真和谐的理想世界。孩童无忧无虑，快乐成长，并与自然万物和上帝达到合一的状态，就连经验化的成人也受之熏染，卸下伪装，融合其中。这些诗歌通篇洋溢着对生活的热爱、对未来的憧憬和对生命存在的敬畏。"抒写蕴藏在'底层'心底的纯真感情和欲念,这种精神引领,或曰精神救赎,是在文学迷失于狭义的审美或广义的媚俗而遮蔽了精神疗救功能之后,对文学自身的一种救赎。"(李金泽,152)另一种是先抑后扬的叙事语调,如"扫烟囱的孩子(一)"(The Chimney Sweeper)、"小黑孩"(The Little Black Boy)、"迷路的小男孩"(The Little Boy Lost)、"被寻获的小男孩"(The Little Boy Found)等,以儿童之视角发出底层的声音,反映底层弱小群体的生存状态及社会诉求。这些诗歌一开始真实再现了生活在水深火热中的孩童令人唏嘘和同情的生存状态——有的深陷乌黑狭窄的烟囱之中,"裹煤屑睡觉",如同被"锁进了黑棺材";有的遭遇种族歧视,产生自我认同危机,"我是黑的";有的缺失关爱,孤单无助,对成人的世界产生迷茫和不解,"黝黑的夜晚找不到父亲,/孩子被露水淋得湿透。/泥沼又深,孩子在呜咽"(The Little Boy Lost 5—7)。然后,诗人笔锋一转,描述孩子们虽命运疾苦,身处社会底层空间,却秉持敢于面对苦难的天真信念,等待慈爱上帝的救助与庇护——"后来来了个天使,拿了把金钥匙,/开棺材放出了孩子们[……]只要你做个好孩子,/上帝会做你的父亲,你永远快乐"(The Chimney Sweeper 13—14,19—20);"我们就围着上帝的帐篷欢腾如羔羊[……]我将像他一样,他也将对我眷恋"(The Little Black Boy 24,28);"上帝就在靠近,/穿着白衣出现,正像他的父亲。/他亲吻着孩子,牵着他的手,/把他带到他母亲身边来"(The Little Boy Found 3—6)。这种"上帝万能"的信念,已经超越了宗教意义上的想象与幻象,成为底层儿童化解现实苦难的一剂精神良药。与上述全篇上扬的单一叙事基调相比,这种先抑后扬的策略包含了两种不同的叙事声音,打破了传统诗歌叙事疏离现实的窠臼,强化了对社会现实的批判力度;而与布莱克后期朦胧、神秘主义倾向化的诗歌相比,则保留了文学道德价值的导向功能。"文学从回避社会问题、回避社会主体精神建构,转向于对整个社会的精神价值重构,实现了新的文学价值突破,也恰恰是'底层文学'艺术性的强化"(李金泽,152)。

布莱克的诗歌中所彰显推崇的"天真"实则也是一种精神重构与信仰回归,更是对人性本身的呼唤,这便决定了诗人对儿童及"天真"的描写具有深层次的复杂性。总体来说,"天真"一方面表达儿童,或是人类在孩童时期的纯真天性;另一方面指涉看待和面对世界的一种"天真"之态,一种敢于面对苦难的"天真"信念。正如梁实秋曾做出的类似阐释:"人由天真以至经验,于成熟之后复归于更伟大的天真状态"(转引自方汉泉,84)。

一 与上帝对话的"天使"

在西方的文化意识形态中,"上帝创世"是大众普遍认同的信念教义。人类以上帝为父,是上帝的"羔羊",在圣光下歌唱光明,追求永世之幸福。孩子象征人类诞生之初的原始纯粹之态,在上帝之父的照抚下,犹如雪白纯洁的小羔羊——自然而纯真。布莱克也深受正统宗教的影响,相信上帝的神性存在,歌唱孩童的天真之态。在诗人笔下,孩童是能与上帝对话的"天使",与上帝保持心灵的联结,因此他们的"天真"也多了一层神性的光环。正如"天真之歌序诗"(Introduction—*Songs of Innocence*)里的如下描绘:

> Piping down the valleys wild,
> Piping songs of pleasant glee,
> On a cloud I saw a child,
> And he laughing said to me:
>
> 'Pipe a song about a Lamb!'
> So I piped with merry cheer.
> 'Piper, pipe that song again.'
>
> (1—7)

> 我吹着牧笛从荒谷走下来,
> 吹着愉快欢欣的歌,
> 我看见云端上有一个小孩,
> 他乐呵呵地对我说:
>
> 吹一支小羔羊的歌吧!
> 我便吹得如痴如醉。
> 吹笛人再吹一遍吧。
>
> (杨苡 译)

| 第一部分 | 英国诗歌底层叙事传统溯源

这首诗承袭民谣式抒情曲调，展示了一段"我"与一个"孩子"之间的对话，实则是"我"与上帝之间的对话。上帝借一个"孩子"的口吻来播撒圣爱，传递欢乐，呈现了一派天地相融、人神共存的祥和氛围。

作为诗集《天真之歌》的开篇之作，本首序诗在主题、基调、意象选择、语言运用、叙述策略等方面都体现了整部诗集的外在形式和内在意义构建。主题聚焦于呈现"理想的"人、神与自然的和谐状态——"吹着牧笛从荒谷走下来"（1）；"用一根空心的芦苇草／做成一支乡土味的笔，／往清清的水里一蘸，／写下快乐的歌曲"（16—19），表现了一个田园牧歌式的淳朴、祥和、欢快、安宁的天真世界。这个世界充满了歌声与欢笑、对生活的歌唱、对上帝的赞美。人的原始天性未被侵蚀，灵魂未被"经验"玷污，一切都是那么自然、自由与和谐。如此充满乡土气息的生态叙述饱含底层之视角，不仅表达了对自然生态和大众精神生态的双重希冀，也在上帝、孩童和大自然之间建立起理想化的互为表征关系，在浪漫主义诗风下兼显诗人的普世情怀。

在意象选择上，该诗有两个富有象征意义的意象，一开头出场的"我"一方面可以理解为一位游吟诗人，用音乐和诗词为世人传颂浪漫、美好与信念；也可以指涉布莱克本人，他希望能像先知一样，做上帝与人类的传话使者，为世间带来上帝的福音和永恒的光明，并借上帝之口宣扬感性与天真。这一意象既表达了诗人对自然和上帝的敬畏，更蕴含了诗人创作前期在理解世界和感悟宗教方面积极乐观的态度。另一个意象"孩子"也具有基督教的象征意义，它既是上帝的化身，来向人类传达通向福祉的路径，同时也象征人类诞生之初的原始、感性、天真的灵魂状态。

语言艺术上，布莱克素来以其诗歌语言的简单性而著称，但这种简单并非单一、言之无物，而是隐藏着诗人深远、复杂、多重的思想——用儿童般的语言完美诠释灵魂深处的意念诉求。在叙述策略上，该诗展现了一段孩童与成人间的对话，且在这段对话中，孩子是叙说者、对话的主导者；成人只作为聆听者，情绪和行为被孩子的天真带动，完全融入这个自然、纯粹、欢悦的世界中。

因此，布莱克在看似简单质朴的田园牧歌之下蕴藏了深刻的象征意义，既表达了他的乐世观和浪漫主义情怀，又暗含了他对人神关系及人与自然关系的思考。从叙述视角和主题延展来讲，也隐含了诗人对底层经验和乡土情怀的赞美和坚守。儿童作为人类意识的原始形态，是联结人与上帝及人与自然的纽带。在布莱克笔下，这些可爱的孩童既是一个个独立的具象，贴近生活，贴近底层，也是一种意识形态里的幻想，象征着天真、纯粹、超自然的心灵状态。他们活跃于布莱克的精神世界中，是光明和救赎的使者，也承载了诗人对现实世界建构的一种积极的假想和预设。

再如"羔羊"一诗，以一个孩子的口吻叙述了孩子与一只小羔羊的对话，对话的核心围绕羔羊的创造者的身份："小羔羊谁创造了你，/你可知道谁创造了你"（1—2）；"小羔羊我要告诉你，/小羔羊我要告诉你"（11—12）；"小羔羊上帝保佑你，/小羔羊上帝保佑你"（19—20），重复性的语言充满稚气与童真，但又被提升到神性的高度，蕴藏深刻的基督教象征意义。诗歌开篇生动描绘了小羔羊的外在形态：

> By the stream & o'er the mead;
> Gave thee clothing of delight,
> Softest clothing, woolly, bright;
> Gave thee such a tender voice
>
> （4—7）
>
> 在溪流旁，在青草地；
> 给你穿上好看的衣裳，
> 最软的衣裳毛茸茸，多漂亮；
> 给你这样温柔的声音
>
> （杨苡 译）

如此，一个纯洁、温顺、惹人怜爱的小羔羊的形象宛在目前，在"溪流""青草"的映衬下构成一幅和谐平衡的原生态画面。诗歌第二节就创造者的身份给出了答案："他的名字跟你的一样，/他也称他自己是羔羊。/他又温顺又和蔼"（13—15）。诗歌将小孩与羔羊联系起来，两者同为上帝之子，得上帝赐福，受上帝保佑。根据《圣经》记载，上帝

| 第一部分 | 英国诗歌底层叙事传统溯源

的羔羊即是人类，人类以上帝为父，视上帝为播撒光明、仁爱并指引人类走向圣途的引领者。上帝将纯洁、善良、宽恕、博爱的信念传递给人类，而纯真的孩子被寓为传递上帝意志的"天使"。孩童是人类最初的天真状态，是上帝创造人类之初的原型，因此也是与上帝最相近的时期。人类只有留存或重新找回这份纯真的天性，返璞归真，才能挣脱尘世的枷锁，进入天堂世界。这表达了诗人早期淳朴、虔诚的宗教观念，也旨在借儿童之口吻唤醒人性的净化和救赎意识。整体来看，除去宗教意义的主题呈现，该诗实则也透过自然意象和理想的人与自然的相处之道来聚焦大众群体的精神生态构建。精神生态平衡不仅影响大众的生存经验、主体构建和道德倾向，也可为他们逃离现世物欲的镣铐和权力压迫提供可借鉴的突围方式。

"摇篮之歌"（A Cradle Song）一诗也彰显了上帝与孩童的天然纽带关系。这首诗歌似一首摇篮曲，由一位母亲吟唱给即将入睡的孩子，歌中充满孩童"甜美的梦"和"甜蜜的微笑"。孩子睡梦中的脸庞如同上帝般圣洁，然而母亲在喃喃吟唱的同时却在流着泪：

> Sleep, sleep, happy child,
> All creation slept and smil'd;
> Sleep, sleep, happy sleep.
> While o'er thee thy mother weep.
>
> （17—20）
>
> 睡吧，睡吧，欢乐地小孩，
> 万物都已微笑着睡下来；
> 睡吧，睡吧，高高兴兴地睡。
> 你母亲却在你头顶上流着泪。
>
> （杨苡 译）

这首诗的整体基调温馨、可爱、祥和，但"weep"这样的字眼，虽似蜻蜓点水，仍蒙上了一层忧虑的阴影，暗示平静祥和的画面之外，隐藏着阴暗、令人无奈又无力趋避的外在压迫。也许这是幼小天真的孩童当前无法感知与体验的成人世界的心酸与苦楚。但诗歌的最后，上帝的

"出现"抚慰了母亲忧伤的心绪,"儿童的微笑就是他的笑脸,/一片祥和之气笼罩在天地间"(31—32)。上帝再次以孩童之身展现温柔、仁爱的形象,给经受苦难与创伤的底层带来一丝抚慰。

又如"迷路的小男孩"与"被寻获的小男孩",两首诗歌篇幅简短却意蕴深远,具有多重阐释空间。与本诗集其他诗歌不同,这两首诗弥漫着哀歌的基调。在"迷路的小男孩"一诗中,

'Father, father, where are you going?
O do not walk so fast!
Speak, father, speak to your little boy,
Or else I shall be lost.'

The night was dark, no father was there;
The child was wet with dew;
The mire was deep, and the child did weep,
And away the vapour flew.

(1—8)

"父亲、父亲,你往哪儿去?
啊,别走得这么快呀!
说话呀,父亲,跟你孩子说话呀,
要不我就要迷路啦。"

黢黑的夜晚找不到父亲;
孩子被露水淋得湿透;
泥沼又深,孩子在呜咽,
雾气向四处飘游。

(杨苡 译)

在未知、迷幻又黑暗的环境中,男孩走在父亲身后,请求父亲放慢脚步以免自己迷路,但父亲却并未作答,甚至无视孩子的存在,导致男孩在黢黑的夜晚中迷路,"被露水淋得湿透",又深陷泥沼,只得无助地呜咽。孩子的紧张与焦急和父亲的沉默与疏远形成对照。从宗教意义来

| 第一部分 | 英国诗歌底层叙事传统溯源

看，男孩与父亲的分离实则象征上帝（父亲）与人类（男孩）的关系。人类在复杂的经验世界中，若迷失于虚伪的物质文明和权力教条中，就会违背上帝的准则，遭到上帝的抛弃，像陷入泥沼的男孩一样深陷现实世界的罪恶之中，丢失信仰与"天真"，最终迷失自我。而从批判现实主义的角度来看，男孩在黑暗中的迷路、无助与父亲似在场又不在场的模糊性，揭露了当时英国社会部分底层孩子缺乏亲情与关爱的现实；与父（母）亲之间被迫造成的疏离，间接影射了底层孩童的生存焦虑与精神困顿。

"被寻获的小男孩"可以看作上首诗的后续。男孩在沼泽中迷路之后，万能的上帝及时出现：

> Appeared like his father, in white.
> He kissed the child, and by the hand led,
> And to his mother brought,
> Who in sorrow pale, through the lonely dale,
> Her little boy weeping sought.
>
> （4—8）

> 穿着白衣出现，正像他的父亲。
> 他亲吻着孩子，牵着他的手，
>
> 把他带到他母亲身边来，
> 她脸色惨白，走遍荒凉的溪谷，
> 哭泣着寻找她的小男孩。
>
> （杨苡 译）

上帝"穿着白衣出现，正像他的父亲"（4），将男孩从危险中解救出来。在上帝的帮助下，男孩迷途归返，回到母亲的怀抱。"父亲"角色的出现，再次彰显了上帝仁爱、无所不能的形象和救赎迷途"羔羊"的崇高姿态。男孩的母亲"走遍荒凉的溪谷"（7），却无处寻觅孩子的踪影，而上帝仿佛与男孩心心相通，无比亲近，这是一种无形的精神联系与灵魂纽带。从深层理解，这首诗象征人类迷失自我之后，在上帝的引领下重新找回孩童般纯真洁净灵魂的过程。

因此，从主题呈现来看，以上诗歌均对儿童与上帝的亲近关系作了进一步阐释，对上帝将拯救人类于苦难和罪恶之中进行了赞美，体现了布莱克虔诚的宗教观。同时，细腻的自然意象刻画与天真自由的想象力也开辟了后期的浪漫主义诗风。因此，很多解读者将布莱克的这一作品归属为浪漫主义诗歌或田园牧歌，认为诗人主要聚焦于对虚幻理想世界的描摹，具有明显的乌托邦色彩及逃避客观现实的倾向。然而，从批判现实主义的角度来考量，这些诗作中也不乏诗人对所处时代与该时代下民众生存境遇的影射。首先，诗人从儿童视角进行叙述。儿童在社会结构中，相较于成人具有极少的话语权，他们的自我主体意识也还未形塑，因此，他们容易被忽视，心声不能自由表达，也得不到倾听与回应。他们处于社会话语体系的底层。布莱克选取天真无邪的儿童作为发声的主体，并将儿童作为上帝的化身，代表上帝向人类传递福音、净化与救赎成人世界。这恰恰反映的是诗人对儿童主体性的塑造，使这个弱小的群体实现他们的话语诉求。另外，诗歌中大量的乡土之风和田园书写也表明诗人立足于平民立场，观照底层经验，贴近底层生活，体现了当下底层文学的精神诉求和构建和谐世界的渴望。

二　真正的大自然之子

布莱克在《天真之歌》中多次刻画与大自然相拥相融的孩童形象。他视天真的孩子们为真正的大自然之子，在这片纯净的大地上尽情欢唱雀跃，嬉戏成长。摇篮中的婴儿、自由嬉戏的孩童、天真无邪的牧童，都是一样的纯真、欢乐、善良和自由。他们与自然共存，融为一体，不分彼此，在纤尘未染的境地出生和成长。

如"牧童"一诗，

> How sweet is the shepherd's sweet lot!
> From the morn to the evening he strays;
> He shall follow his sheep all the day,
> And his tongue shall be filled with praise.

> For he hears the lambs' innocent call,
> And he hears the ewes' tender reply;
> He is watchful while they are in peace,
> For they know when their shepherd is nigh.
>
> (1—8)

> 牧童的好运道多美妙！
> 从早到晚他到处转；
> 他得整天跟着羊群跑，
> 他嘴里吐着赞美的语言。
>
> 他听见羔羊天真地呼唤，
> 他听见母羊温柔地答腔；
> 他小心看守，它们也平安，
> 因为它们晓得牧童就在近旁。
>
> （杨苡 译）

这首诗是布莱克早期创作的一首田园诗。牧童与羊群相依相伴，休戚与共，呈现一派自然安宁、纤尘未染的田园景象，表达了诗人对人类与自然和谐共存的美好向往。整首诗歌犹如一幅原生态、充满乡土气息的自然画卷，没有理性与文明的浸染，没有政治与特权的压迫，没有黑暗与邪恶，只有对原始生态平衡与精神平衡的保留和坚守。乡土风情和田园生活在英国有着特殊的精神和文化情结，乡村是返归自然、灵魂归属的圣洁家园。然而，在当时工业革命的背景下，"贫富差距、身份歧视、价值沦丧、文化断裂、人性变异等问题"愈加凸显（秦法跃，131）。布莱克在诗篇中展现的乡土风貌、牧童形象等都暗含了诗人对自然本性和本源文化的呼唤性观照，这也是底层文学精神建构的重要指向之一。

又如"欢笑的歌"一诗，这首诗歌犹如一首美妙的音乐，韵律工整、基调明快、意境和谐优美。语言虽朴素平实，却极具生动性和感染力，达到了不同寻常的艺术效果和审美价值。

第三章 布莱克：底层叙事之呐喊者

When the green woods laugh with the voice of joy,
And the dimpling stream runs laughing by;
When the air does laugh with our merry wit,
And the green hill laughs with the noise of it;

When the meadows laugh with lively green.
And the grasshopper laughs in the merry scene,
When Mary and Susan and Emily
With their sweet round mouths sing 'Ha, ha, he!'

(1—8)

当绿绿的树林发出欢乐的笑声，
微波涟漪的溪流也哗笑着飞奔；
当轻风伴着我们的情趣同欢笑，
那青青的山谷也笑得多么热闹；

当那碧绿绿的一片片草地欢笑。
蚱蜢也在这快乐的场合中欢跳，
当玛丽和苏珊还有一个艾米莉
用她们圆圆的小嘴唱着"哈哈嘻"。

（杨苡 译）

  本首诗歌主要突出孩童未染尘俗的"天真"之美和对大自然的咏唱。诗人同时并置了多个不同的意象（树林、溪流、轻风、山谷、草地、蚱蜢、玛丽、苏珊、艾米莉）。这些自然意象与可爱纯粹的孩童意象叠加在一起营造出一种无比轻松、欢快、明朗的氛围，凸出了天地合一、和谐共荣的主题。自然万物生灵与天真烂漫的孩子"一起唱着甜美的大合唱"（12），人与自然万物融为一体，共同沉浸在欢跃的歌声中。"玛丽""苏珊""艾米莉"等孩子的意象纯真善良，她们与万物生灵同为自然之子，共同沉浸在自然母亲幸福安宁的怀抱中。孩童身上美好纯真的天性遮蔽抑或转化了成人经验世界的丑恶与世俗，与自然万物重新缔造了一个充满活力、欢笑雀跃的天堂之境。孩子的童真与大自然的包容具有治疗和救赎千疮百孔的社会、人性及道德体系的功能，透过诗人抒情的笔调旨在抚平成人世界尤其是底层大众所经历的苦难、伤痛、束缚以及由生存危机和身份危机引发的焦虑。

"保姆之歌"（Nurse's Song）一诗通过描写一位保姆与被照看的孩子们的对话及心理活动，也呈现了一幅孩童与自然亲近的画面，颂扬了一个充满和谐与爱的天真世界：

> 'Then come home, my children, the sun is gone down,
> And the dews of night arise;'
> [...]
> 'No, no, let us play, for it is yet day,
> And we cannot go to sleep;
> Besides, in the sky the little birds fly,
> And the hills are all covered with sheep.'
> 'Well, well, go and play till the light fades away,
> And then go home to bed.'
> The little ones leaped, and shouted, and laughed
> And all the hills echoèd.
>
> （5—6；9—16）

> 回家吧，孩子们，夕阳已西下，
> 夜晚的露珠滴滴点点；
> [……]
> 不，还让我们玩吧，天可还亮，
> 我们还不想睡觉；
> 而且在天上小鸟还在飞翔，
> 山上到处羊群在跑。
>
> 好吧，好吧，玩到太阳不见，
> 那就该回家上床。
> 小家伙们又跳又叫又笑
> 满山激起了回响。
>
> （杨苡 译）

第三章 布莱克：底层叙事之呐喊者

"夕阳""露珠""小鸟""羊群"等与"小家伙们"相依相伴，一起跳跃律动。本来焦急催促孩子们回家的保姆也受之感染，做出妥协："好吧，好吧，玩到太阳不见了，/那就该回家上床，/小家伙们又跳又叫又笑"（13—15）。诗歌整体表现出保姆、孩子和自然之间相辅相成的和谐氛围。在对话中，保姆的"经验"被孩子的"天真"消解，她与孩子一同融入自然的快乐之中。

从叙事手法来看，该诗具有很强的叙事张力。对话皆为直接引语，说明保姆和孩子拥有平等的话语权，两种叙事声音和谐并存、互不压制——"回家吧，孩子们，夕阳已西下"（5）；"不，还让我们玩吧，天可还亮"（9）。本来皆属于社会话语体系底层的保姆和孩子显然成为发声主体，他们都"在场"，没有被代言，并在男性话语缺席的空间中进行自我言说、自由表达。这是诗人在叙述者、叙述方式、叙述内容上的突破，以弱势群体为关注对象，让他们直抒心声，在平等和谐的对话环境中进行日常、质朴的自我表述。

又如"飘荡着回声的草地"（The Echoing Green）一诗呈现了一天的时间线——从开头"太阳升起来"（1）至结尾夕阳西下——"再也看不见有人嬉戏，/在那渐渐暗下来的草地"（29—30）。整首诗聚焦于清晨孩子们在草地上嬉戏到最后日落归家的场景，隐喻人的一生由童年到暮年的自然流变过程。

全诗分为三节，第一节象征人的童年时期，无忧无虑，自由欢闹于天地之间，处处洋溢着生命的活力与朝气：

> To welcome the Spring;
> The skylark and thrush,
> The birds of the bush.
> Sing louder around
> To the bells' cheerful sound,
> While our sports shall be seen
> On the echoing green.
>
> （4—10）

欢迎这春天降临；
云雀和画眉，
灌木丛中的鸟群。
周围的歌声更加嘹亮
配合着快活的钟儿响，
这时看得见我们嬉戏
在这飘荡着回声的草地。

（杨苡 译）

"春天""鸟群""快活的钟儿响""我们嬉戏""飘荡着回声的草地"等，无一不是在描述人的早年时期的"天真""希望"和"无忧无虑"的状态。

第二节转到人的暮年，"老约翰"等人回忆起他们青春时期的乐趣。他们并未感到时光一去不复返带来的遗憾与失落，而是"笑得毫无牵挂"，坦然面对生老病死的自然进程，流露出对生命自然循环的安然接受与知足：

'Such, such were the joys
When we all, girls and boys,
In our youth-time were seen
On theechoing green.'

（17—20）

这些也曾是我们的乐趣，
当我们都还是少男少女，
那时我们还正在青春时期
就在这飘荡着回声的草地。

（杨苡 译）

第三节到了日落时分，孩子们的欢闹嬉戏结束了：

> The sun does descend,
> And our sports have an end.
> [...]
> And sport no more seen
> On the darkening green.
>
> （23—24；29—30）

> 太阳正在落下，
> 我们的嬉戏就此收场。
> [……]
> 再也看不见有人嬉戏
> 在那渐渐暗下来的草地。
>
> （杨苡 译）

这既是一种自然祥和的时光流转过程，也是一个极具象征意义的图景——"嬉戏就此收场"，草地"渐渐暗下来"。随着时光的流逝，孩童渐渐迈入成人的世界，隐约预示着"天真"的结束、"经验"的到来。这样充满臆想空间的结尾无疑在一定程度上，给前面欢乐游戏的场景和轻松的氛围蒙上了一层灰暗忧虑的阴影，也流露出诗人对"天真"的多层次理解。在他看来，"天真"不是逃避现实、沉湎于幻想之中，而是与"经验"现实形成一种复杂、相互制约的张力。这里，游戏的结束实则象征人生的暮年——死亡。"落日""疲倦""睡觉"等都暗含了死亡的临近。人的一生走向终点犹如日落西山、光明渐逝，迎来的是大地母亲怀抱之下永恒的长眠。死亡是悲伤的，但这种悲伤不应否定生命本身的价值与意义，并且正因为死亡，生命方得始终，方得循环。整首诗前后的时间点连接起来共同形成了生命的完整过程，也表达了诗人的生命价值观——放纵感性，融于自然，体验生命的朴实无华。而人在经历了"经验"之后，也应重新回归"天真"，回归自然，找寻那份生命诞生之初的原始记忆与本真状态。

整体而言，以上诗歌均体现了天真世界中孩童与自然的亲近关系。诗人通过孩子们纯真的语言和想象力勾勒了理想的天堂世界的图景。孩童的成长与自然的流转休戚与共、融为一体，象征着人类孕育于自然，又终将回归自然的生存哲学和生命命题。

三 原始的"天真"之态

孩童与上帝、自然的亲近关系在宏观维度上映照了布莱克内心理想的人神关系及人与自然的关系。就孩童群体本身而言，其中彰显的则是一种超越感官体验、直达灵魂的"天真"之态，孩子能够从灰暗无光的成人世界中看到上帝，感受到万物跃动的生命力和世界本身的美好。这一层次的"天真"超脱了原本的"稚嫩"，是对现实存在和人性价值更为本质和真实的透视。人类只有保持这份最原始的"天真"，才能在上帝的引领下，抵达至真、至善、至美之境。而反观现实，这样的"天真"之态实则也为成人世界几近崩溃的道德体系、异化的人格、堕落的灵魂及迷失的信仰提供了一条合理的出路。

"婴儿的欢呼"一诗中，诗人以一个"婴儿"的口吻，用极为简洁、充满稚趣的口头对话，呈现了新生命降临的欢喜之景，言语中流溢出诗人对最初纯真的渴望与对生命力的咏唱：

> 'I have no name:
> I am but two days old.'
> What shall I call thee?
> 'I happy am,
> Joy is my name.'
>
> (1—5)
>
> 我没有名字：
> 生下才两天。
> 我叫你什么？
> 我可挺快活，
> 我的名字叫欢乐。
>
> （杨苡 译）

诗人通过想象，赋予婴儿说话的能力，让我们感受到这个新生儿本身对于来到人世间的欢悦之情，同时感叹生命之美源于自然、源于天真。

第三章 | 布莱克：底层叙事之呐喊者

另一首诗"小黑孩"虽也彰显了对童真童心的赞美，却蒙上了一层经验世界的阴影。这首诗以一个黑人小男孩的口吻间接叙述了种族歧视引发的黑人生存危机和身份焦虑。18世纪的英国社会存在严重的种族歧视，这是英国早期资本主义发展和海外殖民扩张的直接产物。血腥的黑奴贸易使英国社会增加了一个特殊的群体，他们身处底层的底层、社会结构最边缘的地带。白人的话语强权，"种族优越主义"及黑人自身的文化断裂和在政治、经济体系中被支配的地位，共同导致了他们夹缝中的求生状态、话语权的流失、身份的焦虑及种族尊严的认同危机。

> My mother bore me in the southern wild,
> And I am black, but O my soul is white;
> White as an angel is the English child,
> But I am black, as if bereaved of light.
>
> （1—4）
>
> 在南方的荒野我妈把我生养，
> 我是黑的，但是啊！我的灵魂却洁白；
> 英国的孩子洁白得像天使一样，
> 可我是黑的，像是被掠夺去光彩。
>
> （杨苡 译）

本诗整体虽仍是"天真"语调，旨在赞美上帝、歌唱生活，但已流露出诗人对客观现实的指涉和批判。诗歌第一行"我是黑的，但是啊！我的灵魂却洁白"（2）发人深省。天真的自白下暗含着男孩已经萌生的种族意识，他虽未直接表达自己的内心感受，但字眼之间仍能窥探出他的抵触情绪以及对这一不合理现象的间接控诉。

诗中的母亲宽慰孩子，道出升起的太阳象征上帝，他们"黑黑的躯体和被太阳晒焦的脸"（15）正是接近上帝、承受上帝更多"爱的光线"的体现。当太阳"放射着他的光，散发着他的热"（10），"乌云便将消逝"（18），表明当"我们"（以小黑孩为代表的黑人）的灵魂学会了忍受"酷热"的考验，上帝将播撒圣爱，帮助"我们"走出乌云般的"丛林"——摆脱肤色差异引起的外在束缚，保持灵魂的洁白。而"当我脱离了乌云,他(英国小男孩)离了白云,/我们就围着上帝的帐篷欢腾如羔羊"(23—24)。小男孩相信,只要大家都摒弃外在的肤色和种族偏见,承认彼此身份和灵魂的平等关系,就都能做"上帝的羔羊",承其圣爱,受其庇佑。小男孩的天真之态蕴含了诗人早期信奉上帝、依赖上帝拯救力量的宗教观。他虽已触及社会现实,有意揭露底层遭遇社会不公的一面,但批判现实主义的立场和态度仍显含蓄和保守。

总观本诗,布莱克以一个黑人小男孩的"天真"口吻间接揭示了种族歧视的存在,最终试图指引成人回归"天真",挣脱"经验"构筑的偏见和束缚。诗中有多处细节意蕴深刻,如"我的灵魂却洁白,/英国的孩子洁白得像天使一样"(2—3),这里,两个"洁白(white)"有不同的意义——第一个象征黑人小孩纯洁的内在灵魂,第二个则指英国小孩洁白的外在肤色。虽是同一个词语,却形成一种对比和讽刺。再如,这首诗中经常被忽略的一个女性形象——小黑孩的母亲。这是一个典型的底层母亲形象,从她的话语中可以折射出仁慈、善良、无私的母性温暖。她同处种族、两性、生活的底层,虽无力改变残酷的现实却也未被其压垮,反而始终保持一颗强大的内心,以仅存的母性光辉抚慰孩子和自身的悲苦心灵。

又如"扫烟囱的孩子"(The Chimney Sweeper),该诗真实再现了英国工业革命期间,扫烟囱孩子的凄苦命运及对这种惨无人道奴役存在的谴责。全诗从一个孩子的视角,以孩童简单质朴的语言,诉说了这些生活在底层边缘的孩子们的苦难生活,但仍赋予他们天真的信念及对美好未来的期待与憧憬。

诗歌第一节以一个扫烟囱的孩子为叙事主体,先讲述了"我"的不幸遭遇:

> When my mother died I was very young,
> And my father sold me while yet my tongue
> Could scarcely cry 'Weep! weep! weep! weep!'
> So your chimneys I sweep, and in soot I sleep.
>
> (1—4)

| 第三章 | 布莱克：底层叙事之呐喊者

> 我母亲死的时候，我还小得很，
> 我父亲把我拿出来卖给了别人
> 我当时还不大喊得清"扫呀！扫！"
> 我就扫你们烟囱，裹煤屑睡觉。
>
> （卞之琳 译）

孩子幼年丧母，迫于贫穷，小小年纪就被父亲所卖，成为可怜的"扫烟囱者"，白天为人清扫烟囱，夜晚则睡在煤屑堆里。他整日沿街叫喊"weep, weep（哭泣）"，意即"sweep, sweep（清扫）"。将"sweep"叫成"weep"一方面揭露其年龄幼小，可能只有四五岁，尚不能发出清晰的叫卖声；另一方面，在听觉上又与"weep"相似，形成强烈的反讽意味，不仅展现了扫烟囱的孩童对强硬冷漠的外在世界的无力抵抗，只能被动接受，更让读者产生情感上的共鸣。全诗以"我"为视角，影射了千千万万的扫烟囱小孩——"Dick, Joe, Ned, and Jack"，他们全都是穷人家的孩子，被锁进了"黑棺材"。然而到第四、五节，诗人笔锋一转，孩子的梦境中出现了手拿金钥匙的"天使"，将这些苦儿全都从"黑棺材"里解救了出来，

> And by came an angel, who had a bright key,
> And he opened the coffins, and set them all free;
> […]
> They rise upon clouds, and sport in the wind;
> And the angel told Tom, 'if he'd be a good boy,
> He'd have God for his father, and never want joy.'
>
> （13—14；18—20）

> 后来来了个天使，拿了把金钥匙，
> 开棺材放出了孩子们；
> […]
> 他们就升上了云端，在风里游戏；
> "只要你做个好孩子，"天使对托姆说，
> "上帝会做你的父亲，你永远快乐。"
>
> （卞之琳 译）

105

第一部分 | 英国诗歌底层叙事传统溯源

天使的到来将这些苦难的孩子带出恐怖的现实地狱，进入温暖欢乐的天真世界。这里，"天使"如同上帝的化身，是慈爱、怜悯和希望的载体。"棺材"则象征着死亡，一方面是指扫烟囱的孩子们被囚困在黑黑的烟囱内劳苦工作，另一方面也暗示了整个社会黑暗阴凄的生存环境，体现了诗人对扫烟囱的孩子们的深切怜悯和同情。

最后一节，梦醒之后，"大清早尽管冷，托姆的心里可温暖"（23），因为天使告诫他"只要你做个好孩子，／上帝会做你的父亲，你永远快乐"（19—20）。这赋予了他敢于面对苦难的天真信念和坦然面对现实的乐观心态："拿起袋子、扫帚去做工"（22），以期做上帝的乖孩子，得到上帝的怜爱与庇佑。

这首诗中，诗人流露出对底层儿童遭受悲惨命运却又无力挣脱的同情，但对社会不公的揭露也是隐晦的。在诗歌末尾，诗人告诫人们"各尽本分，就不怕灾难"（24），体现了布莱克早期对社会现实抱有的天真幻想和对革命的保守态度。这种"上帝万能""上帝无处不在"的信念，虽能在一定程度上对苦难大众的精神和心灵给予抚慰，但终究只是善意的想象和幻觉。虚伪的上层阶级以宗教为工具，诱导民众"相信权威及各种社会制度的善意"（张瑾，iv），麻痹安抚大众潜在的不安与躁动，并为其编织了一个假象的、梦幻般的天堂世界。

反观现实，这首诗歌以扫烟囱的孩子为例，还影射了工业革命时期英国社会普遍存在的童工问题。在工厂和机械化加快发展的过程中，只需简单操作的机器使女性和儿童在原本由男性主导的劳动力市场占据了一席之地，更因廉价的报酬而受到资本家雇主的青睐。这样的外在环境加之父母的贫穷愚昧使得彼时英国社会底层的大量幼童从事苦役劳作，受尽剥削，处境凄凉。扫烟囱的孩子就是其中最具代表性的群体之一。由于烟道大多窄小，只有约四五岁的小孩子才能爬进去，在清扫烟囱的过程中，还有被烫伤的危险。"这种悲惨的状况一直持续到1788年国会通过一个法案，规定八岁以下的孩子不得扫烟囱，扫烟囱的孩子每周必须沐浴一次，雇主不得逼迫孩子进入未熄火的烟囱等"（李正栓，145）。诗歌中孩童纯真的言语中暗示的正是这样一个惨无人道的社会历史现象，从中可以看出此时的诗人已开始对该类"成人经验"的罪恶进行间接影射。然而，这种流露出不满情绪的笔触在诗人前期的诗歌中仍是隐晦的，基调并不悲观。此时的诗人依然相信上帝的救赎。他致力于在精神上建构一个平衡的、向所有人开放的天堂世界，最终让人类重归孩童时期的想象力，解放束缚，靠近神性，救赎自我。

总体来看，在《天真之歌》中，布莱克以孩子童真的内心表达对上帝、自然和童真的赞美和推崇。自然、上帝、孩童互为表征，和谐共存。童真童心是布莱克内在情感的动因，也是诗人表达真实心境和寻求愿景的神圣源头。这种"童真"本质上来说，是指感知和面对世界的一种"天真"之态，但其中也包含着复杂性。首先，神性元素是布莱克儿童诗歌的一大特征。根据基督教教义，上帝与人类的关系是父与子的关系，人类如同上帝的孩子，受上帝指引走向永恒的天堂世界。在布莱克的诗歌中，这种画面比比皆是：在上帝的抚照下，孩子们自由欢唱、嬉戏、成长。诗人认为，只有保留孩童们纯洁的天真，才能与上帝维系沟通与联结；只有在童心的映照下，被束缚的经验世界才能去掉枷锁、重获上帝的庇佑，人类的生命才能最终抵达永恒。其次，诗人擅于歌颂儿童与自然的亲近关系，认为纯真的孩子是真正的大自然之子，用孩童的视角和声音塑造出一个纯朴、美丽、静谧、梦幻般的大自然。在诗人看来，生机盎然、朝气蓬勃的大自然是上帝对人类世界的恩赐，也是孩童眼中最真实最美好的存在。孩子与自然之间的心灵相犀一方面表达了诗人希冀建构的"天真"世界的图景，另一方面，诗人旨在用这种最原本、最自然的童真心态去映照和感化成人的经验世界，帮助他们打破束缚灵魂的枷锁，找回纯粹的自然属性。除此之外，诗人大力颂扬原始"天真"状态下的想象力和创造力，他的诗歌也正是因其丰富的想象力而寓意无限。孩童的想象力具有纯粹性、自由性和无限性，他们能够以简单自然的方式诉说"天真"世界的美好，尽管面对现实的丑陋与残酷，也仍能以包容和救赎的心态及丰富的想象力保持一颗纯洁向上的心灵。布莱克在其后期的诗歌中，更是展开神奇的想象，致力于建构一个自己的宗教神话体系。爱尔兰伟大诗人叶芝（William Butler Yeats）认为，对布莱克而言，"想象艺术是最伟大的神的启示，而且想象艺术所唤醒的那种对一切生物（不论有罪还是无罪）的交感同情，是基督耶稣所称赞的对罪恶的饶恕"（185）。因此，布莱克的"诗才"很大程度上就在于其无限的想象，孩童的想象更是蕴含了人类集体无意识中共同的、对最初纯真世界的构想。诗人力图彰显童真与想象力的价值，坚持重归想象和精神自由的信念，以期最终打开通向美好世界的大门。

第二节 "经验"世界中的"苦儿"

苦难书写是布莱克表现经验世界里的人生、再现经验世界中人们，尤其是儿童的生存与精神处境的一种形式。经验世界中的孩童不再是上帝的"宠儿"、与大自然心心相印的挚友，不再充满童真的想象，而是沦为了上帝和社会的"弃儿"，面临着精神和肉体的双重囚禁和压迫。孩童遭遇的生存境遇的转变，可以放置于当时英国的整个社会环境和时代语境下进行反思。工业革命加速了贫富悬殊和阶级矛盾的激化，流民、失业和童工问题愈加突出。底层大众、女性及儿童一直处于被淹没的处境，沦为社会的边缘人。在等级分明的权力和话语机制中，他们始终无法真正表达自我，言说自身的诉求，这导致他们在面临生存艰难的同时遭遇话语权利的阉割。在这样的社会背景下，仅存的纯净之地——教堂也发生异变。宗教在权欲化的教士们手中变成捆绑大众思想的绳索，人们对上帝的信仰及向善的欲求早已被金钱及权力的贪念所取代。这两种意识的冲突带来的便是内心的茫然与焦虑、人性与道德的偏离和堕落以及信仰危机。最终底层儿童成为这一切黑暗与压迫的承受者，他们无力继续守护"天真"与灵魂，只能沦为生存夹缝中的挣扎者。

《经验之歌》中的很多诗也都与孩子有关。与《天真之歌》不同，承受苦难和经历迷失的孩子是《经验之歌》呈现的一大主题。诗人开始直面客观现实世界，但此时他认为真正意义上的人和人的创造力已经消失，只有通过原始的想象力才能失而复得。在他看来，成年人的悲剧在于他们失去了天真、爱和想象的能力；孩子的悲剧在于成年人将已经残缺无爱的情感和意愿强加在他们头上，使他们成为经验世界中的"苦儿"。

一 被现实"经验"奴役的"苦儿"

作为《经验之歌》的开篇，"经验之歌序诗"（Introduction）一开始就表达了与《天真之歌》截然不同的叙事视角和思想走势：行吟诗人"呼唤着那堕落的灵魂"（6），为每一个沉沦的灵魂"在夜晚的露珠中流泪"（7），激励底层穷苦人摆脱充斥着自私、虚伪和压迫的现实世界的束缚和镣铐。诗人以锐利的目光、悲愤的态度审视周围的现实世界，昔日的慈爱、自由、温馨和快乐变成了残酷、压迫、扭曲和猜忌。人类世界俨然成为一片缺乏光明和爱的荒原。人与上帝之间只剩下彼此的互相疏离与摒弃；人与人之间，包括父母和孩童之间，仅存自私、虚伪和压迫的关系。

与出自《天真之歌》的"扫烟囱的孩子"相比，《经验之歌》中的同名之作在叙事语调和主题呈现上形成强烈反差，以儿童悲惨的命运折射出社会的弊病，刻画出经验世界黑暗与罪恶当道的画面。上帝并未以父之名救赎可怜的孩子，而是与教士、国王一同把天堂搭建在孩子们柔弱的身躯和心灵之上。该诗简洁却不简单，以旁观者的角度借儿童的坎坷命运揭露当时宗教的残忍迫害、底层人民的苦难以及受到波及的天真无邪的孩子。整首诗基调沉重，不乏反抗和批判现实之意。

> A little black thing among the snow,
> Crying! 'weep! weep!' in notes of woe!
> 'Where are thy father and mother? Say!'
> 'They are both gone up to the church to pray.'
> [...]
> 'And because I am happy and dance and sing,
> They think they have done me no injury,
> And are gone to praise God and His priest and king,
> Who made up a heaven of our misery.'
>
> (1—4；9—12)

> 风雪里一个满身乌黑的小东西，
> "扫呀，扫呀"在那里哭哭啼啼！
> "你的爹娘上哪儿去了，你讲讲？"
> "他们呀都去祷告了，上了教堂。"
> [……]
> "因为我显得快活，还唱歌，还跳舞，
> 他们就以为并没有把我害苦，

| 第一部分 | 英国诗歌底层叙事传统溯源

就跑去赞美了上帝、教士和国王，
夸他们拿我们苦难造成了天堂。"

（卞之琳 译）

从诗歌的内容和所要彰显的主题来看，诗人对客观现实的呈现和批判发生了极大转向：从寄托于对"天真"理想世界的勾勒到直面并批判"经验化"的社会现实。此时的布莱克不再回避现实或囿于自我想象中，而是直击社会最阴暗、最无人道的一面，揭露产生苦厄和罪恶的根源之所在，其关注的聚焦点也由孩童的天真之态转向成人异变的经验世界。

本首诗中，底层孩童面临的不仅有来自外界社会的冷酷对待，还面临最基本的家庭关爱的缺失。孩子是社会的未来，其成长和思维启蒙的起点正是家庭，父母的关爱是孩子成长过程中最基本也是最重要的心理需求。但在彼时的社会背景下，这一点却成了普通孩童的奢望。许许多多幼小的孩子被迫去扫烟囱或被父母送到工厂从事长时薄薪的工作，处于极为悲惨的境地。他们不但得不到双亲的关爱，反而在精神和物质诸方面遭受来自各方，包括父母和曾经一直信仰的"慈父"上帝的压迫与折磨。布莱克以真切的感受诉说了底层儿童的生存状态，向社会发出孩子们的绝望呐喊和恳切诉求。

"伦敦"（London）一诗是布莱克揭露社会阴暗、批判现实的代表作。在这首名诗里，诗人对18世纪英国社会的种种悲惨景象进行了真实、深入地刻画。"孩子的喊叫""士兵的长叹""妓女的诅咒""初生儿的眼泪"——英国底层人民所遭遇的生存艰难和精神苦痛深深地震撼了诗人，他以沉痛而有力的笔调，描绘出以伦敦为代表的都市空间所充斥的苦难、不公、不幸和来自底层的哀怨与叹息，揭示出死寂般的底层生存场：

How the chimney-sweeper's cry
Every blackening church appals,
And the hapless soldier's sigh
Runs in blood down palace-walls.

But most, through midnight streets I hear

第三章 布莱克：底层叙事之呐喊者

How the youthful harlot's curse
Blasts the new-born infant's tear,
And blights with plagues the marriage hearse.

(9—16)

多少扫烟囱孩子的喊叫
震惊了一座座熏黑的教堂，
不幸兵士的长叹
化成鲜血流下了宫墙。

最怕是深夜的街头
又听年轻妓女的诅咒
它骇住了初生儿的眼泪，
又用瘟疫摧残了婚礼丧车。

（王佐良 译）

该诗犹如 18 世纪伦敦街头景象的一个缩影。黑暗的社会现实和虚伪的上层特权阶级不仅虐待了底层民众的身体，更遮蔽了他们的心语，摧毁了他们的精神信仰，破灭了他们对社会人道和自身价值的期盼，不论是成人还是婴童都无法逃脱此命运。

"扫烟囱的孩子""年轻的妓女"和"不幸的士兵"成为本诗中最典型的三个人物形象。工业革命的社会背景下，来自贫苦家庭的孩子无奈地沦为扫烟囱的廉价劳动力。他们是最弱势的群体，没有过多的话语表达，只留下声嘶力竭的哭喊声。正是这种哭喊声在诉说着这个社会的不公和残忍，让他们本该美好的童年变得可怜和不幸。诗中的"熏黑的教堂""不仅仅暗示一个被烟熏黑的圣殿或者一个暴君的殿堂；它象征一个黑暗的、坚固的纪念碑，供奉着单调、麻木与厌倦"（刘金丽，126）。教堂本应是播撒上帝博爱、宣扬慈善的神圣之所，却让幼小的孩童来打扫烟囱，还要歌唱颂扬上帝的赞美诗。这样的教堂已变了质，不再是大众寻求精神和信仰依托的栖息地，而成了一座座黑暗、冰冷、充斥着伪善嘴脸的地狱。扫烟囱的孩童便是身处这地狱之中最令人同情、哀怜的群体。除此之外，底层女性的命运同样也是悲惨的。穷苦人家的女孩子

| 第一部分 | 英国诗歌底层叙事传统溯源

为了生计被迫成为妓女，只能通过诅咒声表达对自身命运的无力改变和对整个社会人性沦落的控诉。战场上的士兵为保家卫国流血牺牲，"鲜血留下了宫墙"。"宫墙"直指特权阶级的专制统治和乱象的政治斗争，士兵是上层权力斗争的牺牲品，不仅遭受身体残缺的苦痛，自我价值和生存根基也被否定和剥夺。他们参与了政治和国家历史的书写，却最终沦为一个个无名的个体。信仰与现实的巨大背离、肉体与精神的双重创伤于这些士兵而言是无法修复的。因此，这一"迷惘的底层"只能以绝望的"长叹"向畸形的社会形态和时代语境宣泄不满。这首诗歌可谓是布莱克底层经验观照的代表作。

黑暗现实的阴霾同样笼罩在刚出生的婴孩儿身上。与"婴儿的欢呼"相比，"婴儿的悲哀"（Infant Sorrow）也是以一个刚出生不久的婴儿的口吻自述，却展现了一幅迥然不同的画面：

> My mother groaned, my father wept:
> Into the dangerous world I leapt,
> Helpless, naked, piping loud,
> Like a fiend hid in a cloud.
>
> （1—4）
>
> 我妈妈呻吟，我爸爸流泪：
> 我一下子跳进这危险的世界，
> 无依无靠，光着身，尖声喊叫，
> 就像躲在云彩里的一个魔妖。
>
> （杨苡 译）

这首诗中的婴儿没有天真烂漫的欢笑，没有成人的保护和关爱，只有对未知世界的恐惧和不安。他"光着身，尖声喊叫"（3）。通篇流露出一种凄怨的语调，与"婴儿的欢呼"中欢乐的婴儿形象形成鲜明对比，这里处处感受到的是婴儿的出生所带来的不祥的气氛：母亲在呻吟，父亲在流泪。婴孩所看到的不是父母的欣喜而是无奈和悲伤，本应欢喜的出生时刻却被沉重阴郁的氛围所笼罩。全诗只有婴儿一个人在说话。他尖声哭喊，无依无靠，感觉"一下子跳进这危险的世界"（2）。刚出生的他不是上帝赐予父母的福音,却貌似成了一个"魔妖"。这一切,似乎昭示着婴儿命中注定要面对残酷的现实,摆脱不了可怕命运的钳制,在丑恶、堕落的世界中挣扎、受折磨,而渐渐获得某种"经验",最终失去天真的童心。

诗中儿子和父亲的意象寓意深刻。儿子"在父亲的手里拼命挣脱,/就想蹬掉束缚我的那堆包裹"(5—6):刚出生的儿子象征着原始生命力,是一种感性自由的力量;而父亲则是文明社会的代表,父亲对儿子的行为暗示文明社会对人自然本性的束缚。这种原始生命力与经验文化之间的矛盾在儿子出世的那一刻起就已经蕴藏其中了。因此,面对这样的情形,母亲"呻吟",父亲只能无奈"流泪",而孩子也感觉是"一下子跳进这危险的世界"。该诗一方面展现了"经验"与"天真"的冲突,另一方面也影射了底层家庭生存的艰辛与不易。

二 被伪善宗教钳制的"囚徒"

在《天真之歌》中,儿童是能与上帝对话的"天使",也象征人类最接近上帝和自然的时期。他们的话语和行为即是神向人类传达的旨意和教诲。而在《经验之歌》中,孩童经历了由"天真"走向"经验"的过程。愚昧的父母、伪善的教士及无形的现实"经验"共同编织出一张罪恶的网将孩童牢牢束缚其中。在这一过程中,本该担当"庇护者"和"拯救者"的上帝之父却并不在场。这一切使得底层中的儿童在现实虚伪的宗教教条下无力抵抗,丧失天真与欢笑,只留下绝望和哭喊在夹缝中弥散。

依照基督教的教义,周四被视为神圣的一天——耶稣升天日。在"升天节"(Holy Thursday—*Songs of Innocence*)一诗中,这一天,孩子们"洗干净了天真的脸蛋,/[……]穿着红的蓝的绿的衣衫"(1—2),在白发教士的带领下,走进神圣的大教堂。他们像是"伦敦城的花朵"(5),个个容光焕发,像"一群群小羊羔"(7),"高高举起天真的手"(8),声音响亮地唱着赞歌,"歌声飞上天空,/又像是和谐的雷鸣使天庭的众交椅震动"(9—10)。此种描写刻画了孩童犹如天使般的存在,他们歌唱上帝、天真烂漫,满是对世界的欢喜和颂扬。在诗歌末尾,上帝的福音告诫穷苦人的"贤明保护人"——长者(权威阶级)要施以怜悯,不要把"天使"和苦难的孩子逐出大门。这无疑体现了诗人早期对上层阶级的人道主义美德和怜悯情怀抱有的天真幻想。然而在《经验之歌》的同名诗中，此种幻想已遭打破，宗教和"慈善"的虚伪昭然若揭。诗人已不再是天真的上帝圣徒，而是一个极具反抗精神的社会批评者。他发现：

> In a rich and fruitful land,
> Babes reduced to misery,
> Fed with cold and usurous hand?
> [...]
> And their sun does never shine,
> And their fields are bleak and bare,
> And their ways are filled with thorns,
> It is eternal winter there.
>
> （2—4；9—12）

> 在一个富饶的地方，
> 婴儿们干瘦得十分凄惨，
> 竟让那冰冷的放债的手来喂养？
> [……]
> 他们的太阳永远不会发光，
> 他们的田野是光秃秃的一片荒原，
> 他们的道路荆棘丛生，
> 那里就是永无止境的冬天。
>
> （杨苡 译）

诗人用讽刺的口吻叙述了"慈善"的虚伪，质疑传统的人道观念。上帝不再是仁爱的父亲形象，拯救苦难深渊中的孩子，而是遭受教会的扭曲，变成了捆绑民众思想的信条枷锁。教会本该是代表上帝传播福音、颂扬仁爱的场所，却成为罪恶的源头，平民的苦难正是源于教会统治的不公与虚伪。普通大众尤其是儿童，不仅身体遭受折磨，精神同时也遭受教会和变异宗教教条的愚弄和压迫。

在经验的世界中，教堂不再是象征上帝的圣洁之地，而是一个阴森、冷酷、恶毒、黑暗的地狱。诗歌"一个小男孩的迷失"（A Little Boy

Lost—Songs of Experience）便展现了牧师——上帝在人世间的代理人，是如何活活烧死一个所谓的"迷失的小男孩"的。

该诗开头来自一个小男孩的自白，他以世俗化的口吻对上帝一直宣扬的仁慈、博爱精神在经验世界的存在与否表示迷茫和不解：

> Nought loves another as itself,
> Nor venerates another so,
> [...]
> And, father, how can I love you
> Or any of my brothers more?
> I love you like the little bird
> That picks up crumbs around the door.
>
> （1—2；5—8）

> 没有人爱别人像爱他自己，
> 也不会尊敬别人像对自己那样，
> [……]
> 天父啊，我怎么能对你
> 或对任何我的兄弟爱得更深？
> 我爱你只能像那只小鸟儿
> 在门边上把面包屑啄个不停。
>
> （杨苡 译）

这样的话语被牧师听到后，牧师"激动得浑身发抖，抓住他的头发"（10），然后：

> [...] stripped him to his little shirt,
> And bound him in an iron chain,
> And burned him in a holy place
> Where many had been burned before.
>
> （19—22）

115

| 第一部分 | 英国诗歌底层叙事传统溯源

>[……]剥光他只剩一件小衬衫，
>用一条铁链把他紧紧锁起，
>便把他在神圣的场所烧死
>以前那里也烧死过不少人。

（杨苡 译）

　　而小男孩的父母只能"白白地哭泣"（18），眼睁睁看着自己的孩子被活活烧死。宗教已变成钳制大众思想的利益工具，上帝不再是天父的形象，而在教士手中变成了一个刽子手，将孩童的"天真"妖魔化，进而将其无情扼杀。教士表面上仍旧宣扬"为善者进天堂，为恶者下地狱"的上帝审判，但其明显颠倒扭曲了善恶之本。天真无邪的孩子被认为是恶的化身，受到了下地狱的惩罚；而实则为恶的主体是教士本人，他自视权威，宗教沦为其清除一切自由与天性的工具，正统的宗教信念、上帝的慈爱、为善的良知在其心中早已泯灭，不复存在。

　　同样，"爱的花园"（The Garden of Love）一诗也旨在凸显宗教束缚儿童思想的主题。原本开着许多花朵，充满生命力和爱意的花园变成了一个埋葬自然天性的坟墓。穿黑袍的牧师严厉狰狞，用教义的"荆棘捆住了我的欲念和欢乐"：

>That so many sweet flowers bore.
>And I saw it was filled with graves,
>And tombstones where flowers should be;
>And priests in black gowns were walking their rounds,
>And binding with briars my joys and desires.

（8—12）

>那里盛开着许多可爱的花朵。
>我却看见那儿尽是坟墓，
>墓碑代替了原有的花朵；
>穿黑袍的牧师还在踱来踱去，
>用荆棘捆住了我的欲念和欢乐。

（杨苡 译）

孩子的自由本性被教士以爱的名义戴上了沉重的枷锁，深受物欲与经验逻辑驱使的父母和已然异变的宗教联手，共同剥夺了孩童的天真与欢乐。本应是"天使"的孩子们早已失去了被抚育、被关怀的对待，沦为各种物质与权力关系的囚徒与牺牲品。上帝也失去了"慈父"与播撒福音的神性光辉，使他的子民在宗教教化上充斥着浓厚的"蒙昧"色彩。此时的宗教在政治权力的介入下演变成一种密不透风的精神暴政。在这异质的压迫空间中，柔弱的孩童只能被操控，他们的天真与想象力被生存的负重感所压制，信仰对于他们来说也不再是一种净化与救赎身心的力量。这样"异化"的现实社会加速了底层人物的"异化"，各阶层之间的差异性变得更加顽固。成人精神世界的贫弱、陈腐、令人生畏的现象恰恰是这种异质宗教体系昌盛的产物（滕翠钦，2014，116），而儿童却深处身体与精神自由被双重剥夺的空间中，无处可突围。

在布莱克创作《经验之歌》时，英国社会正处在政治专制与教会的黑暗统治之下，教会与当权者相互勾结，谋权夺利。宗教已不再是指引大众精神向善向爱的信仰寄托，而是充满欺骗性的精神枷锁，麻痹、奴役，甚至迫害大众，尤其是底层民众。而深陷这地狱般深渊中无法获救的幼小群体便是彼时英国成千上万贫苦家庭孩子的写照。他们的身体受物质世界的奴役和摧残，精神被暴虐的教士所钳制。上帝之父已不在，孩童也无法感应与上帝之间心灵的联结，只能被迫学习伪善变质的教条教义。如果他们说出所谓有违"教义"的言语就难逃被烧死的命运。上帝的慈爱与诚信已渐渐远离，对善恶审判的权力也被教士攥在手中，成为驯化、统治大众精神的有力工具。

总体而言，与《天真之歌》相比，《经验之歌》的语言虽仍质朴通俗，但更具现实指向。诗人大量运用象征主义表现手法，辛辣尖锐地讽刺现实社会的黑暗不公，整体基调凝重哀郁。正如王佐良先生所言："凡此皆系有意为之，总的情形是《天真之歌》比较愉快，而《经验之歌》则充满沉痛和激越的调子"（王佐良，618）。学界认为《经验之歌》也即"现实之歌"，诗人将目光转向世俗，也表明诗人在理解世界、感悟宗教和艺术创作方面走向批判的视域。在他敏锐透彻的洞察下，欢乐、和谐、安宁的世界变成了无情、黑暗、苦涩的现实深渊。儿童本初的纯真褪却，对生活的爱和希冀也在压抑和苦难面前土崩瓦解，随之而来的还有肉体和灵魂的撕裂与创伤、对社会的控诉、对父母的哀怨和对上帝的质疑。于他们而言，这是一种生存境遇、价值观和心灵的巨变，个体的命运、感受、主体意识和身份陷入缺失的困境。而诗人犹如在这茫茫黑夜中寻找光明的行者，通过诗行表达经验世界"天真"的迷失，进而为底层大众探求通向光明与救赎的途径。

小 结

布莱克的《天真之歌》与《经验之歌》反映了对理性、世俗和现实的辩证思考，这其中也饱含对不合理的社会秩序及由此引发的人性自身的屈从、扭曲和变异的揭露与讽刺。在这样的社会语境下，诗人尤其关注底层人群的生存状态：扫烟囱的孩子、在战场上流血牺牲的士兵、满怀诅咒的年轻妓女，他们都是被压迫在生活底层的人。而在这一群体中，诗人特别着重对孩童的书写。《天真之歌》与《经验之歌》描述了两种截然不同的孩童生存状态：在《天真之歌》中，孩子是纯真的天使，他们以上帝为父，与上帝保持灵魂与心性的联结；与自然融为一体，未染尘俗的"天真"，与自然万物的咏唱相互映衬、和谐共存；他们超越现象与经验世界的束缚，在天堂般的世界中享受天性、想象与童真的自由表达。而在《经验之歌》中，诗人却描绘了孩童生存的另一番景象：扫烟囱孩子的无声叹息，深陷迷途中的孩子的恐惧与焦虑，刚出生的婴儿的绝望哭喊，对上帝、教会产生质疑的孩子以及被教士活活烧死的小男孩，等等。他们都是黑暗社会现实的压迫对象，是伪善宗教钳制的囚徒与牺牲品。经验世界的物质文明使他们远离了上帝，割断了与自然的天然纽带，被投入痛苦的深渊中。在物欲弥漫、信仰失衡的现实世界，人道主义与情感关怀遭遇集体性陷落。孩童身处这异化社会结构的底层，他们的天真和自由被剥夺，想象力被蚕食，话语遭遇曲解和遮蔽，最终难逃成为下一代成人群体的宿命。

在诗歌形式上，布莱克颠覆传统诗歌的上位叙事视角，多采用第一、第三人称叙事策略，把底层儿童从被言说的命运中解救出来，赋予他们自我言说的权利和主体身份，进而呈现出最真实的底层现状及个人内在体验。布莱克笔下的底层儿童是一个特殊的群体，他们既是叙事主体，拥有独立的自述话语体系，能够直抒自我感受，反映现实，也是由诗人代言的第三人称叙事客体。作为一个局内的旁观者，诗人深知这些孩童的生存焦虑和主体缺失，使他们得以显影和发声，而不再是成人世界里被忽视、被消音的对象。

　　布莱克对底层儿童群体的观照是其在所处历史语境和社会语境下做出的立场选择。他以自身苦难经历者的身份，透过诗歌文本真实还原了社会阶层中受到漠视的底层生存场，尤其是工业革命时代背景下底层儿童的生存境遇。这一视角与题材的选择不仅彰显了诗人的代言立场，蕴含其对底层群体的人文关怀及对现实社会的拷问，也预示其在后期创作中对这一现状及出路的探索。他的底层叙事为后世诗歌的城市底层书写奠定了基础。

第四章 华兹华斯：底层叙事之接力者

概 述

　　浸润于英国民谣质朴自然的诗风，深受其底层书写的现实主义和人文主义思想影响，面对19世纪世风的巨变，华兹华斯这位具有普世情怀的诗人，将关切的目光投向那些在工业革命变革、经济结构调整过程中破产的农民、沿街乞讨的乞丐、流浪的乡下少女、被始乱终弃的农家女孩，书写底层卑微的日常生活，并以《抒情民谣集》（*Lyrical Ballads*）及《序曲》（*Prelude*）作为自己的诗学宣言，宣告诗人的责任是秉持人文关怀、捍卫人性、传播爱。他号召诗人以观察与描绘力、感受力、沉思与文学的想象表征力来书写"卑微的田园生活"，为底层发声，再现他们的苦难，触碰灵魂的悲情，同时挖掘平凡中的诗意和卑贱中的伟大。华兹华斯是英国诗歌史上底层叙事的接力者，当代英国诗人的底层叙事作品无不受到华氏的影响。因而，本章主要聚焦于华兹华斯诗歌的底层女性书写和底层苦难书写，为当代英国诗歌的底层书写探寻诗学传统和精神来源。

第一节 底层女性书写

　　19世纪的英国，工业化的快速发展带来了社会的巨大变革。经济领域的不公、无序的恶性竞争使得那些生活在社会底层的人屡屡遭受挫折与失败，在经济与文化的双重贫瘠中不断被社会边缘化。作为一位有着普世情怀的诗人，华兹华斯对在工业革命过程中破产的底层劳动者给予了无限同情。在创作中，他坚持以"微贱的田园生活"作为主要题材：

第四章 华兹华斯：底层叙事之接力者

无论是寂寞山道间以乞讨为生的老乞丐，还是在城市里徘徊流浪的乡下少女；无论是怀抱最后一只羊的无助农夫，还是被花花公子玩弄抛弃的农家姑娘，那些底层人的群像，如浮雕般出现在华兹华斯的许多诗篇里，他用自己的笔道出了丧失话语权的底层人心中隐藏的离乡的悲愁、卑微的渴求和无尽的哀伤，揭开了19世纪英国浮华社会的另一面。华兹华斯同情挣扎在底层的人民，更从心底敬仰他们作为生命个体所蕴含的强大力量。在其看来，这些乡民"浑身上下尽现粗鄙，内在的/圣仪却在进行"（丁宏为，335）。而在华兹华斯的底层诗作中，最令人难忘的则是那些备受欺凌和压迫却依然闪耀着美好人性光辉的底层女性群像，她们构成了一个虽境遇艰难却精神高洁的底层女性世界。不同于那些充满情感宣泄或激烈抗争精神的女性书写，华兹华斯更注重探索女性内心世界的多元化及复杂性，注重人文关怀与伦理担当。从"露西·格瑞"（Lucy Gray）中活泼勇敢的小女孩到"露西组诗"（Lucy Poems）中貌若紫罗兰的少女，再到"孤独的割麦女"（The Solitary Reaper）中孤苦忧郁的苏格兰高地女农，华兹华斯在凡俗或卑微的日常经验中不断发掘着底层女性智性的光彩和独特的精神魅力。

一 平凡中的诗意挖掘

华兹华斯八岁丧母，十三岁失去父亲，从小寄住在亲戚家中，缺少父母的关爱与童年的欢乐，而这样的成长经历，也成为形成他悲情女性观的重要原因。华兹华斯偏爱于描写那些天真纯净的婴童和朴实温暖的母亲形象，这或许正是他尝试用自己的方式弥补成长过程中母亲缺位以及家庭温暖缺失的一种表现。华兹华斯把现实中的情感经历与体验投射到诗作中那些女性形象，尤其是那些具体生动的底层女性形象上并赋予她们含蓄哀惋的忧伤，或是缥缈疏离的悲愁，甚至是撕心裂肺的痛楚。他书写纯真的女童、孤苦的少女、平凡的母亲、惨遭遗弃的妇人、发疯的女人等，从底层女性的含蓄隐忍写到她们的呐喊抗争，其最初对女性身份的理想构建似乎也在与现实的不断碰撞中崩塌重塑。

华兹华斯诗中所描写的许多女性形象，既没有丰功伟绩也没有沉鱼落雁的容貌，她们只是最平凡、最贴近大自然的底层劳动大众的一员。在《露西组诗》（Lucy Poems）的第一首"无题"（Untitled）中，诗人就描写了一位独自生活在人迹罕至的荒野地里的姑娘：

She dwelt among the untrodden ways
Beside the springs of Dove,
A Maid whom there were none to praise
And very few to love:

A violet by a mossy stone
Half hidden from the eye!
—Fair as a star, when only one
Is shining in the sky.

She lived unknown, and few could know
When Lucy ceased to be;
But she is in her grave, and, oh,
The difference to me!

(1—12)

　　她住在达夫河源头近旁，
　　人烟稀少的乡下，
　　这姑娘，没有谁把她赞赏，
　　也没有几个人爱她。

　　像长满青苔的岩石边上
　　紫罗兰隐约半现；
　　像夜间独一无二的星光，
　　在天上荧荧闪闪。

　　露西，她活着无人留意，
　　死去有几人闻知？
　　如今，她已经躺进墓里，
　　在我呢，恍如隔世！

（杨德豫 译）

这位孤苦无依、隐世独居的底层少女,"像长满青苔的岩石边上"的紫罗兰那般有一种宛如空谷幽兰的静态之美。在这寂寥的现世里,她努力绽放但却无人欣赏。她曼妙的身影与美丽的紫罗兰融为一体,彰显着孤单却依然高贵的灵魂。而另一方面,姑娘又"像夜间独一无二的星光",于茫茫黑夜中默默释放光芒和能量,展现着"荧荧闪闪"的动态之美时却也流露出孤寂之感。全诗共分三节,语言一如华兹华斯一贯的风格,于质朴自然中散发着一种清雅的气息。诗人没有具体描绘女子的外貌和服饰,而是用淡淡的笔触静静渲染着她内心世界的忧郁和哀伤。那哀伤"无人留意",无人感知,宛如大自然中那寂寞生长的紫罗兰,又如天边那清冷闪烁的孤星。诗人于浅吟低唱中轻叹着姑娘内心的寂寥——"没有谁把她赞赏","也没有几个人爱她",在"人烟稀少的乡下",她独自生活,独自忧伤。在这样冷清的意境中,全诗自始至终弥漫着一种挥之不去的愁绪与寂寥之感。诗人将少女融于自然之中,仿佛是与世隔绝的隐士一般,孤独忧郁却又含蓄纯净,而这或许正是诗人彼时心中最光洁美好的女性形象。诗的最后,"如今她已躺进墓里,/在我呢,恍如隔世!"——紫罗兰般美好的女子终究要面对孤单离世的命运,而诗人也只能以轻声一叹抒发内心的惋惜之情。或许,在诗人心中,孤独少女的悄然离去正是其脱离世间愁苦和艰涩、维持其纯洁高贵人格的解脱之路。

在"孤独割麦女"(The Solitary Reaper)一诗中,诗人写道:

> Behold her, single in the field,
> Yon solitary Highland lass!
> Reaping and singing by herself;
> Stop here, or gently pass!
> Alone she cuts and binds the grain,
> And sings a melancholy strain;
> O listen! for the Vale profound
> Is overflowing with the sound.
>
> (1—8)

你瞧，那孤独的山地少女！
那片田野里，就只她一个，
她割呀，唱呀；——停下来听吧，
要不就轻轻走过！
她独自割着，割下又捆好，
唱的是一支幽怨的曲调；
你听，这一片清越的音波
已经把深深的山谷淹没。

（杨德豫 译）

一位苏格兰高地姑娘独自一人在山谷中辛勤劳作，她一边收割，一边哼着小曲。在以男性为主体的传统社会价值观下和男性意识形态为权威载体的语言体系中，诗人或许无法真正理解蕴藏在姑娘歌声里的意味，但却能从她那悲凉的曲调中感受到其内心的哀伤。诗的第三节，诗人对歌谣内容进行了猜测：这少女也许是在悲悼战死沙场的勇士，或是哀惋那令人悲伤的往事，又或是轻叹平凡如常的情感纷扰，总之，她在用歌声表达着内心真挚动人的情感。诗人以祈使句式开头，给人以身临其境的感觉，像是在提醒我们不要忽略这大自然间普通劳动女子所带来的美好："你瞧，那孤独的山地少女！""你听，这一片清越的音波/已经把深深的山谷淹没"。少女在广袤的自然中一边劳作一边歌唱，用歌声表达着底层女性隐忍的内心情绪，用其简单朴实的田间劳作行为召唤着人们重返纯净的精神家园。

在想象力的带动下，华兹华斯对底层女性平凡生活与精神世界的探索，总是充满了人们习焉不察的惊喜和忧伤，充满对生命复杂性的领会与感知。华兹华斯大胆又客观地展开对心中理想女性形象的构建，努力去体会和探察她们的精神世界。在其笔下，女性不再是没有独立思想和价值的客体存在，就连那些卑微低贱的底层女子内心也有着值得被尊重的孤独与忧愁。华兹华斯不断探索着底层女性的心灵世界，带领他的读者去努力倾听她们心灵最深处的声音。从某种意义上来说，华兹华斯对底层女性内心及情感世界的关注正是其对底层女性精神关怀的体现，也是一种向内的自我探寻。"对底层生存的艰难、窘迫、疲惫或者些许的温暖、闲适情状的写照，一定程度上可以折射出这个社会中绝大多数人的生存状态"（张德明，110）。华兹华斯选择关注底层中的女性群体，因为她们是底层人中更为特殊的群体，对她们的命运变化与情感形态的关注，成为诗人透视社会、介入时代的途径，同时也体现了诗人的普世情怀。

二　触碰灵魂的悲情书写

在任何一种社会形态中，由于政治权利、物质财富、阶级属性等构成的差异，那些拥有较少社会资源的底层人无法自由进行自身的话语诉求，他们的话语权总是招至漠视或压制。而底层女性，作为生存在底层社会的"底层"，不仅要承受底层人共同遭遇的压迫，还要承受来自男权社会的压迫。男性借助传统政治、经济资源分配的优势，毫不费力地操控了底层女性的生活及命运，压制她们的理想，羁绊她们的自由，霸占她们的话语权，使得她们丧失了表述自我的能力。

在华兹华斯所处的19世纪英国，那些生活在社会底层的女性卑微渺小，几乎没有任何社会地位可言，她们被视作男性的财产和附属物，丧失了对生活和命运的选择权。面对底层女性所遭受的不公待遇和凄苦人生，崇尚"天赋人权"的华兹华斯给予了她们深刻的同情。在他的许多诗中，诗人以其悲悯之心为出发点，关注底层女性的集体生存境遇，披露她们在男权社会遭受的不公正待遇，凸显其经历的精神磨砺与苦难，反映了工业化及历史大变革进程中较为严峻的社会问题。在他笔下，既有孤苦少女的芳华早逝，又有可爱农家女童的过早夭折，还有温柔的妻子不分昼夜地祈祷远行丈夫的平安归来以及失去孩子的母亲痛彻心扉的呐喊与哀伤……他的诗勾画出了一幅19世纪英国底层女性生活百态的画卷，成为她们真实生活的写照。

在"苏珊的梦幻"（The Reverie of Poor Susan）一诗中，苏珊原本是生活在乡下的女孩，后来进城给人做了使女。诗的开头，苏珊在"静静的晨光里"于"伍德街拐角"处聆听着画眉的歌声，而这种聆听似乎早已成了多年的习惯：

At the corner of Wood Street, when daylight appears,
Hangs a Thrush that sings loud, it has sung for three years;
Poor Susan has passed by the spot, and has heard
In the silence of morning the song of the Bird.

(1—4)

伍德街拐角，曙光已显现，
画眉高叫着，它叫了三年；
可怜的苏珊，她常常路过，
静静晨光里听画眉唱歌。

（杨德豫 译）

画眉的歌声令苏珊神往，因为顺着这"迷人的调子"，她总是忍不住怀念起自己的家乡，在歌声中：

She sees A mountain ascending, a vision of trees;
Bright volumes of vapour through Lothbury glide,
And a river flows on through the vale of Cheapside.

Green pastures she views in the midst of the dale,
Down which she so often has tripped with her pail;
And a single small cottage, a nest like a dove's,
The one only dwelling on earth that she loves.

(6—12)

她仿佛望见了山峦和树木；
团团的白雾飘过洛伯里，
河水奔流在齐普赛谷底。

她望见谷地里青碧的牧场，
那儿，她常常提着桶奔忙；
孤零零的茅舍，像个鸽子窝
是人间她喜爱的唯一住所。

（杨德豫 译）

苏珊的认真聆听无异于一种思乡愁绪的排解，因为顺着画眉美妙的歌唱声，她总是能够回想起自己的家乡，那里的高山、树木、河流和牧场都令她无比怀念。虽然乡下的生活清苦又忙碌，虽然那时也只是蜗居在"鸽子窝"般简陋的茅舍，可对苏珊来说，却是"人间她喜爱的唯一住所"。然而，在工业化汹涌澎湃的浪潮中，传统的田园经济与生活方式不断被破坏甚至摧毁，底层农民不得不面对社会变革给他们带来的背井离乡的命运。苏珊与许多从事传统劳作的底层农民一样，不得已踏上了外出谋生的道路。被现实禁锢和束缚的他们无法主宰自己的命运，无法选择自己想要的生活。而连话语权都一并失去的"苏珊"甚至无法表达自己内心深处的哀伤与诉求，唯有在静默地回忆、想象与幻觉中缅怀故土，憧憬着昔日平静安详的田园生活。

而在"玛格丽特的悲苦"（The Affliction of Margaret）一诗中，华兹华斯以另一种言说方式描写了一位孤苦孀居的母亲对远游不归的儿子的怀念：

> Seven years, alas! to have received
> No tidings of an only child;
> To have despaired, and have believed,
> And be for evermore beguiled;
> Sometimes with thoughts of very bliss!
> I catch at them, and then I miss;
> Was ever darkness like to this?
>
> （8—14）
>
> 七年啦，唉呀，根本就没有
> 我那独生子的一点儿消息；
> 我曾绝望，曾希望，曾坚信，
> 却总被我的想象所蒙蔽；
> 有时，我竟想得十分高兴，
> 我伸过手去，却是一场空；
> 有什么伤心事和这相同？
>
> （黄杲炘 译）

| 第一部分 | 英国诗歌底层叙事传统溯源

　　诗中的女主人公是一位寡妇，膝下只有一子，成年后离开家乡外出谋生，七年来杳无音信。思儿心切的母亲在时间的流逝中备感痛楚和凄凉，只能无奈地对天长叹，排解内心的思念和忧虑：

> Beyond participation lie
> My troubles, and beyond relief:
> If any chance to heave a sigh,
> They pity me, not my grief.
> Then come to me, my son, or send
> Some tidings that my woes may end;
> I have no other earthly friend!
>
> 　　　　　　　　　　　　（71—77）
>
> 我的苦恼没有人能分担，
> 我的苦恼没有人能解除；
> 偶尔有谁叹口气，那也是
> 可怜我，不是我心中的苦。
> 快来找我吧，要不捎个信，
> 我的儿啊，也免得我伤心！
> 除了你，世上没有我亲人。
>
> 　　　　　　　　　　　　（黄杲炘 译）

　　这里，母亲那一声声充满思念、悲伤、担忧、无助的呼喊仿佛直抵读者的心灵深处。华兹华斯既写出了失独母亲的哀婉凄凉，也写出了她的绝望与挣扎。诗人把话语权交还给诗中的"母亲"，让这一默默无闻、又常常被人忽视的形象去道出生活中那被人遗忘的女性世界的痛苦与悲伤。这一底层母亲形象的呐喊与宣泄，或许也代表着诗人曾构建的完美女性理想的崩塌，而美的毁灭又常常带给人震撼与思索。诗人笔下的女性从含蓄隐忍到呐喊抗争，从某种程度上来说，正是其对传统女性观的颠覆及超越。

　　然而，尽管许多诗中描写了底层女性生活悲苦的现实，华兹华斯的叙述语言却"在寻求接近超自然的天然虔诚的过程中，可能透露出残忍，却没有流于伤感的危险"（江康宁，184）。华兹华斯对语言表现力的把控，表明了一个事实，那就是优秀的诗人可以用质朴的语言、精确的表达和不动声色的叙述方式成就气势磅礴的诗篇。

华兹华斯沉潜于生活深处，讲述底层女性的境遇与凄伤，探究她们对生命的渴求与企盼。虽然艰难的生存境遇使她们大多都笼罩在一种悲剧氛围里，可那些饱含艰辛的日子经过诗人慧心的淘洗，依然"散发着人性中柔软、可人的气息……无须刻意拾取，那种温情的东西就会从生活的每一个细节中探出头来。这种温情有时就会有意无意地稀释外部环境的荒蛮和残酷"（迟子建、周景雷，43）。华兹华斯表面上书写的是底层女性的生存困境，但其背后却常常是对伟大生命、世间温情等的歌颂，其苦难题材背后更是深藏着人文关怀的立意，而这也成为华兹华斯底层叙事上的有力突破。透过底层女性的生存境遇，华兹华斯展示着世间所有人的生存状态，他对底层女性的书写其实也是对人类共同的生命经验的书写。

三　高贵灵魂的书写

尊严，是许多底层人在悲苦命运下努力捍卫的一种可贵的人性品格。他们坚强不屈的生命意志、始终如一的善念与美德，都是对人的尊严的坚守。华兹华斯书写底层女性的悲苦人生并非只为单纯地再现苦难，而是试图借助悲情的具象去彰显一种高贵美的存在，其底层叙事的悲情下蕴含的是一种崇高的人性美。在其笔下底层女性悲苦的生存境遇中，人类情感的基本形态和"人类尊严"的原始状态得以展现。如在"孤独割麦女"中，农家姑娘以方言吟唱出的曲子同辽阔的苏格兰高地融为一体，使得那平凡的歌声也产生了震慑人心的美妙感：

> No Nightingale did ever chaunt
> More welcome notes to weary bands
> [...]
> A voice so thrilling ne'er was heard
> In spring-time from the Cuckoo-bird,
> Breaking the silence of the seas

Among the farthest Hebrides.

(9—10，13—16)

夜莺也没有更美的歌喉
来安慰那些困乏的旅客——
[……]
在赫布里底——天边的海岛，
春光里，听得见杜鹃啼叫，
一声声叫破海上的沉静，
也不及她的歌这样动情。

（杨德豫 译）

姑娘只是平凡的底层劳动者，她所唱的或许也只是寻常的民间小调，又或是日常生活中的痛苦与忧伤。然而，无论她唱的是什么，在自然恢宏广阔的怀抱中，一切都仿佛得以升华。农家姑娘用她朴实的歌声来面对生命中的纷纷扰扰，用辛勤的劳动来建立自我尊严，用旷达的胸怀来拥抱贫穷与平凡。在诗人娓娓的叙述中，一位朴实勤劳、乐观坚韧的女性劳动者形象展现在了读者面前。诗的第三节，诗人揣测着歌声的内涵和真意，引领读者在想象中走进一个底层女性劳动者的内心世界——那里没有对生存境遇的怨愤，没有戚戚哀哀的哭诉，有的只是苍凉中的淡定与从容、隐忍与坚定，而那正是一个普通底层劳动者灵魂的高贵之处。

在"水手的母亲"（The Sailor's Mother）中，华兹华斯同样书写了底层女性身上的尊严：

A foggy day in winter time
A Women on the road I met
[...]
Majestic in her person, tall and straight;
And like a Roman matron's was her mien and gait.

(1—2，5—6)

第四章 | 华兹华斯：底层叙事之接力者

> 冬季里的一个阴湿大雾天，
> 早晨路上我遇见位妇女；
> [……]
> 她举止雍容威严，人挺直魁梧，
> 风度和步态像一位罗马人的贵妇。
>
> （黄杲炘 译）

诗的开头，诗人用"阴湿大雾天"的意象刻画出了黯淡阴郁的外部环境。在这样一个并不美好明朗的早晨，"我"遇见一位妇人，她身姿笔挺，雍容威严，恍若"罗马人的贵妇"。她的气度和风姿仿佛使人感悟到了古罗马那贵族般华贵、高傲的精神。然而，"我"很快发现，事实上她只是个路边行乞的乞丐：

> She begged an alms, like one in poor estate
> I looked at her again, nor did my pride abate.
>
> When from these lofty thoughts I woke
> "What is it," said I, "that you bear,
> [...]"
> She answered, soon as she the question heard,
> "A simple burthen, Sir, a little Singing-bird."
>
> （11—14，17—18）

> 她求我施舍，看来境况很不好；
> 我又看看她，依然是那样为她骄傲。
>
> 我从美好的想象中醒来，
> 问道："你带的是什么东西？——
> [……]"
> 一听到我这个问题她便回答：
> "先生，是只会唱歌的鸟，算不了啥"。
>
> （黄杲炘 译）

这看起来庄重坚强的妇人原来只是个无依无靠、四处行乞的乞丐。她怀揣一只会唱歌的小鸟，不远万里，长途跋涉去往丹麦处理水手儿子的身后事。这样一位遭遇人生重大变故的母亲却能够如此沉静、镇定地隐藏起自己的悲伤，那丧子的痛苦、悲戚似乎在这母亲高贵、威严的仪容中找不到半点存在的痕迹。妇人一路对那鸟儿悉心照料，用披风将其裹挟。那鸟儿曾是亡子生前最珍爱的宠物，常被他带在身边，如今也成了母亲最宝贵的物品，成了她漫漫路途中的感情寄托。鸟儿是母子之情的链接点，也是慰藉母亲丧子之痛的关键物。诗人这里把客体的鸟引入到与人的密切关系中，使原该有的悲情发生了移植。这种移情是情感由内向外投射的过程，在这一过程中，哀伤和悲痛得以弱化，剩下的只有母性的坚忍、慈爱与静穆。生命的苦难在诗人那里悄悄转换成了一种高贵的神奇力量，静静播撒向读者。评论家 J. H. 艾弗里尔（J. H. Avery）认为，将苦难与平静并置在一起，构成了诗人想象力的重要模式，它将一种自我宣泄式的反应转化为经历悲情的产物（转引自丁宏为，27）。这种内隐式的悲情似乎也对应了后革命时期诗人自我的精神状态，他让一种平静的心境渐成于悲苦的场景中，又令人深深感悟到最深刻的痛苦是眼泪和言语所不能传达的。

　　托马斯·迈克法伦（Thomas McFarland）曾说，华氏的文学思维有一种尊严和高尚气度，这是由于他"能将人类个体的不幸提升到人间生活普遍状况这一高度"（McFarland 17）。诗人并没有在世俗意义上给予遭受磨难的底层人以物质同情，而是从精神层面给予他们理解和尊重，正如诗中的"我"即便在那妇人伸手乞讨时，依然表现出对其庄重坚强气度的由衷赞赏。在华兹华斯笔下，那些看似悲苦的柔弱底层女性大多带着希望在人生道路上执着奔走，她们在逆境中牢牢守卫着最后的精神家园，坚守着人性的美好和灵魂的高贵。

四　底层女性书写的变奏

　　在众多底层文学作品中，随处可见作家的悲悯情怀、直面苦难人生的力量彰显以及对现实的揭露和批判，但却常常缺乏对美好人性的呼唤。换言之，许多底层文学在过于强调苦难主题的过程中忽略了艺术对真善美的本真追求，甚至失去了辨别世间美丑的能力。然而，就艺术的本质来看，文学是一种精神形态的创作，它的作用是要健全和丰富人的情感领域和心灵世界，而"读文学作品，是为了探索人性、认识人性、理解人性、提升人性"（王铁仙，127）。文学艺术的强大力量就在于它能对读者产生的心灵影响和情感导向。钱谷融先生就曾说道："文学艺术最基本的推动力，就是改善人性、把人类生活提高到至善至美的境界的那种热切的向往和崇高的理想"（钱谷融，46）。的确，文学家永远不能遗忘的，就是他们所肩负的引导人和社会走向真善美的责任。从这一方面来看，底层文学也应该具有弘扬正面精神价值的作用，应该积极肯定人性的真善美。因此，底层文学，并不应该只有"苦难"一条单纯的线索，底层创作在客观揭示出复杂、多变的时代气息的同时，还应成为一种有灵魂、有温度的写作，它的主题也应该是充满善良和温暖、饱含敬意和热爱的。底层人物在艰苦的生存境遇中表现出的坚韧和顽强、在卑贱中努力捍卫和守护的善良与尊严是底层文学最值得挖掘的文学素材。

作为一位怀有人道主义精神和普世情怀的诗人，华兹华斯终生定居于田园乡野，热切关注着底层人，尤其是底层女性的生存状态。在诗人心中似乎永远都有那么一个充满真善美的世界和一个高洁美好的精神家园，在这里行走着的女性，有的始终保有自然之子的本色，有的虽遭受工业文明的侵袭但却依然保持着质朴的本性。在华兹华斯诗意的观照与升华中，底层女性身上透射出恬淡平和的精神之光。诗人以满腔的同情和敬意，描写底层女性的真实生活，歌颂她们的坚韧意志和对纯良本性的坚守。面对贫乏的物质生活和恶劣的生存环境，她们柔弱的躯体似乎迸发出强大的生命之力；在时代和历史的变迁中，她们默默见证了生命的无常与岁月的流逝；在度过了一个个艰难的人生关口之后，依然涤荡出人性的温暖与灵魂的高贵。

在叙事长诗"毁了的村舍"（The Ruined Cottage）的第一部分，诗人写到自己在乡野间漫游之时偶然发现一处树荫遮蔽下的废弃农舍，正四处环顾之时，看到了农舍前长椅上休息的一位老人。接着，老人在回忆中向他讲述起曾生活在这里的一家人的故事。农舍女主人玛格丽特本有着一个幸福的三口之家，丈夫日出而作，日落而息，长年忙于耕作、养家糊口，玛格丽特则在家照料孩子、操持家务。他们的生活虽不富足但却平静安逸，虽忙碌但也充实快乐。然而，这种祥和的幸福并没有维持

| 第一部分 | 英国诗歌底层叙事传统溯源

太久,先是连年的病虫灾害肆虐使得庄稼收成减半,加上国家不宁,战事连连,许多穷人都走投无路,在饥寒交迫中死去,玛格丽特一家也陷入了万分艰难的处境。然而,即便如此:

> Of daily comforts, gladly reconciled
> To numerous self-denials, Margaret
> Went struggling on through those calamitous years
> With cheerful hope …
>
> (146—149)

> 玛格丽特忍耐着日常的种种匮乏,
> 节衣缩食,然而并没有怨尤,
> 在荒年里辛苦地挣扎,怀抱着
> 乐观的希望……
>
> (秦立彦 译)

不幸的是,在生活的泥泞中怀揣信心和希望、坚强前行的玛格丽特并没有盼来命运的改观,接下来的岁月中更是祸事不断:先是丈夫染上热病,花光了家中所有的积蓄;接着他被生活的重负彻底击垮,精神恍惚,最终离家出走,不知去向。玛格丽特一边独自抚养孩子,一边苦苦期盼丈夫归来,然而多年之后等来的却是孩子的夭折、村舍的崩塌、丈夫始终的杳无音信,但这充满磨难的悲苦人生却没有将她击倒,因为:

> She loved this wretched spot, nor would for worlds
> Have parted hence; and still that length of road
> And this rude bench one torturing hope endeared,
> Fast rooted at her heart...
>
> (292—295)

> 她仍爱着这不幸的地方,无论如何,
> 也不肯离开这里;她心爱的那条路,
> 这简陋长椅,仍带给她苦恼的希望,
> 那希望扎根于她心里……
>
> (秦立彦 译)

第四章 华兹华斯：底层叙事之接力者

玛格丽特的坚强乐观是因为她心怀信念，对生命始终报以热情和希望，这种坚韧之美，于无声处听惊雷，是平凡中升华而起的伟大。那些如玛格丽特一样的底层女性，在她们卑微的生命中默默呈现出的顽强和勇气，更令人感动，更能给人以生命的抚慰和启迪：

> He ceased. By this the sun declining shot
> A slant and mellow radiance which began
> To fall upon us where beneath the trees
> We sat on that lowbench, and now we felt,
> Admonished thus, the sweet hour coming on.
>
> （331—335）
>
> 他说完了。这时夕阳正西沉，
> 射出柔和的斜晖，斜晖开始
> 映照着我们，当我们坐在树下
> 低矮的长椅上。得到这样的规诫，
> 我们感到美好的时刻正在降临。
>
> （秦立彦 译）

在这首诗中，诗人借助于一位偶遇的老人之口，讲述了乡下女子玛格丽特一生的悲惨遭遇，谱写了一首令人唏嘘的"人间悲曲"。读者们在寄予玛格丽特深切同情的同时，也为其强大的生命力所折服。华兹华斯对底层女性的赞美从来都不是流于表面的，而是升华至精神层面的崇高与伟大，是一种具有深刻意义的永恒的美。

英国在18世纪末期到19世纪中叶，父权制仍然占据着主导地位。在这样的社会背景下，华兹华斯诗中反复出现各种女性，尤其是底层女性的形象，在当时的文坛是不多见的。他关注女性的话语权，从多角度展现底层女性的喜怒哀乐，书写她们的生活悲曲或人生理想，展现她们在逆境中的人性之美。面对那些生活在社会底层的女性，华兹华斯从来都不是居高临下的俯视，也不是袖手旁观地冷漠观赏，而是真诚地以平民意识和人道精神对她们所处的灰暗、复杂的生存境况提出疑问和批判。在他的诗作中，那些卑微的底层女性可以有自己的天真纯净、忧愁哀伤，可以承载整个社会的善良与悲情、理想与期待。华兹华斯犹如一位能够洞察女性心灵世界的歌者，用其简朴、真挚的语言将底层女性的悲喜人生——铺展在世人面前。与此同时，他在诗中也赋予底层女性以平等的话语权，使她们成为诗人内心的语者，这些都在一定程度上表明了其对女性身份价值和主体性的关注与思考。

第二节　底层苦难书写

如前所述，威廉·华兹华斯（William Wordsworth）所生活的时代是一个革命的时代，一个经历着翻天覆地变化的时代：《独立宣言》（*The Declaration of Independence*）发表，资产阶级革命爆发，民族民主运动浪潮汹涌，资本主义工商业迅猛发展……社会的变革和现代化的进程改变了原有的现实生活秩序，社会各阶层之间不断分化组合。在新的社会秩序形成过程中，生活在社会底层的民众持续被边缘化。他们身份低微，社会资源匮乏，在物质和精神生活上面临着双重困境。面对那些食不果腹、颠沛流离的底层人，心怀自由、平等、博爱等启蒙主义信念的诗人内心充满了无限的怅惘和悲悯。他本着民主主义和人道主义的精神，创作出了大量以平民百姓为题材的诗歌。英国底层人的生活成为华兹华斯创造力及想象力的最牢靠的立足点。

一　悲苦的底层世界

所谓底层叙事，指的是"以一种鲜明的民间立场，以一种平视的眼光来审视底层民众的生存状态，书写他们在生存困境中的人性景观，再现他们在那种生存困境中的生命情怀、血泪痛苦、挣扎与无奈，揭示他们生存的困境和在这种生存困境面前的、精神的坚守与人格的裂变"（何志钧、单永军，62）。这种以展示苦难为主的叙事模式，其人物形象往往来自社会底层。他们在历史变革和社会变革的进程中不断被边缘化，缺乏身份认同和归属感。经济和文化的双重贫瘠使得他们在现实中屡屡遭遇挫折、失败、不幸甚至死亡，底层生活的困苦成为不争的事实。而在任何时代的文坛上，都有一批身负道德感和使命感的文学家，他们心怀悲悯，情牵草根，以书写苦难的表达方式来呼吁民主、平等，传递人文关怀，苦难叙述成为底层文学的叙事主线。华兹华斯在19世纪英国浪漫主义诗坛上，执着于对苦难的书写和对底层的观照。

在华兹华斯所生活的时代，他所热爱的自然和乡村正遭受着空前的灾难。一方面，在工业革命推动下，现代化生产方式进入乡村，隆隆的机器声打破了乡村往昔的宁静，彻底摧毁了本已衰弱的田园经济；另一方面，"圈地运动"迫使农民背井离乡，涌入城镇为资本主义工厂出卖劳力，他们失去了自己的土地、家园以及由此带来的安全感，最终沦落为漂泊无依的"无根"阶层。曾经平和怡人的田园景象变得满目疮痍，到处都是无家可归的流浪者、日夜劳作却得不到温饱的破产农民以及妻离子散、家破人亡的凄惨景象。面对那些流离失所的农民，诗人心中充满了无限惆怅和同情。于是，诗人便"以民主主义和人道主义的观点，以满腔的同情与敬意，描写贫贱农民、牧民、雇工、破产者、流浪者直至乞丐的困苦生活、纯良品德和坚忍的意志"（杨德豫，2）。在他笔下，既有衣衫褴褛的流浪者、绝望的母亲、被遗弃者，又有十足的傻瓜、杀婴者、囚犯……人物主体与身份呈现出一种苦涩的底层意味。正如布拉德利（Andrew Cecil Bradley）所言，如果暂时抛开诗人处理这些主题的方式，我们甚至可以说，他笔下的世界是一个充满黑暗的世界（Bradley 124）。

英国底层人的悲苦生活成为华兹华斯相当一部分作品的主题，其中最突出的代表就是"迈克尔"（Michael）。作为《抒情歌谣集》（*Lyrical Ballads*）第二版的最后一首诗作，它一直是华兹华斯最重要的叙事诗之一。在这首诗中，诗人以一个贫穷老村夫的家庭为背景，讲述了底层人在工业化进程中所遭遇的悲惨命运。迈克尔是一位年迈的牧羊人，他勤劳能干，于垂暮之年喜得爱子路克，心境更好似转世重生。在偏僻的高地上，老迈克尔一家三口相依相伴，他们日出而作，日落而息，过着忙碌却又不失温暖的田园生活。老迈克尔辛勤劳作，付出毕生心血，终于在有生之年挣得了一份属于自己的家产：

> These fields were burthened when they came to me;
> Till I was forty years of age, not more
> Than half of my inheritance was mine.

> I toiled and toiled; God blessed me in my work,
> And till these three weeks past the land was free.
>
> (374—378)

咱们这块地刚到我手里的时候,
租子重着呢;到我四十岁那年,
这一份产业还有一半不属我。
我拼死拼活地苦干;靠着上帝的恩典,
三个星期以前,它全是我的啦。

(杨德豫 译)

正如英格兰大部分农民一样,老迈克尔热爱他脚下的每寸土地,对土地的挚爱之情超越了一切。因此,当灾难突然降临的时候,他无法面对失去土地的现实。为了保住土地,渡过难关,老迈克尔只得送自己心爱的独子到城里去谋取出路。然而,在那充满诱惑和欲望的城市里,抵挡不住金钱引诱的路克犯下错误,只得逃离到海外。迈克尔不仅失去了自己心爱的儿子,也最终失去了自己视作生命的土地。华兹华斯用无韵诗的手法和简朴的语言书写了资本主义高速发展时期英国底层人,特别是农民阶层所遭遇的冲击和迫害,他们即便终日辛苦劳作也难逃家破人亡的厄运。诗人于字里行间流露出对底层农民悲苦命运的深切同情。

诗歌"露西·格瑞"(Lucy Gray)则讲述了穷苦人家的小女孩在暴风雪之夜毙命于荒野的悲惨故事。诗歌的开始,诗人毫不掩饰地赞美了这位名叫"露西"(Lucy)的乡下女孩:

> —The sweetest thing that ever grew
> Beside a human door!
>
> (7—8)

人世间千家万户的孩子里
就数她甜蜜温柔!

(杨德豫 译)

然而,命运却并没有善待这个天使般的孩子。傍晚时分,暴风雪将

第四章 华兹华斯：底层叙事之接力者

至，忙于砍柴的父亲差遣小露西去接她在城里干活的母亲。善良、孝顺的小露西愉快地提着灯上路，不幸的是：

> The storm came on before its time:
> She wandered up and down;
> And many a hill did Lucy climb:
> But never reached the town.
>
> （29—32）
>
> 大风暴提前来到了荒原，
> 荒原上走着露西
> 上坡下坡，越岭翻山，
> 却没有走到城里。
>
> （杨德豫 译）

柔弱无助的孩子最终迷失在茫茫荒野之中，只留下伤心欲绝的父母。露西的悲剧表面上是由大自然的狂暴力量而致，但其根源却是资本主义社会的无情。圈地运动后，许多农民失去了他们赖以生存的土地，不得不外出谋生。露西的母亲正是其中的一员。为了生存，她走进城里的工厂，遭受资本家的剥削，最终换来的却是骨肉离散的悲惨结局。正如约翰·伯吉斯（John Purkis）所言，工业革命和资本主义工业的兴起，削弱了原本稳固的家庭纽带，父母与孩子不得不为忙碌生计而相互离散，工业革命"夺走了农家孩子"（Purkis 49）。小露西的悲剧正是时代大背景下无数穷人孩子命运的真实写照。

华兹华斯生活的时代恰是英国乃至欧洲历史上一个非常重要的时期。伴随着工业文明进程的加快，社会也发生着深刻变革。在这个过程中，资本、财富、阶级以及不公平的社会制度都使得底层人的生活变得更加艰辛和无奈。华兹华斯从现实主义的批判精神出发，将这一时期底层人的平凡生活、生存境遇和精神痛苦凝聚在他的诗行里。他感受民间疾苦，触摸底层伤痛，对时代变迁进程中底层人所遭受的无助、孤独、悲苦给予了真切的关怀，给读者留下了深刻的印象。正如同时期的威廉·黑兹利特（William Hazlitt）所言，华兹华斯的天才就在于最好地体现了时代精神。他的诗歌是时代的革新之一,展现了我们时代的革新运动,也与我们时代的革新运动一起被传颂(Hazlitt 117)。

二 穿越苦难的阴霾

虽然底层人物生活的贫苦与艰难是他们最真实的生存状态,也是底层文学最鲜明的表现符号,但它并不是底层生活的全部。底层人虽然经济贫瘠、文化贫瘠,但他们却是一个鲜活、丰富的群体,他们的生活浓缩了时代、社会、政治、经济及文化的整体经验,是苦难与欢愉的并存,黑暗与光明的同在。因此,底层叙事并不简单地等同于苦难叙事,底层文学家书写苦难但不应该沉浸于苦难。然而,底层文学的不少作品却冲破了人们正常情感的承受力,使读者仿佛置身于一间间毫无光亮的黑屋中,而这正是一种"苦难焦虑症"的表现(洪治纲,43)。这些弥漫着黑暗、悲惨、哀怨、斥责等情绪的底层书写是对底层生活经验的单极化处理,必将带给读者极度压抑和沉重的感觉,而在这一过程中文学的美感和艺术性也必然会大打折扣。因此,为了超越现实生活的苦难,底层文学家必须寻找有效的"缓冲的措施"。

华兹华斯书写悲剧却并不渲染悲剧,他的言说始终是冷静客观的,很少流于说教或沉湎于悲伤的情结不可自拔。他从人类生活的普遍性出发,用简朴、克制的语言和充满诗意的叙述使其底层书写穿越了苦难的阴霾,保留了文学本身的美好意蕴。在其诗意叙述下,那些看似琐碎、平凡、悲哀的底层景象也散发出高贵的气质。

在"苏珊的梦幻"(The Reverie of Poor Susan)一诗中,苏珊在清晨的曙光中陷入一片幻象:

> 'Tis a note of enchantment; what ails her? She sees
> A mountain ascending, a vision of trees;
> Bright volumes of vapour through Lothbury glide,
> And a river flows on through the vale of Cheapside.
>
> (5—8)

这调子真迷人;她怎么不舒服?
她仿佛望见了山峦和树木;
团团的白雾飘过洛伯里,
河水奔流在奇普赛谷底。

(杨德豫 译)

在苏珊的记忆里,故乡的山川、树木、白雾、河流和牧场都令她神往。尽管那时候的她常常提着桶四处奔忙,孤零零地住在鸽子窝一般的破旧小屋里,但却温暖、自由。然而,如今被苦难的生活现实及卑贱的身份束缚的她只能在画眉的歌声中黯然神伤,独自咀嚼那份思乡的愁苦。在整首诗中,苏珊只是静静聆听着画眉的歌声,自始至终没有发出任何言语。诗人同情孤苦无助的苏珊,但却并不刻意渲染,而是选择用轻柔、淡然的笔调去静静诉说她的哀愁。他以舒缓诗意的语气娓娓道来,于平静自然中表现出了一位底层少女对故乡、对田园生活的向往和眷恋。

在华兹华斯笔下,底层人的生活或许悲情但却不失美好。他以诗歌艺术本身的魅力表明,悲剧的成就并不需要刻意地渲染。在"坎伯兰的老乞丐"(The Old Cumberland Beggar)中,诗人描写了一位身处社会最底层、朽迈不堪的老乞丐:

I saw an aged beggar in my walk;
[...]
That overlays the pile; and, from a bag
All white with flour, the dole of village dames,
He drew his scraps and fragments, one by one;

And scanned them with a fixed and serious look
Of idle computation. In the sun,
Upon the second step of that small pile,
Surrounded by those wild unpeopled hills,
He sat, and ate his food in solitude:
And ever, scattered from his palsied hand,

> That, still attempting to prevent the waste,
> Was baffled still, the crumbs in little showers
> Fell on the ground; and the small mountain birds,
> Not venturing yet to peck their destined meal,
> Approached within the length of half his staff.
>
> (1, 8—21)

> 漫步中,我曾看到一位老乞丐;
> [……]
> 老乞丐把拐棍往这上面一放,
> 拿起被村姑乡妇施舍的面粉
> 染白的袋子,——取出里面的残糕剩饼;
>
> 他谨慎专注的目光
> 慢慢盘算似的把东西看一遍。
> 阳光下,他坐在那个小石磴的
> 第二级上,独自吃着他的粮食——
> 周围是渺无人烟的野岭荒山。
> 他风瘫的手虽尽力避免浪费,
> 但是却毫无办法,食物的碎屑
> 依然像是小阵雨洒落在地上;
> 一只只小小的山雀不敢过来
> 啄食注定归它们享用的吃食,
> 只是来到距他半拐棍的地方。
>
> (黄杲炘 译)

　　这里,诗人以画面感来暗示出诗意的内涵:一位衰弱老迈的流浪者独自坐在山间的石阶上,周围是渺无人烟的野岭荒山,陪伴他的唯一活物只有脚下那一只只前来觅食的小山雀。他小心翼翼地取出讨来的残糕剩饼,却在双手不受控制的抖索中散落一地碎屑。整幅画面寂静苍茫但并不悲惨凄凉。行乞的老人虽然佝偻曲背、颤颤巍巍,但并未做出怨天乞怜之态。诗人也没有使用类似"可怜""凄惨""悲哀"之类的词来形容他，没有给予他世俗意义上的同情，而是从更深层次上表现了人类处于天地之间的状态。在诗意的叙述中，卑微低贱的老乞丐变成了一种庄严而超然的存在，显示出了气魄恢宏的生命之美。正是在此意义上，哈罗德·布鲁姆（Harold Bloom）曾评价道："（'坎伯兰的老乞丐'等三首诗）有一种震撼人心的深刻性，华兹华斯的其他作品都难以企及［……］当我步入老年时，这些诗在表现个人痛苦时精心控制的悲情与审美尊严让我比阅读任何一首诗都更受到感动"（布鲁姆，19）。

对于悲苦题材的书写，华兹华斯展示出了卓尔不群的掌控能力。虽然他的底层诗歌内容是悲剧性的，但情感表达却并不情绪化。面对底层人的生活苦难，华兹华斯既怀有怜悯之心又不失理性的克制。他以较为平静的心态呈现底层苦难，做到了情绪的有效节制和情感的普遍升华。凭借其沉静又富有诗意的叙述方式，华兹华斯的底层诗歌没有成为简单的苦难叠加和悲情泛滥，而是超越了悲苦和困顿的表象，创造了新的审美境界，表达了更深刻的思想内涵。

三 卑贱中的伟大

底层文学是多棱镜，反映纷繁复杂的底层生活。虽然底层生活困苦是不争的事实，但底层叙事绝不等同于苦难叙事，它不应该停留在苦难的表层，而是要有更高层次的思考。华兹华斯底层叙事中最伟大之处便是其对卑微人物心灵世界的刻画。在"序曲"第十三卷中，华兹华斯就曾明确指出过自己的创作中心："人心是我唯一的主题，它存在于与大自然相处的人中那些最杰出的胸膛"（华兹华斯，1999：336）。正是在这些与自然相处的平凡、普通的人和事中，诗人感悟到了更高精神的存在。他认为，与自然的亲密相交使这些底层劳动人民的思想和灵魂趋于净化，因此他们身上蕴含着完美的永恒天性：朴实、善良、仁慈、坚强等，他们是真正拥有"心志的力量"和"德行"的人（华兹华斯，1999：330）。因此，他的诗歌从不缺乏对底层人美好品德和高贵人性的赞美和敬意。

在"迈克尔"（Michael）一诗中，不安分守己的路克最终经受不住荒淫浪荡的城市诱惑，在丑事和耻辱中陷入了命运的泥潭。而面对独子的堕落和流放，老迈克尔却并未丧失对生活的信念，而是表现出了底层人对勤劳和朴实精神的坚守：

> [...] He went, and still looked up to sun and cloud,
> And listened to the wind; and, as before,
> Performed all kinds of labour for his sheep,
> And for the land, his small inheritance.
> And to that hollow dell from time to time
> He at the building of this Sheep-fold wrought,
>
> (456—461)
>
> [……] 他照样上山去，
> 仰望太阳和云彩，听风的呼唤；
> 照样干各种活计，侍弄那群羊，
> 侍弄那块地——他那份小小产业。
> 也时常走向那一片空旷山谷，
> 给他的羊群砌那座新的羊栏。
>
> （杨德豫 译）

面对灾难和逆境，卑贱的老农夫却表现出了强大的精神意志，因为他相信：

> There is a comfort in the strength of love;
> Twill make a thing endurable, which else
> Would overset the brain, or break the heart:
> [...]
>
> (458—459)
>
> 在爱的强大力量中有一种安慰，
> 它能使祸事变得可以忍受，
> 否则，这祸事是会搅昏头脑，捣碎心灵的。
> [……]
>
> （杨德豫 译）

第四章 华兹华斯：底层叙事之接力者

痛失爱子的他选择独自疗伤，在隐忍和坚韧中承受着生活的苦痛：

> There, by the sheep-fold, sometimes was he seen
> Sitting alone, or with his faithful Dog,
> Then old, beside him, lying at his feet.
>
> （467—469）
>
> 那儿，挨着那没有砌好的羊栏，
> 有时候可以看见他独自坐着，
> 要么，还有他那条忠心的看羊狗。
>
> （杨德豫 译）

生活对老迈克尔来说无疑是不公的，然而他却从未流露出任何的怨恨和悲愤，更没有因此丧失对土地和生命的热爱。尽管老迈克尔最终在日夜操劳中死去，但我们处处可以感受到他强大的生命力及对未来生活的憧憬，而他于苦难中激发出的博大之爱折射出的正是底层人的美好人性之光。

写于1802年的"决心与自立"（Resolution and Independence）同样表现了华兹华斯对底层人高贵人性和强大生命力的赞赏。在这首诗中，他描写了一位年老体衰却要为了维持生计四处奔波劳作的捞水蛭人：

> Such seemed this Man, not all alive nor dead,
> Nor all asleep; in his extreme old age:
> His body was bent double, feet and head
> Coming together in their pilgrimage;
> As if some direconstraint of pain, or rage
> Of sickness felt by him in times long past,
> A more than human weight upon his frame had cast.
>
> （71—77）
>
> 看来这人就如此；他不活不死，
> 也没有睡着；只因他年事太高。
> 他伛腰曲背，在生活的旅途里

| 第一部分 | 英国诗歌底层叙事传统溯源

> 他的头已渐渐靠近他的双脚；
> 似乎在久远的以往，他曾受到
> 极度痛楚或剧烈病痛的作弄
> 压在他躯体上的不仅是他的体重。
>
> （黄杲炘 译）

这是一位靠打捞水蛭为生的老者，他迎着呼啸的狂风，走过一口口池塘、一片片荒野捕捉着水蛭。他步履艰难，动作迟缓，疾病和苦难的摧残使得他几乎直不起腰来。诗人以十分同情的语气描写了老人的外貌和生存境遇。这一具看上去毫无生命活力的躯壳让人顿生悲凉之感。然而，当诗中的"我"忍不住向老人流露出同情之意时，老人的反应和话语却使人肃然起敬：

> 'What kind of work is that which you pursue?
> This is a lonesome place for one like you.'
> He answered me with pleasure and surprize；
> And there was, while he spake, a fire about his eyes.
>
> His words came feebly, from a feeble chest,
> Yet each in solemn order followed each,
> With something of a lofty utterance drest;
> [...]
> He told me that he to this pond had come
> To gather Leeches, being old and poor：
> Employment hazardous and wearisome！
> And he had many hardships to endure：
> From Pond to Pond he roamed, from moor to moor,
> Housing, with God's good help, by choice or chance：
> And in this way he gainedan honest maintenance.
>
> （95—101，106—112）

第四章 华兹华斯：底层叙事之接力者

"你待在这里有什么事情要干？
对于你来说，这是个荒凉地点。"
他答话之前，微微惊讶的神色
在他仍很灵活的黑眼珠里闪烁着。

无力的胸膛吐出无力的话语，
但字儿一个接一个次序井然；
话里还带有某些不寻常的东西——，
[……]
他告诉我说，因为他又穷又老，
所以就来到池沼边捉些蚂蟥。
这活既要碰运气又叫人疲劳！
有许许多多艰难困苦要碰上：
从这里到别处，从池沼到水塘，
凭上帝的恩典，住处时无时有——，
就这样他总算用正当的办法糊了口。

（黄杲炘 译）

至此，一个靠自己劳动谋生、自强自立、诚恳朴实的底层劳动者形象便跃然纸上。在他身上，诗人也仿佛找到了生命个体与生命力意志的伟大结合。面对生活的艰辛与困苦，老人言谈举止中表现出的淡定和从容透露出灵魂的坚毅与崇高。在诗人看来，捞水蛭的老人遭受的苦难正是底层劳动人民苦难的缩影。然而，在悲苦的人生境遇下，他们贫苦却不贫乏，与社会变迁和工业文明带来的生存压力和痛苦相比，他们心中的生存欲望和生存快感仿佛更加热烈。他们内心的"坚毅与自立"散发着伟大人性的光辉，也是强大生命意志力的体现。

华兹华斯不是单纯的自然诗人，也不是农村命运的客观记录者，而是一位关注人类心灵世界的诗人。他的底层诗歌揭示了底层大众在遭遇生活苦难时所折射出的内在人性和心灵追求，探讨了人如何在困顿的境遇下维护生命的高贵与尊严的严肃命题。他超越了一般意义上的底层叙事，呈现出了底层叙事的深度以及时代精神。

小　结

　　华兹华斯通过诗歌描写了英国社会底层生活中的人和事。在作品中，他刻画了许多悲伤、哀愁的意象，还原出了一个生动、真实的底层世界。他以一种平视的眼光来审视现代工业社会里底层人的生存境遇，书写普通人的平凡生活与美好情感，更关注工业文明和社会变革给底层人所带来的心灵创伤，他的创作既继承了现实主义传统又传递了人文主义精神。在创作态度上，华兹华斯对底层人的悲苦表现出既持久不衰又不大肆声张的关注。他对底层人怀有深切的同情，但这种同情却又不失理性。他有伤而不言伤，努力将诗歌带回到至真至纯的形态。他用悲悯却不失克制的语声、沉静又富有诗意的叙述，创造出了全新的审美境界。他从人类灵魂深处出发，努力探索现代工业社会里底层人所遭遇的情感变化、内心世界冲突以及他们在苦难中所折射出的内在人性和心灵追求。华兹华斯对底层人物所表现出的悲悯情怀及精神敬畏使其拓宽了底层诗歌悲剧性的构成范围，令读者感悟到了更高精神的存在，是底层叙事的重要精神资源。

第二部分

当代英国诗歌的底层叙事研究

　　如绪论部分所述，对英国诗歌底层叙事传统的探源和当代英国诗歌的底层叙事研究，缘起国内学界新时期中国底层文学叙事研究。用中国底层叙事的叙事学理、思想基石和精神向度来观照，我们发现英国诗歌的底层叙事传统源远流长，在其影响下当代英国诗歌自然也存在关注底层人的诗人和诗歌文本。具有代表性的诗人有"工人阶级无冕桂冠诗人"托尼·哈里森、当代英国桂冠诗人卡罗尔·安·达菲、诺贝尔文学奖获奖者谢默斯·希尼、现任英国桂冠诗人西蒙·阿米蒂奇。在英国诗歌当下各种思潮混响的语境中，诗歌与外在的现实生活渐行渐远，尤其在商品经济大潮裹挟下，诗歌创作出现了消费主义倾向，诗歌语言非但不"及物"，甚至在精神层面走向了萎靡、矮化和媚俗化。然而，这些具有社会责任感和担当的诗人却勇敢地选择了"底层叙事"。如同华兹华斯在《抒情民谣》中所召唤的那样，他们秉持正义和对底层的人文关怀，直面社会各种现实问题，以敏锐的观察力和细致的描绘力，关注并叙述社会底层的各色人生；以丰富的文学想象力来塑造底层各种人物形象，为不能自我表达的底层代言，以文学话语力量介入并试图解决底层出现的各种社会问题。他们的诗歌作品一如英国民谣百姓生活描述的生动细致、乔叟诗歌中三教九流浮世绘图景、布莱克都市黑暗的深刻揭露、华兹华斯诗歌卑微田园的深情……他们传承了英国诗歌的底层叙事传统，实现了现实主义和人文主义文学回归。这样的诗歌是当代英国文学最具史学意义的重要收获，值得深思与探究。因此，该部分将专注于当代英国诗歌的底层叙事研究，从主题意义、人物塑形和叙事策略等方面，讨论哈里森的工人阶级底层叙事、达菲的底层女性身体叙事和底层移民的暴力叙事、希尼的底层乡村书写、阿米蒂奇的底层城市叙事。

第五章　哈里森：工人阶级底层叙事

概　述

　　托尼·哈里森（Tony Harrison）是当代英国诗坛的杰出诗人，以"强硬的左派诗人"著称，是工人阶级的代言人。20世纪的英国社会，随着政治、经济、教育的发展变化，"工人阶级的生产形式、生活方式与个人体验发生了很大改变。在以享乐消费为主的大众文化的引导下，工人阶级的认知形式与主体意识也随之改变，由此滋生出一些错误的阶级认识，有些甚至否定自己的工人阶级身份"（薛褆，13）。英国伯明翰文化研究学派代表学者理查德·霍加特（Richard Hoggart）也指出，"人们认为，经过了'无血统革命'，阶级的差异现如今已经缩小到同一社会平台的境况。工人阶级已经没有强烈地底层感觉，也逐渐丧失了工人阶级的自觉意识。阶级的差异似乎只有中产阶级和较低中产阶级的差别。但世纪之交的调查结果令人吃惊：工人阶级并没有从本质上改变他们的命运，也没有获得更多的社会资源和社会权利"（Hoggart，1960：3）。

　　的确，在当代英国工人阶级结构变化中，虽然产业工人变少了，服务业工人变多了；蓝领工人变少了，白领工人变多了；但是，一些低工资部门工人的生活水平出现逐步恶化的趋势。有数据表明：1976—1996年，英国最低10％工资收入层与最高10%工资收入层的工资收入差距从2.5倍增加到3.5倍；1984—1996年，全日制就业人口中，每周工作48小时以上的人员从275万人上升到近400万人，约占全日制就业人员的1/4，其中多数是体力劳动者；工业结构的调整和技术的快速更新使缺乏技术的工人中长期失业者占的比重较高，在1996年英国的全部失业人员中，失业1年以上的占38％，失业2年以上的占24％，失业3年以上的占 16%（李培林，60—61）。

以上数据充分验证了霍加特的"工人阶级并没有从本质上改变他们的命运，也没有获得更多的社会资源和社会权利"的结论，阶级差异并非随着时代的变迁而消失，工人阶级依然生活在社会相对底层。阶级斗争在多元文化时代，也从经济斗争扩展到文化、意识形态领域话语权力关系的较量与抗衡。经济基础决定上层建筑。缺乏经济基础，工人阶级就不会有多少社会资源，他们的文化就不会受到尊重，在社会、文化、政治、经济领域就不会有话语权。因此，他们的各种权利诉求需要有人代言。

最有可能替他们代言的是一些工人阶级家庭出身但接受了高等教育的知识分子。在受教育过程中，他们会更加强烈地感受到在新的历史条件下，话语权力的争夺才是阶级斗争的新载体和新形式；他们也为父辈不能自我表达各种诉求而更加悲哀。作为工人阶级的新生代，这些知识分子自觉担负起为工人阶级文化启蒙的使命，成为争夺话语权力的倡导者和践行者。他们既为自己的阶级代言，同时也因不能完全回归自己的文化，与自己的父辈产生了文化鸿沟而感到困惑苦恼。被誉为工人阶级的"无冕桂冠诗人"的哈里森，就是其中最具代表性的一员。

哈里森 1937 年出生在利兹一个工人阶级家庭。11 岁时，受到巴特勒（Butler）奖学金助学计划支持，他就读于利兹文法学校，后升学到利兹大学，主修古典文学专业，获文学硕士学位，之后获语言学硕士学位，最终获博士学位。"教育、诗歌、语言表达能力是哈里森开展阶级斗争的武器"（Burton 18）：他所接受的高等教育赋予他认知能力、语言表达能力和话语权力，诗歌成为他发声的载体。诗歌创作以来，他一直都在充满激情地书写受到物质和精神双重压迫的工人阶级——个体的、集体的、当下的、历史的经验，为这个阶级争夺话语权力而战。他的长诗"细木匠们"（The Loiners）、自传体组诗"口才学校"（A School of Eloquent）、"V"（V），均指向特定的历史、地域和意识形态环境，具有很强的政治性和阶级倾向性。同时，诗人也在叙述自己文化身份的错位。因此，本章将从"捆住舌头的战争""为不能言说者代言""为工人运动代言"和"自我蜕变言说"等方面对哈里森诗歌的工人阶级底层叙事逐一进行分析、探究。

第五章 哈里森：工人阶级底层叙事

第一节 捆住舌头的战争

"捆住舌头的战争"（A tongue-tied fighting）是哈里森诗歌的一个隐喻，是阶级层面话语权力斗争的文学表征。英文"a tongue-tied person"原意为"笨嘴拙腮之人"，这里特指没有话语权力的工人阶级群体，他们如同人被捆住了舌头而不能发声。马克思、恩格斯在《德意志意识形态》（German Ideology）中指出："统治阶级的思想在每一个时代都是占统治地位的。这就是说，一个阶级是社会上占统治地位的物质力量，同时（其思想）也是社会上占统治地位的精神力量"（转引自杨雨林，13），他们的利益也因其统治地位而得到最大化满足。无产阶级作为被压迫阶级，其阶级话语必定为统治阶级所遮蔽、压抑，一如被"捆住了舌头"。然而，哪里有压迫，哪里就有反抗，这个群体必定要发声，要表达自己的利益诉求。因此，"捆住舌头的战争"是工人阶级与统治阶级之间的话语战争，是精英文化与大众文化的对垒，是标准语与方言之间的抗衡。工人阶级家庭出身的哈里森要以诗歌的文学形式再现这种话语战争。在一次接受采访时，诗人讲述了自己求学期间，因为方言口音，不单受到老师嘲讽，还受到了严厉惩罚的经历。这种经历促使他写诗反抗主流文化和话语霸权，抗拒被"捆住舌头"（Woodcock 76—77）。在"传承"（Heritage）一诗中，诗人以师生对话形式，戏剧化地呈现了这个主题。诗中写道：

> How you became a poet's mystery!
> Wherever did you get your talent from?
> I say, I had two uncles, Joe and Harry—
> One was stammer, the other dumb.
>
> （1—4）
>
> 你如何能成诗人简直是个谜！
> 你从哪里修来的灵气？
> 我说，我有两个叔叔，乔和哈利——

一个结巴，一个聋哑。①

显然，诗中的发话人心怀偏见，居高临下地在发难。他想当然地认为，这个"奖学金仔"（Butler Scholarship Boys）不可能也不配当诗人。在他眼中，诗人须"天赋灵感"，半人半神；诗歌替天行道，是高雅文化的尊享，下层人不配分享。然而，诗人的回答却出人意料："我有两个叔叔，一个结巴，一个聋哑"。这貌似答非所问的真正含义在于，诗人以"结巴""聋哑"这些语言障碍疾病为隐喻，以自己的族人父辈为喻体，来影射社会底层人如何被话语霸权戴上了无形的嚼头，被捆住了舌头而不得发声。同时，它昭告了诗人诗歌创作的动力和使命：他要打破卑微者沉默的传统，拉开为自己阶级代言的序幕，替结巴者流利地向世界表达自己，替聋哑者传播他们的声音。对此，约翰·维尔（John Whale）也评论说，哈里森这位"激进的工人阶级诗人给了这个中产阶级提问者或怀疑者一个讽刺性的答案：英国阶级制度的不平等而产生的社会公义缺失，为哈里森诗歌创作提供了动力，促使他成长为雄辩的诗人"（Whale 8）。

因此，在"口才学校"组诗中，哈里森多次书写父辈"被捆住的舌头"，例如：

> He keeps back death the way he keeps back phlegm
> in company, curled his tongue.
> （Cremation, 11—12）
>
> Wherever hardship held its tongue the job's
> breaking the silence of the worked-out-gob
> （Working, 5—6）
>
> You said you'd always been a clumsy talker
> and couldn't find another shorter word
> for beloved or for wife in the inscription.
> （Book Ends, 7—9）

---

① 本章诗歌均为作者自译。

他挡住死亡的脚步犹如他挡住了喉中的痰,
相伴地,他的舌头曲卷。

每当苦难锁住了他的舌头
唯有劳作会打破言语的沉默

你说你自己永远笨嘴拙舌
甚至不会在墓碑刻上
最简单的"最爱的""贤妻"。

以上节选中"曲卷的舌头""被苦难封住的舌头""笨嘴拙舌"这些关键意象,均是工人阶级在社会生活中失语状态的具象写照。诗人工人阶级出身的父辈为何自我表达困难?其根本原因,在于受教育程度的低下。诗人在诗作"词汇表"(Wordlists)中做了间接回答。他援引了《约瑟夫·赖特传记:1858—1930》(*The Life of Joseph Wright*:1858—1930)中的一段文字作为卷首语:"[约瑟夫]平生还有一件事情没有做:他要在世上留下最后一句话。沉默中,他拼了最后一把力气坐了起来,唇间清晰地吐出两个字:字典"(Harrison 117)。由此可见"词语"对个体的社会生活、文化身份建构至关重要。按照福柯的话语理论,人的社会存在是"话语的存在",因为话语不仅是"涉及内容和表征的符号",更是"系统形成的话语谈论之对象的实践"(转引自周宪,122)。个体的社会、文化身份是在复杂的系统话语实践中建构的,个体的利益诉求也需要通过话语场域或者平台来完成。话语实践与权力密切相关,并不是所有人都有话语权力,话语结构和规则规定了话语的主题和社会活动的范围。对于处于社会下层的工人阶级而言,有无话语权力与他们受教育的程度密切相连。没有机会接受良好教育,他们的文化程度低下,也就没有能力有效自我表达。社会活动层面的局限,使得他们不仅没有自我表达的能力,同时也鲜有表达的机会和渠道。因此,他们深知话语权力的重要性。诗中的主角在这场"捆住舌头的战争"中,耗尽了毕生精力。临终之际,留下寓意深刻的"字典"二字,警示后人。

在"被标识为 D"(The Marked D)一诗中,诗人更加详细地描述了父亲的境遇：烤了一辈子面包的父亲，如同约瑟夫一样，终生不善言辞，被囚禁在语言的牢笼里。诗中写道：

> I thought how his cold tongue burst into flame
> but only literally, which makes me sorry,
> sorry for his sake there's no Heaven to reach.
> I get it all from Earth my daily bread
> but he hungered for release from mortal speech
> that kept him down, the tongue that weighed like lead.
>
> (7—12)

我想他冰冷的舌头怎能燃烧出火焰
只能照理想想，这让我很难过，
因为这样他无法到达天堂。
我得到日常所需的面包
他却渴望从日常的言语中得到解脱
这一直令他沮丧，他的舌头沉重如铅。

诗人的父亲如同他两个叔叔一样，都是"被捆住舌头"而不能自我表达的人。这位被雇用的面点师，以做面包维持生计，没有政治资源、文化资源、经济资源，更没有话语权力，他"如铅的舌头"不能也不会"流利地"表达自己。至死，在焚化炉中，他"冰冷的舌头"都难以"燃烧出火焰"。诗人靠父亲的面包得到生活需求的满足，但父亲却不能与自己进行精神层面的交流。他沉重"如铅的舌头"难以帮助实现与他人和社会交流的愿望，更难使他认识自我和社会，因为是话语来最终决定人们"如何认识自我和社会文化，决定了人们想看到什么和能看到什么"（周宪，124）。父亲被捆住的舌头是他失语的象征。诗人遵从华兹华斯的诗歌创作召唤，在强烈的悲愤情感中，通过沉思和想象，用"被捆住舌头的战争"和"如铅的舌头"这些隐喻，再现了工人阶级话语权的缺失以及由此产生的身份、自我和社会认知能力的缺失以及他们低下的社会地位。

如果诗人的父辈被捆住了舌头，那么有机会接受良好教育的"奖学金仔"是否就没有表达之困？答案是否定的。因为话语"是指涉或建构有某种实践话题知识的方式"（周宪，122），它规定了哪些话语合适，哪些不合适。在英国精英教育体制中，话语也是在权力关系中运作的。在话语权力介入下，方言在学校教育的话语场域内，尤其是在经典文学课堂话语场域里，必将遭受"标准语"的挤压和瓦解。接受正规教育的"奖学金仔"，自然不被允许在校园里说方言。因而，诗人在"他们与俺们"（Them and [uz]）这首诗中，讲述了自己如何因方言受到老师的指责与羞辱。诗中写道：

> ai ai ay ay! stutterer Demosthenes
> gob full of pebbles out-shouting seas
> 4 words only of mi art aches and..."Mine's broken
> You barbarian, T. W.!" He was nicely spoken.
> "Can't have our glorious heritage done to death!"
>
> （1—5）

> ai ai ay ay! 口吃的狄摩西尼
> 口含石子，面对大海苦练发音
> 刚读了四个字：俺的心疼……"我的心碎了
> T. W.，你这个野人！"他的语气依旧温和。
> "你能否别糟蹋我们辉煌的诗歌传统！"

诗中的叙事者首先引出了希腊著名雄辩家狄摩西尼（Demosthenes）的典故：狄摩西尼天生口吃，他的家族曾经遭受厄运，面临着巨额财产被侵吞的危险。狄摩西尼据理力争，但天生的口才缺陷几乎使他丧失了话语权。面对困境，他并没有退缩，而是勇敢地接受命运的挑战。他每天口含石子，面朝大海，苦练发声，最终战胜了口吃，成为希腊著名的雄辩家和政治家，为家族争得了话语权力，捍卫了家族的利益。笔者以为，诗人在此引用狄摩西尼的典故，是以这位口吃的雄辩家自喻，与之形成互文关系，意在表现"被捆住舌头"的失语者，如何战胜困境，为自己的阶级争取发声的权力。

接着，诗人描述了课堂上因方言受辱的经过：叙事者刚用方言读了济慈《夜莺颂》开篇的四个字"俺的心疼",老师就打断他说,"我的心碎了,/T. W.,你这个野人!/你能否别糟蹋我们辉煌的诗歌传统!"这位精英文化的保护者和高雅文学的传播者,不能容忍叙事者用浓重的利兹口音来朗读济慈的诗。在他看来,方言非标准、非主流,不登大雅之堂,势必要被排除在高雅语言之外。他不仅对方言采取了极端排斥的态度,连同朗读者也被他看作"野人"。更有甚者,这个"野人"的名字被老师简化为 T. W.,似乎不配称呼全名,更没有资格来朗读济慈的诗。在老师看来"诗是王者的语言"(poetry's the speech of kings),这个奖学金仔只配在《麦克白》中扮演一个醉鬼看门人(I played the Drunken Porter in Macbeth)。至此,诗中的老师一直都以"依旧温和"的语言冷暴力训斥并羞辱叙事者,强行剥夺了他说话的权利,他只能"在场缺席"。

此外,老师还强令他学习标准语音,不许再说方言(We say [ʌs] not [uz])。从"捆住舌头的战争"角度来看,这种要求在某种程度上是老师"恃强凌弱、语言文化专制的表现,是对'他者'语言和文化带来的差异所产生的焦虑不安的表现"(薛巍,2012)。

据此推断,"Them and [uz]"远非语言形式和群类区别那么简单,它代表着精英文化和地域文化的区分与对抗,精英阶层和底层之间专制与反专制的对立关系。通过戏剧化的呈现,诗人展现了英国的精英文化(主要是英格兰文化)如何通过控制其他民族文化而成为社会、经济、政治权利的基石,而方言与地域文化如何在社会、经济、政治等方面成为被边缘化的对象。另一方面,诗人在诗中刻意加进去"卑微者"的乡音,引入"不合规矩的"方言土语来反抗主流文化和诗学传统对工人阶级语言文化的歧视和压迫。诗中写道:

> I dropped the initials I'd harried as
> and use my name and own voice:[uz][uz][uz]
> and spoke the language that I spoke at home
> RIP RP RIP T. W.
> I'm Tony Harrison no longer you!
>
> (Them and uz, 6—10)

| 第五章 | 哈里森：工人阶级底层叙事

> 我丢弃了让我蒙羞的名字缩写
> 改用我的真名，发出我的声音：［俺们］［俺们］［俺们］
> 家乡话该怎么说还怎么说
> 去他的 RP，去他的 T. W.
> 我是托尼·哈里森，再也不是 T. W.！

从上述诗节中，我们看到，诗人不再屈从于老师，听凭他的训导与摆布，而是从被挟持的言说客体转换为主动发声的言说主体，反击老师的方言歧视、语言冷暴力和文化压制，争取自己的话语权力。所谓话语权，可以是说话的权利（discourse right）或说话的权力（discourse power）。前者是私权，特指公民针对私人事务或社会公共事务发表意见的权利；后者是公权，以受众的存在为前提，体现的是特定的社会关系（张冬利, 81）。显然，诗人不仅仅是在使用私权，即针对在口才学校语言受辱的事件发表自己的看法，并采取一系列举措——丢弃令他受辱的名字缩写，丢弃教师规训他的标准语音（RP），公开声称要用自己的方言发声，公开使用父母所赐名字，表明自己的阶级身份——来抗击语言暴力和文化压迫；同时，他又在使用公权，直面底层人群和学校精英阶层两大对垒，力争颠覆精英阶层的语言文化的主体地位，争取底层语言和文化的主体地位，使被言说的工人阶级成为言说主体，让这个阶级的文化和语言也在公共话语平台占有一席之地。这样的话语权抗争，在法国哲学家福柯（Michel Foucault）看来是斗争的手段和目的。因为话语是权力，人通过话语赋予自己以权力。"任何教育系统（système d'éducation）都是维持或修改话语占有及其传递的认知和权力（les savoirs et les pouvoirs）的政治方式"（福柯, 17）。据此，我们可以进一步判定诗人在这场话语战争中，如同狄摩西尼那样，努力摆脱"被捆住舌头"的困境，通过自我言说，赋予自己同时也赋予所属阶级话语权力。更为重要的是，无论是私权还是公权，诗人都以第一人称主体叙事的话语实践，将底层建构成重要的话语实体，并以此将底层阶级置于话语场域的主体位置来言说。因而，有论者认为，从后现代主义和后殖民的角度来看，"他们"和"俺们"的语言杂糅是诗人的一种策略，来抗拒主流文化对底层文化的"内部殖民化"。"他们"和"俺们"标准语和方言并置，反映了从主

流到非主流、从精英层面到底层语言文化的斗争与角逐。(Gill 160)

这种角逐，实际也是对方言及其所蕴含的地方文化的保护，是诗人对自己文化之根的坚守。人类学家克利福德·格尔茨（Clifford Geertz）指出，人类的认知具有当地性、地域性，即人的认知与当地自然条件、文化环境有相当密切的关系。特定地域的人们在本地长期的生活中，基于本地生产和生活经验，以及外界信息的刺激，形成了对自身、自然、他人和社会独特的体验和领悟，成为独特的地方性知识（转引自耿焰、杨梦莹，34）。而从本质上看，"一切知识首先都是地方性知识，任何一种文化语境中的知识生产，都潜藏着独特的禀赋和鲜明的创造性。这样就构成了具有鲜明特色的文化内核，而这种文化内核是由地域方言表达出来的"（同上）。方言是群体共同经历的表达，是共同文化的载体。诗人坚守自己的方言，就是守护自己的语言文化不被主流文化消解与淹没，保证自己对世界、对社会、对生活的认知不被颠覆和改变，自己和群体对生活方式选择的自由不被剥夺，为取得这场被"捆住舌头"的话语战争胜利而努力。

第二节　为不能言说者代言

哈里森继承了华兹华斯的底层叙事传统，他也是采用方言入诗，叙述底层人的生活境遇，表达他们的诉求。与华氏一样，诗人秉持的是人道主义的情怀，他写诗是为了人和人的对话、心对心的交流。在接受约翰·哈芬顿（John Haffenden）采访时，诗人坦言："正是没有话语权的工人阶级家庭背景，才让我有了强烈的发声欲望。我要学拉丁语、学希腊语，我要成为诗人，要通过语言能力争得话语权力。我学习的动力来自于要掌握所有能够让我发声的资源。"（转引自 Astley 229）他还说，"我所拥有的就是我的声音，要让隐秘的谎言昭然于天下，要为那些没有读过书，被剥夺了教育资源、社会、经济、政治资源的父辈代言"（转引自 Barker 46）。诗人回忆自己的童年时说："生活的四周一片沉寂，不可言说。人们听到一切，看到一切，就是不能言说一切。直到现在，我写完一首诗时，想起火炉边可怕的沉默还会一阵心悸，它在我心中留下了深深的阴影。"（Harrison 32）在日记中，诗人记录了自己诗歌创作的急迫心情:"我需要真正行动起来。我一定要勤奋。让勤奋的劳动开始吧!一旦明确了方向,我会不遗余力!"(转引自 Whale 9)

在这样强烈的代言动机驱使下,诗人创作了很多诗作,其中有以家族为背景、具有自传体特征的组诗《口才学校》。组诗中的"书房"(Study)戏剧化地再现了诗人父辈的言语沉寂以及自己为其代言的使命。

> Best clock. Best carpet. Best three chairs.
> For deaths, for Christmases, a houseless aunt,
> for those too old or sick to manage stairs.
> I try to whistle in it but can't.
> Uncle Joe came here to die. His gaping jaws
> Once plugged in to the power of his hammer
> Patterned the stuck plosive without pause
> Like a d-d-damascener's hammer.
> Mi aunt's baby still. The dumbstruck mother
> The mirror, tortoise-shell-like celluloid
> Held to it, passed from one hand to another.
> No babble, blubber, breath.
> [...]
> My mind moves upon silence and *Aeneid VI*.
>
> (1—12,16)

最好的钟,最好的地毯,最好的三把椅子。
为了死亡,为了圣诞,为了没有房子的姑姑,
为了苍老孱弱爬不动楼梯的老人。
我想在里面吹口哨,但却不能。
我的叔叔乔在这里逝去。他张开的下巴
好似从前插进了通电的大锤
不停地发出爆破音的敲击声
如同大马士革咚—咚的铁锤。
我姑姑还像一个安静的婴孩。目瞪口呆的母亲
一面龟壳镶嵌的镜子

从一双手传递到另一双手上。
没有喃喃私语，没有困兽般的哭泣，没有呼吸。
［……］
我的思绪在沉默和《伊利亚特》第六卷之间穿行。

从上述诗节中，读者得知诗人家中的书房被挪为圣诞聚会、收容疾病衰老族人的场所。在那里有逝去的"结巴"叔叔乔。他平常说话时，如同在敲击干活使用的大马士革铁锤那样，一字一顿，磕磕巴巴，不能流利地自我表达。当遭遇族人死亡时，书房里没有嘈杂的人声，没有悲伤的哭泣，甚至没有喘息的声音，只有惊慌失措但却不知如何表达的母亲。诗人凭借"书房"这一"名不副实"的封闭空间，间接地描绘了工人阶级家庭的教育缺失和失语状况，因为在这个大家庭中，"爹爹的大哥结巴得不像话（Dad's eldest brother had a shocking stammer）/爹爹千疮百孔的句子总是以'但是'结束（Dad punctuated sentence ends with but）/语法在他们那里弄得比丝还乱（coarser stuff than silk they hauled up grammar）/愁得在他们的肠子里打结（knotted together deep down in their gut）"。面对亲人这样的教育缺失和表达困难，诗人一边感到忧伤又一边反思："我的思绪在沉默和《伊利亚特》第六卷之间穿行"（My mind moves upon silence and *Aeneid VI*）。"沉默"是家族受教育缺失的表征，而"《伊利亚特》第六卷"则代表着诗人所接受的精英教育，其中还暗含了史诗中的英雄主义思想和使命感。众所周知，《伊利亚特》第六卷中的特洛伊王子埃涅阿斯（Aenaes）为了重建罗马帝国，在神巫的带领下，勇敢地到冥府走了一遭，拜见了自己的父王，父王向他展示了古罗马帝国的未来。有学者认为，诗人借用这个典故，是用来衬托家族的死亡氛围（Poster 87）。但笔者认为，哈里森在这里主要是以埃涅阿斯王子自喻自勉，激励自己承担起为工人阶级代言的使命，哪怕走向阴曹地府，也在所不惜。他再一次生动、具体地印证了诗人"学习拉丁语、希腊语，要通过语言能力争得话语权力"的决心。

因此，在"口才学校"组诗中，诗人采用了与"被捆住的舌头"（tongue-tied）相对的意象"燃烧着的舌头"（tongue of fire），当作"渴望表达和发声"的客观对应物（objective correlative），要用这"燃烧的舌头"来为那些"被捆住舌头"而不能发声的父辈代言。在"吞火者"（Fire Eater）这首诗中，诗人写道：

> I'm the clown sent in to clear the ring.
> Theirs are the tongues of fire I'm forced to swallow
> then bring back knotted, one continuous string
> igniting long-pent silences, and going back
> to Adam fumbling with creation's names,
> and though my vocal cords get scorched and black
> there'll be a constant singing from the flames.
>
> （10—16）
>
> 我是那马戏团清场的小丑。
> 奉命吞下他们燃烧着的舌头
> 带回并续上他们打了结的声线
> 点燃长久禁锢的沉默，重返
> 亚当的伊甸园，摸索寻找自己的名字，
> 尽管我的声带会被这炙热灼伤
> 我仍会在烈焰中不停地歌唱。

诗人采用隐喻的手法，以马戏团小丑自喻，奉命到场（present）吞下父辈"燃烧的舌头"（马戏中常见的吞火表演），并替他们续上"打了结的声线"，来打破父辈恒久的沉默。诗人要带领他的父辈重返创世纪的伊甸园，摸索寻找自己的名字，重获建构世界的主体地位，不惜为此付出"声带灼伤"的沉重代价。他要在烈焰中不停地歌唱，让底层人的声音传递到社会中，为天下所闻。诗人以这种方式重申"代言是他的使命"，要将父辈不能言说的经历呈现出来。

在"轮次"（Turns）一诗中，诗人替父亲代言，描述了这个典型的工人阶级代表所遭受的经济困顿，他写道：

| 第二部分 | 当代英国诗歌的底层叙事研究

>　　All the pension queue came out to stare
>　　Dad was sprawled beside the postbox (still VR)
>　　His cap turned inside up beside his head,
>　　Smudged H A H in purple Indian ink
>　　And Brylsceem slicks displayed so folk might think
>　　He wanted charity to dropping dead.
>
>　　　　　　　　　　　　　　　　　　　　（7—12）
>
>　　人们从领取养老金的队伍中纷纷打探
>　　爹爹倒地匍匐在邮箱旁
>　　他的帽子里朝外挂在脑边，
>　　紫色印度墨水写上的 HAH 沾满污渍
>　　头发散发着"布尔克里姆"发乳味道，老乡们猜测
>　　他是需要慈善机构为他送终。

　　诗中描述的是父亲在排队领取养老金时出现的状况，印写着他名字的"工帽"具有强烈的隐喻意义，是他工人阶级身份的象征。帽子上沾满"污渍"是他颓然倒地的后果，同时也是他困顿生活的写照，即便如此，他出门时也还要用英国传统牌子的"布尔克里姆"男士发乳打理头发，尽量保持生活体面和个人尊严。"紫色印度墨水"，不单在描述墨水的品牌和颜色，而且负载了特别的文化意义。众所周知，印度是英属殖民地，印度紫色墨水是以殖民地供应商品进入宗主国的。在这里，诗人喻指英国社会的内殖民现象：以父亲为代表的工人阶级虽然是英国白人，却是生活在底层的"被殖民者"，是被经济盘剥、政治、文化压制的对象。他的"颓然倒地"是死亡的隐喻，诗人在这里借用在场领取养老金工友的"仆街"（dropping dead）这个粗语，来描写父亲困顿生命的最后时刻的卑微。诗人接下来写道：

>　　He never begged. For nowt! Death's reticence
>　　crowns his life's, and me, I'm opening my trap
>　　to busk the class that broke him for the pence
>　　that splash like brackish tears into our cap.
>
>　　　　　　　　　　　　　　　　　　　　（13—16）

> 他从不乞讨。但是现在可不！死亡无声地
> 笼罩了他的生活。而我张开口袋
> 向逼迫他穷困潦倒的阶级讨要几个便士
> 咸涩的泪水落到我们的帽子里。

他的父亲虽出身卑微，但"从不乞讨"。只是当下死亡悄然笼罩了他们的生活，诗人只好张开了袋子，向那个逼迫父亲穷困潦倒的阶级讨要几个便士，咸涩的泪水打湿了他们的帽子。诗人的父亲和他自己虽然努力保持着人格自尊，但逼仄的生活空间直接碾压了下来，迫使他们不得不屈服乞讨，"咸涩的泪水"就是这种屈辱的表征。这种屈辱和痛苦延续到了父亲离世之后，他的身影一直出现在诗人的生活中。在"止痛药"（Pain-killers）一诗中，诗人写道：

> My father haunts me in the old men that I find
> holding the shop-queues up by being slow.
> It's always a man like him that I'm behind
> just when I thought the pain of him would go
> reminding me perhaps it never goes,
> with his pension book kept utterly pristine
> in a plastic wrapper labelled Pantihose
>
> （1—7）
>
> 在那些老年人中，我发现了父亲的身影
> 蹒跚的步履把药店门前的队拉得很长。
> 我总是跟在他后面
> 以为他的病痛会消失
> 此刻他的身影提醒我永远不会，
> 他的养老金簿原样地
> 放在一个标有"紧身衣裤"的塑料袋中

父亲离世后，诗人眼前总会萦绕着步履蹒跚的父亲拿着养老金簿，排着长队在药店买止痛药的情景。但凡看见年纪相仿的老人，他也总能

看到父亲的身影(从另一方面看,诗人所书写的也是一个生活困顿的群体)。诗人原以为死亡是病痛的最好解脱,但此刻,他知道这种痛已经刻骨铭心,不会消失。哈里森表面在写工人阶级父辈衰老的病体和病痛,真正意图是揭示社会制度对工人阶级的不公平待遇,微薄的养老金不足以为下层人提供真正的医疗保障:

> or learning to shop so late in his old age
> and counting his money slowly from a purse
> I'd say from its ornate clasp and shade of beige
> was his dead wife's glasses' case. I curse,
> but silently, secreting pain, at this delay,
> the acid in my gut caused by dad's ghost—
> I've got aerogrammes to buy. My love's away!
> and the proofs of pain-killers to post.
>
> (9—16)

> 或是到了这把年纪才学会买药
> 从钱包里慢慢地数钱
> 那带装饰的包扣和米黄色的包面
> 分明是他已作古妻子的眼镜盒。我诅咒着,
> 但是沉寂中,肚子隐隐作痛,
> 这酸痛是由爹爹的鬼魂引起的——
> 我的至亲不在了!可我要买航空邮简,
> 去邮寄止痛药的疗效。

父亲从"钱包"里慢慢数钱的动作,是生活拮据最具画面感的呈现。"我的至亲不在了",但具有反讽意味的是,诗人却要买航空信封,向生产厂家通报"止疼药"的效果。这种生存的困顿和"止痛药"都无法消除的痛苦,归根结底源于资本的空间生产。在资本空间生产中,资产阶级与工人阶级对立的生产关系,带来了空间生产的双面性:一面是效益、文明、进步、财富的增进;另一面是分化、对立、压迫、剥削、歧视的极化。处在经济利益末端的工人阶级自然是被分化、对立、压迫、

剥削、歧视的另一面（王文东、赵艳琴，16）。他们与资产阶级相对立，被分化在社会的底层，经济上被剥削，政治上被压迫，文化上被歧视，只能蜷缩在"令人厌恶和愤怒的环境中"，忍受着经济困顿与精神压抑。就连诗人本人，也由于出身卑微（bad blood）只能是"白色的黑人"；尽管接受了高等教育，在高雅正统文化的"墨池"（inkwell）里浸泡过，但依旧不能改变自己工人阶级的身份（Regan 117）。就连他自己的母亲都对他说："这个最适合你，你爹爹的帽子"（It suits you, your dad's cap），而他自己也认为，戴上"帽子使他看上去更像工人阶级"（I thought it made me look more working class）。"帽子"是摘不掉的身份符号，将他定位于工人阶层。因此，这位卑微的诗人便以粗鄙的方言为利器来描述他卑微的亲人和邻里，叙述他们卑微困顿的生活境遇，抨击资本空间生产的邪恶与灾难，让世人倾听这些不能言说者的心声。

这种声音的表达与传递，是通过第三人称和第一人称融合叙事实现的。所谓融合叙事视角是"我中有他"，以第一人称的视角来侧面讲述第三人称"他人"的故事。叙事者扮演着三种角色：人物、观察者和讲述者。首先，他是这种生活经历的体验者，即事件中的参与者，属于这个生活群体的一员；同时，他又是这个事件的观察者，细察并思索着父辈以及工人群体的困顿经历；他还是讲述者，用自己的声音讲述"他"的故事，将个体的主体叙事扩展到对阶层群体的主体叙事，替自己沉默的阶级代言。因此，这种第一人称中的第三人称叙事，实际上打开了一个更宽阔的叙事空间和主客体空间（王中正，79—80）。正如露西·侯都（Lucie Houdu）所言，哈里森诗歌中镶嵌了各种声音，这些声音都指向对过去痛苦经历的回忆：他所接受的高等教育迫使他丢弃自己的文化去迎合精英文化僵化的语言和社会标准。这种经历以不同的视角在不同的场合反复言说，诗人意在借此疗伤，修补精英教育和工人阶级文化之间的内在裂痕。同时，诗歌又为他提供了文化和社会空间。借助这个空间，他才得以为不能言说的父辈代言（Houdu 13）。英国学者乔·吉尔（Jo Gill）也认为，哈里森的诗歌凸显了地域认同的自觉意识。这种意识不仅是地理意义上的认同，而且是精神上的烙印，印证了撒切尔执政时北方后工业时代的阶级意识（Gill 157）。笔者也同样认为，诗歌对哈里森来说就是角斗场（Arena）。在这个场域中，哈里森抗拒统治阶级对底层工人噤声不言的期许，抗拒对工人阶级政治、经济、文化全方位的压制。他要以诗歌为阵地，为自己的阶级和父辈发出自己的声音。

第三节　为工人运动代言

恩格斯在《1844 年英国工人阶级状况》(*The Condition of the Working Class in England*) 中明确指出：工人阶级不仅是一个受苦的阶级，还是一个革命的阶级，因为他们悲惨的经济状况会不可避免地推动这个阶级进行争取解放的斗争（转引自刘军，82）。他们争取解放的途径是有组织地开展工人运动，反对统治者对工人的压榨，反对机器的使用给手工作坊带来的生存危机。他们试图通过推翻资产阶级的统治剥削和压迫，获得政治上的解放、经济状况的改变和社会地位的逆转。马克思主义思想的继承者 E. P. 汤普森（E. P. Thompson）以文化发生学为出发点，采用文化历史观来描述工人阶级运动的起源与发生、工人阶级意识的觉醒与形成，认为工人阶级的形成实际是政治、经济、文化的历史形成。人生而平等的自由思想和文化传统是工人阶级形成的基石，政治和经济双层压迫是工人运动的导火索，工人阶级的自觉意识是在这样特定的历史条件下形成的，是自我身份的界定过程。在工人运动中，工人阶级意识的形成是一个自我习得的过程。他们深受没有文化之苦，立志在学习中培养自己的思维能力和语言表达能力，自我修炼，拓宽视野。在《英国工人阶级的形成》这本书中，汤普森记载了卢德运动过程中，工人自发组成学习小组的情形。

"19 世纪上半叶，人们正规的教育并没有超过读、写、算的范围。然而，这并不是思想的萎靡时期。在城镇，甚至在村落，自修者的热情都是显而易见的。具有初步阅读能力的散工、工匠、零售商、职员和小学教员以几个人或小组的形式一直在做自我教育。一些粗通文字的鞋匠在苦读《理性时代》，一些以前只读过《圣经》的人，现在啃伏尔泰、吉本、李嘉图的书。激进派领袖、书商、裁缝等人手里不仅有大量激进主义刊物，而且会研究如何使用议会蓝皮书。目不识丁的工人会去酒吧或聚会上聆听激进派演讲，要求工友代读书信、新闻和期刊文章。[……] 工人们自我提高的要求越来越高，对读书的渴望也越来越强。

他们超越了自己受教育的能力范围，形成了有组织的社团，克服了种种困难，来培养自己的阶级意识、政治意识和平权意识，形成了一股不可忽视的政治力量"（汤普森，835—838）。

通过读书学习，工人们把人生而平等的朴素民主思想上升到理论和理性高度，在自我教化的过程中，获取阶级斗争的新力量和新武器。在这样的工运背景下，工人阶级的阶级意识养成与文化教育的自我教化密切相关，同时也和争取话语权力高度契合。众所周知，19世纪初，贵族子弟上的是贵族公学，中产阶级子女上的是文法学校，而工人阶级子弟十三岁时才开始在公办的学校接受初级教育。不同阶级受教育程度的差异决定了各阶层的社会地位和话语权力。低等教育使得工人阶级不能有效地表达自己，在社会经济文化的版图上没有自己的一席之地。正如汤普森所言，"发表抽象连贯议论的能力并非与生俱来，它需要克服难以逾越的困难才有可能获得"（汤普森，837）。在这样困难的境遇下，工人们竭尽全力去学习阅读，克服难以逾越的障碍，以求获取自我言说的能力，获取话语权力。

如果说，汤普森是从文化发生学的视角来分析英国工人阶级自我教育和阶级意识形成的关系，分析英国工人阶级运动的成因与作用，哈里森则是从诗歌的文学表征上来再现历史上的工人运动，为工人运动代言，重构工运历史话语，并对工人阶级意识的形成和话语力量进行反思。在"论不能成为弥尔顿"（On Not Being Milton）这首诗中，诗人借用了发生在1811年"卢德反机器运动"的历史典故，反思工人阶级意识和话语权力的形成。历史上，"反机器运动"发生在诺丁汉，"卢德反机器组织"（The Luddites）的纺织工人因为纺织厂强制使用机器，威胁到他们的手工纺织生计，用铁锤砸坏了织布机并焚烧工厂。诗人从卢德运动对机器的抗拒，上升到形而上的语言反抗和话语较量。诗人写道：

> Read and committed to the flames, I call
> these sixteen lines that go back to my roots
> my Cahier d'un retour au pays natal
> my growing black enough to fit my boots.

（1—4）

| 第二部分 | 当代英国诗歌的底层叙事研究

读毕带着一腔如火激情,
我把这十六行归根诗句,
唤作回乡笔记,
我长得黑到能与我的靴子相比。

上述诗句表明,诗人虽与父辈不同,无须艰难地通过读写开展自我教育,但相同的是都要借助语言文化的力量来表达诉求和阶级身份的认同。富有激进主义思想的弥尔顿是哈里森学习敬仰的诗人,诗人读完前辈的诗,胸中燃烧着激情的火焰,写下这 16 行诗,献给他的工人阶级父辈,追寻他的阶级之根、文化之根。在"我长得黑到能与我的靴子相比"这行诗句中,"黑色的靴子"是英国北方矿工的工装标配,是工人阶级身份的象征;"我长得足够黑"表面上说肤色,实际上在暗指英国当时的内殖民主义:工人阶级虽然有同样的肤色,但与资产阶级相比,其政治、社会、文化、经济待遇相去甚远,他们是白种"黑人",体现了严重的种族内不平等。诗人以社会体制、阶级差异、平权思想、经济利益和文化环境等方面为立足点,帮助自己的父辈唤醒阶级意识,更是敦促自己去履行工人阶级出身的知识分子所应承担的代言主体责任和社会义务。

The stutter of the scold out of the branks
Of condescension, class and counter-class
Thickens with glottals to a lumpen mass
Of Ludding morphemes closing up their ranks.

(5—8)

被封住口的屈辱、
阶级、对立,磕磕绊绊不能表达,
卢德蠢笨的闭合音
让这结巴更甚,紧紧锁住自己的阶层。

接着,诗人进一步描述了北方矿工遭受着"封口"的屈辱,这里的"封口"并非物质意义上的"封口",而是意指方言被主流文化边缘化,不能为"标准语言"所接受。粗鄙的方言将工人阶级定位在一个低下的社会地位上。同时，良好教育的缺乏使矿工们说话磕磕巴巴，不能有效地表达自己。进而，诗人号召工人要像卢德运动砸碎纺织机器那样，砸碎统治阶级的语言框架，反抗、颠覆主流文化和标准语言：

> Each swung of cast-iron Enoch of Leeds stress
> Clangs forged music of the framed art.
> Looms of the owned language smashed apart.
>
> （9—11）
>
> 利兹方言的每个重音如铁锤般
> 敲击着经典艺术所锻造的节律。
> 统治阶级的语言机器被砸得粉碎。

诗人相信，富有铁锤般刚性力量的利兹方言完全能够打破标准语言固有的语言音韵，标准语言的框架如同织布机一样，必定要被利兹方言大锤砸得粉碎。诗人为这种颠覆和反拨欢呼庆祝：为平庸的沉默者三呼万岁（Three times Hilary for the muted ingloriousness）。这位接受了大学精英教育的"奖学金仔"再次点出了问题的焦点："发声是捆住舌头的战争"（Articulation is the tongue-tied's fighting），认为新时代的阶级斗争并非像 19 世纪的政治、经济斗争，更是语言文化斗争：主流文化对边缘文化的压制，标准语言对方言的压制和边缘化，以及边缘文化和方言的反压制、反边缘化的斗争和努力。有论者也认为"哈里森将他的诗歌技巧与卢德派的破坏性活动联系在一起：卢德派企图摧毁剥夺他们生计的机器，哈里森的暴力行为是反对标准语言的专制——标准语音和经典诗学传统，因为这种传统把英国精英文化当作专属领域，不接纳工人阶级的语言和文化"（Spath 46）。对此，诗人在接受采访时说，"方言诗歌的节律如同脉搏。此前，我心力不足，无以抗击生活中的某种经历。现在我找到了利器，这就是方言的节律，这节律是我生存方式和话语斗争的必备武器"（Hoggart 43）。诗人要凭借方言的力量，反其道而行之，与统治阶级的语言文化抗衡和制衡。

在诗的结尾处，诗人还援引了另一个历史事件：卡图街密谋案。这是 1820 年英国的一起密谋暗杀事件。1819 年彼得卢大屠杀及政府颁布的

《六项法令》引起民众普遍不满。1820年2月,阿瑟·西斯尔伍德(Arthur Thistlewood,1774—1820)等工人领袖密谋,趁乔治三世病逝、时局不稳之时,袭击议会,暗杀内阁成员并组成临时政府。由于密探告密,23日,许多密谋者执行计划时,在伦敦卡图街被捕。包括西斯尔伍德在内的五人被处以绞刑,其余五人终身流放。被警方审问时,同案犯泰德(Tidd)回答警察说,"长官,俺手笨,最不会写字"(Sir, I Ham a bad hand for righting)。这位鞋匠出身的被审讯者操着浓重的利兹方言,承认自己没有书写能力,连"写字"(writing)一词也写不准确(righting)。但"righting"一词富含双关性,表面上是说他本人没有文化,但更深层的意义在于,诗人要表现工人阶级受教育的缺失和话语权力的丧失。借此,哈里森发声挑战了当政者的霸权行为,揭露了英国统治阶级不仅采用经济和政治手段粗暴地剥削压迫工人阶级,而且更恶劣的是,他们用文化和语言手段来控制和限制工人阶级的话语权(Woodcock 85)。

在这组诗歌中,哈里森还借用"国家托管机构"(National Trust)来讽喻这个机构如何打着保护历史文化、自然风景的幌子来删除或湮没民族历史、文化,歧视压制被保护区的地方方言,掠夺文化遗产、矿产资源和土地资源的行径。

> Now National Trust, a place where they got tin,
> Those gentlemen who silenced the men's oath
> And killed the language that they swore it in.
> The dumb go down in history and disappear
> And not one gentleman's been bought to book
> [...]
> The tongue-less man gets his land took.
>
> (10—14, 16)

> 国家托管机构,那个控制了锡矿的地方,
> 那些绅士让宣誓的人闭嘴
> 并封杀了他们宣誓时所用的语言。
> 从此聋哑人走进了历史并消失得无影无踪
> 没有一个绅士被带进史书

| 第五章 | 哈里森：工人阶级底层叙事

[……]
无舌人的土地已被盘剥。

诗中所借用的历史典故发生在 19 世纪，当时英国托管机构选派代表到英国北部探查锡矿藏量，试图侵占矿产和土地资源，遭到锡矿工人的反抗。一些工人代表发出誓言，要抵制托管机构的盘剥，但他们遭到了噤声。诗中写道"国家托管机构，那个控制了锡矿的地方/那些绅士让宣誓的人闭嘴，/并封杀了他们宣誓时所用的语言/从此聋哑人走进历史并消失得无影无踪"，告诫大家这段被盘剥的历史被主流话语所遮蔽、删除，历史成为话语统治者随意粉饰的政治、意识形态权力文本。在经济文化体制的压制之下，工人阶级成为被割舌者，他们首先失声，然后失地，土地与文化全部被剥夺被铲除。中国学者冯雷指出，产业结构的调整造成了公众在社会资源占有份额上的变化，依托对组织资源、经济资源、文化资源的不平均占有，各社会阶层之间的龃龉有所突出，与之相伴的是强势阶层对弱势阶层的"文化殖民"（冯雷，27）。在此状况下，诸如罢工、抗议的工人运动也随之兴起，工人阶级的自觉意识也彰显出来。由此可见，诗人试图借此来阐明工人阶级的形成实际是政治、经济、文化的历史形成，是在这个过程中产生的阶级意识和自我建构，并在工人运动中形成发展的政治力量。

哈里森不仅借用 19 世纪的工运历史事件，纵向考察工人阶级的政治、经济地位的形成，而且横向关注当代工人运动。以铁娘子著称的撒切尔夫人奉行新自由主义的经济政策，推行矿业国有企业的私有制，一直设法削弱工会的权力。当时工会竭力要通过罢工在政治上挫败撒切尔政府，其中以全国矿工联合会（National Union of Mineworkers，简称 NUM）发动的罢工最甚。但是，撒切尔政府对此早已有充分的应对措施，事先增大了煤的储存量，因此罢工并未对电力产生决定性影响。同时，警察采用了高压手段来镇压工人运动：除了阻止罢工支持者接近罢工矿场范围，警察还与矿工纠察队在约克郡欧格里夫（Orgreave）爆发了激烈的流血冲突。另一方面，全国矿工联合会发动罢工前，没有依法举行投票表决，并且以武力阻止其他矿工正常上班。因此，这次罢工并未得到大众舆论认同，结果 50% 的矿工重回岗位，工会被迫无条件投降，结束了长达一年的罢工（1984—

1985)。撒切尔政府虽然承诺要保护本土矿业,保证工人的生计不受影响,但仍旧在 1994 年矿业私有化之前,关闭了 15 个国营煤矿,导致数以万计的矿工失业,无以维持正常生活。英国政府背信弃义,严重损害了矿工的利益。血的教训告诉工人,阶级冲突在利益、资本、政府强权之下永远不会停息。诗人站在矿工的立场上,对此进行了社会、经济方面的思量。在"V"这首长诗中,诗人写道:

> class v class as bitter as before
> the unending violence of UZ and Them,
> personified in 1984
> by Coal Board Macgregor and the NUM.
>
> (69—72)
>
> 阶级与阶级之间的对立依旧残酷
> 俺们与他们之间的暴力从未停歇,
> 1984 年麦克格利格的煤矿业和煤矿工会血腥冲突
> 就是最生动具象的诠注。

诗人通过对煤矿工人罢工失败的反思,告诫人们不要对资本、资产阶级及其政府心存任何幻想,他们给矿工带来的只是掠夺、侵占和贫困。工人阶级的阶级意识,在当下社会中非但不能削弱,反而要在阶级斗争经验中逐渐强化,要认识到阶级的共同利益,并为争取这个共同利益而斗争。如同戴维·托马斯(David Thomas)评论的那样,"哈里森在追问煤矿、阶级和资本三者关系的过程中,始终以无产阶级守护者和代言者的身份,为英国最后的产业工人阶级代言抗争。尽管还有作家抱怨哈里森不应该过分渲染私有化对矿工的盘剥、利益损害和他们的痛苦,但当代英国没有哪个文学家像哈里森这样,对 1984—1985 年煤矿工人罢工失败和煤炭企业的私有化保持深切的关注"(托马斯,3)。的确,出身于工人家庭的哈里森对底层矿工的生活境遇是一种生存在场的关怀和体验。历史学家虽然也对工人运动有很多研究和描述,但缺乏对作为底层个体生活境遇的细致描述和人文关怀。而诗人的底层关怀,"最突出的价值在于'在生存中写作',即更接近芸芸众生吃、穿、住、用的生存现场感，体现一种高尚的现世关怀和朴素的平等伦理"（冯雷，29）。

"诗歌对决历史，诗歌韵化历史，诗歌言说历史"（Grant 104）。诗人言说的意义在于对权力的争夺；对权力的争夺，最终体现在为对话语的争夺。"从某种意义上说，在一定的文化空间里谁取得说话的资格，谁拥有话语权，谁就处于支配地位"（福柯，转引自刘晗，208）。哈里森从工人阶级家庭的个体叙事上升到工人运动的集体叙事，从私人的故事到公众的历史，从微观到宏观，从文学层面到史学层面，全面为工人阶级和工人阶级运动代言。他纵横捭阖，反思工人阶级在各种历史条件下的境遇和状况，表现出一个有社会良知和担当的知识分子诗人对社会问题的关注，并愿意以一己之力为解决这些问题付出努力。

第四节　自我蜕变言说

1948年，英国教育体制改革，政府通过了劳工党竭力倡导的"巴特勒助学计划"（Butler Scholarship），资助工人阶级家庭出身的孩子接受中职和高等教育。受到资助的"奖学金仔"一方面具有"工人阶级共同体的基本认知"，感受到了阶级、文化、城乡的差异；另一方面，虽然与自己的父辈共情，但也感受到了自己与父辈之间在语言文化、生活方式和价值理念上的迥异。他们在公共领域有了话语权力，频频发声，既为自己的阶级代言，同时又为自己与父辈不能沟通理解而苦恼。同样身为"奖学金仔"的理论家霍加特也认为，"奖学金仔"是被连根拔起的一代，充满了无限焦虑和忧伤（转引自邹威华，158）。在原生家庭背景基础上，他们有了"奖学金仔"的新身份，但仍旧处于主流文化的边缘地带，且又不能回归自己的原生文化，备受中间地带的焦虑煎熬（Orska 120）。这种苦恼，在哈里森"书立"（Book Ends）一诗中得以体现：

> Baked that day she suddenly dropped dead
> We chew it slowly that last apple pie.
> Shocked into sleeplessness you're scared for bed.
> We never could talk much, and now don't try.
> You're like book ends, the pair of you, she'd say

[...]
The 'scholar' me, you, worn out on poor pay
Only our silence made us seem a pair.

(1—5, 7—8)

那天烤完面包,她突然倒地逝去
我们慢慢地咀嚼最后一个苹果派。
震惊到失眠,你害怕睡觉。
我们永远不会有话说,现在也不想尝试。
她总说,你们就像一对儿书立
[……]
我——"学者",你——薪水太低而精疲力竭
只有沉默让我们看起来像一对儿。

诗中描述的是诗人与父亲之间的沉默与隔阂。父亲是做面包的匠人,"生活被撕成碎片"且总为低薪苦恼。没有受过良好教育,他不善言辞,沉默木讷,日常起居多为妻子照应;儿子却是受过高等教育的"学者",与父亲相对如同一对儿"书立",分别站在一排书的两端,默默对立,永无共同话语。用诗人的话说,"造成父子隔阂的,不是三十余年的分离,而是书本、书本、书本"(What's still between's not the thirty or so years, but books, books, books)。在哈里森家人眼中,"书是学校和外部世界的外来物",诗人"对语言和书本的偏好与家庭环境格格不入"(哈里森,转引自 Astley 40)。"书本"在这里也是一种隐喻,体现的是教育带给诗人的文化错位:社会主流文化并未完全接纳他进入精英阶层,家庭也不能接受他"装腔作势"的文化做派。他与父辈亲情尚在,但已知性疏离。

诗人与父亲的隔膜表现在沉默,与母亲的隔阂在于不被理解。特别是哈里森在长篇诗歌"V"引用了利兹方言中的污言秽语,公开发表并在英国第四频道播放后,在国内引起轩然大波。有好事者做了统计,四个字母的粗鄙文字在诗中多达 90 处。诗人的母亲难以理解他为何要以沾有污渍的词语入诗,在"教养"(Bringing up)这首诗中,诗人描写道:

> It was a library copy otherwise
> You'd've flung in the fire in disgust
> Even cremation can't have dried the eyes
> That wept for weeks about my "sordid lust".
>
> (1—4)
>
> 若不是图书馆的副本
> 你会厌恶地把它扔进火里
> 即使是火葬也不能使你擦干眼泪
> 你已为我的"肮脏欲望"哭了好几个星期。

诗人的母亲为这种"肮脏的欲望"难过地哭泣:"把你拉扯大,不是让你写这么下流的书!"(You weren't brought up to write such mucky books!)在他母亲看来,写诗本就不是正当的营生手段,诗中混杂着方言的污秽词语更让她愤怒不解,因为她不懂以方言入诗正是哈里森文化角逐的一种策略,更不能理解话语的政治文化意义:话语不仅是需要破解的符号,还是权威的标志,它迫使人信服和顺从(布迪厄,转引自托马斯,4)。他与母亲不在一个教育、文化层次,不能在精神层面与之沟通解释,就连他的亲戚们也觉得他接受的那些精英教育百无一用。"我学了那么多年的拉丁希腊语,在他们眼里难有什么出路"(For all my years of Latin and of Greek/they'd never seen the point of for a job)。因此,诗人意识到:

> Blocks with letters. Lettered block of stone.
> I have to move the blocks to say farewell.
>
> (Blocks, 13—14)
>
> 障碍来自文化,文化障碍形成巨石。
> 我需要推开这些巨石,才能与之告别。

诗人强烈地感受到,文化的隔阂来自教育程度的差异。精英教育已经拉开了他与家人之间的文化距离,文化隔阂也因而导致亲情疏离。他在接受哈芬顿(John Haffenden)采访时说,"我生长在一个有爱的工人家庭，我的生长环境充满了爱。但随着教育和诗歌进入了我的生活，这条爱的纽带被割断了。这些年，我都在努力修复这条纽带"（Astley, Introduction）。作为知识分子诗人，受阶级和时代召唤，他为之代言时，精英教育促使他保持传统诗歌的伦理和诗学理念；同时，面对统治阶级对底层的文化掠夺与文化殖民时，他又需要保持本土文化的自觉与坚守，对方言口音的保护与使用。他的心态始终处于矛盾中，他的舌头也总是分叉的。他要将现实的种种挑战规整在传统诗歌的规范标准之内，还要不断挑战这种规范标准，为自己的良知负责，为自己的阶级负责；他要让诗歌与社会政治发生关联，形成新的诗歌表现形式来呈现所处的时代和世界以适应现实挑战的种种新需求。如同阿奇保德·麦克里希（Archibald Macleish）所言，"艺术是在处理我们现在世界的经验，诗人自己得先看清经验的形状和意义，才能赋给它形状和意义"（转引自郑成志，89）。

诗人自己也在反思所属阶级的文化与精英文化在自身的矛盾与纠结，反思自我的分裂与蜕变。这些反思在他的长篇挽歌"V"中体现得更为明显：

> Next millennium you'll have to search quite hard
> To find my slab behind the family dead,
> Butcher, publican, baker and me, bard
> adding poetry to their beef, beer and bread.
>
> （1—4）
>
> 下一个千禧年，你得费力寻找
> 我在家人后面的墓碑，
> 屠夫、酒保、面包师、我，游吟诗人
> 他们宰牛、卖酒、做面包，而我写诗。

这里诗人首先做了身份甄别：在由屠夫、酒保、面包师组成的工人阶级家庭里，诗人的身份显得格格不入。家人宰牛、卖啤酒、做面包来维持生计，而诗人写诗，似乎不足以养家糊口。在家庭中，诗人首先从职业的层面与家人分离出来，进而从阶级和文化层面分离开来。"往前数三座墓是拜伦的/我就不担心没人相伴/对面是华兹华斯/又有了一位同道"（while Byron three graves on I'll not go short / of company, and Wordsworth's opposite/ That's two peers already, of a sort）。诗人与家族根系割裂，不能回归自己的原生家庭，却与百年前的浪漫主义诗人华兹华斯、拜伦同道同伴，相聚在一起，经历了时空错位和文化悬置。这正如 N. S. 汤姆森（N. S. Thomson）所评论的那样，"这位博学的奖学金仔，凭借在文法学校和大学所受的教育，超越了原生工人阶级家庭的前程预期和眼界，心怀浪漫主义的激情和古典主义的理性，追求自我，努力实现以文学介入社会的理想"（汤姆森，116）。他一方面在书写他的家庭、朋友和儿时的伙伴，一方面又与这个家庭和群体渐行渐远，隔离于社区与团体之外，悬置于所属文化之中。在这种矛盾中，他经历了内心的困惑和挣扎。

> If buried ashes then saw I'd survey
> The places I learned Latin and learned Greek,
> And left, the ground where Leeds United play
> And disappoint their fans week after week,
> Which makes them lose their sense of self-esteem
> And taking ashort cut home through these graves here
> They reassert the glory of their team
> By spraying words on tombstones, pissed on beer
>
> (21—28)
>
> 如果掩埋了的灰烬见证我去追寻
> 我学习拉丁语和希腊语的地方，
> 然后离开，利兹联队比赛的场地
> 让他们的球迷一周又一周失望，
> 这会让他们失去自尊心
> 从这些坟墓里抄近路回家
> 他们重现了球队的荣耀
> 在墓碑上喷字，在啤酒里撒尿

诗中的拉丁语、希腊语与利兹联队赛事和足球流氓分别代表了不同的文化种类：拉丁、希腊文字代表诗人所接受的精英文化，蕴含着高雅的审美趣味、价值观念和社会责任；"利兹足球联队"和"足球流氓"代表着大众文化，而大众文化群体作为弱势边缘群体，对支配文化和主导文化常常表现出对权力和主流的疏离和抗拒，对权力结构进行风格上的挑战（胡疆锋，17），具有娱乐性、消费性和狂欢性。这两种文化在诗人身上同存，相互排斥又相互兼容。诗人既不愿丢弃精英文化，也不能再回到令人"失望"充满底层狂欢的大众文化。他被这两种文化撕扯着，在寻找、回归、逃离的闭环中逡巡徘徊。他对高雅文学的追求和方言俚语的混搭，表现出文化错位以及对精英文化的妥协。

> An accident of meaning to redeem
> An act intended as mere desecration
> And make the thoughtless spraying of his team
> Apply to higher things, and to the nation.
>
> （128—131）

> 一个不经意的行为
> 拯救了蓄意已久的亵渎
> 让那些轻率的涂鸦行为
> 转化为高层次的事业，为了自己的祖国。

在哈里森看来，"诗人的责任是赋予诗歌创作活动更重要的意义，并引导这种意识的美德达到它应有的目的"（哈里森，转引自 Whale 11）。在此，诗人似乎想要以精英文化的审美观、价值观，教育并转化那些没有受过多少教育的涂鸦者，教育他们应该有更高的人生追求，更多的社会责任，为自己的国家和民族做一些更加有益的事情，而不是一味涂鸦、撒尿、耍酒疯泄愤。他的文化天平倾向了精英文化和教育。面对粗鄙的涂鸦，诗人进一步思索：

> What is it that these crude words are revealing?
> What is it that this agro act implies?
> Giving the dead their xenophobic feeling

Or just a cri-de-coeur?

(161—164)

这些粗俗词语揭示了什么？
这种暴力行为到底意味着什么？
是向死者宣泄异族仇恨
或者仅仅是对逝者的心痛呼喊？

作为工人阶级出身的诗人，哈里森试图从父母墓碑上的污言秽语中找出涂鸦者的心结。这些来自大众文化圈的涂鸦者处于相对贫困中，他们没有受过良好教育，没有稳定的工作，他们的文化被边缘化、受到排斥，他们的困境一直都被社会所遮蔽或掩盖，他们需要宣泄释放的渠道和方式。当社会不能给予他们正常的言说渠道时，他们也只能涂写污秽言语，在非公共空间内间言说，实施"符号暴力"。从种族层面，诗人还试图从污言秽语中查找"符号暴力"实施者的种族身份——"是向死者宣泄异族仇恨？"——就此来推断施暴者或因种族不平等、文化的差异性和排他性，使他们产生强烈的疏离感和仇恨感，才会在此实施符号暴力，得到复仇快感。

So what's a cri-de-coeur, cunt? Can't you speak
The language that yer mam spoke? Think of'er!
Can you only get your tongue round fucking Greek?
Go and fuck yerself with cri-de-coeur!

(165—168)

什么是 a cri-de-coeur，傻逼？你是不是不会说
恁妈说的方言？多想想她吧！
你是否在操希腊语时舌头才转？
你他妈得滚蛋去操你的 cri-de-coeur！

当诗人沉浸在对涂鸦者社会、种族、文化层面的推测和假想时，另一个声音骤然响起，质问他什么是 cri-de-coeur。发话人满口污言秽语，责骂诗人忘了本，忘了乡音，除了"希腊语"不会说话。对此，诗人反驳道：

"She didn't talk like you do for a start!"
I shouted, turning where I thought the voice had been.
"She didn't understand yer fucking 'art'!"
"She thought yer fucking poetry obscene!"

(V, 169—172)

"我妈她一张嘴可不会像你那样说话!"
我大喊着回应,扭头转向声音出现的地方。
"她不懂恁的操蛋'艺术'!"
"恁的操蛋诗让她恶心!"

诗人朝着发声的地方,高喊着回应,反驳说自己的母亲从不会像他那样满口污言秽语,此举招来更猛烈的抨击:"恁不懂你的操蛋'艺术'!"/"恁的操蛋诗让她恶心!",文化间的对立和矛盾再次凸显,并且交锋还在继续:

I wish on this skin's word deep aspirations,
first the prayer for my parents I can't make
then a call to Britain and to all the nations
made in the name of love for peace's sake.

*Aspirations, cunt! Folk on t' fucking dole
'ave got about as much scope to aspire
Above the shit they're dumped in, cunt, as cool
Aspires to be on t'fucking fire.*

(173—180)

我希望从光头流氓的言语中找到更大志向,
首先为我的父母祈福,这点我不曾做到
然后号召英国和世界各国
以爱的名义谋求世界和平。

志向,去恁妈的! 靠扯淡失业金过活的乡亲

| 第五章 | 哈里森：工人阶级底层叙事

> 有毛眼界去立志向
> 他们早被狗屎志向抛弃，傻逼，才酷得
> 要去立他妈的志向！

从上文来看，诗人力图从那个光头流氓的污言秽语中寻找立志方向，一要替自己逝去的父母祈祷，二要号召大家拒绝暴力和冲突，以爱的名义谋求世界和平。这样一个志向，被光头流氓（the skinhead）所耻笑。他们是失业的群氓，是被社会抛弃的人，没有志向可言。粗鄙的言语中透着心酸和绝望以及对社会和个人命运的嘲笑。当诗人要求光头流氓写下自己的名字时，却发现歪歪扭扭地写下来的却是他自己的名字（He aerosolled his name, it was mine）。蓦然间，诗人意识到，跟他争吵反驳的不是别人而是另外一个自己：一个接受高等教育前的自己。因而，光头流氓并不像人们想象的那样是一个"流氓无产阶级种族主义者"，而是"一个意志坚强的阶级战士"（Roberts 220）。在诗中，这个"野蛮人"向文明人发起言语进攻，表面上看是两个人，但实际可以看作诗人分裂自我的投射。受过教育的诗人与工人阶级出身的哈里森，面对两种语言和文化的内在交锋，心中充满了对抗的张力和不确定的焦虑。这个"奖学金仔"，在社会认知中不断地为多重文化身份和多重文化意识所困扰，在工人阶级文化和精英文化之间博弈，在主流文化与边缘文化中挣扎。他每前进一步，都充满了矛盾、痛苦、焦虑和彷徨：离家求学与家人和伙伴分离；毕业与所熟悉的环境分离；接受更高一层次的教育与原有文化和身份的分离与错位。他在成长的道路上书写着阶级身份、文化特质及各种矛盾冲突。他在各种矛盾和冲突中，努力去实现自己人生价值和抱负。（邹威华、付珊，159）

尼尔·罗伯特（Neil Roberts）在论及诗歌、阶级、语言三者关系时说，"当诗歌与阶级发生关联时，其语言必定镌刻着地域的烙印"（Roberts 215），而地域性的烙印必然反映在方言上面。哈里森在与霍加特的对谈中讲道，"反观自己的诗作，其中的确有很多粗暴的方言。对此，我刻意而为之。我的诗歌形式一定是传统经典的，但声音必定是我自己的"（转引自 Astley 40）。他这首长篇挽歌"V"采用的是传统的十四行诗形式，但充满了语言的杂糅与混搭，频繁从标准语切换为约克方言俚语，在工整的"五步抑扬格"有序和谐的交替中，混入刺耳的 cunt、fuck、shit、piss 等重读单音节的污言秽语，打破了诗歌语言的禁忌，呈现了标准语言与方言俚语、精英文化与大众文化的矛盾与融通，反映出接受了高等教育的工人阶级子弟在文化上的自我分裂。学者乔·吉尔指出，"哈里森这首诗，与其说是写给父亲的挽歌，不如说是写给自己的"（Gill 161）。但笔者认为，也正是有了这样的教育，哈里森才能凭借文化的力量不断反思自己的阶级身份、文化身份，正视其间的冲突与嬗变，担当起知识分子的社会责任，以诗歌形式为工人阶级伸张正义，让文学力量转化为公权力，从而推动社会公平正义的进步和发展。

小　结

在"他们"（即正统文学家和精英文化人）眼中，哈里森是个"野蛮人"，他的诗也是"野蛮人的诗"（Barbarian's poetry），而公众却称赞他为"工人阶级的无冕桂冠诗人"。诗人以工人阶级代言人身份，站在工人阶级的立场，以个体的、家族的生活经历，乃至工人运动的历史经验为叙事内容，为工人阶级呐喊，为他们寻找政治、经济、文化、精神出路。有人说，哈里森的诗是个人的，但是诗歌"永远不会离开个体的生命体验，对于社会任何的承担也必然都要通过艺术的文本、个体生命的经验来完成"（张清华，53）。凭借个体生命体验，诗人激活了诗歌介入现实的精神，重建了诗歌与个体、社会、世界和历史境遇的关系。也有人说，哈里森的诗歌是公众的，因为他的诗依赖公众世界资源（人类的感情、思想、信仰、经验等）而存在。"抛弃了这些公共资源，诗歌也将缺乏'起码的真实性'，从而失去了其存在之基础"（郑成志，90）。哈里森的诗终究是艺术的，诗人以想象的艺术手法来再现这些经验，建构了艺术与经验的联系而更具感染力和传播力。同时，哈里森的诗又是纠结的、自我矛盾的，因为他所接受的教育使他与自己的阶级割裂开来，给他带来了双重文化认知、双重文化身份、双重文化割裂、双重文化焦虑。他因父辈"被捆住的舌头"而愤怒，凭自己"燃烧着的舌头"来发声，又因自己"分叉的舌头"而苦恼、焦虑。尽管如此，诗人执着地坚持自己的理念来塑造自己"野蛮"诗人的身份（Whale 12），他在找寻自己写作的精神合法性与使命，这个使命不是别的，就是诗歌精神中的"知识分子特质"——批判性、精神性、道义与责任担当的具有文化公共性以及与之相应的美学精神（张清华，52），通过诗歌的文化传播、思想启迪和艺术教育，让人们共同去建立起一个民主、平等、和平的社会，一个人类的命运共同体。

第六章 达菲：底层女性身体叙事和移民暴力叙事

概 述

  前一章讨论了哈里森的工人阶级叙事，本章将聚焦卡罗尔·安·达菲（Carole Ann Duffy）的女性身体叙事和移民暴力叙事。虽贵为英国桂冠诗人，达菲继承了威廉·布莱克的底层叙事传统，大多书写社会底层人的生存境遇与诉求，特别关注底层女性和底层移民。近十年间，国内外评论者多从性别、族群、生态、反战主题、语体风格、神话改写等方面对其诗歌进行评论，而对其底层女性身体叙事和底层移民暴力叙事鲜有深入探究。纵览诗人的诗歌创作历程，不难发现，无论是《站着的裸女》（*Standing Female Nude*）、《世界名人之妻》（*The World's Wife*），还是《女性福音》（*Feminist Gospels*），诗人的目光始终没有脱离女性自我的物质构成——女性身体。她的女性身体叙事包含了两种女性叙事声音，一种是来自"裸女"的声音：底层女性对自己受压抑、受迫害客体生存状态的诉求；另一种是来自"女神"的声音：神话中的女性以改写形式自我言说，改变自己被污损、被妖魔化的身体形象，挑战并颠覆男性对女性身体形象塑造的霸权话语，以期实现身体和自我的主体重构；同时，作为移居英格兰的苏格兰人，达菲也对移民的身份焦虑感同身受，对底层移民被边缘化进而走向反社会暴力的成因认识深刻。《在别国》（*The Other Country*）和《站着的裸女》均有底层移民暴力叙事，揭示了他们灵魂扭曲和人格分裂的社会成因、心路历程。基于以上认识，本章主要以福柯话语理论和后现代女性主义为视角，探析达菲诗歌中的底层女性身体叙事；从后殖民理论角度探究底层移民的身份问题与反社会暴力倾

第六章 达菲：底层女性身体叙事和移民暴力叙事

向的衍生，让世人倾听这些另类人的心声。

第一节 "裸女"的身体叙事：被男性话语宰制的身体

达菲在底层女性身体叙事过程中，将女性身体放置于家庭和社会不同的话语场域来考察。她发现，处于不同场域的女性身体有着相同的遭遇和境地：在性别话语场域中，女性身体成为男性话语宰制的身体。"当性别成了权力场域，它（女性身体）便成为法律和规训话语的言说对象"（Butler 59），男性则是这法律和规训话语的生产者或言说者。因此，将女性的身体作为宰制对象，是占据统治地位的男性扩展其性别话语权威的方法手段，是"菲勒斯中心主义"（Phallo-centrism）在性别话语权力方面的具体呈现。

在"你，简"（You, Jane）一诗中，达菲采用"戏剧化独白"形式，展现家中的丈夫是如何宣告对妻子身体的主权，把妻子的身体当作宰制、规训的对象，任意蹂躏、横加欺凌的：

> At night I fart a Guinness smell against my wife
> Who snuggles up to me
> It's all muscle.
> Man of the house. Master in my own home. Solid.
> [...]
> I wake half-conscious with a hard-on, shove it in.
> She don't complain.
>
> (1—4, 18—19)

> 入夜，妻子紧紧依偎着我，
> 我对着她身体放酒屁。
> 我浑身都是肌肉。
> 我是这家的男人，一家之主。强悍无比。
> [……]
> 我半睡半醒，又一个霸王硬上弓，插了进去。

| 第二部分 | 当代英国诗歌的底层叙事研究

她从不抱怨。

上述节选中，家中的男主人自诩可以随意"对着她身体放酒屁""霸王硬上弓"，表明女性身体在他眼中只是情欲的容器和载体，是可以随意践踏的客体对象，从未当成"人"的主体来珍视。他以暴力操控了妻子的身体，剥夺了她的身体所有权；同时他还是陈述性别关系、身份地位的话语操控者。众所周知，"话语与权力是不可分割的，权力是通过话语实践来实现的"（Foucault，1981：54），因此，话语"不仅是施展权力的工具更是掌握权力的关键"（黄华，38）。换言之，在话语实践中，参与话语实践者的身份地位不同，掌握的话语权力大小也各异。话语权拥有者掌握了知识话语的阐释权和界定权，成为言说主体（speaking subject）；而处于从属地位的参与者，或认同听从或试图颠覆抗拒主流话语。不掌握话语知识者则无法进入话语实践领域，只能被动接受或沦于沉默，成为被言说的客体（speaking object）。家中男人既然操控了话语，就意味着操控了权力。他的妻子噤声沉默，既没有身体\话语权力，也没有自我主体地位，完全处于被操控、被规训的屈辱状态。

诗中的妻子"从不抱怨"，她为何沦落到如此境地却毫无怨言？她究竟是被怎样的知识话语控制了对自身的认识而沦于沉默呢？深究其成因，我们可将之归结为"阳具缺失论"（Penis lack）和"阳具崇拜论"（Penis envy）。露丝·伊利格瑞（Luce Irigaray）认为，"阳具崇拜论使女性崇敬阳具的完整性、自我性、可视性和勃发性。阳具缺失逻辑使女性无力表达她们的性感受。这种逻辑控制了她们的思想，使她们忽视自身的价值而自我放逐。"（Irigaray 80—83）这也许可以部分地解释诗中的妻子"从不抱怨"的原因。进而探究，我们发现"阳具缺失论"和"阳具崇拜论"的文化渊源，可追溯到西方传统哲学"身体与灵魂"的二元对立关系上。在这个二元对立关系中，身体永远处于低下、边缘、无足轻重的地位。柏拉图认为，身体是阻碍灵魂的绊脚石，是束缚灵魂的枷锁，是妨碍灵魂自由的牢笼。他警告人们，如果仅听凭身体的召唤行事，忘却了灵魂的诉求，是肮脏、堕落、危险的（转引自 Spelman 111）。在他看来，身体是人性中最无足轻重的表征，而女性恰恰是这种表征的典型代表。他一次又一次地将女性的生活归结于对身体体验的追求，他对女

第六章 达菲：底层女性身体叙事和移民暴力叙事

性的厌恶一如他对身体的厌恶。柏拉图的思维模式和联想方式直接决定了后人对女性和身体的态度。因此，女性与身体一并沦落到被轻贱的境地。处于这种境地的女性，自然没有话语权，只能归于沉默。

在诗集中，诗人还刻画了一个"在场沉默"的乡村少女，她的悲剧故事是通过"少女们的悄悄话"（Girl Talking）来叙述的：

On our Eid day my cousin was sent to
the village. Something happened. We think it was pain.
She gave wheat to the miller and the miller
gave her flour. Afterwards it did not hurt,
as for a while she made chapatis. *Tasleen*,
said her friends, *Tasleen*, *do come out with us.*

They were in a coy near the swing. It's like
a field. Sometimes we planted melons, spinach,
marrow, and there was a well. She sat on the swing.
They pushed her till she shouted *stop the swing*,
then she was sick. Tasleen told them to find
help. She made blood beneath the mango tree.
[...]
After an hour she died. Her mother cried.
They called a Holy Man. He walked from Dina
to Jhang Chak. He saw her dead, then he said
She went out at noon and the ghost took her heart.
From that day we were warned not to do this.
Baarh is a small red fruit. We guard our hearts.

(1—12, 19—24)

开斋节那天，表妹被派去那个村。出了点事儿。
我们想那一定很痛苦。
她把麦子给磨坊主，磨坊主
还给她面粉。似乎也没有伤害，

| 第二部分 | 当代英国诗歌的底层叙事研究

因为后来她还做了薄饼。塔斯琳恩,
她的伙伴们喊她,塔斯琳恩,我们出去玩吧!

她们来到秋千旁,一个隐秘的地方。
那地方像一块田,我们有时种瓜,种菠菜
葫芦,那里还有一口井。她坐上了秋千
她们荡起秋千,越荡越高,她大叫,别荡啦!
接着她就不好啦,她让快去找人。在芒果树下,她流血啦。
[……]
一小时后她死啦。她妈妈哭了。
他们叫来一个僧人。他从德纳步行到庄查。
他看看她死了,说,
她中午出了门,鬼勾走了她的魂。
从那天起大人警告我们不要出门,
芭儿是种小的红果。我们都紧护着自己的心。

细读文本,不难发现,诗中采用的是第一人称儿童集体叙事视角。身为女孩子的"我们"见证了"表妹"被奸污、怀孕、流产、死亡的全过程。相比较"你,简"诗中男主人公对性暴力的露骨描述,这首诗中关于身体和性的表达是隐晦的,因为叙事者都是懵懂少女,不更人事,不明白表妹身体受到玷污意味着什么,只知道她在那个村里"出了点事儿",猜测"那一定很痛苦"。她们隐约知道玷污她的人是"磨坊主",因为"她把麦子给磨坊主,磨坊主还给她面粉"。直到荡秋千,表妹出血、流产、死亡,他们看到流产的婴孩("芭儿是一种小小的红果"),才明白要"紧护自己的心"。与布莱克笔下的天真儿童一样,这些少女还不能完全明白和表达"身体和性"时,就已经见证或间接经历了男性带给女性的身体伤害和悲剧命运。诗人采用儿童视角来叙述少女的身体伤害和性命陨灭,少女的天真与成人的邪恶形成强烈的对照,更加令人感到惋惜与愤怒。不仅如此,诗人更深的用意在于书写"身体与性"的社会、意识形态意义。丹尼尔·庞迪(Daniel Punday)在著作《叙事的身体:走向身体叙事学》(*Narrative Bodies*:*Towards a Corporeal Narratology*)中

| 第六章 | 达菲：底层女性身体叙事和移民暴力叙事

强调指出，"他人身体知识是通过话语来建构的。身体很容易被建构成机器、财产和消费商品、隐私权或叙述权的持有者、神圣的不可侵犯的主权象征，作为欲望的对象或作为对社会的威胁，这些都表明，没有话语的建构就没有关于身体知识的认知"（Punday 2）。通过女孩们的叙述，我们知道作为"神圣不可侵犯的主体象征"的少女身体，被"磨坊主"变态地当作他自己的"情欲对象"发泄、玷污、损害，以满足他的"恋童癖"情欲。在"磨坊主"看来，女孩稚嫩、纯洁的身体只不过是他消费的商品，是一个可以践踏的欲望客体。女孩是沉默的，遭受那样的身体、心灵之痛和伤害，都没有言说或不敢言说，依旧做着"薄饼"，似乎伤害并不存在，甚至都不知道自己怀有身孕，直到流产乃至失去生命。就连她的母亲也只能以"哭泣"来表达悲伤，少女和家人被边缘化的底层社会地位从"不能言说和沉默"中凸显出来。

通过这首诗，我们还可以看出故事发生在印度的乡村。在那样一个父权制度主导的社会群体内，欲望的话语主导权自然在男性手中。诚如特纳（Bryan S. Turner）所言，"人类行动者通过在特定社会中占主导地位的欲望话语的范畴，来经历他们的感官和性体验，但是这种欲望话语最终是由生产方式的经济需求所决定的。这种话语有一定的语法，规定了谁对谁能做什么，指定了性实践中的客体和主体"（特纳，70）。父权社会中，性方式和欲望话语语法区分了男性和女性两个维度，掌握满足经济需求的生产方式和生产资料的是男性，他们自然是欲望实践的主体和欲望话语主导权的拥有者。女性只是充当满足男性欲望的客体，而少女更是没有任何话语权力甚至没有主动交配权的更低下的群体。磨坊主在乡村社区掌握了满足经济需求的生产资料和方式，自然占据欲望话语的主导地位，他可以不顾忌少女的未成年和年龄长幼的伦理禁忌，为满足自己的性欲不惜对少女进行身心摧残，致使她花季凋零、生命陨落。在这首诗中，读者却听不到任何谴责磨坊主的声音：孩子们年幼无知，但成年人也无动于衷。诗中的母亲知道女儿"肚子里有什么东西在燃烧"，面对她的死亡，也只能哭泣。僧侣赶来，将死亡的原因归罪于"鬼魂"。在此，男尊女卑思想的积习，男性欲望话语主导地位的定势，于无声中得到淋漓尽致的再现。但是，"个人的就是政治的"（The private is political），诗人反对父权政治否定女性存在的社会意义和价值，反对将女性的生存境遇排除在公共视野之外；反对父权政治将女性的身体遭遇归类于"私人问题"，从而遮蔽女性应有的身体和生命权力，遮蔽肇事者应该承担的法律责任，剥夺受害者诉诸公众和法律的言说权力。诗人刻意采用儿童集体叙事形式，以孩子们的共同见证，言说少女的遭遇。女孩物质的身体经验和肉体消亡也通过诗歌叙事成为符号的身体和生命，烙印了政治、意识形态意义和女性主义思想，反映了诗人对底层女性的关爱和性别压迫的愤怒，体现了其人文主义的精神向度和人道主义的关怀。

由此可见，达菲将私密的女性身体推向社会话语空间，展示出男性话语对女性身体形象的宰制、规训以及女性身体/自我在男性主宰下的双重压抑、由此出现的边缘化状态。这也恰恰印证了皮特·布鲁克斯（Peter Brooks）所言，"身体虽为性欲望对象，但反映的不仅是身体与性之间的关系，而是身体与性别政治、话语之间的权力关系。表面上来看，身体被性所界定，实际上应该是性别话语权力对主/客体性别身份的界定。身体作为欲望对象，其关键不在于表达感官愉悦而在于展示性别话语权力所产生的控制作用"（Brooks，xiii）。

在公共场域内，女性身体也同样被男性宰制，其手段之一便是男性的凝视与偷窥。伊利格瑞认为，窥视经济决定了女性的被动地位，她只能是一个美丽的观赏品（转引自Ogunfolabi 101）。在达菲的标题诗（Title poem）"站着的裸女"中，女模特自述在画室当模特时，就没有被画家当作"人"看待，她的身体也只是观赏和评判的对象，被画家和男人们凝视、刻画、玩赏、轻贱。

> Six hours like this for a few francs.
> Belly nipples arse in the window light
> He drains the color from me. Further to the right,
> Madame. And do try to be still.
> I shall be represented and analytically hung
> in great museums. The bourgeoisie will coo
> at such an image of a river whore. They call it Art.

| 第六章 | 达菲：底层女性身体叙事和移民暴力叙事

Maybe. He is concerned with volume, space.
I with the next meal. You're getting thin,
Madame, this is not good. My breasts hang
Slightly low, the studio is cold.

(1—11)

六个小时就这样站着只为几个法郎。
小腹、乳头、臀部都朝向窗边的光。
他从我身上榨干了颜色。再向右一点，
夫人，一定要保持这个姿势。
我的画像会在各大博物馆展出，供人指指点点。
文人墨客会对着
这水边荡妇评头论足。他们管这叫艺术。

也许是。他关注的是构图与空间，
我关心的是下一顿餐饭。
你变瘦了，夫人。这可不好。
我的乳房有些松弛下垂，画室很冷。

　　首先，诗中被绘画的裸女出现在男艺术家的凝视之下。如传统绘画一样，画家以男性视角来刻画女性身体形象，凝视的焦点也主要在其"乳房、小腹和臀部"等女性身体特征上，关注的是"构图、空间"，并不是裸女能否有"下一顿餐饭"。他漠视画室的"寒冷"，毫不顾惜裸女的身体感觉。更有甚者，他因裸女近来"变瘦，乳房松弛下垂"而不满，因为他预制了裸女"丰乳肥臀"的形象假设，以迎逢男性观众的喜好，满足男性对女性身体的审美想象与塑造。艺术家的审美表达渗透着男性的政治和权力欲望。根据福柯的假设，政治、权力、审美三者之间存在着内部相互作用的支撑关系。"政治和审美是权力的策划同谋。当权力强势时，它直接作用于审美、欲望和快乐原则之上。当权力处于弱势时，它以主动或被动的审美策略形式产生构建或再生产作用。权力将个体塑形，迫使人们接受这样的审美形象"（Haber 139）。在男艺术家和女模特的性别关系中，男艺术家占据了主宰地位；在身体形象的审美层

193

面，男艺术家依凭自己的审美重塑女性身体形象，政治、审美、权力三者合一，迫使女性接受"丰乳肥臀"的身体形象塑造。正如评论者杨念群所言，在我们原来的历史分析框架中，女性对自身感受的视角一直处于缺席的状态。女性往往是在男性行为支配和解释的阴影下出场的。（转引自汪民安，2004：19）男人以审美自娱的目光构建女性身体的审美标准和模型，毫不顾忌女性自身的感受，女性对重塑的身体形象和身体体验都被遮蔽在私密的描述和记忆之中。

其次，被绘画的裸女作为艺术品出现在观众的凝视之下。画框将裸女与观众分割开来，也将生活与艺术区别开来。观众在框定的画面中观赏裸女的胴体，满足了偷窥的视觉愉悦。同时，裸女的身体又是以负面样板出现的。在满足了窥视的欲望之后，观众还不忘对其进行一番道德层面的评判。他们边看、边欣赏、边咒骂这个"水边的荡妇"，既从偷窥中获得感官满足，同时又用正统说教来警示、规劝女性。这些观众具有自相矛盾的分裂心态：一方面，他们用道德教化规劝女性应低调、内敛、矜持；另一方面，作为男性观众，他们又希望女性着装暴露、开放、狂放。画框中的女性裸体既满足了他们的偷窥欲望，又挑起了他们的"厌女情结"（Misogyny）。因此，对象化、情欲化的女性身体背负着教育的重任，被消费之后再遭辱骂唾弃，女性身体承受了双重的社会舆论压力和道德标准，身体与自我从而双双迷失在公共话语场域中。正如劳拉·玛尔维（Laura Mulvey）所言，"在一个性别不平等的世界，看的快感已经被分裂为主动/男性和被动/女性。起决定性作用的男性将幻想投射到女性形象身上，她们因此才会被展示出来。女性在其传统的暴露角色中，同时是被看或被展示的对象，她们的形象带有强烈的视觉性和色情意味"（转引自周宪，131）。据此，人们不难理解，"凝视是一种权力化的视觉现象"（谢敏，167），存在着"看"与"被看"的主客体关系，女性只是男性的情欲对象，男性通过凝视或偷窥对女性身体实施了意淫和目光蹂躏，从而达到对女性身体的权力控制与规训目的。

福柯的《规训与惩罚》（*Disciplines and Punishments*）认为，惩罚总是涉及身体，无论是血腥惩罚还是"仁慈"惩罚。身体总是相应地刻写了惩罚的痕迹。身体的可利用性、可驯服性、它们如何被安排，如何被征服，如何被训练，如何被塑造，都是由政治、经济、权力来实施的，

第六章 达菲：底层女性身体叙事和移民暴力叙事

都是由历史事件来实施的（转引自汪民安，2004，5）。在特定的历史阶段，特别是在特定的历史事件中，身体必将成为政治权力惩戒的对象，女性身体不仅会受到男性的宰制，更会受到国家机器的宰制，尤其是战争时期，女性身体首当其冲。第二次世界大战中的"纳粹屠犹"（Holocaust）就是最典型的实例。这种政治权力和国家机器对女性身体的摧残，在达菲"流星"（Shooting Stars）一诗中得到了生动的文学再现。该诗以一个犹太亡灵的声音来诉说彼时女性身体所遭受的强暴与杀戮。诗中写道：

> After I no longer speak they break my fingers
> To salvage my wedding ring. Rebecca Rachel Ruth
> Aaron Emmanuel David, stars on all our brows
> Beneath the gaze of men with guns. Mourn for the daughters,
> Upright as statues, brave. [...]
> You waited for the bullet. Fell.
> [...]
> One saw I was alive. Loosened
> his belt. My bowels opened in a ragged gape of fear
> Between the gap of corpses I could see a child.
> They shot her in the eye.
> My bare feet felt the earth and urine trickled
> Down my legs until I heard the click. Not yet. A trick.
>
> （1—6，8—13）

我不能说话后，他们掰断了我的手指
掳去我的婚戒。瑞贝卡、瑞秋、露丝
埃伦、艾曼纽、大卫，我们额头上的星星
都在持枪士兵的瞄准之中。为这些女儿哀悼，
（她们）挺直的身体如同雕像勇敢。[……]
你们在等待子弹，倒下。
[……]
有人看见我还活着，

> 他解开了裤带。一阵惊恐中，我大便失禁。
> 在层层尸体中，我看见了一个婴孩。
> 他们一枪射中了她的眼。
> 我赤裸的双脚感受着泥土，"咔嚓"一声枪响，
> 我感到小便顺着双腿流下。还没打呢。只是个游戏。

通过上述诗中女性的身体遭遇，人们认识到"身体是来源处所，历史事件纷纷展现在身体上。一切冲突和对抗都铭刻在身体上，可以在身体上发现过去事件的烙印"（汪民安，2004：4），身体叙事反映了强权与暴力。达菲这首诗重现了1933—1945年，在纳粹德国政府立法通过的、有计划、有步骤地对犹太人的大屠杀中，犹太妇女的身体如何成为政治惩戒和国家机器制裁的对象，如何被肆意毁坏、强暴和杀戮。从叙述中，我们得知为了掳去"婚戒"，纳粹士兵掰断了"我"的手指，纳粹法西斯不仅剥夺了受害人的物权，而且残忍地戕害其身体。接着"我"和众多姐妹都处在持枪士兵的瞄准中，生命权随时都会遭到剥夺。然后，有士兵看见"我"还活着，解开裤带欲施暴。"我"又看到他们一枪射中婴孩的眼睛。最后，听到枪上膛的声音，我小便失禁，纳粹士兵却嬉笑着说这是"游戏"。战争中，被纳入"民族主义"政治规划和惩戒中的犹太女性，身体受到强暴、生命受到游戏、人格受到侮辱、尊严受到践踏。

身体是主权的载体者，对身体的惩戒意味着对主权的剥夺，这是因为"身体成为主权的载体是具有前提条件的。身体只有获得公民身份时，它才能获得权利，才能和主权发生关系，才能承载主权。没有主权的生命没有政治权利，不受法律保护"（汪民安，27）。诗中犹太妇人身体和主权的双重丧失，正是对"纳粹屠犹"生命裁制的历史回放：1935年，纳粹德国政府通过的《纽伦堡法》首先剥夺了犹太人的公民权、宗教信仰选择权；1937—1939年的一系列反犹太条例，进一步剥夺了犹太人的物权、受教育权和劳动权，犹太人被全面赶出德国的社会经济生活；"水晶之夜行动"对犹太人有组织的袭击，正式拉开了大屠杀的序幕。犹太女性同千千万万犹太人一样，沦为阿甘本（Giorgio Agamben）笔下的"牺牲人"，即被剥夺了一切权利，被驱逐、排斥、受责罚的人。他

们可以被任意杀死，杀人者不需要任何理由，也无须承担任何责任（汪民安，27）。因为他们的生命已降为"赤裸的生命"，生命所附着的各种权力、身份和意义被强权政治剥夺了。身体也随之由私人的身体变成公共的身体，降格为"动物性"的身体被宰制、处置。神圣的人权被强权政治任意踩踏，主体遭到破坏，各种社会认同丧失殆尽。正如福柯指出的那样，"这种屠杀是权力在生命、人类、种族和大规模人口现象水平上的自我定位和运作的结果"（福柯，2002：102），铭刻了国家机器对身体制裁的强权印记。

"身体既是民族国家的对象，也是民族国家自身的隐喻"（汪民安，35）。诗歌中受辱的女性身体是整个犹太民族的隐喻载体，它是犹太民族的耻辱。对女性身体的强暴，既是纳粹德国男人对犹太女人的肆意侮辱，更是纳粹政府对这个民族的强势清洗和灭绝。因此，达菲诗歌对犹太女性的身体书写，将个体的身体放置于生命政治的公共场域，"进一步呈现了犹太民族屈辱历史，揭露了强势民族在战争中打着保护自己国家利益和民族尊严的旗号，对另一个民族的野蛮掳杀，揭露了战争的罪恶性和毁灭性"（梁晓冬，76）。由此可见，当身体直接卷入战争中时，国家机器已经运用身体技术对其进行规训与惩罚，此时的女性身体已经不再是人的物质身体，而是成为叙事身体符号，镌刻了身体政治的书写印记。

第二节 "女神"的身体叙事：身体与自我的主体重构

如前所述，达菲的底层女性身体是男性宰制下的身体。男性总是将女性的身体定格在自己的凝视中，按照自己的喜好和判断来筛选、肢解、重组女性身体的社会形象。在男性话语的主宰下，女性没有辩驳的机会和话语权力，只能听凭男性的言说和评论，被动、消极地在场缺席。在诗中，达菲除了为底层女性代言、争言，更重要的是要为她们寻找"一种足以表达女性身体、性感受和女性想象的语言"（Irigaray 80）来重塑她们的身体形象。为此，她需要一个媒介来建构女性身体话语主体。传统神话与童话中的一些被宰制、被规训、被污损的女性形象为她提供了重塑主体的原型。借此，达菲可以改写传统的女性身体经验，改变传统神话、童话女性被言说的客体身份，以女性身体写作挑战男性话语权威，建构起女性身体话语体系和话语权威。《世界名人的妻子》(*The World's Wife*) 中的"小红帽"(Little Red-Cap) 就是其中之一。诗中写道：

> The silent railway line, the hermit's caravan,
> till you came at last to the edge of the woods.
> It was there that I first clapped eyes on the wolf.
>
> He stood in a clearing, reading his verse out loud
> In his wolfy drawl, a paperback in his hairy paw,
> red wine staining his bearded jaw. What big ears
> he had! What big eyes he had! What teeth!
> In the interval, I made quite sure he spotted me,
> sweat sixteen, never been, babe, waif, and bought me a drink.
>
> （4—12）

沉寂的铁道，隐士的房车
终于来到森林的边缘。
在那里，我第一次看到了灰狼。

他站在林间一块空地，用长毛狼爪握着
一本平装诗集，拖着长长的狼腔
朗读着他的诗句，红酒浸染了他腮边的胡须。
他的耳朵可真大！他还有一双大大的眼睛！
还有他那牙齿！间歇中，我敢肯定他瞧见了我。
十六岁甜美的少女，这小宝贝，从未被亲吻，流浪的小东西，他买给我一杯红酒。

在传统童话故事中，"小红帽"被刻画成一个毫无城府、天真美丽的小姑娘，受灰狼的诱骗而步入森林深处，被灰狼吞噬，幸亏有猎人及时相救而起死回生。故事中的"小红帽"始终都是一个沉默、被动的言说客体，是用来教育女孩不要轻信他人、被人利诱的反面教材；而经达

第六章 达菲：底层女性身体叙事和移民暴力叙事

菲改写后的"小红帽"，却以第一人称叙事方式占据了叙述的主导地位。她用"女性话语"来评论灰狼（实际是男性诗人代表）的体貌特征、诗歌优劣，从"被言说对象"转变为"言说主体"；她用"女性目光"来观察"灰狼"（"他的耳朵可真大！他还有一双大大的眼睛！/还有他那牙齿！"），从"被凝视"转向"凝视"，逆转了两者的主客体关系。不仅如此，"小红帽"还可以用美丽的身体引诱男诗人"灰狼"（十六岁甜美的少女/这小宝贝/从未被亲吻），在两性关系的建构中占据了主动地位。这样的"逆袭"行为，直接颠覆了男性话语对"小红帽"身体形象的构想与预制，将一个天真、烂漫、无知的少女形象塑造为一个风情万种、注重女性身体感受、大胆、主动、自我的新女性形象，因此改变了父权宰制下男女社会地位的既成秩序。男性话语对"小红帽"的身体劝诫毫无规训作用，对女性的权力关系也随之被消弭。正如评论者艾维利尔·洪娜（Avril Horner）所总结的那样，"达菲的'小红帽'探究了少女从青涩走向成熟、通过诱惑而主动进入男性创作世界的过程"（Horner 108）。然而，在笔者看来，更重要的是，"小红帽"在这样的经历后，认清了男性文学"陈词滥调"的本质，毅然与之决裂，去建构自己的诗歌传统。诗中写道：

> [...] and it took ten years
> in the woods to tell that a mushroom
> stoppers the mouth of a buried corpse; that birds
> are the uttered thought of trees, that a greying wolf
> howls the same old song at the moon, year in and year out,
> season after season, same rhyme, same reason. I took an axe to the wolf
> as he slept, one chop, scrotum to the throat, and saw
> the glistening, virgin white of my grandmother's bones.
> I filled his old belly with stones. I stitched him up.
> Out of the forest I come with my flowers, singing, all alone.
>
> (31—39, 41—42)

| 第二部分 | 当代英国诗歌的底层叙事研究

> [……] 我用了十年光阴才明白，
> 森林中的蘑菇
> 塞住了埋在地下僵尸的嘴，
> 小鸟唱着树木的歌，
> 灰狼日复一日，年复一年，
> 对着月亮，用同一种节律，同一个理由嚎叫。
> 我手执斧子，
> 劈开灰狼的肚子，
> 看见祖母的骨头闪着洁白的光。
> 我把石头填进灰狼的肚子，缝合，
> 独自走出森林，我手捧鲜花边走边唱。

上述诗句描述了"小红帽"对男性诗歌传统从接受、认知到决裂的渐变过程和心路历程。她起初迷恋灰狼的诗歌才情，主动跟随他进入男性创作世界，不惜以贞操为代价；渐渐地，她意识到男性诗歌传统对女诗人的禁锢与束缚：女诗人如森林中的"僵尸"，被象征男性诗歌传统模式的"蘑菇"封住了嘴；如同"小鸟"那样，女诗人歌唱的也不是自己的心声，而是"树木的歌"；初期令"小红帽"着迷的灰狼的诗，也不过是循环往复的陈词滥调。"小红帽"从羡慕、接受到反思、厌倦，最终选择拿起斧头，劈开灰狼的肚子，填进石头。然后毅然走出森林，逃离男性诗歌传统，边走边唱自己的歌。由此可见，"小红帽"逐渐产生了发挥女性诗歌才情、争取自己的话语权力、言说身心感受的自觉意识。这种自觉意识实际上是对福柯"对抗和倒置话语"（resistant and reversal discourse）的诗意诠释。所谓"对抗话语"，是以直接对立的态度来挑战主流真理或知识形式，以此产生新的话语、新的真理形式。所谓"倒置话语"，是通过重新评价并反转被主流话语贬义的话语、知识、主体位置来达到颠覆主流话语的目的（黄华，43）。诗人在此以"小红帽"为言说主体，通过身体体验与认知，反转了男性关于女性身体的塑形和知识架构，挑战了父权体制下男性文学的霸权地位，重新评价了男性文学传统的僵化与局限。"我手捧鲜花边走边唱"是诗人在颠覆了男性诗歌和诗学传统后，试图建构起新的女性身体形象和女性文学话语体系。

第六章 达菲：底层女性身体叙事和移民暴力叙事

达菲用"对抗和倒置话语"重构女性身体形象，还进一步表现在她对男性形象的"反英雄"书写和对女性身体书写禁忌的突破。同样，她采用神话改写形式，书写众女神的女性经验以唤醒其主体意识。如在《瑟西》(Circe) 一诗中，达菲写道：

> I'm fond, Nereid and nymphs, unlike some, of the pig,
> of the tusker, the snout, the boar and the swine
> one way or another, all pigs have been mine-
> under my thumb, the bristling, salty skin of their backs
> in my nostrils here, their yobby, porky, colognes.
> [...]
> I, too, knelt on this shining shore
> watching the tail ships from the burning sun
> like myths; slipped off my dress to wade
> breast-deep, in the sea, waving and calling;
> then plunged, then swam on my back, looking up
> as three black ships sighed in the shallow waves.
> Of cause, I was younger then. And hoping for men. Now
> let us baste that sizzling pig on the spit once again.
>
> (1—5, 31—38)

> 与那些海仙、林仙不同，我喜欢猪。
> 喜欢猪的獠牙、拱嘴，喜欢各类野猪。
> 猪，以各种方式都在我的掌控中。
> 鬃毛、猪背发咸的肉皮，都被我玩弄于股掌之间。
> 猪身上的骚味在我的鼻腔中不亚于科隆香水。
> [……]
> 曾经，我也跪在明媚的海滩上，
> 观望着船只高大的桅杆在炙热的阳光下移动向前
> 如同神话一般。我褪去衣裙向水中迈去，
> 海水将我的双乳淹没一半，我冲着船只挥手、高喊，
> 扎入水中，仰泳，抬起双眼

201

| 第二部分 | 当代英国诗歌的底层叙事研究

>三艘黑船在幽暗的波涛中叹息，
>当然，我那时还年轻，我要男人。现在，
>我来把这片嘶嘶响的肉片放在烤架上烤熟。

在古希腊罗马神话中，瑟西是个女妖。在奥德修斯一行返乡途经艾尤岛时，她盛邀水手们在岛上就餐，并在餐中下药把水手们变成了猪。奥德修斯（Odysseus）听从信使赫尔墨斯（Hermes）的建议，用草药战胜了瑟西，水手恢复人形，奥德修斯也凭借自己的坚强意志和阳刚之气赢得了瑟西的芳心——瑟西爱上了英雄并竭力帮助他返乡。这是男性话语中的"降妖记"，有着魔法的女妖最终被英雄奥德修斯战胜，从精神到肉体，她都被男性主流话语打上"被驯服"的烙印，成为规训女性的教育样本。而经达菲改写过的"瑟西"，采用的却是女性的眼光与嗓音，让男性变形为兽、让英雄蜕变成反英雄。男性在她的手下变成了猪，"獠牙""拱嘴""猪鬃""猪背"等身体的各个部件都被她玩弄于股掌之间，成为被统辖、被控制的客体。他们不仅不能恢复人形，还被当作食材来烹煮，以此满足女性的味蕾需求，对英雄的崇拜也被这种"黑色幽默"消解了。

与此同时，瑟西还大胆书写了女性的情欲。"男性话语霸权下的社会文化结构，剥夺了女性的欲望和表达欲望的权力"（Irigaray 90）。因此，在传统神话中，瑟西的肉体臣服只缘于对英雄的崇拜，无缘于女性欲望的追求与告白。而改写后的瑟西则主动描述对男性的欲望追求："我""曾经跪在明媚的海滩，褪去裙衫，让自己的双乳在海水中若隐若现，仰泳、冲着航行的水手挥手、呐喊"——这一系列的举动都充满女性诱惑，充满来自女性力比多（libido）的原始活力和冲动。"我需要男人"是瑟西作为言说主体，对身体欲望的直接表白。"那时我还年轻，现在让我把这片嘶嘶作响的肉片放在烧烤架上烤熟"则表现出成熟后的瑟西对英雄的彻底抛弃。

达菲对女性身体经验的重构，还表现在对古希腊罗马神话中海洋女神忒提斯（Thetis）故事的改写。在原神话中，忒提斯是众神之王宙斯（Zeus）追逐的对象。先知预言，忒提斯将来会生下比神王还强大的孩子，宙斯听闻后十分害怕，便把她嫁给了密尔弥冬王佩琉斯（Peleus）。

| 第六章 | 达菲：底层女性身体叙事和移民暴力叙事

因为他们夫妇没有邀请不合女神厄里斯（Eris）参加婚礼，忒提斯遭到了报复。厄里斯暗中在欢快的人群中扔下一只金苹果，说是献给婚礼上最美丽的女人，引发了"金苹果事件"，埋下了特洛伊战争的隐患。忒提斯和佩琉斯的儿子阿喀琉斯（Achilles）后来也卷入了这场战争。尔后，忒提斯曾以色相求助于宙斯，祈求神王帮她儿子在战争中重获荣耀。

从上述概要来看，这个海洋女神是用第三人称视角来描述的，是男性主流话语对她的形塑：被宙斯追逐的情欲对象、被嫁的新娘、遭暗算的受害者、战祸的替罪羊、有爱的母亲。忒提斯没有言说自己的权力，只能被动地接受宙斯对她生活的各种安排，唯一主动的是将阿喀琉斯倒提着在天火中历练，为了儿子的荣耀，不惜以色相求助于宙斯。而在达菲的诗作中，忒提斯却是以第一人称的主体形式来言说自己各种受迫害遭暗算的经历。诗中写道：

> I shrunk myself
> to a size of a bird in the hand
> of a man.
> Sweet, sweet, was the small song
> that I sang,
> till I felt the squeeze of his fist.
>
> （1—5）
>
> 我缩成男人手里一只鸟
> 的大小。
> 我唱着，
> 甜蜜、甜蜜的歌
> 直到我感觉到他的拳头在挤压。

海洋女神自知在男人手心中不得脱逃，于是将自己的身体缩成一只"小小鸟"，"轻声唱着甜美的歌"，竭尽全力去取悦于男人，却发现仍不能免除被蹂躏的结局。于是，她扛起"信天翁的十字架"（Cross of the Albatross）跟随船只远行，她的翅膀却在弓箭手的瞄准中（the squint of

203

the crossbow's eye)。她转而变成一条蛇，蛰伏于巫师的膝头上（charmer's lap），却发现自己被扼住脖颈几近窒息（the grasp of the strangler's claps at my nape）。接着，她愤怒地将自己变成一只食肉的猛禽，下巴里还吞着斑马的血块（Zebra's gore raw in my lower jaw）。但她再有火眼金睛，也逃不出猎人的枪口；她把自己变成美人鱼、海鳗、海豚、鲨鱼，但还逃不过渔民的铁叉、渔镖；她让自己变成白鼠、鼬鼠、臭鼬、浣熊，但也逃不出被制成标本的命运（taxidermist）。这位海洋女神无论如何变形身体取悦男人，都挣脱不掉他们的控制和蹂躏，她终于意识到只有身体和自我足够强大，才能挣脱男人的魔爪。女神要让自己的身体充满"一种积极、向上的能量，活跃、自我升腾的力量。强健、有力、充盈、高扬、攀升，为自己的空间扩充，为自己的主宰能量扩充"（汪民安，2004：8）。她要让身体成为与世界、自我联系、认知的纽带与桥梁，要凭借身体和内部的能量，对自我和"世界做出解释和评估"（同上），于是，她勇敢地置自己于天地之间，在辽阔宇宙中修炼魔法，超越凡胎肉身：

> I was wind, I was gas,
> I was all hot air, trailed
> clouds for hair.
> I scrawled my name with a hurricane,
> when out of the blue
> roared a fighter plane.
>
> (37—42)
>
> 我是风，我是气，
> 我浑身都是热气，追逐云
> 作我的长发。
> 我用飓风写下了我的名字，
> 突然间，长空中
> 一架战斗机轰鸣。

遭迫害的女神从大自然中获取动力和能量，从屠弱的鸟、爬行的蛇、水中的鱼、地上的鼠，摆脱了沉重的肉身，淬变为风、火、雷、电和一

第六章 | 达菲：底层女性身体叙事和移民暴力叙事

架怒吼的战机，并用飓风划出自己的名字，重新界定自我、自我命名。众所周知，"命名"意味着享有界定、统辖客体对象的权力。在《圣经·创世纪》中，上帝赋予了亚当为万物命名的权力，实际上确立了人统辖万物的主体地位。亚当称夏娃为"女人"，是因为女人是他的血中之血，骨中之骨，寓有"我的人"之意，夏娃从身体发肤始，就隶属于亚当，从身体的本源关系上就确定了要被亚当统辖的客体地位。由此可见，命名权的变更，必将发生主体位置的改变，更预示主/客体权力关系的改变。忒提斯的自我命名，表明女神要从改变身体入手，从本源上改变自己被统辖的客体地位，改变与男性的权力关系。

> Then my tongue was flame,
> My kisses burned,
> but the groom wore asbestos.
> So I changed, I learned,
> turned inside out—or that's
> how it felt when the child burst out.
>
> （43—48）
>
> 然后我的舌头变成了火焰，
> 我的吻燃烧了，
> 但是新郎穿着石棉。
> 所以我改变了，我学会了，
> 从里到外——或者说
> 当孩子出世时，他的感觉。

然后，海洋女神用"烈焰般的舌头""燃烧着的吻"去融化改变她的新郎，但对方却身穿"石棉瓦"衣，水火不容，刀枪不入。据此，她知道不可能借助男性的力量去改变命运，只能调动自己雌雄同体的原始活力，自力更生，创造属于自己的生命奇迹——她横空出世的孩子或许能够感知母体彻头彻尾的改变。

从上述文本的解读中，我们获知，忒提斯的自述是对传统神话对女性身体塑形的反转与颠覆，而这种颠覆所采用的是女神自己的话语和声音。借此，诗人试图借此证明，男性话语塑形并非亘古不变，而是完全能够用女性话语进行颠覆反转，而颠覆反转则需要女性在话语实践中改变话语的权力关系。按照福柯的话语理论，权力话语既可将个体塑造成所需要的社会形象，也可颠覆对个体社会形象的塑造。这是由于话语本身蕴含了抵抗力量："有真理话语就有挑战真理的话语；有主流话语，也就有边缘话语，在话语内部因为权力的参与而使这些不同的话语处在流动、对抗状态。话语权力的交错移位也因此依赖话语实践来实现"（转引自黄华，42）。因此，诗人用第一人称主体视角，让女神自述被男性话语控制、规训、塑形的个体经验，表达对这些遭遇的愤怒与不满。在此基础上，女神又在心理、身体和情绪等方面从"卑微、孱弱、被动"的自我认知中扭转过来，与"强大、勇猛、独立"等新的自我认知进行主体对接与认同，从而自我重塑一个强悍无比、具有雌雄同体原始创造力的新女神形象来消解男性主流话语对她的社会形象塑造。

"美杜莎"（Medusa）是又一个以身体翻转男性话语妖魔化身体塑形的典型案例。诗中写道：

> A suspicion, a doubt, a jealousy
> grew in my mind,
> which turned my hairs on my head to filthy snakes
> as though my thoughts
> hissed and spat on my scalp.
>
> (1—5)

> 怀疑，疑惑，嫉妒
> 在我心中成长，
> 把我头发变成了肮脏的蛇
> 我的思想也如毒信
> 发出嘶嘶声，吐在我的头皮上。

在希腊神话中，美杜莎是戈尔贡（Gorgon）家族三姐妹之一，曾经是个天真美丽的少女。因受海神波塞冬（Poseidon）引诱，她在神庙里与之野合，失去了贞操。此事激怒了女神雅典娜，她诅咒美杜莎变成丑

| 第六章 | 达菲：底层女性身体叙事和移民暴力叙事

陋的妖怪，让她的头发变成毒蛇。因嫉妒她的美貌，防止其他男人再与她有染，雅典娜还诅咒任何与美杜莎眼神相遇之人，都瞬间化为顽石或死亡。为了利用美杜莎眼神的杀伤力，英雄珀耳修斯（Perseus）砍下了她的头颅插在雅典娜盾牌上，以化敌为石。这恰恰印证了福柯的身体政治观点，即身体是权力的对象和目标；身体可以被操纵、被塑造、被规训、被驾驭，因而形成一种强制身体的政策（汪民安，2004：181）。诗中的美杜莎就被操纵控制了身体、被塑造成一个邪性却能量巨大的妖魔形象。对她这样形塑，是男性主流话语借雅典娜嫉妒、猜疑之心，对失去贞洁女性的惩罚。这种惩罚首先表现在对美杜莎身体的改造和变形：让这个美丽少女变形为丑陋妖怪，剥夺她容貌的美丽；让她的头发变形为蛇，让她的眼睛具有化人为石的魔力，驱赶任何试图接近她的男人，以此剥夺她做女人和母亲的欲望、权利；他们残忍地砍下她的头颅，插在盾牌上以击退劲敌，毫无人性地把她当作御敌工具来使用。正如福柯在《规训与惩罚》中所阐述的那样，对人的惩罚与规训，首先是对身体的惩罚与规训，让身体"直接卷入某种政治领域；权力关系直接控制它，干预它，给它打上标记，强迫它完成某些任务，表现某些仪式或发出某种信号"（福柯，1999：26）。从传统神话中，我们看到男性权力对美杜莎身体的直接控制、干预和打造，赋予她妖孽的罪名，让她变形成为符合规训要求的邪恶妖怪形象，强迫她完成退敌的任务，令她成为祭奠贞操的牺牲品。

　　经过达菲改写后的美杜莎，则是在第一人称的状态下进行主体叙述的。根深蒂固的传统男性话语塑形，使她仿佛在认知上接受了妖魔化的形象，反思是自己心中的"怀疑、疑惑、嫉妒"而使头发变成了"肮脏的毒蛇"，自己的思想如同"毒信"一样，发出咄咄逼人的"嘶嘶"声响。这个妖魔形象，似乎已经进入美杜莎的意识层面，沉淀在她个体的情感和心理结构中。然而，诗人笔锋一转，让我们听到了女神的另一种声音：

> My bride's breath soured, stank
> in the grey bags of my lungs
> I'm foul mouthed, foul tongued
> yellow fanged.

There are bullet tears in my eyes
Are you terrified?

(6—11)

我新娘的呼吸变酸了，
在我肺部的灰色袋子里，臭了
我满嘴脏话
黄色獠牙。
我的眼睛里有子弹的眼泪
你害怕吗？

美杜莎的这番自我言说，是对男性话语塑形提出的有力挑战。挑战的利器是她被污损的身体：作为海神波塞冬的新娘，她用"污浊的气息""污秽的嘴""腐烂的舌""发黄的獠牙""子弹的眼泪"来吓退她的新郎。这位曾经天真美丽的少女，被波塞冬引诱而失去贞操，但受惩罚的并非引诱者而是被引诱者。她要用她被污损的身体器官，更加邪性、恶毒地来恐吓和报复抛弃、背叛她的男神，来挑衅男性主流话语对她的变形与污名化。

Be terrified.
It's you I love
perfect man, Greek God, my own;
But I know you'll go, betray me, stray
from home.
So better by far for me before you were stone.

(12—17)

我要让你恐惧！
我爱的人是你
完美的人，希腊的上帝，你是我的。
但我知道你会离开，背叛我，
去流浪
在你还没变成石头之前，最好对我好点儿。

第六章 达菲：底层女性身体叙事和移民暴力叙事

传统神话中一贯沉默不语的美杜莎，此刻充满自信地声称她一定会"让波塞冬惧怕"。同时，她向自己的男神大胆表白也大胆索要爱的回报。在这样的话语场域内，她以自己的话语行为改变了主流男性话语和被压抑的女性边缘话语之间的权力关系。她用爱的宣言和索取逆转了传统神话中男女之间的主动和被动关系，颠覆了用以规训和惩戒女性的贞洁观，自我塑造出一个能量强大、邪性十足、敢爱敢恨的新女神形象。

女性主义批评家伊利格瑞曾评论说，"男性话语霸权让女性处于迷茫之中，不了解自己到底想要什么，只能归顺于既有的社会话语秩序"（Irigaray 90）。而经过达菲改写的美杜莎，是一个面带邪恶微笑的女神。她不甘心归顺既有的社会话语秩序，努力争取表达自己欲望的权利。为了证实自己强大的邪恶力量，她继续说道：

> I glanced at a buzzing bee,
> a dull grey pebble fell
> to the ground.
> I glanced at a singing bird
> a handful dust gravel
> spattered down.
>
> I looked at a ginger cat
> a house brick
> shattered a bowl of milk.
> I looked at a snuffling pig
> a boulder rolled
> in a heap of shit.
>
> （13—24）
>
> 我瞥了一眼嗡嗡作响的蜜蜂，
> 一颗暗灰色的鹅卵石掉
> 在地上。
> 我瞥了一眼唱歌的鸟

一把沙砾
溅落下来。

我看了一只姜黄色的猫
房屋砖
打碎了一碗牛奶。
我看着一只哼哼的猪
滚动的巨石
落在一堆狗屎里。

美杜莎目光所及的强大杀伤力,原本是男性主流话语强加于她的邪恶势力。她的身体进入了一个"探究身体、打碎身体和重新编排身体形象的权力机制"(福柯,1999:156),而且,这种权力机制迫使美杜莎服从、认同和接受这样的形象。但是,权力话语既然可以塑造个体,也可以解构和重塑个体。"在话语权力关系内部,可以对个体重新组合塑造,使个体成为可以表现话语的主体"(Weedon 112)。因而,达菲改写后的美杜莎,一方面接受了这种妖魔形象,另一方面顺势将这种邪恶的魔力发挥到极致:让生灵万物统摄在她的目光下,包括"嗡嗡叫的蜜蜂、正歌唱的小鸟、要喝奶的猫、哼哼叫的猪",让它们瞬间变成顽石,并以此威慑、要挟波塞冬。传统神话中,美杜莎的目光杀伤力是被利用的工具,而改写后的美杜莎,却主动将目光投向万物生灵,发挥主观能动性,建构自己邪恶强大的主体。

And here you come
With a shield for a heart
and a sword for a tongue
and your girls, your girls.
wasn't I beautiful?
wasn't I fragrant and young?
Look at me now.

(20—26)

第六章 | 达菲：底层女性身体叙事和移民暴力叙事

> 现在你来了。
> 带着一颗护心盾
> 和割舌剑
> 还有你的女孩，你的女孩。
> 我以前不是很漂亮吗？
> 我是不是又芬芳又年轻？
> 你现在看着我。

从上述节选中，读者看到，波塞冬背后成群的姑娘，触发了美杜莎对清纯少女时代的回顾和眷恋，展示了她美丽阴柔的一面。她令人心酸地发问——"我以前不是很漂亮吗？/我是不是又芬芳又年轻？"——是对美的向往、对爱情的追求和渴望。然而，波塞冬手里的"护心盾""割舌剑"和身后成群的新欢令她感到爱的绝情和绝望，她再次硬起心肠，喝令他"你现在看着我"，要将他化为顽石。

由此可见，"美杜莎"是一个走出传统神话、有血有肉、敢爱敢恨的新形象。她掌握了话语权力，从身体、心理、情绪、意识等层面不断修正、打造自己，从被动、妖魔化、邪恶的客体位置逐渐走向主动示爱、强势、祛魅化的主体位置，并在这样一个打造过程中消解、对抗传统神话对自己的形塑，争取自己的社会、政治、文化地位。由此，诗人试图再次印证，女性形象是被权力话语塑造出来的，反过来也能够抵制和反抗话语权力。话语权力的更替给了传统神话中被抑制的女性发声机会，她们用"我说"颠覆既有的男性话语塑造，进而创造出有时代印记的女性话语和女性主体。

在诗集中，我们还听到皮格马利翁（Pygmalion）的妻子加拉泰亚（Galatea）的声音。在古希腊罗马神话中，皮格马利翁是塞浦路斯国王，擅雕刻。他不喜欢凡间女子，发誓永不结婚。他用神奇的技艺雕刻了一座美丽的少女像。在夜以继日地工作中，皮格马利翁把全部的精力、热情、爱恋都赋予了这座雕像。他像对待恋人那样抚爱她，装扮她，为她起名加拉泰亚，并向神乞求让她成为自己的妻子。爱神阿芙洛狄忒（Aphrodite）被他打动，赐予雕像生命，并让他们结为夫妻。据此，人们得知，加拉泰亚是男性塑造的一个被动形象——一个没有生命、没有欲望、没有情趣的石雕少女。在"皮格马利翁的新娘"(Pygmalion's Bride)中,加拉泰亚却演化为主动表达情欲的女人。在诗中,她自我陈述道:

> So I changed tack,
> grew warm, like candle wax
> kissed back,
> was soft, was pliable,
> began to moan,
> got hot, got wild
> arched, coiled, writhed
> begged for his child
> and at the climax
> screamed my head off—
> all an act.
>
> (39—49)

> 因此,我改变了策略,
> 像蜡一样温暖
> 回吻,
> 柔软,柔韧,
> 开始呻吟,
> 变热了,变野了
> 拱起身子、盘绕、扭曲
> 乞求怀上他的孩子
> 在高潮时
> 我的叫喊声能把头拧下
> 这一切都是行动。

达菲在这里把加拉泰亚塑造成一个更加直白的"情欲化"女性。在传统男性话语体制内,莫要说女性大胆表达自己的身体经验,她们连自我表白的机会都不曾赋有。女人被驱逐在话语权力之外,一如几千年来女性的身体被放逐一样,女性情欲的表露必定是传统话语的禁忌,是要被禁止被遮蔽的话语。达菲笔下的加拉泰亚,无疑又是男性统治话语的有力挑战者,是对压抑女性肉体和情欲的文化秩序的颠覆。她直白地表达性感受,打开自己的身体,享受性高潮带来的快感,由一个没有任何知觉的石雕女主动转变为血肉之躯,让身体的感受进入女性话语来展现生命潮汐的涌动与原始活力。她的身体充斥了欲望、能量和意志。"身体的欲望和能量既可能遭到禁闭,也可以摧毁禁闭"(汪民安,2004:12)。加拉泰亚"遭到禁闭"的身体冲破禁闭,在生命的高潮中,激动地叫喊着,脑袋都快掉下来,她在尽情释放身体的欲望和能量,让升腾的女性力比多冲出传统禁忌。这让人再次想起法国激进女性主义者埃莱娜·西苏(Helene Cixous)对女性书写的召唤,"你为什么不写?一定要写!女人为自己而写。身体是你自己的,拿去享用吧。书写你自己,你的身体之音一定要传遍世界!只有这样,你无意识的生命之泉才会涌动,生命的能量才能在世界上发散。你不可估量的价值才能体现,旧的游戏规则才会改变"(Cixous 876—880)。书写让女性重新认识自己的身体,纠正男性知识话语对女性身体的歪曲,摆脱男性话语霸权的禁锢,释放出女性生命能量的力比多,建构起以女性为主体的话语体系、灵肉一体的女性世界。

达菲诗歌中的女性身体经验书写,传承了阿德丽安娜·里奇(Adrienne Rich)的女性主义思想。在"论女人的诞生"(Of Woman Born)一文中,阿德丽安娜指出:女人不应视自己的身体为生命之劫数,而应该视之为生命能量来源。为了丰富人生,女性不应刻意囚禁自己的身体,而应将身体作为生命的整体机能来触发,作为自然秩序来回应,作为心智的载体来珍重(Rich 39)。达菲也同样反对男性话语中的身体厌恶论,告诫女性应该正确地对待自己的身体,懂得欣赏女性身体之美,重新审视女性身体和经验的价值、意义。她在"教皇琼"(Pope Joan)这首诗中写道:

> So I tell you now
> Daughters or brides of the Lord,
> That the closest I felt
>
> to the power of God

was the sense of a hand
lifting me, flinging me down,

lifting me, flinging me down,
as my baby pushed out
from between my legs

where I lay in the road
in my miracle,
not a man or a pope at all.

(18—29)

现在让我来告诉你,
我主的女儿或新娘:
我最真切地感受到

上帝的力量
如同一只巨掌
将我举起,放下

放下,举起
直到我的婴孩
从两腿间挤出。

我当街躺着
躺在我的奇迹中
不是男人,也不是教皇。

"教皇琼"打破了传统诗歌的女性生育禁忌,叙述了生产的亲身体验:她悉心体验生产过程中来自女性身体内部的感觉,感受了巨大的生命冲击力,体会到了女性身体的神圣性、使命感和崇高感。"我躺在我的奇迹中/不是男人/也不是教皇",这是"琼"对怀孕生产的本体论认识。在此过程中，她认识到女性身体是新生命的缔造者、承载者和诞生者。生育强化了她对自身、自我的认识，有助于自我建构。通过生育，她增强了对自己身体的认识；通过生育，她增强了对身体欣赏的程度与表达；通过生育，她增强了自信心；通过生育，她增强了母性神圣感和家庭责任感。诗人在书写中认证了这种独特的生命体验，叙述者在言说中强化了生命和自我的主体意识。

由此可见，达菲致力于重构底层女性身体形象，为被压迫的女性代言，而身体形象的重构需要艺术想象和艺术再现。她借助神话中不能言说的女性形象，重新书写属于她们自己的身体感受和身体经验，书写她们的身体诉求。这样的改写是女性艺术、权力意志的布展。艺术、权力意志和生命不可分割。权力意志赋予艺术展示生命的机会，生命的艺术展示必定是具体、感性的，它附着于身体。因此，权力意志和艺术、生命和身体具有同质意义。正如谢有顺所总结的那样，"文学身体叙事不是灵魂的虚化，也不是肉体的崇拜，而是肉体紧紧拉住灵魂的衣角，在文字中自由地安居"（谢有顺，212）。

综上所述，达菲诗歌的女性身体叙事折射的是女性话语与男性主流话语抗衡的性别、政治权力关系，是不断解构男性对女性身体形象话语霸权的过程。这种叙事表达了"女性身体的感受，使女性身体逃脱了男性赋码的桎梏，挑战了男性对女性形象的预制与期盼，进而锋芒指向了整个男性话语体系，指向了父权的象征秩序"（南帆，2011：39）。通过身体叙事，达菲不仅言说了底层女性身体被压制、被窥视、被规训、被剥夺了所属权的遭遇，而且通过身体的认知来激发女性的自我意识、生命活力和创造性，以此"抵御被男权文化的性别歧视污染了的女性知识，让女性自我的意识从女性自然身体的私有感中生长起来"（邓芳，112），用主体身份言说自我、建构自我、确立自我的身份地位。达菲的女性身体叙事建构出底层女性的身体话语体系，不仅实现了身体与自我的主体重构，同时还达到了女性精神性别的高度，构成了当代英国女性诗歌的独特文化景观。

第三节 "移民"的暴力叙事：
身份焦虑的暴力诉求

一如关注底层女性的生存境况，达菲也关注那些默默无闻、命运多舛、苦难卑贱的底层移民，再现他们的"暴力"生活，关注他们由"良民"演化为"暴民"的心路历程。这些移民是走进历史便"注定要消失得无影无踪的芸芸众生；与历史的宏大叙事相比，他们的个体存在也就只是一个个灰色的片断。但恰恰是这些黑暗中的存在片断，才是历史存在的真实层面，才是拒斥总体历史观的一种反向构序和抗争"（张一兵，29）。达菲通过戏剧化独白形式，让这些躲在历史背阴的暴民"光明正大地走到历史构境的前台上来"，言说自己施暴的过程，袒露自己灵魂扭曲的心理感受，以非主流、反社会的暴徒形象，"从被历史遗忘的边缘中释放出来"（张一兵，29）。最具代表性的，是《站着的裸女》中的一首自白诗"教育为休闲"（Education for Leisure），诗中写道：

> Today I am going to kill something. Anything.
> I have had enough of being ignored and today
> I am going to play God. It is an ordinary day,
> a sort of grey with boredom stirring in the streets.
>
> （1—4）
>
> 今天我要开杀戒，杀什么都行。
> 我已被忽视很久，今天
> 我要做回上帝。这是个平常的日子
> 灰色的沉闷在街上抖动。

这首诗是一个被社会长期忽视、边缘化的底层人充满暴戾、狂妄气息的自白。自白者生活没有目标，人生没有动力，生命的底色如同"沉闷的灰色"，弥漫着绝望的、玩世不恭的情绪。他受够了这种生活，要做一回"上帝"，统摄天下，手握生杀大权，大开杀戒。

第六章 | 达菲：底层女性身体叙事和移民暴力叙事

> I squash a fly against the window with my thumb.
> We did that at school. Shakespeare. It was in
> another language and now the fly is in another language.
> I breathe out talent on the glass to write my name.
>
> （5—8）

> 我用拇指碾死窗户上一只飞虫。
> 上学时常这么干。莎士比亚。
> 说的是另一种语言，这只飞虫说的就是另一种语言。
> 我哈出一口灵气，在玻璃上写下我的名字。

诗中的施暴对象首先是趴在窗户上的一只飞虫。这是自白者上学时惯常的做法，因为这只飞虫和莎士比亚一样，操着另一种语言，这种语言不属于自白者自己。据此，人们不难判断，身为移民，叙事者游离于主流社会、文化之外，身份不被认同，语言和文化不被接纳，才华不被认可，处于两种文化的中间地带。"直至今日，有时我自梦中醒来，我注视着镜中的我，我不明白为何我眼中的自己与旁人眼中的我是如此地截然不同。我想做的事会因为我的外形而受阻，天上众多繁星，我却不是其中之一"（冯品佳，69）。这段自白虽来自一位中国移民，讲述的是他在美国所遭遇的种族歧视与排斥，它也印证了移民在异地共通的情感体验：孤独、迷茫、遭受歧视、忍受冷漠和屈辱。诗中的自白者"哈出一口灵气，在玻璃上写下自己的名字"，和前述的中国移民一样，怀有被主流社会接纳、认同的强烈渴望。但这样的欲求并不能实现，遭遇的孤独、迷茫、歧视、冷漠和屈辱有增无减，他积攒的压抑情绪急需一个出口。当这个出口不是正常的诉求渠道时，便会衍生为暴力。

> I am a genius. I could be anything at all, with half
> the chance. But today I am going to change the world.
> Something's world. The cat avoids me. The cat
> knows I am a genius and has hidden itself.
>
> （9—12）

> 我是个天才。只需给我一半机会
> 我必定能成大器。但是今天我要改变世界。
> 弄点动静就是世界。家里的猫躲着我。这只猫
> 知道我是天才，赶快把自己藏了起来。

在这里，人们可以听见叙事者施暴前的自白：他自认是天才，可是没有施展天分的机会。他被社会埋没，如同一颗沙砾或一个石子，不被人注意。但是，他声称自己一定要改变世界，要弄出点动静，要让世人知晓。他充满杀气的形象和语气，吓坏了家里的猫。为避免受害，猫自己藏了起来。这个被社会遗弃的外乡人，在主流文化世界里，没有自我表达的话语权力，没有倾听自己申述的对象，孤独、怀才不遇，被迫拘囿在家庭狭小的空间内，处于精神崩溃的边缘。表面上来看，这是近乎疯狂的内心独白，实际上，这里有一场看不见硝烟的战争：自白者在自我言说，同时也在对社会言说。他的言说个体对社会"构成一种力量对抗、一种话语对峙，或者说，一种权力关系、一种异质性势力之间通过话语进行的战斗"（张一兵，27）。当个体诉求不能得到实现时，他的战斗武器仍然是暴力。

> I pour the goldfish down the bog. I pull the chain.
> I see that it is good. The budgie is panicking.
> Once a fortnight, I walk the two miles into town
> For signing on. They don't appreciate my autograph.
>
> （13—16）
>
> 我把金鱼倒进马桶。我拉动冲水链。
> 我看这很好。家里的鹦鹉吓坏了。
> 每隔两星期，我步行两英里去城里
> 去做失业登记。没人欣赏我的签名。

从诗中看，他的暴力范围还控制在家庭空间之内，控制在对家养动物（猫、金鱼、鹦鹉）的生命威胁与伤害。他在家中扮演上帝的角色，把家中的小动物当作可以宰制、统辖的对象，通过暴力非法夺取这些动

第六章 达菲：底层女性身体叙事和移民暴力叙事

物的生命，以发泄失业、贫困、卑贱带给他的焦虑和张力。

> There is nothing left to kill. I dial the radio
> And tell the man he's talking to a superstar.
> He cuts me off. I get our bread-knife and go out.
> The pavements glitter suddenly, I touch your arm.
>
> （17—20）
>
> 家里已没有什么可杀。我拨通了电台的号码
> 我对他说你是在跟一个超级明星讲话。
> 他挂断了我的电话。我拿起切面包的刀出门。
> 人行道上的灯突然闪亮，我碰了你的胳膊。

当家庭范围内的暴力还不足以宣泄他的压抑时，他走向了社会。他先打电话给电台，告知对方自己是超级明星，似乎要自我证明身份与才华，并妄想通过电台博取社会认同，但被当作痴人说梦的疯子。人们普遍认为，"疯人的话语只是幻觉，是胡思乱想，自高自大带来的幻觉，是纯粹的地道的疯狂"（福柯，1998：12）。因此，没人愿意倾听一个疯子的胡言乱语。绝望中，他抄起一把切面包的刀，走出家门，在路边人行道上，截住了一个路人，用暴力相威逼，强迫对方倾听他的暴力诉说。诗人通过施暴者的自白，戏剧化地呈现了社会底层的外乡移民在生存环境的重压下，人格的分裂、心灵的扭曲和道德的撕裂。从自白者的叙事语言来看，他似乎并非一开始就生活在社会底层。他的语言规范、准确、流利，还能够模仿《圣经》的语言风格，说明他受到过良好教育。从外乡移民到此地，他处于一种"流散"状态，先前的体面生活和当下苦难卑贱的底层生活形成了强烈反差。孤独、失落与丧失文化身份所造成的尴尬处境使他心理的天平逐渐倾斜，人格逐渐扭曲，从理性逆变到疯狂，从斯文变为狂暴，从在家庭虐待宠物发展到在社会对人施暴，逐步走进了罪恶的深渊。

这个移居英国的小人物的生存现状，折射的是英国20世纪80年代移民的社会问题。1979年，保守党上台执政，撒切尔夫人出任首相，面对困难重重的经济形势，130多万人的失业人口，政府对外国人的政策也发生了明显变化：他们一方面立法严格限制移民的入境；另一方面在

| 第二部分 | 当代英国诗歌的底层叙事研究

私有化、福利制度改革背景下，对移民实行了更严格的社会服务限制。1980—1982年间，英国舆论界又广为议论对移民亲属入境的限制问题。1981年颁布的新国籍法，使得原先可以入境并在英国长期居留的大部分外国人受到排斥。1988年初，政府又提出新的移民法草案，进一步限制了居住在英国的英联邦国家的公民权利（续建宜，25—26）。这些政策决定了移民边缘化的社会地位。移民居住区通常也是城市的贫民窟，无论是教育、医疗还是文化领域，他们享受到的资源与本土英国人有着很大的差距，"平等只是停留在语言上"（李霞，65）。学者王涌总结说，"纵观战后英国移民政策的演变历程，可以看出，面对战后到来的英联邦移民潮，种族情结最终压倒了联邦理想。英国的移民政策以包容开始，在经历了包容与排斥的徘徊后，最后以排斥告终，具有明显的种族歧视色彩"（王涌，55）。在这样的移民环境下，诗中的"外乡人"在英国不但社会福利、公民权利得不到保障，连最基本的生活条件也不能保证（"每隔两周去做登记"表明他长期处于失业状态），遑论身份和文化的认同、社会地位的提升。由此可见，他从文弱书生转变为乖戾暴徒，与他所处的社会、政治、文化环境有密切关系。

如果说"教育为休闲"这首诗呈现的是外乡人的"显性暴力"，而在《站着的裸女》诗集中，"自由意志"（Free Will）这首诗表现的则是外乡人自虐般的"隐性暴力"，一种母语文化的自戕。诗中的女性叙事者，为了融入主流社会的语言文化，努力压抑自己对故乡的思念和对母语文化的依恋，刻意忘却自己的乡音土语。诗中写道：

> The country in her heart babbled a language
> She could not explain. When she had found the money
> She paid them to take something away from her.
> Whatever it was she did not permit it a name.
>
> (1—4)
>
> 她心中的家乡在嘟嘟囔囔说着一种语言
> 她无法解释。要是有了钱
> 她一定付钱让他们拿走。
> 不管它是什么，她都不允许自己为它命名。

第六章 | 达菲：底层女性身体叙事和移民暴力叙事

从上述诗节来看，尽管母语在心中喋喋不休，但叙事者一直试图说服自己把它忘记，情愿用金钱抹去对过去的记忆。她要斩断与母语文化的联系，甚至不愿意来解释其中的原因，更不愿意正面应对。诗中表面上在写一个"忘宗背祖"之人，实际上呈现的是这个外乡人内心的矛盾与纠结，她面临的困境是主流语言文化同她自己的民族语言文化的排斥和对立。正如吴国杰所言，"移民一旦离开过去生活的空间，有关过去的意识只能依赖于记忆，因此，移居国的文化环境是否有利于记忆的延续和恢复决定了移民文化身份的不同选择"（吴国杰，60）。德国文化记忆理论家阿斯曼（Aleida Assmann）也指出，"记忆的另一个功能是重建，它是以连续性的中断为前提的"（阿斯曼等，20）。诗中的叙事者所处的文化环境，不利于她选择保留自己的母语和文化，不允许她跟过去再有联系，她必须以记忆的"连续性中断为前提"，抹去和删除自己的母语和文化，接受并融入主流文化，以此重构文化身份、求得相应的社会认同。然而，身居异乡，回忆是游子缓解乡愁最有效的方式，留存乡音是与过去最直接的联系。要她生生了断与过去的关联，删除记忆，铲除自己的语言和文化之根，对她来说，是一种锥心的痛苦，要经历一种近乎自虐的暴力过程：

> It was nothing yet herself grieving nothing.
> Beyond reason her body mourned, though the mind
> Counseled like a doctor who had heard it all before.
> When words insisted they were silenced with a cigarette.
>
> （5—8）
>
> 这没什么，她也没有为此忧伤。
> 无缘无故地，她身体却在哀伤，尽管心智
> 如同听了无数遍诉说的医生那样，在劝导。
> 忧伤的土语坚持要出现时，一支香烟让它沉默。

叙事者起先的语气似乎风轻云淡，在说服自己不必为此悲伤。但内心的哀痛却全然不顾理性的劝导，訇然崩陷。虽然她也在不停劝解自己抹去家乡的记忆，删除母语词汇的库存，但她不能控制自己对母语的怀

念，只能抽烟缓解这种思念和抑制痛苦。作为移民，她要生存下去就必须遵循现实主义和实用主义的处世原则，必须接受主流文化的同化，接受主流价值体系对她的挟持和转变，否则，她的身份就得不到认同，也不能拥有相应的社会地位和公民待遇。她无法在乎也无法追寻自己的文化之根，相反地，她必须把自己的母语语言文化连根拔起，尽快完成"英国化"的转变。尽管如此，她在英国人眼中，也只能是"一个有瑕疵的仿制品，虽然英国化了，却不是英国人"（李琼，56）。

>Dreams were nightmare. Things she did not like
>To think about persisted in being thought.
>They were in her blood, bobbing like flotsam;
>As sleep retreated they were strewn across her face.

(9—12)

>梦是梦魇。她不喜欢思考的东西
>偏偏要去思考。
>它们在她的血液里，像浮物一样漂动着；
>随着睡眠的消退，散布在脸上。

虽然按照斯图亚特·霍尔（Stuart Hall）的观点来看，"文化身份是有源头、有历史的。与一切有历史的事物一样，它们经历了不断地变化。它们绝不是永恒地固定在某一本质化的过去而是屈从于历史变化"（转引自李琼，57）。因而，文化身份显然不是一个永恒的主体，而是一个屈从历史发展变化的流动主体。但是，叙事者被这样的屈从折磨得遍体鳞伤，夜夜噩梦，不得休眠，因为那是她的文化基因，已经渗透在她血液里，难以抹去。现在，她要自我了断文化血脉，自我否定，抛弃过去生活经历中熟悉、稳定、安全的自我，抛弃连贯稳定的认知模式、民族情感、文化心理、历史记忆以迎合主流文化的价值取向和语言法则与规范，让自己蜕变为"英国人"。这样的痛苦和焦虑将她逼向精神崩溃的边缘，还不足向外人道，只能自己内化，衍生成自我暴力。诗中写道：

| 第六章 | 达菲：底层女性身体叙事和移民暴力叙事

> Once, when small, she sliced a worm in half,
> Gazing as it twinned beneath the knife.
> What she parted would not die despite
> the cut, remained inside her all her life.
>
> （13—16）
>
> 小时候，有一次，她把一条虫子切成两半，
> 看着它在刀下缠绕。
> 她切断的虫子不会死
> 但伤口终生留在她心头。

叙事者看似虐杀了一条虫子，实际这是她的精神虐杀。叙述者回忆小时候，她用刀把一条虫子切成两段，并凝神观看刀下断裂的虫子如何挣扎着要往一处黏合修复。与"教育为休闲"那个精神崩溃的外来者肆意虐杀家里的宠物以泄愤有所不同，这首诗的暴力行为更多的是自虐。"虫子"虽是她杀戮的物质对象，然而在精神层面，她斩断的却是自己的文化血脉，这种断裂不可修复。因此，她明白，"切断的虫子不会死，但伤口终生留在她心头"，这伤口是她抹不去的乡愁之疤，永不能愈合。

> m-m-memory
> kneel there, words like fossils
> trapped in the roof of mouth
> forgotten, half forgotten, half
> -recalled, the tongue dreaming
> It can trace the shape.
> And you sit,
> [...]
> trying to remember everything perfectly
> in time and space
> where you cannot.
>
> （M-M-Memory, 8—14, 18, 20—23）

> 记—记—记忆
> 跪在那里，词语如同化石
> 卡在口腔的上颚中
> 忘记了，一半忘记了，一半
> 还能想起，舌头在梦游
> 它能追忆词语的形状。
> 你坐起，
> [……]
> 努力清晰回忆起一切
> 时间、地点
> 然而你却不能。

更有甚者，在收录到诗集《在异国》（*The Other Country*）的那首《记—记—记忆》诗中，外乡人连"记忆"这个词本身，都磕磕巴巴不能流利地说完整，她的方言土语已经石化在她的口腔中，令她近乎窒息。她想回忆起过往的一切——时间、地点，但是她不可能也不允许自己回忆起来。她同样忍受着语言文化的自戕，忍受着自我精神暴力的内化痛苦。莫言说，"人们曾生活在一个充满暴力的时代，作家的暴力书写是由生活决定的，或由作家的个人生活经历决定的"（莫言，转引自周建华，17）。达菲笔下移民的暴力书写，也是诗人真实生活经历的烛照。在接受采访时，达菲回忆说，"六十年代初，我们举家从苏格兰迁移到英格兰居住，在斯坦福镇度过了我的童年。那时候，我时时觉得自己是外来人，我努力改变口音，让它尽量接近英格兰孩子的口音"（转引自梁晓冬，87）。因此，在《在异乡》的另外一首诗"原籍"（Originally）中，诗人更加直接地表达出思乡情感、语言文化的悬置和错位以及由此带来的身份困扰与焦虑：

> All childhood is an emigration. [...]
> Your accent wrong. Corners, which seem familiar,
> leading to unimagined, pebble-dashed estates, big boys
> eating worms and shouting words you don't understand.

第六章 达菲：底层女性身体叙事和移民暴力叙事

My parents' anxiety stirred like a loose tooth
in my head. *I want our country*, I said.

(9—15)

整个童年时期都是迁移。[……]
你的口音不对。似曾相识的街角，
鹅卵石的小径通向无法想象破败的房屋，
高大的男孩吃蚯蚓，他们喊的话你听不懂。
我父母的焦虑像一颗松动的牙齿
在我的脑海里。我要回我们自己的家乡，我说。

这首自传体诗歌印证了诗人的移民自虐型暴力书写。诗歌描述了诗人童年起便经历的移民迁徙：破败的房屋、凶悍的男孩、自卑的口音、陌生的街道和校园——在这样不友好、不安全的环境中，叙述者小小年纪就和父母一起经历身份焦虑之苦，就衍生出"自我"与"他者"的身份甄别和身份意识，就酿成了思乡的愁绪和回不去的痛苦。正如拉伦（Jorge Larrain）所言，"只有当个体处于陌生、动荡、不稳定的环境时，个体才会出现身份焦虑，休眠状态的身份意识被激活，个体开始界定'自我'与'他者'，寻找社会群体归属感，进行身份认同"（转引自吴国杰，60—61）。叙事者在少不更事时，就承受了身份认同与归属的压力，也更让人能够理解她"终生留在心头的伤口"疼痛。

But then you forget, or don't recall, or change,
and, seeing your younger brother swallow a slug, feel only
A skelf of shame. I remember my tongue
Shedding its skin like snake, my voice
in the classroom sounding just like the rest. Do I only think
I lost a river, culture, speech, sense of first space
And the right place?

(17—23)

> 但是后来你就忘记，或不愿回忆，或有改变，
> 看到你弟弟吞下鼻涕虫，只觉得
> 有稍许羞耻，我记得我的舌头
> 像蛇一样蜕皮，我的口音
> 和教室里同学的没有区别。难道我只是
> 失去了河流、文化、语言、初始空间
> 和地域的感觉吗？

这首诗的结尾与前一首"自由意志"遥相呼应，让读者进一步了解到，为了融入主流社会，这个年少移民刻意去忘掉过去，删除家乡记忆，丢弃自己的方言母语，"自己的舌头如同蛇一样脱皮蜕变"，去迎合"标准英语"的口音，趋向英格兰语言文化的同质性发展。她在反思丢弃了故土的一切，自己将是怎样的"自我"？又将有怎样的身份？像大多移民那样，她在追问自己身在何处？又将向哪里去？是否有了标准口音就一定会被认定是英格兰人？是否丢弃了自己的文化就一定能认同英格兰文化，认同其价值观念和伦理道德评判？丢弃了自己的过去，能否给自己一个更好的未来？这一系列的问题都是叙事者"不愿意细想，但又不得不去思考的问题"。这些问题归根结底还是"自我"在异域的生物/文化双重基因分裂、突变中所带来的一系列问题和所面临的一切选择。

小　结

美国乔治敦大学学者安娜·德·菲娜（Anna De Fina）认为，"至于个体或群体的身份认证，特定的话语场合为建构和反映自我和他人的形象提供了一个阵地。研究叙事话语中的身份认同问题为分析特定群体所采用的话语层级、类别提供了可能性，还可以甄别话语所表征的哪些元素更加稳定，哪些是冲突和调和的关键因素"（De Fina 184）。换言之，话语场域是身份诉求或重构的有效途径。在这个场域里，叙述者可以通过讲述自己或他人的故事来建构自己或他人的形象和身份。不同层级的个体或群体，站在不同的叙述层面，采用不同的叙事语体，讲述个体与集体、个体与社会、文化环境的矛盾、冲突和妥协、调和。达菲把诗中

第六章 达菲：底层女性身体叙事和移民暴力叙事

的底层移民放在相应的移民群体中，采用暴戾的言语形式，讲述他们施暴的行为和过程，呈现走向暴力的心路历程，建构起施暴者和自我暴力者的形象："教育为休闲"中的暴力伤害宠物、伤害陌生人的精神失常者、"自由意志"中精神自戕的柔弱女子、"记—记—记忆"中母语在口腔中石化卡壳的女子，"原籍"中追问自己生物、文化双重基因何在，追问自己过去、现在、将来的诗人自画像。这些底层移民的叙事有不同的视角，因此，有不同的人称（独白中的"我"、对话中的"你"、叙事者眼中的"她"）和角度。叙述者采用构成自我、角色以及与他人关系的语言机制和策略，讲述由主观和文化决定的个人或集体的经验，凸显在异质文化环境中，移民者如何受到种族偏见与歧视、受到怎样的仇视和冷漠，主流语言文化对民族语言文化的抑制和抹杀，移民在屈从中所不能忍受的痛苦以及最终演化的暴力行径和反社会倾向。在这样的叙事话语场域里，人们能听见这些另类人的声音并能理解其中的意义。因此，叙事话语不仅是人们的表达工具，更是身份、存在和现实的生成权力。

从另一方面看，个体身份认同和群体的共享表征具有密切联系，因为一个群体身份认同是基于每个个体经验相同或相似的共同表征，而这些又是群体意识形态的基础。"叙事中出现的模式代表了行为和身份之间以及这些行为和相关评价之间的关联。这些模式可以被看作与共享表征的各个方面相对应的，因为故事构成了特定世界的模型，其中某些身份通常与某些行为联系在一起，因此也与对自我或他人的判断联系在一起"（De Fina 218）。达菲在诗中以"裸女"这一群体的身体为叙事对象，以女性身体体验为内容，反映了在父权社会中所遭受的宰制和压抑，又以"女神"群体的和声，解构了男性目光与话语权力对女性身体形象的塑造，重构女性身体和自我的主体地位。诗人笔下的"底层移民"群体用自己的语言和话语逻辑，自曝在异域充满歧视、偏见、敌意的社会、经济、文化环境中，自我的分裂、人格的扭曲、暴力的生成、道德的撕裂。作为另类的边缘人，以往他们的声音"是历史中低沉的噪音，自言自语，自我积压，哽咽在喉，尚未完全充分表达就被消解，回归无法摆脱的沉寂"（福柯，1998：5），达菲汇聚起他们的声音并在公众平台分享了他们的话语，在叙事过程中建构一个共同体，一个虚构的权威性的话语乌托邦，让这些底层人的声音不再沉寂，让他们的诉求得到充分表达。

第七章　希尼：底层乡村叙事

概　述

如果说，达菲诗歌的底层叙事关注的焦点是底层女性和移民，那么当代爱尔兰诗人谢默斯·希尼（Seamus Heaney）诗歌的底层叙事则专注于底层乡村叙事，关注那些同样不善言辞，难以自我表达的父母亲人、乡邻农夫、手艺人、底层妇女与儿童。诗人同样传承了华兹华斯卑微田园书写的传统，书写当代爱尔兰底层乡民原始淳朴的亲情、生活细碎中的纯真与质朴、生存境遇的艰辛与坚守。

1995 年，当希尼获得诺贝尔文学奖时，评审委员会给予他的颁奖词是"他的作品具有抒情诗般的优美和伦理的深度，使日常生活中的奇迹得以复活，使活生生的往事得以升华"（转引自刘硕良，577）。在作品中，希尼秉承其抒情风格，用简约又不失深刻的语言书写着普通人日常生活中平凡又温暖的每一个瞬间。他的诗作引领读者们，穿越时空的隧道，重返那曾和故乡、和土地融为一体的旧日美好时光。

事实上，从 1966 年出版第一部诗集《自然主义者之死》（*Death of a Naturalist*）到 2010 年最后一部诗集《人之链》（*Human Chain*），希尼的创作始终体现了一点，那就是优美动人的抒情、发人深省的伦理道德思考都可以通过日常生活中简单平凡的意象来表达。希尼的出生地是北爱尔兰一个叫木斯浜（Mossbawn）的村子，在崇尚勤劳耕作、淳朴简单的乡村文化中，希尼降生在一个底层农民家庭，家中也主要以耕种为生。自小就浸润在爱尔兰传统民族文化之中的诗人，自然将家乡、乡民和亲人视作创作的主要素材来源。诗人对普通人，尤其是底层人的持续关注与书写使得读者认识到，诗意的存在并不仅限于宏大壮阔的题材，普通人简单质朴的生活琐碎中一样可以迸发出诗性的美好光彩。

第一节 亲人书写

在希尼的诗歌创作历程中,"亲人"主题贯穿始终,"亲人"形象的背后彰显的是爱尔兰乡村生活中的原始亲情。作为北爱尔兰乡村天主教家庭的长子,希尼自小接触的便是一种传统的家族式生活方式。对此,他曾这样回忆道:"我们挤在一所传统的农场茅屋的三个房间里,过着一种穴居的生活,从感情和理智上都有几分与世隔绝。那是一种亲密的、物质的、生物性的生活方式,夜里从一间卧室隔壁的马厩里传来马的声响,混合着大人们从另一面墙隔壁的厨房里传来的谈话声"(转引自吴德安,420)。在诗人的家族中,代表着力量的父亲和祖父、代表着慈爱形象的母亲、姑妈以及彼此和睦的兄弟姐妹共同组成的大家庭使他拥有了对亲情最温暖的体验,而这种温暖使他自小便与家庭建立起了亲密的纽带,因此,即使成年后独立生活,他与家族的关系也从不曾变得疏离冷漠。

如大多数传统乡村家庭一样,希尼的父亲帕特里克(Patrick)是整个家庭的经济支柱,他在日常做农活的同时偶尔做一些小生意来补贴家用;母亲凯思琳(Catherine)主要负责养育家里的九个孩子以及奔忙于各种家务琐事;姑妈玛丽(Mary)终身未嫁,一直尽心尽力地帮希尼的母亲分担家务,而她也给了希尼无法从为生计忙碌的父母亲那里得来的悉心呵护和陪伴。虽然自小成长在这样一个辛苦、忙碌的底层家庭中,但希尼的童年生活并不缺乏关爱和来自家庭的温暖,亲人之间的情感交流朴实地体现在他们日常相处的点点滴滴中。在亲情的陪伴中成长起来的希尼对自己的祖辈、父母、姑妈、兄弟姐妹一直怀着深沉又朴素的爱,而他与家人之间建立起的亲密情感关系也成为他后来体察世界、感悟世界的切入点。希尼的相当一部分诗作是描写其生活在社会底层的家人,他将家人之间的日常相处写进自己的诗中,他笔下的亲人群像既忠实呈现了底层家庭的艰辛百态,又不失乡村生活的淳朴、平和。

在书写家庭和亲人时,希尼常执着于对记忆细节的忠实以及对细腻情感的传达。在其亲人系列的书写中,出现最多的便是父亲帕特里克的形象，关于父亲的诗有"挖掘"（Digging）、"追随者"（Follower）、"演唱学校——2. 警察拜访"（Sing school—2. A Constable Calls）、"收获结"（The Harvest Bow）、"字母"（Alphabets）等多首，他用手中的笔书写着对父亲的回忆以及父子之间微妙又深邃的情感关系。在"追随者"中，他写道：

> I stumbled in his hobnailed wake,
> Fell sometimes on the polished sod;
> Sometimes he rode me on his back
>
> Dipping and rising to his plod.
> I wanted to grow up and plough,
> To close one eye, stiffen my arm.
> All I ever did was follow
> In his broad shadow round the farm.
>
> I was a nuisance, tripping, falling,
> Yapping always. But today
> It is my father who keeps stumbling
> Behind me, and will not go away.
>
> （13—24）

> 我在他平头钉鞋的脚印里绊倒，
> 有时也跌倒在光滑的草皮；
> 有时他把我驮在背上
>
> 随着他的脚步起伏。
> 我盼望自己长大成人也能耕种
> 也闭上一只眼睛，绷紧双臂。
> 可我从来只是追随着他，在田野中
> 在他宽大的阴影下。

> 我曾是个小麻烦，失足，跌倒，
> 总是哇啦哇啦地叫唤。可是今天
> 却是不断跌跌撞撞的父亲
> 跟在我后边，不会离去。

（吴德安 译）

幼年时父亲在"我"心目中的形象是如此伟岸：他会驮"我"在肩头，而小小的"我"甚至会在他的脚印里绊倒。"我"对父亲的爱始于仰慕，始于对他健壮身躯里强大力量的崇拜，"可是今天/却是不断跌跌撞撞的父亲/跟在我后面，不会离去"（22—24）。幼年时，"我"咿咿呀呀、摇摇晃晃地追随着他，而多年后时过境迁，已是垂暮之年的父亲年老体衰，时刻需要"我"的呵护和照顾，最终变成了跟在"我"身后的追随者。这里贯穿"我"和父亲关系始终的便是"追随"二字，从"我"于田野地头追赶着他，到他如今跌跌撞撞地紧跟着"我"，"追随"既将两个生命个体牢牢结合在一起，又在这一过程中完成了家族力量和使命的交接。和其他许多父子一样，诗人和父亲似乎都不会用语言去表达他们的爱，但他们却找到了亲情最原始的表达方式，即彼此的相依相靠。可以说，"追随"是形容诗人和父亲之间关系的最恰当字眼。

在爱尔兰传统里，在丰收的季节里，农民们常用麦秸编制成"收获结"，借此向自己爱慕的人表达爱情，是一种农民之间相互表达感情的含蓄方式。诗人回忆儿时父亲编麦秸的劳作场景，他写道：

> As you plaited the harvest bow
> You implicated the mellowed silence in you
> In wheat that does not rust
> But brightens as it tightens twist by twist
> Into a knowable corona,
> A throwaway love-knot of straw.
>
> Hands that aged round ashplants and cane sticks
> And lapped the spurs on a lifetime of gamecocks

| 第二部分 | 当代英国诗歌的底层叙事研究

Harked to their gift and worked with fine intent
Until your hngers moved somnambulant:
I tell and finger it like braille,
Gleaning the unsaid off the palpable.

(1—12)

当你编织收获结时
你在不会生锈的麦秸中
编入心中成熟的沉默，
但当它被越编越紧
鲜亮得如同一道日晕，
却成了一个被扔掉的草编爱结。

那握着桉木和竹拐杖的手
长年往斗鸡腿上拴距铁的手
听从它们的天才精致地编织
直到你的手指梦游般地移动：
我辨认并触摸好像它是盲文，
从中找寻遗落的未言之物。

（吴德安 译）

  在诗人娓娓地叙述中，一个普通的劳作场景也充满了温暖与诗意。这里，"鲜亮得如同一道日晕"般的"草编爱结"既是编织父亲制作出的艺术品，也是父子之爱的载体。它承载着父亲对"我"的爱，这种爱从未被表达过，但却含蓄深沉而富有力量。的确，对于一个像父亲那样的农民而言，爱是无法用语言诉说的，因为他们早已习惯于用行动去表达一切。这正如土地对人的回馈一般，只要播种和耕作，它便会默默地以丰收的果实来回报，这是一种土地和农人之间潜在的默契。因此，不善言辞、木讷内敛的父亲选择了和土地一样朴实却真诚的表达方式，将心中的爱倾注在手指间"梦游般地移动"中。当"我"仔细查看"它的金色环形"，"我辨认并触摸好像它是盲文/从中找寻遗落的未言之物"。诗人用"盲文""未言之物"模糊了画面，契合了父亲那种无声的表达方式。在诗的最后一节，我们或许可以感受到诗中那"未言之物"的意义：

> The end of art is peace
> Could be the motto of this frail device
> That I have pinned up on our deal dresser—
> Like a drawn snare
> Slipped lately by the spirit of the corn
> Yet burnished by its passage, and still warm.
>
> （25—30）
>
> 艺术的终极是和平
> 可以作为这脆弱饰物的题词
> 我把它钉在我们的松木衣柜上——
> 像一个诱人的圈套
> 后来谷神从中偷偷溜走
> 此结却因它穿过而发光，并依然温暖。
>
> （吴德安 译）

如同这首诗一样，不管是书写对父亲的缅怀，或是描写父子深情，抑或是诗人自己对艺术的感悟，希尼一直苦苦找寻的或许只是艺术本身能带给人的宁静、自足、平和、温暖的感觉。在其看来，诗只有在超越了对世俗观照的界限后，才能得以升华，而那种对现实的观照又使之具有了灵动的光彩。在经历了无数痛苦、煎熬的艺术责任斗争之后，安静、平淡的生活又重新成为希尼关注的中心和他所领悟到的艺术本质。

在希尼的亲人系列书写中，他对母亲也做了深入的描写和刻画，关于母亲的诗有："出空——纪念 M. K. H，1911—1984"（Clearances—in Memoriam M. K. H., 1911—1984）、"从包里出来"（Out of the Bag）、"落单"（Uncoupled）、"康威金笔"（The Conway Stewart）、"山楂灯"（The Haw Lantern）、"看见异象"（Seeing Things）、"电光"（Electric Light）等。在希尼的回忆里，母亲似乎一直忙于生养孩子、照顾家人，因此在其笔下也多以辛苦劳作的形象出现。如在"落单"一诗中，他写道：

Who is this coming to the ash-pit
Walking tall, as if in a procession,
earing in front of her a slender pan

Withdrawn just now underneath
The firebox, weighty, full to the brim
With whitish dust and flakes still sparking hot

That the wind is blowing into her apron bib,
Into her mouth and eyes while she proceeds
Unwavering, keeping her burden horizontal still

(1—9)

谁,走向倒灰烬的坑
抬头挺胸仿佛在游行,
端着刚从火盆下面

抽出的窄盘,沉甸甸的,
盛满了白灰,仍然灼热,
带着火星的碎屑

北风吹进她的围裙,吹过
她的嘴巴和眼睛,都不在乎
继续往前走,努力端平

(王敖 译)

这里描绘的是母亲起身去倒火盆里的灰烬时的情形。本只是再普通不过的日常劳作,在诗人的记忆中那画面却充满了仪式感。母亲手端沉甸甸的火盆,"抬头挺胸仿佛在游行",她甚至毫不在意吹到嘴巴和眼睛里的带着火星的灼热碎屑,即使双手酸麻也努力维持平衡。这幅画面既使人们看到了底层生活的艰辛和不易,也体现出以母亲为代表的底层女性身上特有的坚强和韧性。的确,那灼热的火星碎屑带来的痛楚和伤害与底层人民充满磨难的艰辛生活相比,又算得了什么呢?

第七章 | 希尼：底层乡村叙事

在希尼为母亲写的悼诗"出空——纪念 M. K. H，1911—1984"中，诗人选择了母亲生活中的几个普通事件、几处现实生活中的具体细节来表现涌动在母子之间的深情。诗人没有用任何感情色彩强烈的词汇，而是在冷静克制的叙述中回味着与母亲之间的爱与默契，诉说着母亲在他生命中的重要地位——她是母亲、是榜样、是导师、是他生命中的激励力量。他写道：

> The cool that came off sheets just off the line
> Made me think the damp must still be in them
> But when I took my corners of the linen
> And pulled against her, hirst straight down the hem
> And then diagonally, then flapped and shook
> The fabric like a sail in a cross-wind,
> They made a dried-out undulating thwack.
> So we'd stretch and fold and end up hand to hand
> [. . .]
> In moves where I was X and she was O
> Inscribed in sheets she'd sewn from ripped-out flour sacks.
>
> （66—73，78—79）

那刚从晾衣绳上取下的床单的凉感
让我觉得它必定还有些潮湿
但当我捏住亚麻床单一头的两个角
和她相对着拽开，先拉直床单的边
再对角将中心拉平，然后拍打抖动
床单像船帆在侧风中鼓涌，
发出干透了的啪啪声。
我们就这样拽直，折起，最后手触到手
[……]
在移动中，我是 X，她是 O
写在她用面粉袋缝制的床单中。

（吴德安 译）

235

| 第二部分 | 当代英国诗歌的底层叙事研究

　　这一部分描写的是"我"与母亲一起折叠刚晾晒好的床单的情景。那床单虽是"她用面粉袋缝制的",但母亲却倾注了最认真的劳动态度和最大的热忱,那是一位生活在底层的乡村妇人对抗贫苦生活的机智和乐趣。诗中的描写具体而生动,画面感十足,仿若影视剧中的慢镜头回放。先是写"我"手触床单感受到的潮湿的凉感,然后是跟随母亲折叠床单的整个过程——"但当我捏住亚麻床单一头的两个角/和她相对着拽开,先拉直床单的边/再对角将中心拉平,然后拍打抖动"。诗人用一连串动作词将记忆中的每一处细节扩充放大,一一展现在读者面前,而每一个细节的回忆都是对母亲缅怀之情的体现,因为有爱,单调乏味的家务劳动也充满了温暖的诗意。这样的感动在"出空"一诗中还有多处流露,比如第三部分诗人书写自己与母亲独处时的亲密与感动:

> When all the others were away at Mass
> I was all hers as we peeled potatoes.
> They broke the silence, let fall one by one
> Like solder weeping off the soldering iron:
> Cold comforts set between us, things to share
> Gleaming in a bucket of clean water.
>
> (38—43)
>
> 当其他人都去了教堂做弥撒
> 我们在一起削土豆,我完全属于她。
> 它们打破沉默,一个接一个的落下
> 就像焊锡在烙铁上滴落:
> 凉凉的舒适安放在我们中间,可分享之物
> 在桶中的清水里闪烁。
>
> (吴德安 译)

　　当家里的其他人都上教堂做弥撒时,诗人和母亲留在家中一起洗削土豆,周围的一切都静默无声,时间也仿佛静止下来,只有两人手中的土豆掉落水桶时溅起的水花声让他们保持着清醒。这本是母子两人一同劳作的日常一幕,诗人的书写却饱含深情,因为对他而言,最美好和珍

贵的便是能和母亲单独相处的那些时光——"我完全属于她""清凉的舒适安放在我们中间""在桶中的清水里闪烁",诗人用词温暖,在平淡的生活画面中铺展出母亲和儿子在劳动中建立起的亲密与默契。这样的场景深切地刻印在了诗人心底,成为记忆中最富有温暖气息的一幕。

而在那些看似琐碎的家务劳作之中,母亲也用自己的品格和行为方式教育和影响着孩子。她教他做事情要选取合适的角度、运用正确的方法,如:"出空"第一部分中,诗人写道:

> She taught me what her uncle once taught her:
> How easily the biggest coal block split
> If you got the grain and hammer angled right.
> The sound of that relaxed alluring blow,
> Its co-opted and obliterated echo,
> Taught me to hit, taught me to loosen,
> Taught me between the hammer and the block
> To face the music. Teach me now to listen,
> To strike it rich behind the linear black.
>
> (1—9)

她教给我的,她叔叔曾教过她:
劈开那最大的煤块是多么容易
如果你找到纹理和下锤的角度。
松快而迷人地敲击,
吸收并消除了回声,
教我劈击,教我放松,
教我在锤和煤块之间
勇于承担后果。她的教诲现在我仍在听,
在黑煤块儿背后击打出富矿。

(吴德安 译)

母亲教给他劈开大煤块儿的正确方法,教他"勇于承担后果"。母亲教给诗人的虽不是什么深奥的人生真谛,但却是她从祖辈那里继承下来又在岁月沉淀中不断提炼凝结而来的生活经验与感悟,是爱尔兰底层劳动人民世代传承下来的智慧结晶与精神财富。而这种潜移默化的教育也使得诗人与母亲之间除了温暖深厚的母子之情之外,又增添了另一种更为重要的关系,即母亲对其精神成长所产生的深刻影响。某种意义上说,母亲不仅给予诗人生命和爱,也成了他的精神启蒙之师。迈克尔·帕克(Micheal Parker)曾总结道:"希尼从他母亲身上所传承到的或许(可以说)是最重要的品质[……],例如耐心、谦逊、敬畏和尊严,渗入了他的个性和写作之中"(Parker 4)。得益于母亲的言传身教,希尼最终成了一位自信、正直又富有情感温度的诗人。也正因如此,当母亲离开人世的时候,诗人有了一种内心被掏空的悲痛感:

> Then she was dead,
> The searching for a pulsebeat was abandoned
> And we all knew one thing by being there.
> The space we stood around had been emptied
> Into us to keep, it penetrated
> Clearances that suddenly stood open.
> High cries were felled and a pure change happened.
>
> (101—107)
>
> 当寻找脉搏的努力
> 归于徒然,围着她的我们
> 都明白:她已撒手归去
> 我们环立的空间已然空寂
> 她进入我们内心长存,那是被穿透的
> 出空,突然出现的空地。
> 高扬的哭声被砍伐,一种已然发生的纯粹变化。
>
> (吴德安 译)

这里,"'出空'是爱尔兰历史上的一个词,意为:'逐出房客(佃户),收回租屋(租地)',常指16世纪时克伦威尔的清教徒从爱尔兰天主教徒手中夺走土地房屋，也指18世纪付不起租金的爱尔兰佃农被地主赶出租屋的历史事件"（吴德安，320—330）。希尼"用对爱尔兰历史的联想来隐喻自己在母亲去世后感到就像被逐出了家门，心中突然出现了空地"（同上）。诗人借用"出空"一词表达了失去母亲的内心痛楚——她的离去带走的不仅是爱和关怀，更是"我"精神的寄托和依靠。"高扬的哭声被砍伐，一种已然发生的纯粹变化"，此处诗人由母亲的离去想到了他家老屋前那棵被伐掉的栗子树，那是出生时姑妈亲手为他栽种下的。后来，他们搬了家，而那棵曾伴随他成长的栗子树也被新的房主砍掉了。在诗人心里，随着树的消失，仿佛他与父母、兄弟姐妹以及生长之地的联结点也被从心头带走了。而今，母亲的过世给诗人留下无法弥补的精神空缺，正如当年倒在回忆中的那棵栗子树留下的内心空缺一样，这里，"将树的倒下比作母亲的死亡，'曾经那么繁茂的树/从震撼的树梢开始全被摧毁'，既是对母亲（意象）恰如其分的形容，同时也是对她的一首极好的挽歌"（Tyler 95）。然而，伤心之余，诗人对死亡的理解又并不消极——"她进入我们内心长存"。诗人不相信宗教观念中人死后升入天堂的说法，但他相信灵魂会长存，就如同枯树也会抽出新的枝芽一般。他对母亲的爱超越了生死，而母亲对他的启蒙和影响得以在时间和精神里永存。

事实上，希尼曾多次强调过母亲对他思想发展所起的影响，在一次接受记者采访时，他说："我的思想意识是在反复数念珠、喃喃低诵玫瑰经作祈祷的哀伤声中以及普遍地认为圣母玛丽亚至高无上的氛围中形成的。祈祷所针对的现实世界具有母系性，所采取的态度是一种古罗马感恩祈祷式的。灌输给我生活态度的——不是神父，而是通过祈祷进行着的、活生生的事物，在家里是我母亲——主要是忍耐，说真的。实质上，我觉得忍耐很可能是最好的美德。[……] 爱尔兰天主教的教义十分崇敬圣母玛丽亚，可称得上是崇拜了。在实际生活中，圣龛、一串念珠，以及各种各样的祈祷，都以一个女性为中心，这可以很好地维系感情。我认为祈祷用语'万福玛丽亚'比'天主'或'天父'更具有诗意"。（Parker 4）在诗人心中，母亲对自己心灵成长所起的影响远远超过神父的影响。他在作品中书写的母亲，既是自己的母亲凯瑟琳，又是千百万生活在底层的母亲中的一员，她们的端庄安详、隐忍顺从、谦逊和善使她们如同圣母玛丽亚的化身。

在希尼的亲人系列诗作中,还有一位每日里忙于家庭琐碎事务的形象,她便是希尼的姑妈——玛丽·希尼(Mary Heaney)。玛丽终身未嫁,一直留在家中帮希尼的母亲打理家务、照顾孩子,她对希尼疼爱有加,而希尼对她的感情也丝毫不亚于对母亲的感情,他的诗中常常出现系着围裙的姑妈在家里辛勤劳作的形象,其中"木斯浜"(Mossbawn)、"老熨斗"(Old Smoothing Iron)、"视野"(Field of Vision)、"小型机场"(The Aerodrome)和"家务帮工"(Home Help)等都是关于姑妈玛丽的诗。在"木斯浜"一诗中,诗人生动描绘了儿时记忆中系着围裙的姑妈在午后阳光下忙着做烤饼的形象:

> There was a sunlit absence.
> The helmeted pump in the yard
> heated its iron,
> water honeyed
>
> in the slung bucket
> and the sun stood
> like a griddle cooling
> against the wall
>
> of each long afternoon.
> [...]
>
> ...she stood
> in a floury apron
> by the window.
>
> [...]
> now sits, broad-lapped,
> with whitened nails

第七章 希尼：底层乡村叙事

and measling shins:
here is a space
again, the scone rising
to the tick of two clocks.
And here is love

like a tinsmith's scoop
sunk past its gleam
in the meal-bin.

(1—9,14—16,19—28)

那儿布满阳光静悄悄。
头盔似的压水机在院子里
加热着它的铁皮，
水在吊桶里

甜如蜜
每天冗长的下午
太阳停在那儿
像烤盘靠着墙

冷却着。
[……]

……她站在窗边
系着沾满面粉的围裙。

[……]
现在她坐下，大腿宽阔，
指甲沾满白粉
小腿布满斑点：
这里又是一个那样的

| 第二部分 | 当代英国诗歌的底层叙事研究

  地方,两个钟滴答滴答
  烤饼正隆起。
  这里就是爱

  就像白铁勺
  把它烁烁的光深深沉进
  丰富的食盘里。

(吴德安 译)

  这一部分取名"阳光"(Sunlight),是"木斯浜"组诗的第一部分。"木斯浜"是诗人童年时所居住的村庄,那里仿佛永远"布满阳光",日子"甜如蜜"。在诗人的记忆中,院子里的压水机不停地工作着,午后的太阳炙烤着小院,"像烤盘靠着墙/冷却着",压水机的铁皮不断升温,忙碌的姑妈就在这静止的阳光中出现了:"现在她坐下,大腿宽阔/指甲粘满白粉/小腿布满斑点",她在阳光里忙碌着,准备一家人的食物,炉子里的"烤饼正隆起"。在弥漫着食物香味的温暖午后,在木斯浜布满阳光的安静小院,诗人感受着姑妈对自己的爱:"这里就是爱/就像白铁勺/把它烁烁的光深深沉进/丰富的食盘里"。

  家庭的温馨和睦、亲人们淳朴善良、勤劳坚韧的品格、彼此之间自然又深邃的爱,都对希尼的人生产生了重要影响,使其在成年之后也自然成为一个温和、多情又富有责任感的丈夫。希尼也写了很多诗给自己的妻子,诉说他心中真挚的爱情。不过他的表达从不是赤裸裸的直白式表达,而是常常通过对相关现实的描写烘托自己内心的感觉。在写给妻子的作品中,如"诗——给玛丽"(Poem—for Marie)、"夜间驾车"(Night Drive)、"婚礼之日"(Wedding Day)、"忌妒之梦"(A Dream of Jealousy)、"地铁中"(The Underground)、"红白蓝"(Red, White and Blue)、"泰特街"(Tate's Avenue)、"历险之歌"(Chansond's Aventure)等都集中体现出了这一特点。在"泰特街"一诗中,诗人通过对周围环境的描写展现他们的爱情:

第七章 希尼：底层乡村叙事

Instead, again, it's locked-park Sunday Belfast,
A walled back yard, the dust-bins high and silent
As a page is turned, a finger twirls warm hair
And nothing gives on the rug or the ground beneath it.

I lay at my length and felt the lumpy earth,
Keen-sensed more than ever through discomfort,
But never shifted off the plaid square once.
When we moved I had your measure and you had mine.

(9—16)

在星期天贝尔法斯特关闭的庄园，
一个围起的后院，垃圾箱高距、沉默
一页书翻过时，一根手指卷缠着温暖的头发
而毯子上和毯子下的地面什么都没有。

我伸展着躺下，感到地面的坑洼不平，
这不舒服中有着从未有过的敏锐感觉，
但一次也没移出花格方毯之外。
当我们动起来时你我拥有了彼此的全部。

（雷武铃 译）

这里，不可触摸的、抽象的爱情在具体生动的环境描写中变成了可以被身体感知的温暖存在。希尼的爱总是深沉的，他的爱情鲜有直抒胸臆的表白，却总是融入现实生活的众多片段与细节描写之中。他笔下的爱情不再是缥缈、不可触摸的迷雾，而是每一个可以被感知、被触碰的生活细节。

除了日常生活中的细节之处，希尼也常运用人类共有的文化积淀，如民间传说、神话故事等来进行类比表达，如在诗作"地铁中"，他写道：

There we were in the vaulted tunnel running,
You in your going-away coat speeding ahead

| 第二部分 | 当代英国诗歌的底层叙事研究

And me, me then like a fleet god gaining
Upon you before you turned to a reed

Or some new white flower japped with crimson
As the coat flapped wild and button after button
Sprang off and fell in a trail
Between the Underground and the Albert Hall.

Honeymooning, mooning around, late for the Proms,
Our echoes die in that corridor and now
I come as Hansel came on the moonlit stones
Retracing the path back, lifting the buttons
[...]
For your step following and damned if I look back.

(1—12, 16)

就在那儿我们在圆顶隧道中奔跑，
你穿着新款外套飞奔在前
而我，就像一个快速之神追着
在你还没变成箭或新的

镶深红边的白花以前追着
你的外套放肆地飘拂，一个纽扣接着一个纽扣
落下一溜踪迹
在地铁和艾伯特大堂之间的通道里

度蜜月，做梦似地转来转去，误了音乐会，
我们的回声在列车中消失，现在
我回来就像汉索来到洒满月光的石头上
循原路返回，捡起那些纽扣。

[……]

都追随着你的脚步,如果我回头就会被打入地狱。

(吴德安 译)

  这首诗表现了新婚夫妇内心的甜蜜与幸福,以及多情又敏感的"我"唯恐这一切不能长久的紧张与担忧。"你穿着新款外衣飞奔在前""我们的回声在列车中消失"都是害怕失去的紧张感的表露。而此刻幸福又是真实存在的,因为那纽扣洒落下的"一溜踪迹"便是幸福的见证。这里提到了德国神话人物"汉索"的故事,借以传达"我"在新婚蜜月中感受到的幸福——"我回来就像汉索来到洒满月光的石头上/循原路返回,捡起那些纽扣":传说中的汉索曾循着森林小路上落下的饼干痕迹找回了迷失的女友,而"我"也循着"你"纽扣落下的踪迹,找寻到了属于自己的幸福。然而,"[……]潮湿的铁轨/就像我一样赤裸而紧张,所有注意力/都追随着你的脚步,/如果我回头就会被打入地狱",这里引用的是希腊神话中俄狄浦斯王的故事。俄狄浦斯王在将妻子带离地狱的途中,违背了对冥后许下的不回头看的诺言,使得即将得救的妻子向地狱的深渊快速坠落。而如今手握幸福的"我"也是如此紧张,生怕一个闪失会让所有幸福化为虚幻的泡影。诗人通过妇孺皆知的民间传说和希腊神话故事成功地达到了一种隐喻的效果。

  在希尼笔下,一幅朴实亲切的亲人群像图,一个底层家庭柴米油盐的平凡生活,在其具体生动的细节观照中,流露出对平凡人生的赞美和敬意。在满怀亲切和温暖的亲人书写中,我们不难感受到,来自原生家庭的教育和熏陶对希尼的影响是深刻的。希尼的亲人们在日复一日的劳作中体味着生命的平和与温暖,探寻着灵魂的抚慰和滋养,坚定了对未来的憧憬与期望。他们在日常劳动中所表现出的隐忍、坚强是人对自我生存最积极的捍卫,是深受天主教文化影响的北爱尔兰底层农民面对人生苦难的对抗方式。他们都是爱尔兰社会最普通的底层劳动人民,他们没有接受过所谓的良好教育,但每个人在自己的角色和本职工作中,都展现出了良好的个人品行和积极乐观的人生态度,在面对人生苦难时,展现出了他们的坚韧和从容,他们在潜移默化之中给予了诗人重要的伦理、道德教育,教会他认识和接受了自然间的秩序、规则,这些都令其受益终生。

| 第二部分 | 当代英国诗歌的底层叙事研究

第二节 底层农夫书写

希尼出生于北爱尔兰德里郡的木斯浜农场，祖祖辈辈都是北爱尔兰大地上土生土长的农民。对于诗人来说，底层人长年累月在土地里辛勤劳作的场景和生存方式连同童年生活的一切都已被深深镌刻在脑海里。祖辈以及父辈们连同他们脚下的土地都成了诗人的"根"，关于土地的记忆不仅给他烙下深刻的身份印记，也成为其诗歌创作的源头，他的许多诗中都呈现了具有浓厚爱尔兰传统的劳作景象：掘煤炭的祖父，挖土豆、犁田的父亲，在洪水中摸索着耕作红薯地的农夫，锄地、扬谷、挖土豆、扎草堆，一生以家为本，懂得知足常乐的农民……各种北爱尔兰乡村最常见的劳动场面成为其创作的标志，底层农民劳作景象的书写显然成为希尼继承传统、表现传统的最佳方式。借助于对土地的观照，希尼不断向人们展现着生活在古老土地上的那些底层农民的生存状态与命运。事实上，从1996年第一部诗集开始，希尼就致力于爱尔兰乡村生活的描写，土地、农夫、耕种、挖掘等主题逐渐在他的创作中展开。即使希尼后期的诗歌风格发生了一些转向，但他于1998年出版的诗选《打开的土地——1966—1996诗歌选》(*Opened Ground—Selected Poems*, 1966—1996)仍然值得关注。这部作品选取了其三十年来十多本诗集里的一些诗歌，它们都指向一个共同的主题——展现爱尔兰这块伟大的土地以及土地上的一切事物和活动。可以说，乡村和土地的主题是希尼一直执着探讨的，他对农耕文化的思考从未停止过。

从童年记忆中的乡村农耕生活去提炼书写的题材是希尼早期创作最显著的特色。他在诗中常常描写那些世世代代生活在爱尔兰乡村土地上的农民们，并常以"马铃薯地""泥炭沼""铁锹"等意象勾起读者内心的乡愁和土地情结。在其代表诗作"挖掘"(Digging)中，诗人刻画了父辈们挥汗如雨、辛苦劳作的场景：

> Between my finger and my thumb
> The squat pen rests; snug as a gun.
> [...]

| 第七章 | 希尼：底层乡村叙事

Till his straining rump among the flowerbeds
Bends low, comes up twenty years away
[...]
The coarse boot nestled on the lug, the shaft
Against the inside knee was levered firmly.
He rooted out tall tops, buried the bright edge deep
To scatter new potatoes that we picked,
Loving their cool hardness in our hands.

By God, the old man could handle a spade.
Just like his old man.

My grandfather cut more turf in a day
Than any other man on Toner's bog.
Once I carried him milk in a bottle
Corked sloppily with paper. He straightened up
To drink it, then fell to right away
Nicking and slicing neatly, heaving sods
Over his shoulder, going down and down
For the good turf. Digging.

The cold smell of potato mould, the squelch and slap
Of soggy peat, the curt cuts of an edge
Through living roots awaken in my head.

(1—2, 6—7, 10—27)

我的食指和拇指之间
夹着一只矮墩墩的笔，偎依着像杆枪。
[……]
直到他绷紧的臀部在苗圃间
低低弯下，又直起，二十年以来
[……]

247

粗糙的长筒靴稳踏在铁锹上,长柄
紧贴着膝盖内侧结实地撬动。
他根除高高的株干,雪亮的锹边深深地插入土中
我们捡拾他撒出的新薯,
爱它在手中又凉又硬。

对上帝起誓,这位老人精于使用铁锹,
就像他的父亲。

我祖父一天挖出的泥炭
比任何在托尼尔挖炭的人都多。
一次我给他送一瓶牛奶
用纸邋遢地塞上瓶口。他直起身
一口灌下,又立刻弯下身
继续利落地切割,把草皮
甩过肩,为得到更好的泥炭
越挖越深。挖掘。

马铃薯地里的冰凉气息,潮湿泥炭沼泽中的
咯吱声和啪叽声,铁锹锋利的切痕
穿透生命之根觉醒着我的意识。

(吴德安 译)

"挖掘"一诗作为希尼的成名之作,书写了家族三代"挖掘"者的故事。爱尔兰国内主要是沼泽地,因此农民主要靠挖掘沼泽地中的泥炭并将其作为土壤基质来栽培马铃薯为生。希尼把其作为首部诗集的第一首诗,足见该诗的重要地位。诗作以"挖掘"这一动词贯穿全章,意在表现这是生活在底层的农家人无法改变并持续一生的姿势和命运。他们或开垦农田,或播种作物,或收获粮蔬都离不开"挖掘"。诗的开篇,诗人坐在书桌前准备开始创作,他"食指和拇指之间/夹着一只矮墩墩的笔",正欲落笔时,窗外突然传来父亲挖掘的声音。诗人俯身向窗下望

去，只见他"绷紧的臀部在苗圃间/低低弯下，又直起……粗糙的长筒靴稳踏在铁锹上，长柄/紧贴着膝盖内侧结实地撬动。/他根除高高的株干，雪亮的锹边深深地插入土中"。这里，诗人使用了一系列动词，如"踏""贴""撬动""根除""插"等对父亲掘地的过程进行了具体细致的描写。诗人以小见大，向读者徐徐展开了一幅富有爱尔兰传统色彩的乡土生活画卷。在这幅画卷上，我们似乎看到北爱尔兰乡村那特有的满是石头的土地上，辛勤耕耘的农民因劳作而气喘连连、汗流浃背，而那铁锹触碰石头所发出的砰砰声在广阔悠远的大地上此起彼伏。长久以来，父亲以马铃薯地为伴，那收获时"又凉又硬的马铃薯"承载着他的汗水和心血。手中紧握的、磨得锃亮发光的铁锹更是似与父亲融为一体般的和谐，只见他把脚牢牢踩在铁锹上，另一头的长柄轻轻撬起，脚下表面的厚土便被轻松掀开，新鲜的、带着泥土潮湿冰凉气息的马铃薯也随即被翻出。诗人于微观之处的细致描写不仅表现出了父亲挖薯的娴熟动作、干脆利落的劳动姿态，使人感受到劳动者身上力与美的交融，也使得人体会到了农家生活的艰辛，以及他们面对生存困境之时所表现出的坚韧与刚毅。父亲正在挖掘的是北爱尔兰劳动人民餐桌上的主食——马铃薯。作为爱尔兰人民的主要食物，马铃薯的重要性是不言而喻的。"马铃薯辅以乳制品、蔬菜或鱼，在爱尔兰是一种较为普遍、平衡的膳食搭配。而对下层民众来说，马铃薯几乎是唯一的食品"（王振华，52—53）。19世纪中期，由于马铃薯歉收甚至导致了一场大饥荒，使得爱尔兰人口数量大量减少。因此，对于父亲那样的底层农民们来说，马铃薯无疑是生存的保证。父亲手中的铁锹落地，触碰到土地下隐藏的石头，发出清脆的碰撞声；他在田垄间挥舞着铁锹一上一下、有节奏地进行着挖掘；他快速地弯腰又起身，如此反反复复，劳作不息。

接下来，父亲那娴熟的掘地动作以及刚刚翻出的马铃薯冰凉硬冷的触感勾起诗人对于祖父的回忆："我祖父一天挖出的泥炭/比任何在托尼尔挖炭的人都多。/一次我给他送一瓶牛奶/用纸邋遢地塞上瓶口。他直起身/一口灌下，又立刻弯下身/继续利落地切割，把草皮/甩过肩，为得到更好的泥炭/越挖越深。挖掘。"泥炭是爱尔兰人冬天取暖用的主要燃料，多产于沼泽地，而"广袤的泥炭沼泽地是北爱尔兰常见的地貌，它不仅完好地保存了层层古生物的遗迹，同时也象征着爱尔兰悠久的历史和爱尔兰人善于把一切深埋于心底的心理特征"（刘守兰，232）。"沼泽地"作为爱尔兰土地的标志曾多次出现在诗人作品中，于他而言，那太阳下的"一片沼泽"不仅是底层人日常生活所离不开的，也是民族记忆的宝库和历史传统的渊源。如果说沼泽地是爱尔兰文化的象征，那么在这片土地上日夜劳作的人也早已成为古老文化的一部分。诗人幼年时曾去往那片沼泽地给劳作中的祖父送牛奶，为了得到更多泥炭，他看到祖父匆忙喝下牛奶又俯身继续劳作。这段描写也是以动词的运用为主，"直""灌""弯""切割""甩""挖"等把一个吃苦耐劳、利落豪爽的爱尔兰农民形象刻画得栩栩如生。

在诗的两部分中，诗人分别书写了父亲挖马铃薯时，土地上发散出的"冰凉气息"；以及祖父的铁锹在潮湿泥炭沼泽中发出的"咯吱声和啪叽声"，一方面从感觉和听觉上呈现了承载着爱尔兰乡土文化的父辈从祖先手中继承下来的传统劳作方式，另一方面透露出的也正是在爱尔兰农耕时期底层人民所遭受的贫困与饥荒。在诗人看来，祖父及父亲所掌握的劳动技能与生存本领虽然平凡，但它们是值得被尊重并被人们记住的。因为他们的劳动本领是广大爱尔兰农民在岁月的磨砺和历史的长河中传承下来的宝贵财富。正是凭借这种本领，他们及家人才得以丰衣足食，生生不息。诗中祖父和父亲手中的"铁锹"就如同家族的传家宝——祖父从他的父辈那里接过，而父亲又从祖父手中接过。那"铁锹"代表着祖祖辈辈传承下来的劳动技能，承载着整个家族的生存重担。对于像祖父和父亲这样的爱尔兰农民来说，"挖掘"是他们的使命，是一种信仰。在脚下的土地上辛勤耕耘的他们，挖掘出的不仅仅是果腹的食粮，还是他们的人生。无论是祖辈挖掘的泥炭，还是父辈挖掘的马铃薯都是对孕育着爱尔兰人生命的土地的挖掘，在这些挖掘者身上，诗人感受到了爱尔兰底层人民勤劳质朴的精神、坚毅执着的品格。

在这样一个世代务农的农民家庭中，接受过教育的希尼虽与父辈们有着不同的社会身份，但他却认为自己与祖父和父亲并没有差异，只不过换作了另一种方式：

第七章 | 希尼：底层乡村叙事

But I've no spade to follow men like them.
Between my finger and my thumb
The squat pen rests.
I'll dig with it.

(28—31)

我没有铁锹去追随像他们那样的人
我的食指和拇指间
夹着一支矮墩墩的笔。
我将用它挖掘。

（吴德安 译）

在诗人看来，父辈们传承下来的不仅是生存本领，更是爱尔兰文化与精神。作为家族后辈，他对祖父和父亲的挖掘行为表示认可之余，更有一种崇拜与模仿。他以"笔"代"铁锹"，以全新的方式追随着父辈的脚步，用文字传播民族文化，挖掘着爱尔兰土地上古老的民族精神。在《进入文字的情感》（Feelings into Words）中，希尼曾说："诗是挖掘，为寻找不再是草木的化石的挖掘"（希尼，2001：254），他坚信诗歌创作也跟父辈的劳作一样，可以穿透大地之根。

虽然诗人对爱尔兰劳作传统的继承方式不同于父辈，但精神实质却并无差别，因为诗歌创作从来都与农业劳动紧密相关。正如弗雷德·查普尔（Fred Chappell）所言："诗歌和农业活动之间的永久关系富有感情，而且让人出乎意料。因为两者都要求耐心、对自然的敬畏和对土地的尊重"（Chappell 74）。诗人心怀敬畏，用手中紧握的"笔"作为新的劳动工具来延续祖辈对自然及土地的"挖掘"传统。

莫里斯·哈布瓦赫（Maurice Habwach）曾言：在农民的生活中，劳作是在家庭框架内进行的：农场、马厩以及谷仓，始终都是家庭关注的焦点，甚至当人们并没有在劳作期间时也是这样。因此，在农民的共同思想中，家庭和土地也就非常自然地彼此紧密联系在一起了［……］（Habwach 113—114）无论是祖父在沼泽地中刨出的泥炭还是父亲在苗圃间刨出的马铃薯，都是养育家庭不可或缺的。希尼在对童年经历的徐徐追忆中，描画出了家族两代农夫的现实生活，给读者呈现了两幅生动的

| 第二部分 | 当代英国诗歌的底层叙事研究

乡野劳动景观图，最后又描绘了一幅作为后辈的"我"用文字进行创作的景观图。在这样的劳动景观图中，希尼毫无保留地表现出了其对作为底层农夫的父辈们的崇拜与赞美，而这亦是其对传统农耕文化的肯定。长期以来，英国殖民者在爱尔兰采取文化霸权政策，试图在学校教育和文化宣传上同化爱尔兰，但无论如何，以希尼父辈为代表的底层农民世代延续的最本质的乡村和土地文化传统却永远无法被替代。作为诗人，希尼努力用自己手中那"一支矮墩墩的笔"去挖掘生命真谛和社会现实，用自己的方式传承了根植于土地、扎根于乡土的爱尔兰传统文化。

"追随者"（Follower）一诗回忆了父亲犁地的场景，呈现了另一幅底层农民的劳作景观图：

My father worked with a horse-plough,
His shoulders globed like a full sail strung
Between the shafts and the furrow.
The horses strained at his clicking tongue.

An expert. He would set the wing
And fit the bright steel-pointed sock.
The sod rolled over without breaking.
At the headrig, with a single pluck

Of reins, the sweating teamturned round
And back into the land. His eye
Narrowed and angled at the ground,
Mapping the furrow exactly.

(1—12)

我父亲在用马拉犁耕地
他的双肩在垄沟和长犁柄间
拱成球形像鼓满风的帆。
犁马在他的吆喝中竭尽全力。

| 第七章 | 希尼：底层乡村叙事

一个农业专家，他设定犁的双翼
安好闪亮的钢尖犁头。
泥土不断向前翻滚，
他控制好头马，只需一拉

缰绳，汗流浃背的马便掉头
回到地里。他的眼睛
眯成一条缝从某个角度盯着土地
准确地规划田垄。

（吴德安 译）

  这首诗回忆了孩童时期跟随父亲在田垄犁地的经历，以儿童的视角刻画出了一位精于耕作、吃苦耐劳的"农业专家"形象。诗一开始就以远距离的全景写实方式勾勒了一幅父亲在田垄间犁地的劳动全景图："我父亲在用马拉犁耕地/他的双肩在垄沟和长犁柄间/拱成球形像鼓满风的帆。/犁马在他的吆喝声中竭尽全力。"记忆中的田垄上，父亲手扶犁柄，拱起背来，一声声吆喝着，犁马拼尽全力，在泥土里努力前行。诗人用具体的动作描写刻画出了一位令人叹服的"农业专家"形象，只见他"设定犁的双翼/安好闪亮的钢尖犁头……他控制好马头……""他的眼睛/眯成一条缝从某个角度盯着土地/准确地规划田垄"……一系列的劳动姿态描写流畅自然又写实。"拱成球形像鼓满风的帆""犁的双翼""泥土不断向前翻滚"等意象的使用生动又富含感情，此诗也因此成为希尼回忆父亲的经典诗作之一。在诗的后半部分，诗人骄傲地回忆起儿时的自己也曾参与其中：

I stumbled in his hobnailed wake,
Fell sometimes on the polished sod;
Sometimes he rode me on his back
Dipping and rising to his plod.

I wanted to grow up and plough,
To close one eye, stiffen my arm.

（13—18）

> 我在他平头钉鞋的脚印里绊倒
> 有时也跌倒在光滑的草皮；
> 有时他把我驮在背上
> 随着他的脚步起伏。
>
> 我盼望着自己长大成人也能耕种，
> 也闭上一只眼睛，绷紧双臂。

（吴德安 译）

父亲劳作时那力与美的彰显，使得年少的诗人不由得心生崇拜，"盼望自己长大成人也能耕种/也闭上一只眼睛，绷紧双臂"。很显然，这里的"父亲"泛化成了爱尔兰土地上传统劳动者的象征。对于诗人来说，乡村、土地以及农民传递给自己的是一种源自自然的感受，一切生动又真实，而毫无疑问，大地上日夜挥汗劳作的农民正是自然中最为耀眼的真实存在。在这首诗中，诗人强调了农民与土地之间不可分离的关系。作为"农业专家"的父亲，或许只有在赖以生存的土地上才能找寻到他的自信，才能实现自我的价值。诗人以自然环境为依托，重点抓住环境中的人进行细致的描写，让我们看到了田垄中脚踩泥土、竭尽全力深耕细播的农夫形象。于诗人而言，乡村生活并非只是我们理想中那般悠然闲适，而是一种更为现实的存在，其作品中底层劳动者努力求取生存所付出的艰辛与汗水取代了华兹华斯式的浪漫村野风光。其父辈拱起的双肩和紧盯土地的双眼带来的不是浪漫美好的想象，而是底层农民为了活着而产生的真实的酸痛感和劳累感。因此，从这一方面来看，希尼是富有现实主义精神的，他笔下的爱尔兰农民与土地或许并不美好，但却是真实的存在。

"老婆的故事"（The Wife's Tale）中塑造的打谷人的形象也值得探究。诗中男性与女性的世界是截然不同的。妻子在讲述她如何服侍男人时，也披露了她的孤立与无言状态。除此主题范畴之外，诗人也有意地刻画了一些农收场景，及扎根于土地，喜获丰收之后饱满自足的打谷人形象。

第七章 希尼：底层乡村叙事

The hum and gulp of the thresher ran down
And the big belt slewed to a standstill, straw
Hanging undelivered in the jaws.
There was such quiet that I heard their boots
Crunching the stubble twenty yards away.
[...]
'It's threshing better than I thought, and mind
It's good clean seed. Away over there and look.'
[...]
They lay in the ring of their own crusts and dregs,
Smoking and saying nothing. 'There's good yield,
Isn't there?' —as proud as if he were the land itself—
'Enough for crushing and for sowing both.'
[...]
they still kept their ease,
Spread out, unbuttoned, grateful, under the trees.

(3—7, 16—17, 27—30, 34—35)

打谷机的嗡嗡声和吞咽声筋疲力尽，
大传动带停止旋转。没送入打谷机的
麦秆还挂在机口上。
如此寂静，我听到二十码外他们的
靴子咯吱咯吱地踩过地里的庄稼茬子。
[……]
"谷子打得比我想象得要好，注意
那都是些又好又干净的谷粒。去那边看看。"
[……]
他们躺在面包和喝剩的啤酒间
抽着烟，一句话也不说。"从那儿能看出丰收，
是不是？"他骄傲得好像他就是那丰产的土地——
"这些足够用来磨面和播种"
[……]

255

| 第二部分 | 当代英国诗歌的底层叙事研究

>　　他们仍在树下
>　　悠闲地伸展着四肢，敞开怀，心满意足。
>
>　　　　　　　　　　　　　　　　　　　　　（吴德安 译）

　　这是对乡村农收场景的细致描述，对丰收之后人们闲适情状的写照。土地和农业是底层生命的发育地和栖息地，加之希尼本人农民家庭的出身，对农业、农夫、打谷人及农耕、丰收的描绘也就自然构成了希尼诗歌的重要内容。他本能地将视野投向了村庄和土地上，将乡土之上的生命景观、风土人情加以呈现。他自己就出生、成长、劳动在这片土地上，因此他笔下勾勒的是一个个非常具体、真实的劳动人民生产生活过日子的画面。诗中的打谷人以庄稼地为谋生场域，丰收给他们带来了满足、喜悦和踏实的心境，他们"悠闲地伸展着四肢，敞开怀，心满意足"。如此自足饱满、闲适无忧的气息在一定程度上也稀释了农劳生活的繁重和苦辛，抚慰了疲倦的身体，支撑着来年的希望。

　　希尼笔下的田园土地、劳动情景展现了富于魅力的爱尔兰乡村生活画卷，挖掘着这一伟大土地上所承载的厚重历史和文明。通过对底层乡民劳动生活的生动描写，希尼使我们感受到了自然与土地的伟大力量。正如查普尔（Fred Chappell）所言："诗歌和农业活动之间的永久关系富有感情，而且让人出乎意料。因为两者都要求耐心、对自然的敬畏和对土地的尊重"（Chappell 74）。正是在最平凡琐碎的田间劳作中，希尼找到了从土地到天空的灵魂飞升之路。在希尼看来，诗人创作和农民劳作一样都是与大地相连的、诚实朴素的活动，是一种自我疗伤和维持生存的方式。劳作是从对土地实实在在的触摸上升到精神的满足与启示的过程，而诗的创作是在客观现实的不断抽离中飞升到不可名状的灵性的顿悟过程。诗人在作品中呈现了世世代代爱尔兰底层民众的生存方式。在其看来，劳作所带来的满足和快乐是底层农民面对历史和当下多重苦难的排解方式，是抵消伤害带来的痛苦的有效手段。而于诗人而言，创作的收获和快乐也是用语言进行的、积极抵抗与消解人生苦难的方式，是对信念和理想的肯定。正如希尼在讨论叶芝时所说的，诗是一种"求生的方式"（Heaney 108）。

第七章 希尼：底层乡村叙事

第三节 底层手艺人书写

除了亲人、农夫两个最为重要的叙事对象之外，生活在希尼身边不同职业的手艺人也是其笔下极为丰富的人物群像之一："卜水者"（The Diviner）中的卜水人、"铁匠铺"（The Forge）中的铁匠、"盖茅草屋顶的人"（Thatcher）中的工匠、"老婆的故事"（The Wife's Tale）中的打谷人以及"蒙大拿"（Montana）、"头盔"（Helmet）和"剃头"（A Clip）等诗中的挤奶工、消防员、剃头匠等人。"这是一个普通人的世界，有着乡村生活中的各种行业，三教九流，主要是底层劳动的人们的生活，维系日常物质生活活动的人们"（雷武玲，105）。这些从业者传承了爱尔兰的民间传统工艺技能，他们无声地根植于乡土之上，践行并坚守着爱尔兰久远质朴的生存文化和经验遗产。希尼通过记录这些手艺人日常生活中真实的劳作情景，不仅对他们独特并稍显神秘色彩的工艺和技术作了细致的展示，更由此表达了对乡土、传统和匠人的崇敬之意。他笔下的老一辈手艺者隐忍纯粹，靠着各自的营生之技，在看似浅薄普通的日常俗事俗物中体验劳动与生命的价值，并维系着民族与自我的本土归属感。希尼正是由于早年乡村生活的经历，与这些底层劳作者和本土传统的技艺习俗建立了深厚的熟悉感和亲密感。他以贴近底层现实的视角，观看和表述爱尔兰社会根部传统的民众生存面影。他的诗歌中既有对这些人物生存的艰难、窘迫和疲态的现实描写，也不乏些许温暖、闲适情状的书写，表现出这个阶层中绝大多数人的生存状态和伦理道德观念。

与多数诗人或小说家笔下塑造的亟须社会投以怜悯和关怀的悲情劳作者形象不同，希尼展现的手工艺者形象承载了更为深邃的历史内涵、风俗记忆和原乡情结。带着神秘色彩的卜水者、恪守本职的铁匠、谨慎熟练地盖屋顶的工匠、隐忍朴实的剃头匠等，然后是这些人的劳作场景，它们"是一幅幅精细的人物、风景和叙事画面，然后又共同构成一幅完整、宏大的生活风俗画卷"（雷武玲，104）。而诗人（早期）也生活、劳动在这个纯朴自然的乡村世界中。这个世界是他的乡亲们活生生的日常生活场域，不是晦涩抽象的知识分子的世界，是希尼出身和成长的所在地，他的基点和根系。因此，希尼诗歌创作的初衷，就是希望用自己

| 第二部分 | 当代英国诗歌的底层叙事研究

独特的诗化语言记录祖辈们琐细的日常生活图景,尤其是一些他们世代坚守的生活形态和劳作技能。这些技能于他而言熟悉而独特,带有浓厚的地方特色和传统色彩,值得进行考古式的挖掘。同时,希尼也非常清楚这些底层古老技艺的边缘性,以及这些底层手艺人生存的边缘处境。因此,他把自己用于写作的笔看作祖辈父辈挖泥炭、挖土豆的铁锹一样的工具,要用自己的笔挖掘本地各色行业人们的生活百态,将这些传统技艺与乡村人情记录于诗歌中,并使其为人所知晓。

一 卜水者

希尼曾言,"如果有人问我什么形象可以代表纯粹的技术,我要说卜水者用一种称为'魔杖'的木杈探矿杖找水的技术。找水时,卜水者用两手握住叉形的两端,叉柄对着地面,走到有水处,叉柄会自动向下垂,是一种探寻水源、矿脉的迷信方法"(希尼,2001:24)。

> Cut from the green hedge a forked hazel stick
> That he held tight by the arms of the V:
> Circling the terrain, hunting the pluck
> Of water, nervous, but professionally
>
> Unfussed. The pluck came sharp as a sting.
> The rod jerked with precise convulsions,
> Spring water suddenly broadcasting
> Through a green hazel its secret stations.
>
> The bystanders would ask to have a try.
> He handed them the rod without a word.
> It lay dead in their grasp till, nonchalantly,
> He gripped expectant wrists. The hazel stirred.
>
> (1—12)

一根榛木杈砍自绿色的灌木丛
他紧握住 V 形两端:

| 第七章 | 希尼：底层乡村叙事

在地上兜着圈，寻猎水的
吸力，紧张，却又职业性地

沉静，那吸力陡地到来犹如蜂螫。
魔杖猛然一沉，精确地震颤，
突然发布地下水的消息
通过一个绿色榛木杈，它的秘密电台。
旁观者会要求试试。

他便一言不发把魔杖递给他们。
它在他们手中一动不动，直到他若无其事地
抓住期待者的手腕，榛木杈又开始震颤。

（吴德安 译）

"卜水者"（The Diviner）一诗详细记述了旧时爱尔兰乡村的一类极具仪式性和地方民风色彩的劳动者形象——从事水源占卜的卜水人。诗歌篇幅不长却细致入微地讲述了卜水这一神秘又充满魔力的职业和技艺过程。占卜者全程凭借一根"魔杖"——一根砍自绿色灌木丛的 V 形榛木杈，便能寻猎到水源的位置。他手握木杈两端，不停地在地上画着圈，感应着水源的吸力。他专注而又紧张地试探着，但职业性的沉静掩盖了其紧张情绪。突然，"魔杖猛然一沉"，犹如蜂螫，这表明此刻他已顺利探到水源的位置，并"发布地下水的消息"。整个过程中，他手中的木杈发挥着巨大魔力，能够探测到水源的"秘密电台"。诗人对卜水者及其占卜的技艺进行了细致入微的观察，呈现了其占卜过程的景观图。这"看似简单的乡间劳作带着一种不可言传的神秘，它的成功与否不仅需要劳动者的技艺，更要依仗超自然的赐予"（刘炅，35）。这样古老的思想和迷信的方法在当下某些科技相对落后、生产生活方式相对传统的爱尔兰乡村地区依然留存。尤其是对于农业劳动者来说，当需要预知或解释大自然中的一些未知、神秘的现象时，占卜仍是他们寻求解答，寻求心理寄托的重要方式。从科学的角度看，这样技术的原理和可信度或许无从考证；但从文化和精神层面来讲，它已超越了一般意义上的迷信思想，是具有一定社会性的文化现象，成为爱尔兰乡村人民相传已久的集体记忆的一部分，同时也是这个民族传统乡土文化的重要象征之一。

该诗的最后一节，旁观者们看到卜水者轻松的举动，却取得如此神奇的成效，纷纷跃跃欲试。卜水者便"一言不发地把魔杖递给他们"。可当他们手握同样的榛木杈，重复和卜水者一样的动作时，木杈在他们手中便失去了方才的"魔力"，一动不动。而当卜水者抓住旁观者的手腕时，木杈又开始震颤。纵使手握同样的工具，重复同样的动作，但卜水效力只有卜水者本人才能发挥出来。关于这一点，希尼的一席话可以做出相应解释："你不能学习用卜棍探测水源或学习占卜——它是一种与隐秘而真实的存在物保持接触的才能，一种在潜藏的资源与想象让这资源浮现和释放的社群之间调停的才能"（黄灿然，25）。希尼认为这样的职业和诗人高度相似："那占卜者在其与隐秘的事物接触这个方面，以及在其有能力把感觉到和触动到的事物表现出来这个方面，都酷似诗人"（同上）。只有诗人能感知到普通日常生活和俗事俗物中隐秘的一面，从那些早已被人们习惯性、麻木性忽略的自然景观和平淡事物中发掘出诗意的空间、丰富的情感和深邃的文化印记。他曾言："诗是占卜；诗是自我对自我的暴露，是文化的自我回归，诗作是具有连续性的因子，带有出土文献的气味和真确感，在那里被埋葬的陶瓷碎片具有不为被埋葬的城市所湮没的重要性"（希尼，2001：253）。卜水者以其精湛神秘的魔力继承和发扬了爱尔兰的民间传统技艺，同时也保留了那层神秘而神奇的面纱。而希尼作为一位极具乡土情怀的诗人，从创作伊始都在致力于勘探并揭秘故乡这些日常活动中的神奇力量，进而通过诗歌创作呈现出来。犹如卜水者探寻水源一样，诗人也在用相似的技术和专注探索爱尔兰文化的源头，以期实现对民族传统文化的回归，尤其是对其家乡风俗文化的回忆与颂扬。在诗歌中，希尼用自己有力的笔触还原了爱尔兰自然纯朴的乡村人、乡村物象和乡村风情，并使之成为永恒。

综上而言，卜水者的形象在希尼的诗歌中尤为重要，不仅承载着爱尔兰乡村悠远的风俗记忆，原乡情结和归属感，也是诗人本身自我的类比或映照。他一方面表达对卜水者崇高的敬意，吟诵了乡土之上朴素的劳动者，另一方面，犹如卜水者一样，用手中充满神奇魔力的"榛木杖"丈量、探测并记录着爱尔兰的精神记忆和文化根源。

二 铁匠

铁匠的形象反复出现在希尼的诗歌中。在第二部诗集《进入黑暗之门》(Door into the Dark)有一首著名的"铁匠铺"(The Forge),这部诗集中还有几首诗也写到了铁匠,如"震颤"(A Shiver)、"诗人对铁匠说"(Poet to Blacksmith)、"耙钉"(The Harrow-Pin)等。希尼笔下的铁匠真实、朴素,有着粗犷的力量和细腻的技巧,在机械文明的侵蚀下依然劳作,坚守着爱尔兰传统的匠人技艺和匠人精神。

在诗歌"铁匠铺"中,诗人笔下的铁匠是倚靠着门框,"回忆着马蹄的得得声",然后又立马回到现实工作中,伴随着"一阵砰砰和轻击"声锤打铁具的形象。

> All I know is a door into the dark.
> Outside, old axles and iron hoops rusting;
> Inside, the hammered anvil's short-pitched ring,
> The unpredictable fantail of sparks
> Or hiss when a new shoe toughens in water.
> [...]
> Where he expends himself in shape and music.
> Sometimes, leather-aproned, hairs in his nose,
> He leans out on the jamb, recalls a clatter
> Of hoofs where traffic is flashing in rows;
> Then grunts and goes in, with a slam and flick
> o beat real iron out, to work the bellows.
>
> (1—5,9—14)

> 我所知道的只是一扇通往黑暗的门。
> 外面,旧车轴和铁箍生着锈;
> 里面,锤在铁砧上短促的丁当声,
> 出乎意外的扇形火花
> 或一个新的马蹄铁在水中变硬时嘶嘶作响。
> [……]

他在那儿为形状和音乐耗尽精力。
有时，围着皮围裙，鼻孔长着毛，
他倚在门框上探出身来，回忆着马蹄的
得得声，当汽车成行掠过；
然后咕哝着进屋去，一阵砰砰和轻击
鼓动风箱，把实实在在的铁锤平。

(吴德安 译)

  该诗呈现了铁匠这一传统手工劳动者的劳作图，诗中铁匠的原型来自于诗人童年时期的一位邻居。开头诗句"我所知道的只是一扇通往黑暗的门"一方面暗示了铁匠的工作环境——阴暗、幽闭；另一方面引领我们进入一个神秘、未知、待挖掘的世界。"里面，锤在铁砧上短促的叮当声，出乎意外的扇形火花/或一个新的马蹄铁在水中变硬时嘶嘶作响"。"火花""丁当声""嘶嘶作响"等词从视觉和听觉相结合的方式呈现了铁匠日常劳作的景观，并且这种劳作本身极具美感和节奏。"'砰砰'和'轻击'，把响声和技艺同时表现了出来，让粗线条的力量和柔和的造型混合在一起发生"（希尼，2001：25）。与里面忙碌、鲜活、动态的劳作景观不同，铺子外面则到处堆砌着生锈的旧车轴和铁箍，一幅破败不堪、废弃陈旧的画面。这是一个铁匠铺外面的世界——腐朽，生锈，等待着铁匠用高超的技艺打磨锻造，重新焕发活力与存在的价值。接下来，铁匠便出场了："围着皮围裙，鼻孔长着毛/倚在门框上探出身来，回忆着马蹄的嘚嘚声"。他看着路上汽车成行掠过，嘴里咕哝着进屋去，又开始"一阵砰砰和轻击/鼓动风箱，把实实在在的铁锤平"。面对如今外面路上成群掠过的汽车，铁匠回忆着往昔马蹄触碰地面的嘚嘚声。现代文明使人们的日常出行方式发生了变化，汽车轱辘在逐渐取代旧式的马蹄。如此，那些费力费心锻造的马蹄铁似乎不再被需求，逐渐被遗忘，尘封在这窄小黑暗的屋子里。而铁匠只能通过回忆和想象坚定自己这份技术与职业的神圣性。他无关乎外面冷漠、机械的世俗世界，实实在在地坚守着自己的锻造艺术。在工业化和现代化的蚕食下，坚守本职寻常的打磨劳作不仅是铁匠维持生存的唯一且有效的方式，更重要的是保守着他对传统技艺的尊重与虔诚之心。这种从容不迫，"日复一日的平实劳动所代表的隐忍坚强是对生存最积极的捍卫"（刘炅，35），也为其精神与心灵上带来"特有的踏实和安宁"（同上）。

铁匠在爱尔兰是一个古老久远、具有历史意义的职业。通过追溯爱尔兰的发展史可以发现，农耕文明在该民族的历史时期中持续了很长时间，因此在农业劳作过程中，各种铁具、农具和牲畜用具是不可或缺的，而这些工具都是由铁匠手工打造出来的（和耀荣，51）。因此，铁匠是一份令人尊敬、极具技术含量的职业。希尼在诗中描写的铁匠就是其小时候的邻居。据诗人回忆，他童年时期在一次小学的演出活动中还扮演过铁匠，并向这位邻居借过铁砧作为道具。因此，他对铁匠的职业是极为熟悉和亲近的，所以在诗歌中对打铁的劳作景观呈现得真实、精准而有层次：有声音描写，也有色彩描写；既有铿锵有声的力量的展示，也不乏铁匠极具美感技艺的展现。诗人以铁匠及其技艺为诗歌描述的对象，用平实而真切的语言还原了铁匠日常的劳作景观，向这些朴实、隐忍、虔诚的手工劳作者们表达敬意。他们不仅继承了爱尔兰的传统技艺，同时体现了对自我身份和民族身份的认同。诗人也通过诗歌实现了对爱尔兰文化的回归。

在"耙钉"（The Harrow-Pin）一诗中，铁匠又呈现出非工作状态的另一个形象：

> We'd be told, "If you don't behave
> There'll be nothing in your Christmas stocking for you
> But an old kale stalk." And we would believe him.
>
> But if kale meant admonition, a harrow-pin
> Was correction's veriest unit.
> Head-banged spike, forged fang, a true dead ringer
> Out of a harder time, it was a stake
> He'd drive through aspiration and pretence
> For our instruction.
> [. . .]
> Out there, in musts of bedding cut with piss
> He put all to the test. Inside, in the house,

Ungulled, irreconcilable,
And horse-sensed as the travelled Gulliver,
What virtue he approved (andwould assay)
Was in hammered iron.

(1—9, 19—24)

我们被告知,"如果你们不守规矩
你们的圣诞袜里就会什么都没有
除了老甘蓝梗"。我们都信他。

如果说甘蓝意味警告,那么耙钉
就是真正的矫正工具。
圆头长钉,锻打出的钉尖,一个真正的送终者
在更艰难的处境,一个标杆
他用愿望和夸饰竖立起来的
为了教导我们。
[……]
在屋外,在草垫子的尿骚味中,
他做各种测验。室内,在家里
他毫不动摇,从不妥协,
像漫游的格列佛一样坚守意识,
他赞赏的美德(且愿意检验)
蕴含在反复锤打的铁中。

(雷武玲 译)

  这首诗中的铁匠不再只是一个体力劳动者的形象,他更是一个生活的教导者。在屋外工作之时,他不卑不亢,坚定虔诚,踏实劳作。如遇需要尝试和改变,他会"做各种测验"。然而在日常生活中教导孩子们应遵循的规矩和行为准则时,他却"毫不动摇,从不妥协","像漫游的格列佛一样坚守意识"。他教导孩子们的方式,如同锻打耙钉一样,圆头和钉尖必须反复矫正,力求造出一个个标杆物。一旦发现不合规矩的行为,会毫不妥协,立即纠正。蕴含在反复锤铁中的坚韧扎实、持久耐

劳、简单淳朴的精神是铁匠所赞赏的美德。他也希望孩子们能够尊崇并习得这样的美德，感知和体悟基于劳动而得来的朴实自足的铁匠精神。

铁匠的职业看似粗糙和卑微，但在希尼的描写下却犹如一个艺术家，不仅需要付出劳力还需要铁匠所推崇的艺术灵感，用铁砧反复锤打出完美的形状和质感。这个过程类似于艺术家精心制作艺术品的过程。希尼也"把艺术看作是劳动、工艺和生产，与体力劳动有很大程度的相似性"（Allen 102），并认为"每一类人物的营生都需要工艺和技术，这些工艺和技术似乎都可以移植到诗人的作品中"（Bloom 29）。铁匠的工艺和精神立足于世代爱尔兰乡村人的生活中，朴素、坚实又铿锵有力，在劳作大众的集体记忆中获得一席之地，最终也将在诗人的笔下永远地留在爱尔兰的历史文化中。

三　盖茅草屋顶的人

除了卜水者、铁匠，在爱尔兰土地上同样不可或缺，施展独特手工技艺的还有盖茅草屋顶的人。诗歌"盖茅草屋顶的人"（Thatcher）细腻、直观地书写了盖茅草屋顶的人这一极具爱尔兰特色的职业者形象，真实还原了其劳作景观。这首诗堪称一本关于如何盖茅草屋顶的写实手册。诗人将盖屋顶者的技艺操作过程一步步放慢呈现：经过好几个星期的预约，一天早晨，盖屋顶的人出乎意料地来了，自行车上驮着"一袋刀子一个轻便梯"。修缮屋顶之前，他先着手一些准备性的工作："捅屋檐，察看旧索具"（4）、抽出捆麦秆的柳枝榛条，"用手甩着试其重量，拧弯看会不会断折"（7）。之后，

> Then fixed the ladder, laid out well-honed blades
> And snipped at straw and sharpened ends of rods
> That, bent in two, made a white-pronged staple
> For pinning down his world, handful by handful.
>
> （9—12）

他搭好梯子，摆出磨快的刀
修剪麦秆将枝条的两端削尖
再把两头弯下，做成门形白色尖头钉

(压住)一把接一把的麦秸。

(吴德安 译)

接下来,把每捆麦秆的"接头处剪齐嵌平,把麦秆钉在一起/形成蜂窝状的倾斜,如一片收割后的麦地"(14—15)。他的动作精湛娴熟,利落灵巧。大家称赞他的技艺犹如"米达斯之技"——"米达斯为希腊神话中弗利治亚的国王,贪恋财富,曾求神赐给他点物成金的法术。此处比喻盖屋顶人高超的技艺,能够点麦秆成金"(希尼,2001:27)。从对待手艺的态度看,这位匠人技艺高超,且精益求精,他完全沉浸于自己的活计中,无声,却有力,保持着均匀紧凑的节奏,丝毫不亚于一种艺术上的表现。这种精工细作的工作形态延续着民族世代传承的"工匠精神",承载着古朴的生存文化与劳作观念。

而盖屋顶的人更是爱尔兰传统乡村建筑的切身守护者。他们修缮维护的茅草屋顶的农舍和谷仓是爱尔兰乡村建筑的一大特色。这些房舍在旧时多是一些底层劳动者的住所及活动区域,如农夫、铁匠、渔夫等。房子大都低矮简约,屋顶由黄色麦秸搭造而成。它们不仅是底层人辛勤劳作与生活的空间,更烙下了爱尔兰乡村历史发展的轨迹,呈现了传统的乡村生活风貌。诗歌中盖屋顶的人就是以修缮茅草屋顶为生的工匠。他们从前期准备工具、材料,之后修剪、捆钉麦秆等,再到最后上房修缮,整个过程有条不紊,精修细作。诗歌语言简单朴实,没有华丽的辞藻修饰,只有平淡真实的劳作场景,却极具强烈的现场感和真实性。这是一种围绕真实的场景、人物和生活进行的立体式抒写,承载的是对那个时代和那个地方的记忆和情感。

和前面两首诗里的卜水者和铁匠一样,这首诗里面的修缮屋顶的工匠也可以理解为类似于诗人的艺术家,整首诗也可以理解为一首关于写诗的诗。希尼不仅钦佩这位工匠有条不紊的准备和稳练高超的技艺,更钦佩他无声而有力地传承着这门古老的技艺。诗人本人也从这些底层劳作者身上学会了对乡村生活的尊重和对本土文化的坚守与传承。

四 剃头匠

剃头匠是民间大众的一个古老职业。随着时代的进展,这样朴实平

第七章 | 希尼：底层乡村叙事

凡的行业正在渐渐淡出人们的视线，但在乡村和一些城市的底层生活圈，这门职业却并未绝迹。它所代表的不仅仅是劳动个体安身立命的一门技艺，更是对原初记忆和旧式生活情状的根性守候。希尼的"剃头"（A Clip）一诗叙述得平实无华，展现了一幅再真实不过的剃头匠的日常劳作图景。这样的人群挣扎与坚守在社会结构的底层，是最隐忍，也最容易被遗忘的边缘人群。他们亦须抵抗卑微粗糙、物质贫乏的生存状态，但内在仍秉持着对传统手艺和自我身份的信守。

> Harry Boyle's one-room, one-chimney house
> With its settle bed was our first barber shop.
> We'd go not for a haircut but "a clip":
> Cold smooth creeping steel and snicking scissors,
> The strong-armed chair, the plain mysteriousness
> Of your sheeted self inside that neck-tied cope—
> Half sleeveless surplice, half hoodless Ku Klux cape.
>
> （1—7）
>
> 哈利·博伊尔一个房间，一个烟囱的屋子
> 摆着木沙发床，是我们的第一家理发店。
> 我们不是去理发而是去"剃头"。
> 冰冷平滑的钢推剪，咔嚓咔嚓的剪刀，
> 坚固的扶手椅，被掩盖的自我的神秘
> 在脖子上紧系的围布下——
> 半像无袖的白色罩衣，半像三K党的无帽斗篷。
>
> （雷武玲 译）

诗的开头叙述了理发店的外景和内景："一个烟囱的屋子/摆着木沙发床"，诗人强调这"是我们的第一家理发店/我们不是去理发而是去'剃头'"。"剃头"是一种旧式古朴的说法，诗人强调去"剃头"而非去"理发"以表达对传统手艺的亲近与尊重。接着，逐一列举"剃头"所需的工具——钢推剪、剪刀、扶手椅、白色罩衣。语言简单纯粹，内容平实，却蕴含希尼对儿时剃头场景的温情回忆及对剃头匠日常劳动细

腻而真实的观摩。诗的后半段对剃头匠哈利也作了一番描述：

> Harry not shaved, close breathing in your ear,
> Loose hair in windfalls blown across the floor
> Under the collie's nose. The collie's stare.
>
> (12—14)

> 哈利也不刮胡子，贴近你的耳朵呼出热气，
> 剪落的头发被风吹过地板，吹到
> 柯利狗鼻子下面。那条柯利狗一直盯着看。
>
> （雷武玲 译）

极为简陋的工作环境和哈利自身粗糙而不修边幅的面貌特征，都旨在展现一幅剃头匠真实而极具日常性的劳作画面。如此画面深切地留在诗人的记忆里，沉淀为一种源于乡人的亲近，一种来自于寻常劳作生活的朴实与安宁。而剃头匠本人虽略显邋遢，但技术利落，在看似机械沉闷的劳动中呈现了爱尔兰乡人传统朴实，又具有温度的生命品质。在书写这样普通底层职业者的过程中，希尼通常作为一个旁观者，以"纪录式"的叙事手法，真实再现普通底层手艺人的日常劳作样态。这也是希尼早期一贯的叙事手法，一方面体现了诗人"在描写底层人时的平等姿态，有效地避免了底层叙事中惯常出现的'俯视'姿态"（侯林梅，2014：93），在最大限度上替被淹没的底层民众发出声音；另一方面，诗人也可以借此隐含地表达自己为爱尔兰底层劳动者代言的立场，增强了诗歌的现实意义和伦理向度，同时也承载了诗人的"诗学责任和社会责任"（侯林梅，2010：86）。

除了上述列举的卜水者、铁匠、盖茅草屋顶的人及剃头匠等底层手艺人形象，希尼的诗歌里还存在很多其他各行各业的劳动者，如挤奶工、抬棺人、消防员、马铃薯种子裁切者等。通过对这些个体劳动者生存生活经验的细致展示，希尼旨在颂扬爱尔兰民间日常生活的传统工艺、朴实的民众劳作和深厚的根土情怀。这一旨向也正是希尼诗歌创作的初衷和落力之处。他从这些底层普通人群的日常生活中提炼出神奇的力量，

加以强化后呈现给读者，以揭示其中所蕴含的多层次的文化经验和身份归属感。

与华兹华斯"卑微的乡村田园叙事"一系相承，希尼同样通过书写底层乡村人群细碎、寻常的生活劳作反映他们隐忍伟大、守望根土的质朴情怀。但希尼的诗歌明显少了一些浪漫主义情调和隐世倾向，多了几分对现实的观照和对大众生活情境的关切。这样的生活"充满了汗水的刺鼻气味和长时间劳动所带来的身体酸痛感，这种劳动者与土地相生相伴的密切关系在某些方面先于任何意识形态，直接通往那个在成为殖民地前的爱尔兰的记忆"（杜心源，2008：114）。同样，与叶芝那些将爱尔兰田园生活美学化的诗歌立场相反，希尼有意识地选取最真实、最朴素的乡村人、乡村物象和乡村风情来加以呈现，其中不乏对艰苦劳作、务实求生、疲态辛酸的底层各业人群生存状态的影射。但这些并不是暗示负面的基调，而是暗示"可以使人焕然一新、使人能够思考和自在的地方"（黄灿然，218）。这种温情与艰难的交织牢固地根植于现实，根植于底层人的日常生活中。

不可忽视的是，希尼的诗歌中除了颂扬爱尔兰底层人生存的坚忍与质朴精神，还隐含着对事物深层意义的洞察。他使用占卜者、盖茅草屋顶的人和铁匠等人物作为诗人的类比，认为诗歌是一种类似于传统手艺人的技术。在各种技艺中，希尼都能找到与他的诗歌创作艺术相通的灵感和元素。正如迈克尔·帕克（Michael Parker）所言："在诗歌和散文中，希尼频频向他的邻居手工艺者们表示敬意，觉得这是他应该为他们做的，同时把自己的成就和手工艺者们糅合在一起。"（转引自和耀荣，54）因此，希尼对底层手艺人的抒写打通了日常生活的琐碎小事与深邃诗意思维和文化内涵之间的联系，并超越了时间和空间的维度，直达人性、历史和文化的场域。

第四节　底层女性与儿童书写

爱尔兰是信奉天主教的国家，传统天主教义对女性苛刻而无情。从表面上看，它大张旗鼓地宣扬着对圣母玛丽亚的崇拜，但细究其本质却是一种无性的母性崇拜。在天主教教规里，女性在婚前必须保持身体的

| 第二部分 | 当代英国诗歌的底层叙事研究

绝对贞洁，因此，婚前生育的行为以及私生子的存在是被唾弃、被诅咒的。尽管希尼出生在一个传统的天主教家庭中，但他并没有被那些不公正、不合理的教义蒙蔽双眼，而是始终保持着清醒的头脑和理性的思考，时常将目光聚焦于那些被宗教传统损害、被推至社会边缘的底层女性及孩童，努力为那些落魄无助的生命找寻尊严和价值的存在。在"惩罚"（Punishment）一诗中，希尼书写的就是一位爱尔兰少女因婚前同居行为而遭受的非人虐待：

> her shaved head
> like a stubble of black corn,
> her blindfold a soiled bandage,
> her noose a ring
>
> to store
> the memories of love.
> Little adulteress,
> before they punished you
> [...]
> I know,
> the stones of silence.
> I am the artful voyeur
> [...]
> I who have stood dumb
> when your betraying sisters,
> cauled in tar,
> wept by the railings,
> who would connive
>
> in civilized outrage
> yet understand the exact
> and tribal, intimate revenge.
>
> （17—24，30—32，37—44）

第七章 希尼：底层乡村叙事

> 她被剃了头
> 像收割后的黑谷地，
> 眼睛上蒙着的布是一条脏污的绷带，
> 脖子上的绳索，一个戒指
>
> 蕴藏着
> 爱情的记忆。
> 一个小淫妇，
> 在人们惩罚你之前
> [……]
> 但是我知道，那时我也只能站在
> 惩罚你的人群中沉默如石。
> 我是艺术的偷窥者
> [……]
> 我已经这样哑然地旁观过
> 当你叛逆的姐妹们
> 被头涂柏油，
> 在栅栏边示众哭泣，
> 我会默默地赞许
>
> 这种文明的暴行，
> 同时也领悟这种仪式性的、
> 族群地、情欲地报复。
>
> （吴德安译）

沼泽地中，两千年前的女尸被当作考古发现挖掘出来，她被剃的头"像收割后的黑谷地"一般，铭刻着她生前所犯下的罪孽，因为"剃头"正是黑铁时代对通奸女子最常见的惩罚。而她"尸体上压重的石头/和那些漂浮着的柳条、树枝"，她眼睛上蒙着的"脏污绷带""脖子上的绳索"无不在告诉人们她死前遭受的折磨。诗人面对这沼泽地女尸，禁不住想象回放发生在她身上的一切：这位女子活着的时候曾有着柔和的"淡黄色的头发"，有着"那么美丽的脸庞"，她手上的戒指也见证了曾经的美好爱情。然而，她的奔放自由触犯了族群和宗教的条例，最终被冠以通奸的罪名而被缚以绳索、百般凌辱后绑上石头丢进沼泽地中，成为"可怜的替罪羔羊"。诗人对这位女子满怀同情，同时，他试图站在更为客观的角度对历史进行审视，对现实进行烛照："我已经这样哑然地旁观过/当你叛逆的姐妹们/被头涂柏油，在栅栏边示众哭泣"。当时正值英国政府与北爱尔兰许多民族运动组织矛盾最为激化，冲突最为激烈之时，在那样的政治社会背景下，如果爱尔兰天主教妇女与英国士兵恋爱或是反对爱尔兰共和军，就会遭到宗教"惩罚"。她们会被削发，被柏油涂头，甚至被粘上羽毛示众羞辱，以此作为背叛国家和信仰的惩罚。诗人以"姐妹们"来称呼那些同样因为大胆追求爱情触犯条例而被惩罚的女子，将那个被惩罚溺毙的远古女子与爱尔兰当下民族现状联系起来。在诗人的书写中，发生在史前社会女子身上的暴力事件与爱尔兰现实政治中的暴力事件跨越时空而并列展现，增强了作品的历史厚重感。如果说远古时代以宗教为名的暴力行为是因为愚昧和野蛮，那两千年后"这种文明的暴行"又究竟为何？想到这些女子的悲惨遭遇，诗人心生怜悯，唏嘘不已，却也勇敢叩问自我的灵魂，进行着理性的深度反思。"但是我知道，那时我也只能站在/惩罚你的人群中沉默如石"，"我会默默赞许/这种文明的暴行/同时也领悟这种仪式性的/族群的、情欲的报复"。诗人对自己无声的旁观深感愧疚，为自己怯懦的沉默深感不安，这都体现了他对从古至今的野蛮暴力行为的反对，对受害者的同情。而另一方面，诗人无法抛弃自己的民族身份与民族情结，他与北爱尔兰的广大人民一样不容许任何叛国的行为，因此，对那些与敌人亲密交往的行为，在感情上是无法平静接受的，因此只能在心里"默默地赞许/这种文明的暴行"。希尼的出生和成长环境决定了他的爱尔兰民族意识，而在学校接受的正统英国教育却使他禁不住膜拜英国文化的伟大。诗人内心对艺术的追求与现实社会的政治宗教冲突，常常使他陷入夹缝的境地，内心的矛盾使他不得不常常"沉默如石"。而这种沉默或许也恰好使其能够以一个旁观者的身份介入对现实暴力的思考之中，冷静克制地去审视爱尔兰土地上所发生的一切，在艺术的书写之中寻求和解之道。对于希尼来说，面对现实暴力，作为诗人的他或许更多的是要做出一种客观的呈现；作为公众人物，他不愿使自己的诗作沦为某种政治派别的附属

第七章 | 希尼：底层乡村叙事

物。在其看来，"今天我们能做的只是提出警告"，"艺术的宽容与敏锐恰恰就是对公共生活无法忍受的重复的反对"（Heaney 195）。因此，希尼的"沉默"不是逃避，其在"沉默"中的创作是对现实的有力回应，其对诗学意义的坚守则是一位诗人避免沦为政治宗教附庸的另一种担当。

爱尔兰大地上的人民世代生生不息，但它的历史在给予它荣耀的同时也带来了某种制约与禁锢，伴随着古老习俗传承下来的还有那些无知、暴力与狭隘。在苛刻的宗教环境下，由于"私生子"的身份不被世人认可，那些未婚生育、婚外生育的女性常常选择以抛弃甚至杀害孩子的方式来逃避惩罚。在"地狱的边境"（Limbo）一诗中，希尼以冷静客观的语气书写了那些被残忍剥夺去生命的婴儿：

> Fishermen at Ballyshannon
> Netted an infant last night
> Along with the salmon.
> An illegitimate spawning,
>
> A small one thrown back
> To the waters. But I'm sure
> As she stood in the shallows
> Ducking him tenderly
>
> Till the frozen knobs of her wrists
> Were dead as the gravel,
> He was a minnow with hooks
> Tearing her open.
>
> She waded in under
> The sign of her cross.
> He was hauled in with the hsh.
> Now limbo will be

A cold glitter of souls
Through some far briny zone.
Even Christ's palms, unhealed,
Smart and cannot fish there.

(1—20)

包利山侬的渔夫
昨晚网到一个婴儿
和一条鲑鱼。
一种不合法的生育,

太小的要扔回
水中。可我确信
当她站在浅水里
把他温柔地按入水下

直到她冻僵的腕关节
如水中砾石般毫无知觉
他是钓钩上的一个小鱼饵
将她撕裂。

她在胸前的十字架下
把他按入水中。
他和鱼一起被网拖上来。
现在地狱的边境将是

来自某一遥远地带的
闪着寒光的灵魂归宿地。
甚至基督的手,也不能治愈,
会被盐水刺痛,不能来这儿打鱼。

(吴德安 译)

第七章 希尼：底层乡村叙事

第一节里，诗人极其简洁、概括地交代了事件以及发生的时间和地点。包利山侬是北爱尔兰的一个小渔村。一日，村里的农夫们去打鱼，却意外网到一个被溺死在水中的婴儿，于是在场所有人都明白这是"一种不合法的生育"，立即把尸体"扔回水中"。由于当地的天主教以及盖尔族重视传统宗族教规，不允许非婚生子，私生子被视作非法儿不允许存在。在母性的慈爱温柔和教规宗族的淫威间，这婴孩儿年轻的母亲备受煎熬，最终因为惧怕教规的森严和宗族传统的严苛，狠心把自己的孩子"按入水下"。然而，溺死孩子的母亲得到的不是就此解脱，而是更加沉重的精神枷锁，因为"他是钓钩上的一个小鱼饵"已"将她（母亲）撕裂"。这里的"撕裂"既是母亲分娩时那肉体上"撕裂"般的疼痛，也是将孩子"温柔地按入水下"时精神上所承受的"撕裂"般的痛楚，这种痛楚更加难以消磨。"她在胸前的十字架下/把他按入水中"。"十字架"本该是苦难救赎的象征，这里却成了残忍杀戮场面的见证物。在那"十字架"光辉的闪耀下，无辜纯洁的小生命以自己的死亡换来了母亲在人间的苟延残喘，这毫无疑问是诗人对宗教的一种莫大讽刺，而开篇"包利山侬的渔夫"将网到的婴儿尸体重新"扔回水中"，也揭露了部族传统的冰冷无情。葬身于水底的婴孩儿由于生前没有接受宗教洗礼，那纯洁未染的灵魂无法到达天国，只能去往"地狱的边境"。"地狱的边境"又称为"灵薄狱"（limbo），原意是"边缘"或"界限"，指的是天堂与地狱的边界。根据早期神学家的说法，那里是耶稣诞生之前未受洗的婴孩和那些无机会受洗又无重罪去世的成年人的灵魂所去之处，那里是"闪着寒光的灵魂归宿地。/甚至基督的手，也不能治愈，/会被盐水刺痛，不能来这儿打鱼"。在这个遭受诅咒的冰冷边界之处，即使基督的爱也无法抵达，那脆弱无助的渺小灵魂或将永远徘徊于此，令人不寒而栗。本诗寓意深远，诗人一方面谴责了宗教和宗族传统的虚伪、无情，另一方面也借此表达了对那些被诅咒、被侮辱、被"边缘"的底层人的同情——他（她）们被排斥在宗教和社会的"边缘"，从生到死都无法享受其宣扬的爱与关怀。

非婚生下的婴儿虽然一出生便被无路可走的母亲"温柔地按入水下"，但也就此结束人间磨难；那些有幸存活下来的私生子，命运或许更加悲惨。在"地狱的边境"的姊妹篇"私生子"（Bye-Child）中，诗

人对那些以私生子身份活着的孩子们满怀同情:

> The child in the outhouse
> Put his eye to a chink—
>
> Little henhouse boy,
> Sharp-faced as new moons
> Remembered, your photo
>
> still Glimpsed like a rodent
> [...]
> Little moon man,
> Kennelled and faithful
> At the foot of the yard,
> Your frail shape, luminous,
> Weightless, is stirring the dust,
>
> The cobwebs, old droppings
> Under the roosts
> And dry smells from scraps
> She put through your trapdoor.
> Morning and evening
>
> After those footsteps, silence;
> Vigils, solitudes, fasts,
> Unchristened tears,
> [...]
> Your gaping wordless proof
> Of lunar distances
> Travelled beyond love.
>
> (4—9, 11—23, 28—30)

第七章 | 希尼：底层乡村叙事

那孩子在院边的鸡舍里，
把眼睛贴在墙的裂缝上——

一个鸡舍小男孩，
瘦长的脸像是新月
我记得，报纸上你的照片

仍然像老鼠
[……]
小新月人，
像关在窝里的狗老实地
呆在院子的角落，
你虚弱的身体轻如锡纸，
没有分量，搅起尘埃，

鸡舍里蛛网密布，落满
常年积累的垃圾
面包屑的枯燥味道
她每天早和晚
由你门上的狗洞送进。

在她的脚步声消失之后，只有寂静，
守夜、孤寂、斋戒，
还有你那异教徒的眼泪
[……]
你的痴呆无言证明
月光可以达到
爱所达不到的地方。

（吴德安 译）

如果说"地狱的边境"里被溺死的婴儿从此将永远徘徊在那"闪着寒光"的地狱边境，这些苟延残喘活下来的私生子就如同生活在人间炼狱一般。他们被人们视为"异教徒"，降临在人间仿佛只为经历磨难、

277

消磨生命。他们无法享有普通孩子享有的父母之爱和家庭关怀，而是被关在"院边的鸡舍里"，那里堆满垃圾，四处垂悬着蜘蛛网。他们每日所食不过一些残渣碎屑，而且是由"门上的狗洞送进"。长期不见阳光、缺乏营养的他们"虚弱的身体轻如锡纸"，瘦弱到甚至"没有分量，搅起尘埃"。与世隔绝的他们，"痴呆无言"，生活里只剩下漫漫无边的"寂静"和"孤寂"。在诗人笔下，这些私生子完全被异化成了动物——他们是"鸡舍小男孩"，他们"像老鼠"，"像关在窝里的狗"。诗人从身体和精神两个层面对这些"异教徒"的孩子进行了满怀同情的书写，言说出了那些处在身份边缘的底层孩童所不能言说的痛。

希尼对底层女性与儿童处境的关注正是其对社会现实关注的写照。然而，无论是对宗教种种腐朽传统和不合理现象保持沉默，还是将现实暴力放于历史和艺术之中化解，希尼始终保持了一种旁观者的客观与冷静。对宗教和社会现实酿就的悲剧，他并非全然绝望，但也并不盲目乐观，总是保有自己客观冷静的理性判断。希尼对宗教和社会的鞭笞源自于他的现实主义精神，他的诗不仅关注自我、家庭，还始终保持对外界现实的回应。在他敏锐、细致地洞察下，无声的现实通过诗歌发出了声音，底层社会面对的种种黑暗和不公一一展示在了读者面前。

小　结

"优秀的诗歌作品在于它是生命经验的升华，是诗人把日常语言赋予生命内涵，用一定规则的外形呈现自己的精神体验和情感冲突，即外在的形式美与内在的意境美相互融合、浑然一体"（王巨川，20）。继承了华兹华斯的诗学传统，希尼也能够把平凡生活转化成精美诗作。在创作中，他从不偏好对宏大题材和严肃主题的书写，而是运用其非凡的诗人直觉及想象力、精确的语言表述能力、自由把握美感的能力，从日常生活的琐碎中挖掘出令人惊喜、感动的意象。他笔下的人物主体大多是生活在爱尔兰底层社会的劳动人民，他们靠着自己勤劳的双手和坚忍的意志在爱尔兰广袤的乡村土地上顽强生存着。在整个社会充满战乱和冲突的时候，希尼甚至把他们生活的小乡村称作是另一个世界的中心。诗人就是在这样质朴真诚的世界中汲取着生命的活力，因为他们身上蕴藏着爱尔兰最悠久可贵的民族文化。在希尼的诗中，社会底层人的生活细节得以具体、生动地呈现，并被赋予一层柔和润泽的光辉，而光辉之下强大的精神感召力却一触即发，不可遏制。

第八章 阿米蒂奇：底层城市叙事

概　述

　　如前章所述，希尼根植于爱尔兰乡村文化传统，承袭了华兹华斯的诗学理念，书写了乡村的亲人、农夫、手艺人和妇女、孩童，讴歌了村民们的勤劳、善良与坚韧，而当代新晋英国桂冠诗人西蒙·阿米蒂奇（Simon Armitage）则传承了布莱克的诗歌传统，书写了生活在城市底层的人生经历，担负起为底层发声的社会责任。诗人在接受罗伯·罗森（Rob Roensch）采访时说，"我写诗是为他人提供表达的机会。我所从事的许多创作活动，都想为被遮蔽的声音提供发声的渠道。我曾写了一部散文剧名叫《黑玫瑰》，讲述了一位年轻女子在兰开夏郡一个公园里被踢打致死的事件。她的声音消失了，但我想为她发声。因此，在她家人的应允下，我采用她的嗓音进行创作"（Armitage with Roensch, 28），为这个无辜的受害者伸张正义。他曾作过取保候审监督官，有机会近距离接触罪犯，倾听他们的心声，了解他们从良民到罪犯的心路历程。因而，他的诗集《看星星》（*Seeing Stars*）书写了非法移民被赋码、被控制的身体、盗贼的反讽逻辑、单亲家庭孩子的反社会倾向和暴力下隐藏的压抑、焦虑与暗恐，穷人在贫困伤害下的无奈以及酝酿的希望。在诗性表述的空间里，诗人希望在城市共同体衰败的后工业文明社会中，重构共情、温暖、友善、正义、公平的想象共同体。

第一节　饥馑者与非法移民街头对话：
　　　　被赋码、被控制的身体

汪民安在《身体空间与后现代性》一书中指出，城市街道承受了城市噪音，承受了商品与消费，承受了历史和未来，承受了匆忙的商人、无聊的游荡者和无家可归的流浪汉，承载了时代的气质和生活风格。（汪民安，142）城市街道的空旷、开放让那些生活在城市底层的苦恼人，在困扰中走向街头，让街道帮助消除烦恼或转移负面情绪。街道上于是就上演着一幕幕悲欢离合的剧幕。

身为桂冠诗人，阿米蒂奇同前任桂冠诗人达菲一样，把关切的目光投向了城市街头的游荡者，观察着他们的悲欢离合，倾听他们的烦恼和困扰。他的诗集《看星星》（*Seeing Stars*）中有一首诗，名曰"里奇威尔逊睡不着觉"（Ricky Wilson Couldn't Sleep）。诗人描述了穷人里奇和阿尔巴尼亚移民小女孩凌晨在街头偶遇的故事。故事中讲道，食不果腹的里奇深夜不能入睡，凌晨4点游走在城市的街头。一只橘子沿街滚过，戏剧性地跳到他的手中。他借着街灯仔细端详，这只一路跌撞变形的橘子，在他手掌的抚摸中变得圆润起来。里奇瞬间感到其丰沛的汁液正好能满足味蕾和食欲的需求。他毫不犹豫地将拇指揿入了果皮，把果肉吸进口中。正在这时，他看见一个衣衫不整的七八岁小女孩走来，在寻找什么。诗中，他们对话说：

"Sir, Have you seen an orange heading this way"? "No", lied Ricky. Licking the tangy residue from his lips. Her shoulder dropped. She said, "they say my father is an illegal immigrant and tomorrow they will deport him to Albania. I went to Armley Prison for one last hug but they turned me away. I stood outside the prison wall and shouted his name. Through the bars of his cell, he blew me the final kiss and threw me an orange. But I stumbled on the sloping street of this steep city and my orange disappeared in the night." [...] She felt to her knees and sobbed. "I wanted to eat every morsel of that orange, even the skin. Its juice was my father's blood and the flesh was his spirit." (21—31, 33—36)

"先生，你有没有看到一只橘子沿街滚来?""没"，里奇撒谎说。残余的橘汁从他的唇里漏出来。女孩的肩膀垂下来。她说，"他们说我爸是个非法移民，明天要把他遣返回阿尔巴尼亚。我到埃米利监狱去给他送别的拥抱，他们不让我靠近。我只能在牢房外大声呼喊他的名字。爸爸隔窗送来了飞吻，还扔出来一只橘子。但我在高街的斜坡上绊了一跤，手里的橘子也不见了"。[……] 她双膝跪下，哽咽着。"我想把橘子连皮带肉全吃下。橘汁是我爸爸的血，橘肉是我爸爸的魂儿"。(21—31, 33—36)

从上述的摘录中，我们可以看到，该诗的体裁近乎散文体，具有较强的叙事性。诗人采用了第三人称框架叙事策略，读者可以听到三个人的叙述声音：首先是第三人称叙事者的声音，他在讲述里奇因饥饿深夜游荡的故事；接着故事中插入了阿尔巴尼亚小女孩的叙述和哭泣的声音，还有里奇撒谎哄骗小女孩儿的声音。从女孩的叙述中，我们得知她的父亲是一位来自阿尔巴尼亚的非法移民，正处于被拘禁遣返中。他的遭遇表明，因为没有合法的公民身份，他被赋码为"赤裸生命"，意味着在这个国家和城市没有生命保障，没有人权、尊严可言。诚如汪民安所言，"他没有公民身份，因此，他的权利——也就是我们说的普遍人权——得不到保障"（汪民安，26）。的确，这位非法移民被排斥在英国政治、经济、社会的共同体之外，他的人身注定要被英国的法律所控制。国家公权囚禁并驱赶他，即使在妻离子散被遣返的时刻，也不允许有家人探视告别的人文关怀。因此，女孩在被拒绝探视后，父亲抛给她的橘子成为父爱的象征，是亲情的联结，甚至是父亲身体的替代。女孩哭述道，"橘汁是我爸爸的血，橘肉是我爸爸的魂儿"，丢了"橘子"意味着永远失去了父爱。非法移民的生存境遇在小女孩的哭诉中得以诗性再现。同样饱受饥馑煎熬的游荡者恰恰又是吞食"橘子"的无意"杀手"，虽同病相怜，他无力相助，只好以夜色为掩护，对小女孩撒谎蒙混，做善意的欺骗。故事的结局如何，我们不得而知，但这城市夜间游荡者的声音已被听见。诗中的三重叙事声音把叙述者、里奇和小女孩放置于一个框架结构中，形成了一个故事讲述群体，为城市里饥饿的游荡者和来自阿尔巴尼亚的小女孩及父亲的遭遇，提供了一个自我言说的空间，让人性的光辉在这里闪烁，让社会问题在这里呈现，让底层被遮蔽的声音在这里被听见。

进而论之，上述三重叙事使读者感知到，"街道上的政治也是身体政治"。也恰如布莱恩·特纳（Brian Turner）所言，"不论是宏观政治问题还是微观个人问题，都首先表现为身体问题，并通过身体得以表达"。（转引自刘传霞，7）身体的饥馑使里奇夜不能眠，只好走向了街头。凌晨的街头是清冷的，街灯拉长了他孤独和无助的身影。街道上突然滚来的一个橘子，无疑是天赐之物，暂时缓解了饥饿者的食物需求，但也给他带来了更深的负罪感。橘子是小女孩父亲的礼物，是象征父爱和救赎的"血肉之躯"。饥馑者吃了橘子就打碎了女孩被救赎的希望。社会给饥馑者带来的困境，给女孩带来的家庭离散也因此都以城市街头的身体遭遇来呈现。街道的空旷、包容和公共性，为饥馑者和被流放者提供了一个身体表演和展示的空间，也为他们提供了一个言说的场域。街道成了这两个城市游荡者的乌托邦，成了彼此交流的舞台。

阿米蒂奇的这首诗也让读者明白了这个道理：个体的身体始终处于社会政治的操控中，权力剥夺了非法移民的个体自由权和体面生存权，其身体也成为被规训的对象和工具。在权力话语中，非法移民的身体是"他者化"的身体，是"权力关系可以直接控制、干预、打上标记来规训"的对象。移民局对他的遣返放逐便是对他身体的排斥与惩罚，并从精神上折磨他，让他承受妻离子散的痛苦。面对这样的痛苦，身为父亲，他用橘子为女儿建构了一个象征性父身来鼓励、陪伴她，但这一幻象也随着橘子的丢失和饥馑者的误食而粉碎。由此可见，"身体绝不仅仅是一种生物性的存在，它的内涵远比肉体和躯体更为丰富。生物性的身体承载着诸多思想文化建构的信息和符码"（张金凤，7）。又如伊丽莎白·格罗斯（Elizabeth Gross）所言，身体"应该被视为社会的烙印，历史的记号，是心理和人际关系的重要产物"（张金凤，8）深夜不能入眠的游荡者，饥饿的身体被贫困赋码，成为社会底层人的身份标志；小女孩的父亲因打上了非法移民的政治符号，他的身体便成为被操控的身体，失去了自由并被迫骨肉分离；底层人的社会文化身份都镌刻在身体上，底层的生存境遇与身体的被操控也都在诗歌中得到艺术性地再现，游荡者饥饿的身体和非法移民被规训惩罚的身体都在凌晨的城市街头定格，成为具有特定文化符号意蕴的文本身体，为人们所解读、所阐释、所看见。

第二节 盗贼的叙述：偷盗的反讽逻辑、挫败的道德教化

所前文所述，阿米蒂奇曾任地方监狱保释罪犯的监督官，有机会近距离接触并深入了解他们的犯罪经过和心路历程。他把这些生活素材搜集起来，创作成散文诗，戏剧性再现了底层罪犯的生活状况和心理活动，包括他们对生活和犯罪行为的认知和逻辑思维，也使他深刻地认识到城市生活的精神瘫痪、人情薄凉、人性异化。他说，"我的诗歌多半是在监狱这种环境下写就的。它给我提供了很多的素材，[……] 我写的都是被社会边缘化的人"（Armitage with Roensch，28）在此，他怀着强烈的社会责任感，把他们犯罪的心路历程和社会归因写进了诗歌，不仅从道德层面更是从社会层面关注这些底层的精神状态和生存境遇，以此引发人们的高度重视。诗集《看星星》里还收录了一首诗"麦克尔的故事"（Michael）。故事分为两段，前一段讲述迈克尔的朋友聚会；后一段讲述他与儿子的独处经历。在第一段朋友聚会中，每个人都讲述了自己少时的偷盗经历，但结果却匪夷所思地显现了盗窃的反讽逻辑：年轻时曾经偷盗过的物品，成就了盗窃者后来的事业。诗中写道：

So George has this theory: the first thing we steal
when we're young, is the symbol of what we become later
in life. Example: when he was nine,
George stole a Mount Blanc fountain pen from a fancy
gift shop in a hotel lobby—Now he's an award-winning
novelist. We test the theory around the table and it seems
to add up. Clint stole a bottle of cooking sherry, and now
he owns a tapas bar. Kirsty's an investment banker and

she stole money from her mother's purse. [...] Claud said he not stole anything in his whole life, and he's an actor

　　i. e. unemployed.

(1—11)

乔治有套歪理：我们小时候第一次偷的东西
会变为成人后的事业象征。
例如，九岁那年，
乔治在宾馆大堂的礼品店偷了一支黑山牌水笔，
——他现在成为获奖的小说家。
我们在饭桌旁，印证这套歪理，
结果发现了更多例证。
克林特偷过一瓶烧菜红酒，
他现在经营着一家西班牙风味的酒吧。
科斯缇是一家投资银行老板，她小时候从妈妈钱包里偷钱。[……]
克劳德说他一生啥都没偷过，现在他只是个演员，
譬如，专演无业者角色。

　　众所周知，偷盗既是违背法律法规的犯罪行为，也违背公序良俗。正常情况下，偷盗会使人步入罪恶的深渊，沦为被法律制裁的罪犯，被公共道德所唾弃。但充满悖论性反讽性的是，偷拿别人东西的问题少年却从偷盗的物品中成长起来，声名显赫：乔治曾偷过名牌水笔，日后成为获奖小说家；克林特偷了一瓶烧菜红酒，现在经营一家酒吧；克斯缇小时候偷拿妈妈的钱，现在是一名投行老板；而一生廉洁自好、独善其身的美德人士克劳德却是"无业者"，事业上一无所成，这显然是对法律、道德建设和伦理秩序的讽刺和挑战。

　　诗歌继续沿用了现实主义叙事传统的框架性叙事。人们首先听到的是大框架中迈克尔的声音，他是道德底线的守护者，从旁观者的角度来观察社会道德沦陷的现状，来考察道德教育的挫败与反讽。一开始，他就用儿时伙伴的聚会，引出了盗贼的悖论逻辑，让读者听到了乔治、克林特、克斯缇这些成功者在讲述自己儿时的偷盗行为与后期事业发展之间的关系。他们那种坦白且充满戏谑的语调，使读者感到了这些人对道

德教化的蔑视和挑衅。物欲横流的社会加持着金钱至上的价值观念，使得他们相信只要能够取得物质上的成功，获取手段可以忽略不计，传统的道德观、伦理观甚至荣辱观在他们眼中一文不值。他们鄙视克劳德这样有德但无能的人，只能靠演戏为生且总是扮演"失业者"的角色。盗贼事业有成，清白人一事无成——这样的伦理悖论让人莫衷一是，道德教化在这里似乎沦为一种无谓的"表演"，与人生成长经历形成吊诡性的悖反印证。这个故事形成了一种反讽性的黑色幽默话语轮廓，直抵社会道德的承受底线，颠覆了人们对道德教化与个体成长相辅相成的认知，揭示了盗贼的道德沦落及精神瘫痪。

更可怖的是，在这个故事的框架之下所引出的第二个故事——迈克尔与儿子的独处经历。他与妻子离婚多年，定期从妻子家领出儿子卢克，带他去郊外野游，父子二人单独聚会。一次，父子俩在溪流中钓鱼，儿子摔鱼和剖鱼熟练的暴力动作，令父亲感到吃惊。夜间，他们躺在茅屋里，仰望星空，父亲问儿子将来想做什么？儿子说要当刽子手，专门杀人。联想到朋友聚会所听到的故事，父亲大惊失色：

> Remembering George's theory, I said to Luke, "So what do you think
> You'll be when you grow up?" He was barely awake
> but from somewhere in his sinking thoughts and with a
> drowsy voice, he said "I'm going to be an executioner".
> Now the hole in the roof was an ear, the ear of the
> Universe, un exceptionally interested in my next words.
> I sat up, rummaged about in the rucksack, struck a match
> and said, "Hold on a minute, son, you're talking about
> taking one's life? Why would you want to say a
> thing like that?" Without even opening his eyes he said
> "I'm sure I could do it. Put the hood over one's
> head, squeezing the syringe, flick the switch, whatever.
> You know, if they'd done wrong. Now go to bed, Dad."

(31—43)

回想到乔治的歪理，我问卢克，"那你长大了，想干啥？"他半睡

| 第八章 | 阿米蒂奇：底层城市叙事

半醒，
　　不知沉潜到哪里的思绪飘回，
　　他用迷迷糊糊的声调说，"我要当刽子手"。
　　此时，屋顶上的孔，就是一只耳朵，一只
　　宇宙之耳，特别在意我接下来的话语。
　　我坐起来，从口袋里，摸出一根火柴，划亮，
　　说，"等一下，儿子，你说
　　要取人性命？为什么要这样做？"
　　他眼都没睁开，说，
　　"我肯定能做到。
　　给这个人套上头套，推进注射器或打开机关，不管怎样。
　　你明白吗？只要他犯了错。爸，咱睡觉吧"。

"刽子手"固然是一种职业，但儿子潜在的暴力倾向、杀人潜质以及对生命的冷漠令人毛骨悚然。这或许让父亲意识到家庭破碎、亲情分割给孩子造成的心理阴影，导致孩子心理扭曲，形成了分裂型人格。诗中的对话到此戛然而止，但留给读者的思考却很深远：这个故事虽然是迈克尔的个体叙事，折射的却是单亲家庭带来的社会问题。进入20世纪之后，社会弱势群体争取独立和解放的浪潮席卷了全球，英国妇女的离婚诉求呈现出爆炸式增长。第二次世界大战之后，英国的离婚率再次激增，至80年代，英国的单亲家庭比例已经高达20%以上，带来了一系列严重的社会问题（高仰光，2020），如家庭德育教育的缺失和伦理关系的缺位给子女带来的心理伤害。作为家庭教育的主体，父母本应承担起对孩子道德教育的义务和责任，建构起和谐平衡的家庭伦理关系，因为"在一个既定的道德体系中，作为义务的准则，常常是道德主体在社会的道德生活中摆脱不掉的。……道德主体在面对这些义务时，几乎不能选择是否履行这些义务，而是必须接受这些义务"。（罗国杰，186）这首诗中，单亲家庭造成了孩子在成长过程中父子伦理关系错位和道德教育缺失。孩子对亲情和关爱的渴望和得不到的失望与无奈、被疏离和被抛弃的恐惧，引发了他强烈的挫败感和巨大的心理失衡；缺乏来自家长的关爱、道德教育以及价值观引领，社会的道德教化对他来讲显得苍

白无力，反而会使孩子产生伦理身份的认知偏差，自我价值否定以及伦理判断的混乱，进而产生对人性的怀疑、对生命的冷漠乃至形成强烈的暴力倾向和反社会人格。有学者认为，"在爱与伦理身份缺失的状态下，人们急于在自我和他者的统一中确认自我价值与存在意义、确认自己的伦理身份"（刘靖宇，105）。该首诗里的儿子，则是在职业选择中确认自我价值与存在意义，以对职业身份的认同来弥补家庭伦理身份的缺失。然而，"当刽子手，专事杀人"的职业选择却也是他内心暴力、反社会倾向的外在投射和印证。

由此，诗歌框架叙事中盗贼的反讽逻辑与单亲家庭孩子的职业选择形成了互文关系，相互印证了后现代工业文明下，道德伦理观念的退步和道德教化作用的土崩瓦解。诗人在这里表现出对道德伦理的深切关怀和忧虑，从个体的言说来反映社会价值取向与道德伦理之间的张力，以语言表达的反讽、悖论来反映诗人对当下伦理环境所产生的焦虑。正如努斯鲍姆（Nussbaum）所言，优秀的文学作品可以精妙地传达传统道德哲学的直白和话语无力表达的道德真相（Nussbaum 1990：142）。这首诗本身并没有直白地反映在混乱、复杂的伦理环境下，社会、家庭伦理道德教育失败的真相，而是采用"在故事中讲故事"的框架叙事策略，艺术性地再现了道德沦陷下的人生百态和人性的冷漠与暴力以及生活在社会底层人的被"他者化"的生活、成长印记。诗人用文学的艺术力量和话语权力干预到现实生活中去，引发社会各界对此问题的思考与关注，表现了诗人"再使风俗淳"的伦理教化动机。

第三节　城市底层暴力叙述：
压抑、焦虑与暗恐

暴力书写是人们在为隐秘的心理活动寻找宣泄出口，是长期心理压抑带来的叙事冲动。生活在社会底层的城市居民，靠着微薄的周薪过活，生活拮据，病困相加。缺少社会资源和政治资源，经济得不到保障，生活压力不堪重负，底层人精神上始终处于压抑中且没有正常宣泄的渠道。这些负面情绪会逐渐演化成暴力，在一种"隐秘的、看不见的甚至是不为自己所知的暗恐"中爆发。同时，这些精神活动都是通过身体存在并借助语言来展示的。因此，他们的暴力活动也是需要通过暴力书写或暴力叙述来表达。如同盗贼的反讽逻辑书写，如同达菲致力于底层移民的暴力书写，阿米蒂奇的诗歌也常常书写城市底层人的暴力行为，表达他们的压抑、焦虑和暗恐。在十四行诗"歌唱"（Song）中，诗人写道：

> And if it snowed and covered the drive
> he took a spade and tossed it to one side.
> And always tucked his daughter up at night.
> And slippered her the one time that she lied.
> And every week he tipped up half his wage.
> And what he didn't spend each week he saved.
> And praised his wife for every meal she made.
> And once, for laughing, punched her in the face.
> And for his mum he hired a private nurse.
> And every Sunday taxied her to church.
> And he blubbed when she went from bad to worse.
> And twice he lifted ten quid from her purse.
> Here's how they rated him when they looked back:
> sometimes he did this, sometimes he did that.
>
> （1—14）

> 如果大雪覆盖了车道
> 他用铁锹把雪铲到路旁。
> 晚上总是给女儿掖好被角
> 一次因撒谎，他用拖鞋抽打了她。
> 每星期他花一半工资做小费。
> 每周没花的钱都攒下。
> 他称赞妻子做的每顿饭。
> 为了好笑，她脸上挨了他一拳。
> 他为母亲雇了一名私人护士。
> 每个星期天打车送她去教堂。
> 当她身体每况愈下时，他痛哭流涕。

他两次从她的钱包里扒走十英镑。
回顾他的所作所为,人们评论说,
"他一会儿这样,一会儿那样"。

从上述诗作援引中,读者从诗文中可以发现,在这个看似有爱的家庭里,作为儿子、丈夫和父亲多重家庭身份的男人,他细心呵护家庭的老少成员:每晚贴心地给女儿掖好被子;把自己的收入用以家庭开支;对妻子所做的每顿饭都大加赞赏;专门为母亲请保姆照顾,每周用出租车送母亲去教堂礼拜。与此同时,他又在无端伤害他所爱的每一位成员:用拖鞋扇打女儿。开玩笑时,一拳打在妻子的脸上;在母亲身体每况愈下时,他一面大哭,一面偷拿母亲的救命钱。人们评价他时说"他一会儿这样,一会儿又那样"。他的举动看上去匪夷所思,但实际上是长期压抑、积攒的负面情绪在不可名状和不可控制中的瞬间爆发。这种反复压抑的情绪逐渐使施暴者形成了分裂人格。人性善恶的双重性和复杂性在家庭生活的细碎中展现出来。这个男人是一个"热诚的冷漠人",他温柔和暴力并存,爱与伤害并举,让家庭暴力在温柔中突然爆发,让人不解也伤害至深。深究其实,这的确印证了弗洛伊德的"压抑"(repression)论断,"压抑"是文明社会中人格发展的必然构成,因为文明必然要在各个方面控制人性(童明,158)。人的自我、本我和超我要达到平衡,必定要受到文明禁忌的压抑,本真的欲望在这反复的压抑中不能得到满足和释放,焦虑和沮丧的负面情绪悄然而生,日积月累必定形成人性中隐秘的恐惧,这种恐惧积攒于日常生活之中,势必激发起人性中的"恶因子"。人们在浑然不觉中,形成了双重性格,随之衍生成暴力行为,使压抑着的天性得以释放。

这种暴力行为和暴力叙事,不仅具有心理与社会成因,同时也关乎家庭伦理。如汪民安所言,家庭空间内所发生的一切,都是伦理的关切表达(汪民安 155)。妻子的勤劳付出,女儿的天真烂漫、母亲的慈爱,丈夫对妻子的赞赏、对女儿的呵护、给母亲的悉心照顾,似乎都在呈现友善敦睦的家庭伦理关系;然而,突如其来的家庭暴力——对女儿和妻子大打出手,偷拿重病中母亲的救命钱——都展示了"温良"丈夫的无良失德,展示了家庭生活的暴力冲突、家庭伦理退位和道德撕裂。丈夫"一会儿这样,一会儿那样"的分裂人格和暴力行径伤害了家庭的每位成员,也破坏了家庭稳定的凝聚力和向心力。汪民安指出,"理想的家庭就是对夫妻关系和血缘关系的反复再生产,并使之保持一种持续而稳定的凝聚力,伦理关切应当洒落在家庭的各个角落,是家政的起点也是家政的终点"(汪民安,156)。阿米蒂奇的家庭暴力叙事似乎站在伦理关切的角度,诉诸对理想家庭持续而稳定凝聚力的追求,但也无意着力评判家庭伦理道德的对错与高下,而是借此对城市文明之下,人的天性受到反复压抑形成焦虑和暗恐所进行的想象性表征与叙述。

  城市底层人在工业文明中不堪重负,身心的疲倦与病痛得不到缓释与疗治,也随之形成"暗恐"。这种恐惧得不到引导释放,也会衍生为暴力,对他人造成伤害甚至夺人性命。阿米蒂奇在诗歌"搭车人"(Hitcher)中,采用第一人称戏剧性独白方式,叙述了自己的施暴过程和心路历程:

> I had been tired, under
> The weather, but the answerphone kept screaming:
> *But one more sicknote, mister, you're finished. Fired.*
> I thumbed a lift to where the car was parked.
> A Vauxhall Astra. It was hired.
> I picked up him in Leeds.
> He was following the Sun to west from east,
> [...] The Truth
> He said, was blowin'in the wind
> Or round next bent.
> I let him have it
> On the top road out of Harrogate—Once
> With the head, six times with the krookloc
> in the face—didn't even swerve.
> I dropped it into third,
> And leant across

To let him out, and saw him in the mirror
　　bouncing off the curb, them disappearing down the verge.

（1—18）

我累了，身体
不适，但电话铃声一直尖叫：
"再多张病假条，先生，你就完了。卷铺盖走人"。
我朝泊车的地方竖起拇指要求搭车。
一辆沃克斯豪尔雅特。我租到了。
我在利兹捎上他。
他跟着太阳从东向西跑，
[……] 真理，
他说，正飘荡在风中，
或在下一个拐角。
我成全了他，
在哈罗盖特城外最好的公路上——一次
撞了他的头，另外六次用方向盘锁
击打他的脸——甚至转弯时没有避让。
我把车速降到第三档，
斜着身子
推他出去，在后视镜看见他
弹过路沿石，然后消失在路基下面。

　　从诗文中，读者得知，独白者身体不适，但假如再请假，将生计不保。他强忍病痛，租车上路，路上遇见一名嬉皮士，一位"追着太阳、追着风、追着真理"四处游荡的自由人。作为同龄人的独白者，此刻却要忍受身体不适，挣扎着去工作。嬉皮士的自由生活方式瞬间点燃了他的嫉妒和愤怒。暗恐的毒素在心中膨胀，他毫无人性地用方向盘锁多次击打毫无防备的搭车人头部和脸部，最后残忍地将其推出车外，看着他的身体从路沿上弹过，消失在路基下面。一个鲜活的生命就这样陨落在光天化日之下，自白者的愤怒和嫉妒得到了释放和宣泄，而搭车的同龄人为之付出了生命代价。

第八章 阿米蒂奇：底层城市叙事

在此，叙事者讲述自己施暴过程的声音是平静、冷漠的，对杀害同龄人的残忍没有丝毫的愧疚和怜惜，这种缺乏人性、滥杀无辜的行为的确令人发指。然而，阿米蒂奇对这种暴力行径的再现，采用的是第一人称自白策略，意在提示人们透过这种冷漠的声音，是否应该关注一下后现代城市文明中，底层人的暗恐之下厌倦、苦闷、嫉妒、愤怒的负面情绪，关注这种丧失人性、道德撕裂的暴力行为产生的社会成因？众所周知，20世纪80年代撒切尔政府主政时期，提倡"新自由主义"的市场经济，对工会长期以来的"放任主义"在法律上进行了强有力的立法规范和控制，极大地削弱了工会的权力。"保守党政府把抑制通货膨胀，实现经济增长作为中心目标，而不注重解决失业人数居高不下这一严重的社会问题，宣称高失业是经济改革必须付出的代价"（李华锋，162）。虽然，撒切尔政府的这些政策和措施保证了英国经济的整体复苏和高速发展，但私有化经济转型的代价却是高失业率。对于生活在城市的底层个体来说，失业就意味着生计得不到保证，意味着他们注定生活在贫困之中，要面临巨大的生活压力。诗中的自白者就连身体不适都不能请假，否则就要"卷铺盖走人"，他的身体健康得不到保证，工作权利受到威胁，心中的愤懑、焦虑积郁成严重的负面情绪。在这巨大的负面情绪中，自白者渐渐失去了同情心和共情心，丧失了人伦道德，肆意杀害无辜，以此宣泄个人的负面情绪并报复社会。

作为桂冠诗人的阿米蒂奇，对这些暴力行为的书写并非要展示现代人嗜血的噱头或要站在道德的制高点上对暴力行径进行批判，而是关注城市底层人的负面情绪，对城市文明和资本主义的异化进行反思。关于对负面情绪的关注，弗洛伊德在《暗恐》这篇文章中论述说，"传统美学历来关注美丽、漂亮、崇高，但忽略了对情感的研究，对厌恶、苦闷等负面情绪更疏于论述；而美学应关注的不仅仅是美丑，还需有情感"（转引自童明，112）。弗洛伊德重视负面情绪在美学中的地位与现代文学的发展不谋而合。现代文学的进步意义，表现在对"光明进步的价值体系虚伪性的觉醒、对浪漫理论的质疑、对资本主义造成的各种异化现象的抵抗。负面美学所强烈反对的是资本主义对人的异化，代表的是一种积极的反思能力"（童明，112—3）。这首诗中的底层个体，在自身生命权和生存权受到威胁时，不再顾及道德的崇高，不顾及"光明、进步"的价值观念，只顾自己发泄负面情绪。这是由于"资本至上"的经济观念与人本主义产生了极大的抵牾，对人产生了巨大的异化作用。人已成为缺乏共情心的非人，负面情绪和心理扭曲促使他沦为万劫不复的杀手。诗人采用第一人称叙事视角，意在用自白的亲历描述来引导读者透过暴力去反思工业文明对人的异化。

综上所述，无论是温柔家庭中的暴力事件还是社会生活的暴力行径，所展示的都是反对资本主义对人的异化，代表的是一种具有反思能力的负面美学。它们是城市底层暴力叙事，这种暴力叙事中所展现的力量具有向外延伸性，必然要与神圣—道德叙事已经获得的权力发生碰撞。然而，在当今的文化语境中，底层暴力叙事采取了一种十分清晰和明智的生存策略。它没有权力的诉求，也不寻求对主导性的神圣—道德叙事刻意的归顺和依附，因为这与它的根性相违。它在内部催生自身的神圣化和道德化，并发展出一套新型的叙事语言，这就是暴力美学。底层暴力叙事以一种新的美学方式来确立自身的存在，它以焦虑或欲望打破了传统叙事结构的和谐性和稳定性，正是这样的情形使得审美具有内在的张力和审美意趣。这种书写方式，正如诗人在接受采访时所说，"是语言表达最为集中的方式，是感知、可记忆、可隐喻化的民主的世界"（Armitage, qtd. in Raine, 1）。

第四节 城市穷人与贫穷之对话：
伤害、无奈与希望

人们普遍认为，现代大都市的生活，尤其像伦敦这样的国际名城，应该是现代化、富裕、便捷、令人目眩的繁华景象。但是生活在城市底层的人们，是否享有这样的富裕生活权利？都市的繁华之下是否还有令人瞠目的贫困存在？底层人对贫困有着怎样的体验和理解？和前任桂冠诗人达菲一样，阿米蒂奇的叙事目光不只是投向白金汉宫的皇家贵族，而是向下关注到生活在现代繁华都市里底层人的生活境遇。他的诗歌"致贫困"（To Poverty）采用了第二人称叙事视角，让贫困者直接对话"贫困"本身，细数"贫困"造成的伤害：

How have you hurt me, let me count the ways:
the months of Sundays
when you left me in the damp, the dark,
the red, or the down and out, or out of work
The weeks on the end of bread without butter
bed without supper.
That time I fell through Schofield's shed
and broke both legs,
and Schofield couldn't spare a split
one stick of furniture to make a splint
Thirteen weeks I sat there to set.
What can the poor do but wait? And wait.

(13—24)

你是怎样伤害了我,请让我细数:
那些月份的星期天
你将我留在潮湿,黑暗
和赤字之中,要么穷困潦倒,要么失业。
数周的时间里只有没抹黄油的面包,
饿着肚子上床睡觉。
那时我从斯歌菲尔德的屋顶上掉下来
摔伤了双腿,
而斯歌菲尔德却吝于拿出
家具的一根木条来做夹板。
整整十三个星期我一直坐在那里,直到愈合。
除了等待,穷人还能做些什么呢?只有等待。

波德莱尔曾说过,"在城市繁华的街头,贫穷和丑陋像伤疤一样嵌入现代生活的眼帘"(转引自汪民安,116)。从诗中,读者可以看到,在现代大都市中,底层人的贫困和生活空间的丑陋的确是现代繁华生活中刺目的伤疤,他们的生活境遇是"穷困潦倒、失业、饥馑;是帮佣摔伤后雇主的冷漠、无药可医等待自愈的无奈",但社会选择性地对此视而不见，叙事者只好向"贫困"本身述说。细细思量，这样的述说实际上是对社会不公的迂回抨击。有资料表明，贫富差距扩大是英国社会面临的最现实问题之一。2016年9月13日，英国乐施会公布的一项调查显示[1]，大约63.4万英国最富有的人所拥有的资产，是最贫穷的1300万人所拥有总资产的20倍。英国最富有的10%的人口拥有该国总财富的54%，而占人口总数20%的底层贫困人群仅拥有该国总财富的0.8%，财富分配极度不均。贫富差距拉大加剧了英国社会的分裂，使在底端的贫困人群长期处于失业或低薪状态，始终面临生活成本上涨入不敷出，饱受赤字、饥馑、病痛的困扰。诗人综合了社会背景、时代环境、生存状态等因素，建构了底层生活困境的话语场，以"与贫困对话"的戏剧性呈现，再现了底层贫困的现实存在，其诗性书写与社会学的现实统计形成了有力的印证。

诗歌中，叙述者在讲述"贫困"如何将他们囚禁在"潮湿、黑暗"、"丑陋"的居住空间里。深而究之，这种生活空间的逼仄，根源在于资本主义的产权制度，即因生产资料资产阶级私人占有所引发的贫困。居住空间在阶级社会中向来都不只是个人生活环境的布展，而是阶级、政治、经济、文化等各方面的角逐场域。诚如汪民安所言，居住空间将各方面的战斗汇集于自身：这是政治、经济、文化多层次相交织的战斗，也是各阶层之间的政治经济战斗，是个体与匿名群体的战斗，这是利益群体和利益群体的战斗（汪民安，158）。生活在社会底层的城市居民在空间的博弈中没有优势，他们"黑暗、潮湿"的居住空间与中产阶级以上群体的"明亮、温暖"的居住空间形成了鲜明的对照，底层利益群体的资源贫乏与中产阶级的资源雄厚也泾渭分明，贫富之间的巨大差异自然也从对生活空间占有的多寡中体现出来。这种差异既是经济的也是政治的，每个阶层都卷入到对空间占有无休止的残酷斗争中。"一部家庭史，多半是对空间占有和争夺的战争史。在空间利益的链条上，底层家庭因资源的匮乏会更加吃力地爬行"（汪民安，158），因为贫困本身已经阻止了底层人拓展居住空间的欲望和通道，尽管空间再生产是每个家

---

[1] 见《人民日报》2016年9月26日第21版，http：//world.people.com.cn/n1/2016/0926/c1002-28739122.html。

庭的驱动力和追寻目标与梦想，但空间的拓展对于他们而言是不可企及的，因为底层不是生产和生活资料的占有者，他们只是劳动者，为社会创造了财富却使自己陷入了贫困。

更有甚者，穷人为富人帮佣摔断了双腿，换来的是富人的冷漠无情，无动于衷，甚至不愿意拿一条家具的木板来支撑穷人的断腿。穷人只能在椅子上枯坐十余周，等待自愈。至此，读者可以看到，贫穷不仅给穷人带来了物资的匮乏、空间的挤占、失业的潦倒和肉体伤害，还有富人对穷人的精神暴力。这种暴力远比"摔断双腿"甚至"贫穷"本身更具有杀伤性，因为它是无情世界的真实体现，是人性阴暗的有力注脚，是对心灵的恒久性摧残，它"摧毁了所有的伦理价值取向，扭曲了所有的道德标准，拆毁了所有的善恶含义，而毁灭之后所留下的只有空白、幻影和混沌"（龚敏律，112）。更令人无奈的是，城市的繁华遮蔽了这些底层无助的呻吟。底层人的个体诉求在主流意识形态控制下被屏蔽，他们没有发声的机会，面对着失业、饥馑、贫困、病困和富人的冷漠，他们只能对着"贫困"本身述说，只能等待。但等待的结果如何？他们只能进入一个没有希望的希望怪圈。

> You're shattered. You give me the keys and I drive
> through the twilight zone, past the famous station
> to your house, to numb ourselves with alcohol.
> Inside, we feel the terror of the dusk begin.
> Outside we watch the evening, failing again,
> and we let it happen. We can say nothing.
> Sometimes the sun spangles and we feel alive.
> One thing we have to get, John, out of this life.
>
> （7—17）

> 你崩溃了。把钥匙递给了我，我们驱车
> 走过贫民窟，途经有名的车站
> 来到你的房子，用烈酒麻木自己。
> 在屋内，我们感到暮色降临的恐惧。
> 在屋外，我们看着夜晚铺开，

无能为力，我们什么也没说。
有时当太阳闪亮时，我们感到还活着。
约翰，这是我们必须从生活中领悟的一点。

贫困带来的忧伤和无奈再次出现在阿米蒂奇的诗歌"十一月"（November）之中。诗人继续采用第二人称的叙事方法，与"你"展开交谈。"我们一同将奶奶送进病房，让她在那里等待死亡。看着周围病人脸上失血的笑容、松垮的乳房、迟钝的大脑和光秃的头，觉得自己也和她们一样是怪物魔王"。

从上述诗句援引中，我们看到病魔把人折磨得已无人形，异化了人之本身，也把死亡的恐惧带给了诗中的目击者。目睹自己至亲死亡来临，却无能为力，叙述者精神崩溃，只有用酒精麻醉自己。但黑夜终将来临，无人能够阻挡。黑夜与死亡的关联，给叙事者带来了无以言表的恐惧。在这恐惧之中，聊以安慰的是，太阳第二天还会光照大地，会给人活下去的勇气。在此，诗人没有陷入死亡恐惧的泥淖之中，而是思考在死亡阴影中如何给自己、他人温暖和希望。诗中的叙事者超越了生死之痛与艰难，在磨难中寻找生存的意义。这样的书写，并非只是诗人的个人表达，也是对整地底层群体面对生存艰难的述说与鼓励，他不仅用自己的声音来述说底层群体生活的不易，同时也要用诗歌建立底层个体与群体的联系，用善良与正义帮助人们建立内心的平衡与秩序，并以此建构起一个共同体，带给底层群体归属感和安全感以抵制权力与资本世界带给他们的伤害。

有学者云，表现底层的苦难、困苦的诗歌最突出的价值在于"在生存中写作"，即用贴近芸芸众生吃穿住用的生存现场，体现一种高尚的现世关怀和朴素的平等伦理（冯雷，126）。诗人阿米蒂奇以城市底层人为叙事对象，以第一人称和框架叙事为主要策略，坚守诗歌的本体立场和知识分子的高度文化自觉和社会使命，将美学的追求与伦理追求结合在一起，为底层人的言说赋权赋能，诗性地反映他们的日常生活和心路历程。

| 第八章 | 阿米蒂奇：底层城市叙事

小　结

  冯雷说，对底层经验的书写，是知识分子作家对变革中的社会公共经验的一种回应（冯雷，123）。这个回应不仅来自新时期中国知识分子诗人，也来自当代英国知识分子诗人。在英国经济改革大潮的裹挟下，资本运作和商业逻辑的导向使生活在社会底层的群体成为改革转型中的利益牺牲品。城市底层群体"在权力构成中没有位置，在分配制度中处于末端，在知识话语中没有发言权，在以职业面目呈现出的现代化的进程中往往处于社会分层的底层，受到各种不公正的待遇"（王立，92）。从阿米蒂奇的诗歌中可以看到，无论是饱受饥馑之苦的城市游荡者，还是行走街头的非法移民；无论是暴力的行路人，还是自小偷窃的盗贼；无论是城市的贫困者还是被沉疴缠身的病人，他们的自由个性已经被都市日常的琐碎磨损了，他们的生存空间被挤压了，他们失去了社会主体地位。"城市作为异己的力量，正日益吞噬诗意的存在，切断了人与土地、自然的有机联系，使生活、工作在高速运转的城市中的人出现严重的物化、异化现象，主体意识失落，人情淡漠"（邵波，73）。他们的生存境遇需要被世人看见，他们被遮蔽的声音需要被听见。谁能替他们代言？阿米蒂奇担当起了代言的使命，以一种框架性叙事方式书写底层生活和精神状态，真实地再现了底层民众物质贫困和精神失语，把文学性的表现落实在底层民众的人物形塑上面，在美学的意义上重建他们的生活。诗人发挥诗歌的审美纠偏功能，让底层民众介入社会公共事务之中，参与对公共话题的言说，为改变底层的生活境遇做着不懈的努力。正如诗人所言，"诗歌本身并不能直接改变未来世界，但其价值在于它可加速这种改变。诗人们可以助力这些变化发生。我们要有信心，因为在通过艺术间接来改变世界的过程中，我们是一个合力的整体"（Armitage with Wuh，49）。

参考文献

一　中文专著

（一）译著

［德］马克思、恩格斯：《马克思恩格斯全集》（第 42 卷），中央编译局译，人民出版社 1979 年版。

［爱尔兰］谢默斯·希尼：《希尼诗文集》，吴德安译，作家出版社 2001 年版。

——：《电灯光》，杨铁军译，广西人民出版社 2016 年版。

——：《区线与环线》，雷武玲译，广西人民出版社 2016 年版。

——：《人之链》，王敖译，广西人民出版社 2016 年版。

——：《开垦地：诗选 1966—1996（上、下）》，黄灿然译，广西人民出版社 2018 年版。

［德］亚瑟·叔本华：《爱与生的苦恼》，金玲译，华龄出版社 1996 年版。

［法］米歇尔·福柯：《福柯集》，杜小真选编，上海远东出版社 1998 年版。

——：《规训与惩罚：监狱的诞生》，刘北成、杨远婴译，生活·读书·新知三联书店 1999 年版。

——：《话语的秩序》，许宝强等译，中央编译出版社 2001 年版。

——：《性经验史》（增订版），佘碧平译，上海人民出版社 2002 年版。

——：《知识考古学》，谢强、马月译，生活·读书·新知三联书店 2004 年版。

［法］莫里斯·哈布瓦赫：《论集体记忆》，毕然、郭金华译，上海人民出版社 2002 年版。

［法］西蒙娜·德·波伏娃：《第二性》，陶铁柱译，中国书籍出版社 1998

年版。

［美］爱德华·苏贾:《后现代地理学》,王文斌译,商务印书馆 2004 年版。

［美］戴维·哈维:《后现代的状况:对文化变迁之缘起的探究》,阎嘉译,商务印书馆 2003 年版。

［美］哈罗德·布鲁姆:《西方正典:伟大作家和不朽作品》,江康宁译,译林出版社 2005 年版。

［美］詹明信:《晚期资本主义的文化逻辑》,陈清侨等译,生活·读书·新知三联书店 1997 年版。

［英］艾勒克·博埃默:《殖民与后殖民文学》,盛宁、韩敏中译,辽宁教育出版社 1998 年版。

［英］布莱恩·特纳:《身体与社会》,马海良、赵国新译,春风文艺出版社 2003 年版。

［英］查尔斯·维维安:《罗宾汉传奇》,《穆旦译文集》第 8 卷,人民文学出版社 2005 年版。

［英］亨利·吉伯尔特:《侠盗罗宾汉》,韩慧强、韩慧敏译,人民文学出版社 2007 年版。

［英］杰弗雷·乔叟:《坎特伯雷故事》,方重译,人民文学出版社 2015 年版。

——:《坎特伯雷故事》,张弓译,北方文艺出版社 2016 年版。

［英］罗斯玛丽·萨克利夫:《绿林英雄罗宾汉》,刘庆荣译,中国致公出版社 2003 年版。

［英］诺曼·费尔克拉夫:《话语与社会变迁》,殷晓蓉译,华夏出版社 2003 年版。

［英］威廉·布莱克:《天真与经验之歌》,杨苡译,译林出版社 2002 年版。

［英］威廉·华兹华斯:《华兹华斯抒情诗选》,杨德豫译,湖南文艺出版社 1996 年版。

——:《序曲或一位诗人心灵的成长》,丁宏为译,中国对外翻译出版公司 1999 年版。

——:《华兹华斯诗选》,杨德豫译,外语教学与研究出版社 2012 年版。

——:《华兹华斯抒情诗选》,黄杲炘译,陕西师范大学出版社 2016

301

年版。

（二）专著

丁宏为：《理念与悲曲》，北京大学出版社 2002 年版。

侯维瑞：《现代英国小说史》，上海外语教育出版社 1985 年版。

黄杲炘：《译文名著精选——坎特伯雷故事》，上海译文出版社 2013 年版。

黄华：《权力、身体与自我：福柯与女性主义文学批评》，北京大学出版社 2005 年版。

李赋宁：《英语中古时期文学史》，外语教学与研究出版社 2018 年版。

李台芳：《女性电影理论》，台北：扬智文化事业股份有限公司 1996 年版。

李云雷：《"底层文学"研究读本》，上海书店出版社 2016 年版。

李正栓、申玉革：《英美诗歌欣赏教程》，北京师范大学出版社 2014 年版。

梁实秋：《英国文学史（第三卷）》，台北：协志工业丛书出版股份有限公司 1986 年版。

刘炳善：《英国文学简史（新增订本）》，河南人民出版社 1993 年版。

刘传霞：《中国当代文学身体政治研究》，中国社会科学出版社 2014 年版。

刘乃银：《巴赫金的理论与坎特伯雷故事集》，华东师范大学出版社 1999 年版。

刘守兰：《英美名诗解读》，上海外语教育出版社 2003 年版。

刘硕良：《诺贝尔文学奖授奖词和获奖演说（下）》，漓江出版社 2013 年版。

罗国杰：《伦理学》，人民出版社 1989 年版。

孟悦、戴锦华：《浮出历史地表》，河南人民出版社 1989 年版。

欧震：《重负与纠正：谢默斯·希尼诗歌与当代北爱尔兰社会文化矛盾》，中国社会科学出版社 2011 年版。

钱谷融：《钱谷融论文学》，华东师范大学出版社 2008 年版。

汪民安：《身体的文化政治学》，河南大学出版社 2004 年版。

——：《身体空间与后现代性》，江苏人民出版社 2015 年版。

王铁仙：《中国现代文学精神》，人民文学出版社 2008 年版。

王振华等：《列国志·爱尔兰》，社会科学文献出版社 2012 年版。

王佐良：《英国文学名篇选著》，商务印书馆 1983 年版。

——：《文学间的契合——王佐良比较文学论集》，外语教学与研究出版社 1996 年版。

——：《英国文学名篇选注》，商务印书馆 1999 年版。

——：《王佐良随笔：心智文采》，北京大学出版社 2007 年版。

肖明翰：《英国文学之父杰弗里·乔叟》，社会科学文献出版社 2005 年版。

谢有顺：《文学身体学》，汪民安主编《身体的文化政治学》，河南大学出版社 2004 年版。

徐敏：《封面女郎、封面与面容上的形而上学》，汪民安主编《身体的文化政治学》，河南大学出版社 2004 年版。

杨德豫：《华兹华斯抒情诗选》，湖南文艺出版社 1996 年版。

张金凤：《身体》，外语教学与研究出版社 2019 年版。

张一兵：《回到福柯：暴力性构序和生命治安的话语构境》，上海人民出版社 2016 年版。

周宪：《读图、身体和意识》，汪民安主编《身体的文化政治学》，河南大学出版社 2004 年版。

二　中文期刊

鲍屡平：《论〈坎特泊雷故事集·总引〉中的人物和人物描写》，《杭州大学学报》1983 年第 1 期。

曹航：《模仿与超越——论乔叟的〈坎特伯雷故事〉的独创性》，《英国文学研究论丛》2009 年第 1 期。

曹莉群：《自然与人：解读谢默斯·希尼诗歌的新视角》，《当代外国文学》2010 年第 3 期。

柴旭健、李向东、花萌：《从爱情启蒙到梦醒后的绝望看女性的悲剧命运》，《西安外国语大学学报》2010 年第 1 期。

陈一军：《农民工小说的时空体》，《宁夏社会科学》2012 年第 3 期。

陈元元：《〈坎特伯雷故事〉中两性关系的时代色彩》，《淮北师范大学学报》2013 年第 3 期。

程波、廖慧：《底层叙事的意识形态与审美》，《文艺理论与批评》2008 年第 3 期。

程正民：《巴赫金的文化诗学》，北京师范大学出版社 2001 年版。

迟子建、周景雷：《文学的第三地》，《当代作家评论》2006 年第 4 期。

戴从容：《诗歌何为？——谢默斯·希尼诗歌的功用观》，《外国文学评论》2010年第4期。

——：《诗意的注视——谢默斯·希尼诗歌中的陈示式叙述》，《当代外国文学》2010年第4期。

——：《"什么是我的民族"——谢默斯·希尼诗歌中的爱尔兰身份》，《外国文学评论》2011年第2期。

——：《从"丰饶角"到"空壳"——谢默斯·希尼诗歌艺术的转变》，《山东社会科学》2014年第8期。

单宝凤：《〈水浒传〉与〈侠盗罗宾汉〉叙述时序之比较》，《学理论》2010年第10期。

邓芳：《当代女性文学"身体叙事"的价值》，《小说思潮研究》2012年第3期。

丁红丹：《论盛可以小说的创作嬗变》，硕士学位论文，西南交通大学，2018年。

丁琪：《新世纪市井小说：城市新价值观的崛起与文学反应》，《天津师范大学学报》（社会科学版）2017年第3期。

董洪川：《希尼与爱尔兰诗歌传统》，《当代外国文学》1999年第4期。

董迎春：《身份认同与走出身份——当代"女性诗歌"话语特征新论》，《甘肃社会科学》2012年第4期。

杜李：《底层叙事与女性维度——叶梅小说创作论》，《百家评论》2018年第1期。

杜心源：《进入世界的词语——西默斯·希尼诗的语言形式与民族身份建构》，《当代外国文学》2007年第2期。

——：《乡土与反乡土——论谢默斯·希尼的诗歌对"原乡神话"的超越》，《思想战线》2008年第6期。

——：《喉音的管辖——谢默斯·希尼诗歌中语言的民族身份问题》，《文艺研究》2013年第4期。

方汉泉：《布莱克的辩证观与体现其辩证观的若干诗作》，《解放军外国语学院学报》2008年第4期。

冯雷：《诗歌的本体经验与底层经验书写》，《南方论坛》2005年第5期。

冯品佳：《"非典"亚裔美国人：〈菜鸟新移民〉的男性认同建构》，《浙江外国语学院学报》2018年第4期。

高嘉正、高菁：《一个女权主义者的文学形象——评乔叟笔下的巴斯妇》，《上海理工大学学报》2013年第3期。

耿焰、杨梦莹：《地域方言和中国道路自我表达的语言困境》，《民间法》2018年第1期。

龚敏律：《当代中国文学中的精神暴力叙事与昆德拉的影响》，《中国文学研究》2012年第4期。

龚蕴华：《在爱情和婚姻悲剧中剖析女性意识》，《大众文艺》2011年第20期。

巩淑云：《性别与阶级的整合——市场化转型后女性文学底层书写的意义》，《文艺评论》2017年第6期。

管晨蓉：《"可悲、可叹、可赞"——香港电影中底层女性真实书写》，硕士学位论文，南京师范大学，2014年。

海力洪：《暴力叙事的合法性》，《南方文坛》2005年第5期。

何宁：《论希尼的"沼泽"系列诗歌》，《当代外国文学》2006年第2期。

何征：《对〈坎特伯雷故事〉中巴思妇人的女性解读》，《四川外语学院学报》2006年第3期。

何志钧、单永军：《荆棘上的生命——检视近期小说的底层书写》，《理论与创作》2004年第5期。

和耀荣：《景观书写与身份构建—谢默斯·希尼诗歌研究》，博士学位论文，西南大学，2016年。

洪治纲、曹浩：《历史背后的日常化审美追求——论叶兆言的小说创作》，《当代作家评论》2015年第1期。

洪治纲：《底层写作与苦难焦虑症》，《文艺争鸣》2007年第10期。

——：《伦理关系与短篇小说的意味——2016年短篇小说创作巡礼》，《小说评论》2017年第1期。

侯林梅：《解读谢默斯·希尼的〈田间劳作〉——诗人的诗学责任和社会责任》，《河北科技师范学院学报（社会科学版）》2010年第3期。

——：《希尼诗歌的底层叙述》，《文艺理论与批评》2014年第6期。

胡步芬、陈勇：《希尼诗歌艺术追求与社会责任的冲突与突破》，《文教资料》2007 年第 14 期。

胡疆锋：《伯明翰学派青年亚文化理论的生成语境》，《青年研究》2007 年第 12 期。

惠雁冰：《"底层文学"研究中亟需廓清的几个问题》，《文艺理论研究》 2010 年第 5 期。

贾德霖：《"反复"在文学作品中的运用——英语修辞文体谈》，《山东外语教学》1988 年第 1 期。

江腊生：《底层焦虑与抒情伦理——以王学忠的诗歌创作为例》，《文学评论》2011 年第 3 期。

江泽玖：《〈坎特伯雷故事〉总引的人物描写》，《外国语》1985 年第 1 期。

姜春：《底层叙事的现代探源》，《文艺理论与批评》2013 年第 4 期。

蒋蕾：《论迟子建小说的生命意识》，硕士学位论文，西南大学，2006 年。

荆永鸣：《一个外来者的城市书写》，《当代作家评论》2015 年第 2 期。

李成坚：《爱尔兰—英国诗人谢默斯·希尼：从希尼的诗歌和诗学中看其文化策略》，博士学位论文，中山大学，2004 年。

——：《谢默斯·希尼：一个爱尔兰—英国诗人——从"身份问题"解读希尼诗歌与诗学》，《当代外国文学》2005 年第 4 期。

——：《作家的责任与承担——论谢默斯·希尼诗歌的人文意义》，《当代外国文学》2007 年第 1 期。

李华锋：《论撒切尔政府打压工会的政策与影响》，《理论月刊》2011 年第 6 期。

李金泽：《精神救赎："底层文学"的主题开掘向度》，《学术界》2012 年第 11 期。

李军辉：《底层叙事中的现代女性角色塑造——以方方的小说为例》，《江西社会科学》2018 年第 1 期。

李龙：《文学的救赎和被救赎的文学——底层文学与现代性问题》，《文艺理论研究》2008 年第 3 期。

李娜：《浅谈〈坎特博雷故事集〉的现实主义风格》，《长江大学学报》 2013 年第 12 期。

李培林：《当今英国社会阶级阶层结构的变化》，《国际经济评论》1998

年第 z6 期。

李琼:《底层空间、自我和语言——解读〈末世之城〉的绝地生存》,《国外文学》2016 年第 1 期。

李蓉、朱宇峰:《苦难中的现实精神——新世纪底层文学的乡村叙事》,《文艺争鸣》2011 年第 3 期。

李云雷:《新世纪文学中的"底层文学"论纲》,《文艺争鸣》2010 年第 6 期。

李运抟:《新世纪文学:经验呈现与观念退隐——论底层叙事女性形象塑造的非观念化》,《文艺争鸣》2008 年第 10 期。

梁晓冬:《一个犹太亡灵的诉求——评英国桂冠诗人卡罗尔·安·达菲的反战诗"流星"》,《外国文学研究》2010 年第 6 期。

——:《空间与身份建构——卡罗尔·安·达菲诗评》,《当代作家评论》2012 年第 3 期。

林喦、曾剑:《富有诗意的底层叙事——与军旅文学作家曾剑的对话》,《渤海大学学报》2020 年第 2 期。

刘炅:《诗的疗伤:谢默斯·希尼的苦难诗学》,《外国文学》2013 年第 6 期。

——:《希尼〈人性的链条〉中的多重链条》,《外国文学评论》2016 年第 1 期。

刘晗:《福柯话语理论中的控制与反控制》,《兰州学刊》2010 年第 4 期。

刘宏:《谢默斯·希尼书写方式论析》,《北方论丛》2012 年第 1 期。

刘江:《〈孤独的割麦女〉:生态与女性言说的赞歌》,《湖南环境生物职业技术学院学报》2006 年第 12 期。

刘金丽、于秋颖:《威廉·布莱克的理性批判与文明反思》,《东北师大学报》(哲学社会科学版)2011 年第 4 期。

刘靖宇:《家庭伦理视域下卡勒德·胡塞尼作品的创伤叙事》,《河南大学学报》(社会科学版)2017 年第 3 期。

刘军:《E. P. 汤普森阶级理论述评》,《世界历史》1996 年第 2 期。

刘敏霞:《诗歌改变世界:英国第一位女桂冠诗人达菲和她的诗歌》,《外国文学动态》2011 年第 3 期。

刘星、姚连兵：《从〈坎特伯雷故事〉中巴斯妇形象看乔叟的女性观》，《名作欣赏》2018 年第 6 期。

刘忠：《"底层文学"与"十七年文学"的对接与歧异》，《贵州学刊》2012 年第 10 期。

卢云川：《〈坎特伯雷故事集〉中磨坊主故事里的道德观解读》，《知识文库》2018 年第 8 期。

路璐：《性别与阶层的双重视野：探析当代底层影像中的女性书写》，《电影评介》2010 年第 24 期。

孟繁华：《"底层写作"：没有完成的讨论》，《探索与争鸣》2008 年第 3 期。

南帆等：《底层经验的文学表述如何可能？》，《上海文学》2005 年第 11 期。

南帆：《躯体修辞学：肖像与性》，《文艺争鸣》1996 年第 4 期。

潘文峰：《底层叙事的困惑与民族作家底层书写的启示——以广西作家周耒的小说为例》，《民族文学研究》2014 年第 5 期。

庞好农：《底层叙事的历史重构——评盖恩斯〈简·皮特曼小姐自传〉》，《天津外国语大学学报》2022 年第 2 期。

彭学明：《底层文学的高处与低处》，《小说评论》2010 年第 3 期。

皮方於、蒲度戎：《沃尔科特在加勒比海的呼喊》，《当代文坛》2007 年第 4 期。

秦法跃：《底层叙事乡土经验中的生态关怀》，《文艺理论与批评》2015 年第 6 期。

秦立彦：《华兹华斯叙事诗选》，人民文学出版社 2017 年版。

任有权：《17 世纪中叶以来的英国农业政策》，硕士学位论文，南京大学，2014 年。

邵波：《沉潜中的灵魂：中间代诗歌的历史定位和价值估衡》，《当代文坛》2011 年第 4 期。

邵子华：《生命叙事：生命的姿态与精神的出路》，《华中科技大学学报》（社会科学版）2007 年第 5 期。

沈弘：《乔叟何以被誉为"英国诗歌之父"？》，《外国文学评论》2009 年第 3 期。

孙卫华：《新世纪之初的底层叙事：维度、视角与意义》，《天津师范大学学报》（社会科学版）2020 年第 5 期。

谭念：《〈坎特伯雷故事〉中巴斯妇人的女性解读》，《电影评介》2007 年第 5 期。

滕翠钦：《被忽略的繁复——当下底层文学讨论的文化研究》，上海三联书店 2009 年版。

——：《虚构的权威：底层文学的合法性及其风格问题》，《福建师范大学学报》（哲学社会科学版）2009 年第 5 期。

田俊武：《约翰·斯坦贝克笔下的底层叙事》，《西安外国语大学学报》2012 年第 3 期。

童明：《暗恐/非家幻觉》，《外国文学》2011 年第 4 期。

汪浩：《辩证对待网民的"罗宾汉"情结》，《学理论》2015 年第 9 期。

汪家海：《论〈坎特伯雷故事〉的多元化特征》，《外语界》2013 年第 8 期。

王春荣、吴玉杰：《女性叙事与"底层叙事"主体身份的同构性》，《辽宁大学学报》（哲学社会科学版）2009 年第 4 期。

王巨川：《论新世纪诗歌日常生活审美化倾向》，《艺术评论》2012 年第 6 期。

王克冬：《解构与重建：〈奥美罗斯〉人物形象探析》，《西南科技大学学报》（哲学社会科学版）2010 年第 4 期。

王葵：《分析〈伤逝〉和〈苹果树〉中女性爱情悲剧成因的异同》，《语文建设》2013 年第 20 期。

王立：《被碾轧着的底层之痛——郑小琼打工诗歌论》，《当代文坛》2015 年第 2 期。

王苹：《历史、文化身份与语言艺术——〈"飞翔号"纵帆船〉的后殖民解读》，《当代外国文学》2009 年第 1 期。

——：《在解读自然中摆脱"人生之谜"的重负——华兹华斯诗歌中人文主义思想的内涵探析》，《东北大学学报》2016 年第 6 期。

王应平：《新世纪诗歌的底层表达》，《文艺理论与批评》2012 年第 4 期。

王云杉：《讲述底层的方法——新世纪底层叙事的文学意义和美学价值》，《海南师范大学学报》（社会科学版）2021 年第 6 期。

王正中：《叙事建构论——自我、身份及主体建构的叙事研究》，博士学位论文，浙江大学，2017年。

吴德安：《中国当代诗人和希尼的诗歌艺术》，《诗探索》2000年第3期。

吴晓梅：《"原籍何处？"——解读卡洛尔·安·达菲诗歌中的"家乡"》，《当代外国文学》2016年第1期。

吴筱燕：《女性与底层：弱势者编码的失范——沪剧〈挑山女人〉内外》，《东方艺术》2018年第8期。

向欣：《神圣与世俗的朝圣之旅》，《法制与社会》2018年第32期。

肖明翰：《乔叟对英国文学的贡献》，《外国文学评论》2004年第4期。

——：《〈坎特伯雷故事〉的朝圣旅程与基督教传统》，《外国文学》2014年第6期。

续建宜：《二十世纪英国移民政策的演变》，《西欧研究》1992年第6期。

薛稷：《20世纪50年代以来英国马克思主义的主体理论流变》，《江西社会科学》2018年第1期。

薛巍：《语言战争》，《三联生活周刊》2012年第24期。

荀羽琨：《底层经验的文学重构与现代性反思》，《文艺理论与批评》2013年第1期。

严蓓雯：《奈保尔"看待和感受世界的方式"》，《外国文学评论》2008年第3期。

颜敏：《底层文学叙事的理论透视》，《文艺报》2006年10月12日。

杨亚东：《英国民谣研究》，《辽宁行政学院学报》2007年第1期。

杨雨林：《马克思恩格斯意识形态话语权思想的内涵研究》，《湖北社会科学》2018年第9期。

叶芝、黄宗英：《威廉·布莱克与想象力》，《诗探索》1997年第2期。

曾巍：《"祛魅"与"驱魔"：英语诗歌中的"美杜莎"形象与女性写作观的现代转换》，《外语与外语教学》2018年第4期。

张安华：《英国湖畔派诗人对人与自然关系的生态伦理关注》，《外语教学》2013年第3期。

张叉：《〈水浒传〉和〈罗宾汉传奇〉中的英雄人物比较研究》，《成都理工大学学报》（社会科学版）2004年第4期。

张德明：《加勒比英语文学与本土意识》，《浙江大学学报》（人文社会科学版）2005年第3期。

——：《后殖民史诗与双重化叙事策略》，《浙江大学学报》（人文社会科学版）2007年第1期。

——：《新世纪诗歌中的底层写作及其诗学意义》，《文艺理论与批评》2011年第5期。

张冬利、蒋舟：《当代马克思主义和平民文化话语权研究》，《甘肃理论学刊》2012年第7期。

张光芒：《是"底层的人"，还是"人在底层"——新世纪文学"底层叙事"的问题反思与价值重构》，《学术界》2018年第8期。

张国际：《〈诗经〉爱情诗中女性形象的悲剧色彩》，《美与时代》2005年第1期。

张剑：《文学、历史、社会：当代北爱尔兰诗人谢默斯·希尼的政治诗学》，《英美文学研究论丛》2010年第1期。

——：《改写历史和神话——评当代英国诗人卡罗尔·安·达菲的〈世界之妻〉》，《外国文学》2015年第3期。

张金凤：《狂欢和对话：对〈坎特伯雷故事集〉的重新解读》，《四川外语学院学报》2003年第2期。

张瑾：《威廉·布莱克早期诗歌的对立性》，博士学位论文，上海外国语大学，2008年。

张亮：《汤普森〈英国工人阶级的形成〉的历史语境与理论旨趣》，《国外马克思主义理论》2008年第4期。

张宁：《罗宾汉、〈大宪章〉与法律的文化解释》，《外国法制史研究》2015年第00期。

张清华：《何为政治，又何为社会学批评？——回应一篇批判文章兼谈几个问题》，《南方论坛》2010年第6期。

张韧：《从新写实走向底层文学》，《文艺报》2003年2月25日。

张姗姗：《日常生活的迷魅——阿米蒂奇〈磁场：马斯登诗歌〉的交叉诗学》，《外国文学研究》2023年第1期。

——：《生态透镜下的英格兰北方阿米蒂奇诗歌中的全球地方意识》，《外国文学》2022年第6期。

赵晓坤：《浅析乔叟〈坎特伯雷故事集〉的思想意蕴》，《青年文学家》2016年第24期。

赵学勇、梁波：《新世纪："底层叙事"的流变与省思》，《学术月刊》2011 年第 5 期。

郑成志：《诗歌和诗人对什么负责？——对新世纪底层叙事的一点思考》，《文艺理论与批评》2013 年第 6 期。

周长才：《"第四世界"的大作家——漫话诺贝尔文学奖得主沃尔考特》，《外国文学》1993 年第 1 期。

周洁：《达菲爱情诗在中国大陆的译介——兼评〈达菲爱情诗选〉》，《东方翻译》2018 年第 3 期。

——：《达菲诗歌中的族群意识》，《杭州外国语学院学报》2013 年第 3 期。

周宪：《福柯话语理论批判》，《文艺理论研究》2013 年第 1 期。

周旭方、吕颖：《新世纪以来宁夏女性作家的"底层文学"创作分析》，《名作欣赏》2017 年第 26 期。

朱玉：《从希尼到谢默斯——贝尔法斯特女王大学"谢默斯·希尼：会议与纪念"综述》，《东吴学术》2014 年第 5 期。

——：《希尼〈草木志〉中的"空中漫步"》，《外国文学评论》2018 年第 3 期。

朱振武：《"非主流"英语文学的源与流》，《英语研究》2014 年第 3 期。

邹威华、付珊：《英国"奖学金仔"的政治文化研究》，《当代文坛》2015 年第 6 期。

三　外文文献

（一）外文著作

Allen, Michae. *Seamus-Heaney.* New York: St. Martin's Press, 1997.

Armitage, Simon. *Seeing Stars.* New York: Random House, 2010.

Armitage, Simon. *A Vertical Art: Oxford Lectures.* London: Faber & Faber, 2021.

Astley, Neil. *Tony Harrison.* Newcastle upon Tyne: Bloodaxe Books, 1991.

Beauvoir, Simone De. *The Second Sex.* London: Jonathan Cape Ltd, 1953.

Bernard, O'Donoghue. *Seamus Heaney and the Language of Poetry.* London: Harvester Wheatsheaf, 1994.

Blake, William. *Songs of Innocence and of Experience.* London: Oxford University Press, 1970.

Bloom, Harold. *Seamus Heaney—Bloom's Major Poets*. Philadelphia: Chelsea House Publishers, 2003.

Bradley, Andrew Cecil. *Oxford Lectures on Poetry*. New Delhi: Atlantic Publishers and Distributors, 1999.

Brooks, Peter. *Body Work: Objects of Desire in Modern Narratives*. Massachusetts: Harvard University, 1993.

Broom, Sarah. *Contemporary British and Irish Poetry: An Introduction*. New York: Palgrave Press, 2006.

Burnett, Paula. *Derek Walcott: Politics and Poetics*. Gainesville: University Press of Florida, 2001.

Chappell, Fred. *Plow Naked*. Ann Arbor: University of Michigan Press, 1993.

Chaucer, Geoffrey. *The Canterbury Tales*. New York: Oxford University Press, 2011.

Child, Francis James. *The English and Scottish Popular Balladsin Five Volumes*, Vol. 1. New York: Dover Publications Inc., 1884.

——. *The English and Scottish Popular Balladsin Five Volumes*, Vol. 2. New York: Dover Publications Inc., 1886.

——. *The English and Scottish Popular Balladsin Five Volumes*, Vol. 3. New York: Dover Publications Inc., 1889.

Corcoran, Neil, ed., *Cambridge Companion to Twentieth Century English Poetry*. Cambridge: Cambridge University Press, 2007.

Crang, Mike. *Cultural Geography*. London: Routledge, 1998.

Cronin, Mike, and O'Callaghan Liam. *A History of Ireland*. London: Palgrave Macmillan, 2014.

Day, Gary, and Brian Docherty, eds., *British Poetry from 1950s to 1990s: Politics and Arts*. London: Palgrave Macmillan, 1997.

De Fina, Anna. *Identity in Narrative: A Study of Immigrant Discourse*. Amsterdam: John Benjamins Publishing Company, 2003.

Delany, Sheila. *Chaucer and The Jews—Sources, Contexts, Meanings*. London: Routledge, 2002.

Deleuze, Gilles, and Felix Guattari. *Kafka: Towards a Minor Literature*. Trans. Dana Polan. Minneapolis: University of Minnesota Press, 1986.

Dobson, Richard Barrie, and John. Taylor, eds. , *Rymes of Robyn Hood: An Introduction to the English Outlaw*. London: Heinemann, 1976.

Donnell, Alison, and Sarah Welsh. *The Routledge Reader in Caribbean Literature*. London and New York: Routledge, 1996.

Duffy, Carol Ann. *Standing Female Nude*. London: Anvil Press, 1985.

——. *The World's Wife*. London: Anvil Press Poetry, 1999.

——. *The Other Country*. London: Picardo, 2010.

Harrison, Tony. *Tony Harrison: Selected Poems*. London: Penguin Books, 1984.

Hazlitt, William. *The Spirit of the Age or Contemporary Portrait*. Oxford: Oxford University Press, 1947.

Heaney, Seamus. *Opened Ground: Selected Poems 1966 – 1996*. New York: Farrar, Straus and Giroux, 1998.

——. *Electric Light*. New York: Farrar, Straus and Giroux, 2002.

——. *District and Circle*. New York: Farrar, Straus and Giroux, 2007.

——. *Human Chain*. New York: Farrar, Straus and Giroux, 2011.

Hoggart, Richard. *The Uses of Literacy: Aspects of Working-Class Life with Special References to Publications and Entertainments*. London: Penguin Book, 1960 rpt.

Holt, James Clarke. *Robin Hood*. London: Thames and Hudson, 1982.

Kinnahan, Linda Arbaagh. *Lyric Interventions: Feminism, Experimental Poetry, and Contemporary Discourse*. Iowa City: University of Iowa Press, 2004.

Madsen, Deborah L. *Feminist Theory and Literary Practice*. Beijing: Foreign Language Teaching and Research Press, 2006.

Mann, Jill. *Feminizing Chaucer*. Cambridge: Athenaeum Press Ltd, 2002.

McFarland, Tomas. *William Wordsworth: Intensity and Achievement*. Oxford: Clarendon Press, 1992.

Millett, Kate. *Sexual Politics*. Garden City, New York: Doubleday & Company, 1970.

Morris, Eaves. *The Cambridge Companion to William Blake*. Cambridge: Cambridge

University Press, 2003.

Parker, Michael. *Seamus Heaney: The Making of the Poet*. Iowa City: University of Iowa Press, 1996.

Punday, Daniel. *Narrative Bodies: Towards a Corporeal Narratology*. London: Palgrave, 2003.

Purkis, John. *A Preface to Wordsworth*. Beijing: Peking University Press, 2005.

Radhakrishnan, Rajagopalan. *Diasporic Mediations: Between Home and Location*. Minneapolis: University of Minnesota Press, 1996.

Raine, Kathleen. *Blake and the New Age*. London and New York: Routledge, 2011.

Rich, Adrienne. *Of Women Born*. New York: Norton Company, 1976.

Evans, Ruth, and Lesley Johnson, eds. *Feminist Readings in Middle English Literature—The Wife of Bath and All Her Sect*. London: Routledge, 1994.

Scott, James C. *Domination and the Arts of Resistance: Hidden Transcripts*. New Haven: Yale University Press, 1990.

Spurgeon, Caroline F. E. *Five Hundred Years of Chaucer Criticism and Allusion, 1357-1900*. New York: Russell, 1960.

Thompson, Edward Palmer. *The Making of the English Working Class*. New York: Vintage Books, 1963.

Tyler, Meg. *A Singing Contest: Conventions of Sound in the Poetry of Seamus Heaney*. New York & London: Routledge Press, 2005.

Yeats, William Butler. *The Collected Works of W. B. Yeats. Vol. V: Later Essays*. New York: Charles Scribner's Sons, 1994.

(二) 外文期刊

Ashcroft, Bill. "Archipelago of Dreams: Utopianism in Caribbean Literature". *Textual Practice*, No. 1, 2016: 89-112.

Badiane, Mamadou. "Not at Home in One's Home: Caribbean Self-Fashioning in the Poetry of Luis Palés Matos, Aimé Césaire, and Derek Walcott". *Afro-Hispanic Review*, No. 1, 2010: 225-229.

Bala, Ismail. "Carol Ann Duffy: A Preliminary Bibliography". *Gender and Behaviour*, No. 1, 2012: 4604-4613.

Barker, Jonathan. "Peru, Leeds, Florida, and Keats" in Neil Astley, ed.

Tony Harrison. Newcastle upon Tyne: Bloodaxe Books, 1991.

Butler, Judith. "Sexual Inversions" in S. J. Hekman, ed. *The Feminist Interpretations of Michel Foucault*. Pennsylvania: The Pennsylvania State University, 1996.

Dias, Fernando M. V., et al. "The Connection Between Maternal Thiamine Shortcoming and Offspring Cognitive Damage and Poverty Perpetuation in Underprivileged Communities across the World". *Medical Hypotheses*, Vol. 80, No. 1, 2013: 13 – 16.

Dobson, Richard Barrie. "Robin Hood: The Genesis of a Popular Hero" in Thomas Hahn, ed. *Robin Hood in Popular Culture: Violence, Transgression, and Justice*. Woodbridge: D. S. Brewer, 2000: 61 – 100.

Eagleton, Terry. "Antagonism and V" in F. Brown, ed. *Poetry of Tony Harrison*. Manchester: Manchester University Press, 2003.

Filipova, Lenka. *Public Poetry in the Work of Tony Harrison*. Ph. D. dissertation. Masaryk University, 2006.

Fisher, Sheila. "Chaucer's Sexual Poetics by Caroly Din-shaw (Review)". *The New Chaucer Society*, No. 13, 1991: 188 – 192.

Foucault, Michel. "The Order of Discourse" inRobert Young, ed. *Untying the Text: A Post-structuralist Reader*. Boston: Routlege & Kegan Paul, 1981.

Friedman, John B. "Bottom-kissing and the Fragility of Status in Chaucer's Miller's Tale". *The Chaucer Review*, No. 9, 2019: 119 – 140.

Gill, Jo. "'Northern Working-class Spectator Sports': Tony Harrison's Continuous" in Katharine Cockin, ed. *The Literary North*. London: Palgrave Macmillan, 2012.

Grant, Damian. "Poetry Verses History" in Neil Astley, ed. *Tony Harrison*. Newcastle upon Tyne: Bloodaxe Books, 1991.

Goffe, Keith. "'A Far Cry' Turns Fifty-Five". *Caribbean Quarterly*, No. 1, 2011: 54 – 60.

Govender, L., et al. "BacterialVaginosis and Associated Infections in Pregnancy". *International Journal of Gynecology and Obstetrics*, Vol. 55, No. 1, 1996: 23 – 28.

Haber, Honi Fern. "Foucault Pumped, Body Politics and the Muscled

Woman" in S. J. Hekman, ed. *The Feminist Interpretations of Michel Foucault*. Pennsylvania: The Pennsylvania State University, 1996.

Harrison, Tony. "The Inkwell of Dr. Agrippa" in Neil Astley, ed. *Tony Harrison*. Newcastle upon Tyne: Bloodaxe Books, 1991.

Hoffman, Arthur. "Chaucer's Prologue to Pilgrimage: The Two Voices". *ELH*, No. 21, 1954: 1 – 16.

Hoggart, Richard. "In Conversation with Tony Harrison" in Neil Astley, ed. *Tony Harrison*. Newcastle upon Tyne: Bloodaxe Books, 1991.

Holt, James Clarke. "The Origins and Audience of the Ballads of Robin Hood". *Past and Present*, No. 18, 1960: 89 – 110.

Horner, Avril. "Small Female Skull: Patriarchy and Philosophy in the Poetry of Carol Ann Duffy" inAngelica Michelis and Antony Rowland, eds. *The Poetry of Carol Ann Duffy: Choosing Tough Words*. Manchester: Manchester University Press, 2003.

Houdu, Lucie. "A Voice for the Voiceless: Tony Harrison's Poetic Memory". *20èmes Rencontresdes Jeunes Chercheurs en Sciences de la Langage*, No. 6, 2017: 1 – 16.

Hyams, Paul. "What Did Edwardian Villagers Understand by 'Law'?" in Zvi Razi and Richard Smith, eds. *Medieval Society and the Manor Court*. Oxford: Clarendon Press, 1996: 69 – 102.

Irigaray, Luce. "Women's Exile" inDebora Cameron, ed. *The Feminist Critique of Language: A Reader*. New York: Routledge, 1990.

Irvine, Alexander. "'Betray Them Both, or Give Back What They Give?': Derek Walcott's Deterritorialization of Western Myth". *Journal of Caribbean Literatures*, No. 1, 2005: 123 – 132.

Jefferson, Ben Thomas. "The Sea as Place in Derek Walcott's Poetry". *Journal of Commonwealth Literature*, No. 2, 2013: 287 – 340.

Kay, Magdalena. "Belonging as Mastery: Selfhood and Otherness in the Poetry of Seamus Heaney". *New Hibernia Review*, No. 1, 2010: 78 – 95.

Knight, Stephen. "A Garland of Robin Hood Films". *Film & History: An Interdisciplinary Journal of Film and Television Studies*, Vol. 29, No. 3,

1999: 34 - 44.

Leitch, Thomas. "Adaptations without Sources: The Adventures of Robin Hood". *Literature Film Quarterly*, Vol. 36, No. 1, 2008: 21 - 30.

Lipton, Emma. "Contracts, Activist Feminism, and the Wife of Bath's Tale". *The Chaucer Review*, No. 3, 2019: 335 - 351.

Lumpkin, Bernard. "The Ties that Bind: Outlaw and Community in the Robin Hood Ballads and the Romance of Eustace the Monk" in Thomas Hahn, ed. *Robin Hood in Popular Culture: Violence, Transgression, and Justice*. Woodbridge: D. S. Brewer, 2000: 141 - 150.

Maqbool, Iffat. "Seamus Heaney and the Poetics of Place". *The Criterion: An International Journal in English*, No. 3, 2012: 1 - 5.

Maree, Johanna E., G. Langley and L. Nqubezelo. " 'Not a Nice Experience, not at all': Underprivileged Women's Experiences of Being Confronted with Cervical Cancer". *Palliative and Supportive Care*, Vol. 13, No. 2, 2015: 239 - 247.

Miller, Susan Marie. *The Feeling of Knowing: A Modern Poetics of Conviction*. Ph. D. dissertation. Harvard University, 2008.

Ogunfolabi, Kayode Omoniyi. "Female Body, Discipline, and Emerging Male Spectatorship in Yoruba Video Film". *The Global South*, Vol. 7, No. 1, 2013: 79 - 97.

Parsons, Ben. "Beaton for a Book: Domestic and Pedagogic Violence in *the Wife of Bath's* Prologue". *Studies in the Age of Chaucer*, No. 37, 2015: 163 - 194.

Pollard, Anthony J. "Idealising Criminality: Robin Hood in the Fifteenth Century" in Rosemary Horrox and Sarah Rees Jones, eds. *Pragmatic Utopias: Ideals and Communities, 1200 - 1630*. Cambridge: Cambridge University Press, 2001: 156 - 173.

——. "Political Ideology in the Early Stories of Robin Hood" in John C. Appleby and Paul Dalton, eds., *Outlaws in Medieval and Early Modern England: Crime, Government and Society, c. 1066 - c. 1600*. Farnham: Ashgate, 2009: 111 - 128.

Poster, Jem. "Open to Experience: Structure and Exploration in Tony Harrison's Poetry" in Sandie Byrne, ed. *Tony Harrison: Loiner*. New York: Oxford University Press, 2004.

Pound, Louise. "The Southwestern Cowboy Songs and the English and Scottish Popular Ballads". *Modern Philosophy*, No. 195, 1913: 196 – 207.

Regan, Christine. "The State of the Nation: Tony Harrison's *V*". *Textual Practice*, No. 7, 2017: 1277 – 1294.

——. "The Politics of Sentiment in Tony Harrison's *The School of Eloquence*". *Critical Survey*, No. 4, 2018: 554 – 66.

Roberts, Neil. "Poetry and Class: Tony Harrison, PeterReading, Ken Smith, Sean O'Brien" in Neil Corcoran, ed. *The Cambridge Companion to 20th English Poetry*. Cambridge: Cambridge University Press, 2007.

Roensch, Rob, and Quinn Carpenter Weedon. "Swimming through Bricks: A Conversation with Simon Armitage". *World Literature Today*, Vol. 91, No. 5, 2017: 24 – 29.

Segal, Robert Alan. "Robin Hood: A Mythic Biography (review)". *Journal of American Folklore*, Vol. 120, No. 477, 2007: 366 – 367.

Späth, Eberhard. "Tony Harrison: The Poet in a Post-poetic Society". *European Journal of English Studies*, Vol. 6, No. 1, 2002: 43 – 59.

Spelman, Elizabeth V. "Woman as Body: Ancient and Contemporary Views". *Feminist Studies*, Vol. 8, No. 1, 1982: 109 – 131.

Stallworthy, Jon. "The Poet as Archaeologist: W. B. Yeats and Seamus Heaney". *The Review of English Studies*, Vol. 33, No. 130, 1980: 158 – 174.

Stunk, Tomas E. "Achilles in the Alleyway: Bob Dylan and Classical Poetry and Myth". *Arion: A Journal of the Humanities and the Classics*, Vol. 17, No. 1, 2009: 119 – 136.

Teicher, Craig Morgan. "Devotion to Whatever: 'The Impassioned Apathy of Simon Armitage'". *Pleiades*, Vol. 26, No. 1, 2006: 125 – 129.

Thomas, David. "The Canary in the Coal Mine: Tony Harrison and the Poetics of Coal, Climate, and Capital". *Textual Practice*, No. 30, 2016: 915 – 932.

Thomson, N. S. "Book Ends: Harrison's Public and Private Poetry" in Sandie

Byrne, ed. *Tony Harrison: Loiner.* New York: Oxford University Press, 2004.

Wahl, Huw. "Giving Poetry Back to the Land: Huw Wahl Meets Poet Laureate Simon Armitage". *Resurgence & Ecologist*, No. 320, May/Jun. 2020: 46 – 51.

Walts, Dawn. "Tricks of Time in the *Miller's Tale*". *The Chaucer Review*, Vol. 43, No. 4, 2009: 400 – 413.

Whale, John. "Tony Harrison: The Making of a Post-modernist Poet". *English Studies*, No. 1, 2018: 6 – 18.

后　　记

　　《当代英国诗歌的底层叙事研究》是 2014 年度国家社科基金规划项目（14BWW053）结项成果（20200647）。项目组采纳了成果鉴定专家提出的各项富有建设性的意见和建议，历时二年有余，对书稿进行了修改完善。补充了近年来国内底层文学叙事研究和国内外当代英国相关诗人研究的最新成果和动向，强化了底层叙事学理与诗歌文本分析的融合，增补了英国新晋桂冠诗人西蒙　阿米蒂奇诗歌的"底层城市叙事"一章内容，使得当代英国诗歌底层叙事研究的内容更加全面、丰富。

　　《当代英国诗歌的底层叙事研究》采用了国内新时期底层文学叙事研究视角，从中国学人的立场出发，首先对英国诗歌底层叙事的传统进行爬梳钩沉，寻找其底层叙事诗学学理和精神资源，然后运用多重文学批评理论对具有代表性的当代英国诗人哈里森、达菲、希尼、阿米蒂奇诗歌的底层叙事展开研究。该研究既要横向融通中西，又要纵向打通古今，增加了研究难度，使项目组成员面临很大挑战，但也为研究提供了创新机遇和空间。

　　为了高质量完成项目研究，项目组定期组织研讨会，探讨理论与文本研究的关联性，汇报各研究章节的进展情况。研究初期和中期，项目负责人多次带领成员参加国内相关学术研讨会，并在 2018 年 11 月 24—25 日举办的"中国英语诗歌研究会第六届年会暨英语诗歌在中国的研究、翻译与传播"会上集中发言（发言题目如下：梁晓冬："及物"：当代中英诗歌底层叙事的共同选择；李美艳："磨坊主故事"中的底层叙事；李琳瑛：华兹华斯底层女性诗歌探析；蒋中洋：英国民谣中底层叙事之探究）。项目组集体发声，引起了国内同行专家对本研究的兴趣和关注，产生了良好的学术反响。同年，项目负责人还受邀在《天津外国语大学学报》2018 年第 5 期开设"当代英国诗歌研究"专栏，发表了 3 篇阶段性成果论文。成果的集中发表也在相关领域产生了较好的学术影响。研究后期，专著初稿完成后，项目组采用"专人文字修改＋项目组成员章节互改＋负责人总体修改"相结合的模式，逐句通读每章内容，严把三关，即：学术规范关、语言文字关和内在逻辑关，以保证专著的学术质量。

  该专著是项目组成员分工、合作、通力完成的。具体分工如下：梁晓冬负责整体研究设计并撰写了第五章、第六章和第八章内容；李琳瑛撰写第四章、第七章第一、二、四小节内容；陈淑芬负责撰写绪论、参考文献目录整理和整个书稿的文字校对、润色和格式整理；李美艳负责第二章内容撰写；王闰闰负责第三章和第七章第三小节内容撰写；蒋中洋负责第一章内容撰写。上海外国语大学英语语言文学专业在读博士生刘强为本研究查找搜集了大量的文献资料。没有他的帮助，本项目不可能获得如此丰富的学术资源，项目研究也不可能顺利开展，在此特别鸣谢！

  该著作的面世凝结了项目组成员的心血和他们的无私奉献。在旷日持久的研究过程中，大家潜心阅读文献，解析诗作，注重相关学理与诗歌分析的有机融合，精心安排每章节内容及标题，使之形成富有内在逻辑关联的闭环。在撰写的过程中，每位成员都投入了大量的时间和精力，在此也一并感谢。

  同时，要特别感谢本项目结项的匿名鉴定专家，感谢他们中肯、富有建设性的意见和建议！感谢中国社会科学出版社为该专著出版提供的机会！特别感谢责任编辑夏侠编审通读文稿，严格、细致、全面地把好著作出版的每一关，为此付出了大量的时间和精力！同时感谢河南师范大学外语学院和社科处为项目结项和专著出版所提供的各种支持和帮助！

  谨以此书敬献河南师范大学百年校庆。

梁晓冬
2023 年 10 月 16 日